Not So Perfect Hero

Riley Flowers

ISBN: 9798853894488

Copyright and Disclaimer

Dieses Buch ist reine Fiktion. Alle in diesem Buch geschilderten Handlungen und Personen sind frei erfunden. Ähnlichkeiten mit lebenden oder verstorbenen Personen wären zufällig und nicht beabsichtigt.

Dieses Buch enthält explizite Szenen und ist für Leser unter 18 Jahren nicht geeignet.

INHALTSVERZEICHNIS

Kapitel 1

Lilian

Sämtliche Barbiepuppen, mit denen ich gespielt habe, bis ich sieben Jahre alt war, waren in Wahrheit G.I. Joes in Frauenkleidern. Ich hatte jedoch lange Zeit keine Ahnung. Ich nahm an, es wären einfach nur knallharte Frauen mit einem kräftigen Körperbau, ausgefallenen Frisuren und einem hochentwickelten Selbstbewusstsein. Der komplette Mangel in unserer Kommune an Fernsehern oder weiblichen Freundinnen in meinem Alter hat wahrscheinlich viel dazu beigetragen, diese Illusion aufrechtzuerhalten. Es stellte sich später heraus, dass meinen Eltern das Geld fehlte, ordentliches Spielzeug für mich zu besorgen, also durchwühlten sie die Kindheitsrelikte meines älteren Bruders zwecks Recycling. Meine Mutter verbrachte Stunden damit, aus alten Stoffresten eine Garderobe für die G.I. Joes zu nähen, darunter eine kleine tropisch anmutende Kollektion, die perfekt dazu geeignet war, mir imaginäre exotische Inselurlaube zu erträumen.

Selbst als ich sieben Jahre alt wurde, wir die Kommune verließen und meine Eltern so endlich das Geld hatten, um mir echte Barbies zu kaufen, behielt ich meine G.I. Joes in meiner Nähe. Ich liebte diese Puppen und fand sie wunderschön. Das Wissen um ihre wahre Natur gab mir ein alternatives Rollenbild, das mir das Gefühl verlieh, im Leben selbstsicher auftreten zu können, was immer ich mir auch in den Kopf setzte zu tun – alles sein zu können, was mir beliebte, wenn ich mir nur ausreichend Mühe gab. Immer, wenn ich vor einer gigantisch anmutenden Herausforderung stand oder mich schwach und ängstlich fühlte, dachte ich an diese Soldaten in tropischer Urlaubskleidung und sagte mir, dass ich so war wie sie - stark, selbstbewusst und tatkräftig.

Leider klappt das nicht immer. Es gibt Zeiten, in denen nicht einmal hübsche Kleidchen Joe die Schärfe nehmen können. Egal, wie sorgfältig man ihn in die Überreste eines rosa geblümten Hawaiihemds hüllt, kommt irgendwann seine wahre Persönlichkeit zum Vorschein. So sehr ich mich dann auch wie eine starke, charismatische Frau fühlen möchte, fühle ich mich am Ende doch einfach nur wie ein G.I. Joe in einem Sarong.

„Sir, wenn Sie mir nur ein paar Minuten Ihrer Zeit schenken würden..."

„Miss Burke, das ist das dritte Mal, dass Sie zu mir kommen."

„Ich weiß. Und jedes Mal haben Sie mich gebeten, Ihnen eine überzeugendere Präsentation zu liefern. Wenn Sie die Mappe durchsehen, die ich Ihnen gegeben habe, werden Sie sehen, wie viel Arbeit ich da hineingesteckt habe..."

„Sie haben mehr Arbeit in diese Präsentation gesteckt als in Ihr

Theaterprojekt selbst, Miss Burke. Letzteres wäre sehr viel überzeugender."

Ihm ein Auge auszustechen, weil er mich unterbrochen hat, wird mir nicht helfen, den Kredit zu bekommen... Ihm ein Auge auszustechen, weil er mich unterbrochen hat, wird mir nicht helfen, den Kredit zu bekommen... Ihm ein Auge auszustechen, weil er mich unterbrochen hat, wird mir nicht helfen, den Kredit zu bekommen.

Meine Selbstbeschwörung hilft mir dabei, mich gerade soweit zu beruhigen, dass ich es schaffe, meine Mundwinkel zu der Andeutung eines Lächelns zu kräuseln.

„Wenn Sie sich die Unterlagen ansehen, die ich Ihnen zur Verfügung gestellt habe, werden Sie nicht nur sehen, wie viel Arbeit ich in mein Theaterprojekt selbst gesteckt habe, sondern auch in meine Planungen für die Nutzung des Darlehens. Es findet gerade eine echte Theaterrenaissance statt, Mr. Edwards, und das *Prism* könnte das Herzstück davon sein. Der ‚Gilded Age'-Charme und die erstklassige Lage des Objekts könnten Schauspielerkollektive, organisierte Reisen und sogar Spezialveranstaltungen anziehen."

„Spezialveranstaltungen?"

Vielleicht bilde ich mir das leichte Glitzern des Interesses in den Augen des grauhaarigen Mannes nur ein, aber wie dem auch sei, ich nehme es hin. Ich werde mich an jeden Strohhalm klammern, um dieses Gespräch am Laufen zu halten.

„Ja", fahre ich enthusiastisch fort. „Die Leute sind immer auf der

Suche nach tollen Locations für besondere Veranstaltungen wie Geburtstagsfeiern, Babypartys, Hochzeiten... selbst organisierte Heiratsanträge. Die dramatische Kulisse des *Prism* in Verbindung mit unseren erstklassigen Event-Designern und Catering-Beratern könnte das Theater zu einer zentralen Anlaufstelle für die Organisierung einzigartiger Erfahrungen machen, die auf ein breites Spektrum anspruchsvoller Kunden zugeschnitten sind."

Ich rede mir den Mund fusselig, aber hoffe, genügend Marketing-Schlagworte einzustreuen, um ihn mit meiner ‚Business Woman'-Persona erfolgreich blenden zu können.

„So beeindruckend das auch klingt, Miss Burke..." *Scheiße.* „...die Bank hat den Businessplan für Ihr Theater geprüft und ihn mit den Geschäftsmodellen ähnlicher Unternehmen in der Gegend verglichen. In Anbetracht der Tatsache, dass es in einem kleinen Umkreis von Ihnen bereits mehrere florierende Theater gibt, scheint das Potenzial für ein sofortiges und substanzielles Wachstum begrenzt. Ihre ebenfalls begrenzten finanziellen Aussichten machen es nicht besser. Ich fürchte, unsere Antwort wird daher nicht anders ausfallen als beim letzten Mal."

Er plappert noch ein paar Sekunden weiter, aber ich habe ihn bereits ausgeblendet. Es ist schließlich nicht so, dass ich mir all das noch einmal anhören müsste. Inzwischen läuft sein standardmäßiger Ablehnungsmonolog in meinem Kopf auf Autowiederholung. Ich könnte ihn mir Wort für Wort vorsagen. Die schlafentzugbedingten Tränensäcke unter meinen Augen zeugen davon, wie oft ich das in der Tat schon getan habe. Meine Brust beginnt zu schmerzen, als mir bewusst wird, was diese erneute Absage wirklich bedeutet. Das Schlucken fällt mir schwer und Tränen brennen in meinen Augen. Ich will das nicht tun. Immer, wenn ich versucht habe, mir vorzustellen, wie ich die Finanzierung meines kleinen Theaters sichern kann, habe ich mich vor den Worten, die sich jetzt in meinen Mund schleichen, gehütet. Aber dies sind verzweifelte Umstände. Es ist Zeit für die großen Geschütze.

„Bitte. Bitte, Mr. Edwards. Hören Sie mir nur eine Minute zu."

Er unterbricht seinen roboterhaften Monolog und starrt mich an. Seine wässrigen, blassgrünen Augen blinzeln empört, als könne er es nicht ertragen, unterbrochen zu werden. Das ist seine Einlage. Wie kann ich es nur wagen, ihm die Show zu stehlen?

„Nur zu", sagt er beinahe herausfordernd.

Ich atme tief ein und langsam wieder aus, um meine Nerven zu beruhigen und mir noch ein paar Sekunden Zeit zu geben, die passenden Worte zu wählen.

„Ich weiß, dass das *Prism* für Sie nur ein Objekt ist, eine Ware, aber für mich ist es so viel mehr als das. Meine Kindheit war nicht... ideal. Wir haben viel durchgemacht, besonders als ich noch sehr klein war. Die meisten meiner Erinnerungen sind ziemlich lückenhaft, aber wann immer sie schärfer werden, fallen mir vor allem die Besuche im Schauspielhaus mit meinem Vater ein. Das waren herrliche Momente. Ich dachte, es sei der schönste Ort auf der ganzen Welt, und war mir sicher, dass es nirgendwo sonst auf der Welt derart glamourös zugehen könnte. Das war unsere besondere Zeit zusammen, nur mein Vater und ich. Er nahm mich immer zu diesen alten Filmen mit, die sie auf einer riesigen, über der Bühne heruntergelassenen Leinwand zeigten. Wir aßen Popcorn und lachten über die Faxen der Schauspieler. Manchmal fanden dort auch echte Theateraufführungen statt. Dann putzten mein Vater und ich uns gerne fein heraus und verbrachten unsere Abende dort. Es schien uns während dieser gemeinsamen Zeit dann immer, als wäre die Welt vollkommen in Ordnung und nichts könnte jemals schiefgehen.

„Miss Burke..."

Ich hebe meine Hand, um ihn zu unterbrechen. Die Worte sind nun im Fluss, ob er sie hören will oder nicht.

„Bitte. Lassen Sie mich ausreden. Damals hieß das Schauspielhaus *Moonlight* und war pure Magie. Dann wurde mein Vater krank und wir konnten die Aufführungen nicht mehr besuchen. Wir hatten bereits meinen Bruder verloren und das Einzige, woran meine Mutter und ich denken konnten, war mit aller Kraft zu versuchen, ihn nicht auch noch zu verlieren. Die Jahre vergingen, ohne dass ich einen Fuß ins *Moonlight* gesetzt hätte. Als ich meine Mutter schließlich überreden konnte, meinen Vater dorthin zurückzubringen, saß er bereits im Rollstuhl. Aber als wir dort ankamen, war es geschlossen. Das Schauspielhaus, das wir so sehr geliebt haben, war am Verfallen." Meine Stimme bricht und ich entscheide mich für die gekürzte Version der Geschichte. „Damals kaufte ich es mit dem unerschütterlichen Willen, es wieder in seinem vollen Glanz erstrahlen zu lassen. Ich habe keine Probleme damit, zuzugeben, dass die Dinge nicht so glatt gelaufen sind, wie ich es mir gewünscht hätte, und dass es einige Rückschläge gegeben hat. Meine Pläne haben sich nicht vollständig verwirklicht, aber das ist vorübergehender Natur. Ich weiß, dass das *Prism* ein Erfolg werden kann. Alles, was ich brauche, sind die Zeit und die Mittel, um es zu verwirklichen."

***

Fünf Minuten später hole ich mein Handy aus der Handtasche und rufe die Nummer zurück, die mich zuletzt angerufen hat. Im Grunde die einzige Nummer, die mich jemals anruft. Meine Absätze klacken auf dem Bürgersteig. Angestrengt konzentriere ich mich auf meine Schritte, um nicht in den Verkehr zu geraten.

„Sie haben nein gesagt", sage ich, ohne darauf zu warten, dass Gavin etwas sagt.

„Es tut mir leid, Süße. Du wirst dir schon was einfallen lassen."

„Das war der Einfall. Mehr habe ich nicht."

„Kommst du ins Theater?"

„Ja. Ich bin auf dem Weg."

„Okay. Ich bin hier. Wir werden uns in menschliche Steinschleifer verwandeln und schauen, ob wir uns mit ein paar neuen Ideen etwas aufpolieren können."

„Und wenn wir das nicht schaffen?"

„Dann werfen wir mit den Steinen sämtliche Fenster der Bank ein."

Mein bester Freund versteht es immer, mich zum Lächeln zu bringen, selbst in den verzweifeltsten Momenten meines Lebens.

„Wir sehen uns in etwa zehn Minuten."

Leider verblasst das Lächeln nur allzu schnell. Zur Bank zu gehen, um einen weiteren Kredit zu beantragen, war wirklich das Letzte, was mir einfiel, um dieses alte Schauspielhaus zu retten. Zu sagen, dass die Dinge nicht gut gelaufen sind, wäre eine gewaltige Untertreibung. Ein beträchtlicher Teil meiner Ersparnisse ist in den Kauf des Schauspielhauses und die notwendigen Reparaturen geflossen, um es wiedereröffnen zu können. Die Zeit, die ich dafür aufwenden musste, bedeutete, dass ich in der Zwischenzeit nicht in der Lage war, einer regulären Arbeit nachzugehen, so dass meine Ersparnisse immer mehr schwanden. Aber ich konnte einfach nicht aufgeben. Ich kann es immer noch nicht. Das *Prism* bedeutet mir alles und ich war noch nie jemand, der etwas einfach so aufgibt, schon gar nicht mein altes Schauspielhaus.

Aber es sieht langsam so aus, als hätte ich bald keine andere Wahl mehr. Mein Theaterprojekt hat sich seit seiner Wiedereröffnung schwergetan. Ich war nicht in der Lage, einen Überblick über die

Finanzen zu behalten. Selbst mit meinen gesamten Ersparnissen war ich nicht in der Lage, das gesamte Objekt direkt zu erwerben. Stattdessen arbeitete ich mit einem stillen Teilhaber zusammen, der einen größeren Anteil erwarb als ich, unter der Bedingung, dass ich seine Anteile nach und nach aufkaufe, bis irgendwann das ganze Objekt mir gehört. Das tat ich mehr oder weniger zähneknirschend und lief meiner berühmten Sturheit zuwider, die ich persönlich lieber als Hartnäckigkeit bezeichne, aber es war die einzige Möglichkeit, dieses von mir heißgeliebte Objekt vor dem Abriss zu retten.

Anstelle einer glänzenden neuen Lagerhalle und eines Parkhauses steht mein Theater daher also noch. Aber wie lange wird das noch der Fall sein? Meine Zahlungen sind in letzter Zeit deutlich geschrumpft. Letzten Monat schickte ich nur eine Grußkarte und ein Bild davon, wie hübsch die Ecke der Bühne weihnachtlich geschmückt aussah. Das hat den Partner, den ich nur als ‚C' kenne, wenig beeindruckt. Statt einem fröhlichen ‚Frohes Neues Jahr' erhielt ich eine bissige E-Mail, in der er die Zukunft der gesamten Partnerschaft und meiner Rolle in dem Projekt in Frage stellte.

Als ich durch die messingumrandeten Glastüren am Eingang des *Prism* in die Lobby trete, hat sich all die Entmutigung bereits in einem unübersehbar schleppenden Gang manifestiert. Der anhaltende Geruch von Holz und Popcorn schlägt mir entgegen, so, wie er es immer tut. Selbst wenn ich die große, altmodische Popcornmaschine seit Wochen nicht mehr angeworfen habe, liegt der Geruch von Butter und Salz immer noch in der Luft. Es ist derselbe Geruch wie damals, als ich klein war und mit meinem Vater hierherkam. Ich glaube fest daran, dass jede Ladung Popcorn im Geruch der Räumlichkeiten erhalten bleibt. Es fühlt sich dann so an, als würde ich immer noch den Geruch der Körner einatmen, die Daddy damals so schnell zu verputzen pflegte, dass seine kleine rot-weiße Schachtel bereits leer war, wenn wir unsere Plätze erreichten. Damit hatte ich nie ein Problem, denn das bedeutete, dass ich durch die burgunderroten Samtreihen zurück in die große Lobby laufen durfte, um mir weiter neugierig das Treiben dort anzusehen, während ich in der Schlange stand, um eine zweite Schachtel zu kaufen.

Noch bevor ich die Tür zur Hauptbühne öffne, höre ich Gavin singen. Wie ich es nicht anders von ihm erwarte, steht er in der Mitte der Bühne und singt niemand Erkennbarem ein Ständchen im schwachen Schein eines einzigen, heruntergelassenen Scheinwerfers.

„Heute ist *West Side Story* an der Reihe?"

Er blinzelt in meine Richtung und springt dann von der Bühnenkante, um zu mir zu eilen. Ich ermahne ihn immer wieder, die Stufen zu beiden Seiten der Bühne zu benutzen, aber er weigert sich hartnäckig. Eines Tages wird er auf seinem Hintern landen und ein Krankenwagen wird ihn vom polierten Marmorboden des Orchestergrabens schrubben müssen. Vielleicht aber auch nicht. Vielleicht bleibt uns dieser Ort nicht lange genug erhalten, als dass wir jemals die Gelegenheit bekämen, das zu erleben.

Ich schätze, das ist die positive Seite an diesem ganzen

Schlamassel.

„Es tut mir so leid.“

Er umarmt mich und ich gebe mir ein paar Sekunden Zeit, um in der Vertrautheit und dem Trost seiner Umarmung zu schwelgen. Gavin ist einer dieser seltenen Freunde, die jeder haben sollte, aber fast niemand wirklich hat. Er ist ein fester Bestandteil meines Lebens, etwa seitdem meine sarongtragenden G.I. Joes begannen, sich über meine Barbies lustig zu machen, weil sie nicht häufig genug ins Fitnessstudio gingen. Es hat ein paar Jahre gegeben, in denen wir uns auseinandergelebt hatten. Das Leben lenkte uns damals einfach in unterschiedliche Richtungen, führte uns jedoch letztendlich wieder zusammen. Als ich am Sarg meines Vaters weinte und ihm versprach, dass ich mich um unser Theater kümmern würde, war Gavin die ganze Zeit über an meiner Seite.

„Wir kriegen das schon irgendwie hin“, beruhige ich ihn.

Eigentlich ist Gavin derjenige, der mich trösten sollte, doch ein kleiner Rollentausch ist kein schlechter Weg, mich von meinen eigenen Emotionen abzulenken.

„Haben sie dir überhaupt einen Grund genannt?“

„Wie gehabt“, seufze ich. „Nicht genug Potenzial. Nicht genug Geld.“

„Hast du ihnen von unseren Plänen in Bezug auf spezielle Veranstaltungsoptionen erzählt?“

„Ich habe damit angefangen, bin dann aber auf Hochzeiten und Geburtstagsfeiern ausgewichen. Irgendwie glaubte ich nicht, dass sie von der Idee, im Theater eine Bar Mitzwa mit Geisterjagdmotto für einen eigenartigen Dreizehnjährigen auszurichten, besonders beeindruckt sein würden."

„Das hätte sich als ein wichtiges Verkaufsargument herausstellen können! Wie viele andere Theater hier können von sich behaupten, dass in ihnen ein frischgebackener jüdischer Mann über einen Schlafsack mitten auf der Bühne mit dem Geist einer ermordeten Shakespeare-Zweitbesetzung Kontakt aufnimmt?"

„Wahrscheinlich mehr, als wir gerne hätten." Ich greife nach Gavins Hand und wir betreten die Bühne. „Ich weiß einfach nicht, was ich tun soll. Irgendwie habe ich das Gefühl, nicht nur mich selbst, sondern auch Daddy enttäuscht zu haben."

„Du hast gar niemanden enttäuscht."

„Noch nicht, aber wer weiß, wie lange es dauern wird, bis C auftaucht und meinen Anteil an sich reißt."

„Ist er immer noch so ein Idiot?"

„Das ist eine wirklich eine ziemlich präzise Art, es auszudrücken. Er ist nur noch gemeiner und aggressiver geworden. Seine letzte E-Mail enthielt ein Ultimatum. Entweder ich zahle oder er macht von der Übernahmeklausel Gebrauch und kauft meine Anteile auf."

„Hast du mal daran gedacht, dir einen anderen Investor zu

suchen?“

„Das habe ich, aber das ist nicht das, was ich will. Ich will nicht, dass jemand anderes mein Geschäft kontrolliert. Es muss mir gehören. Und selbst wenn ich diese Richtung einschlagen wollte, gäbe es niemand anderen, der daran interessiert wäre, mein nächster stiller Teilhaber zu sein.“

„Zwei Investoren, die in dein Theaterprojekt hineinpfuschen“, sagt Gavin schaudernd. „Das hört sich an wie ein höllischer Dreier.“

„Das kannst du laut sagen.“ Ich schaue mich in dem hübschen alten Schauspielhaus um und spüre einen Hauch von Nostalgie in meinem Herzen aufkommen. „Ich muss mir einfach etwas einfallen lassen. Ich kann diesen Ort nicht verlieren. Mein Vater hat so hart gearbeitet, um uns aus dem ganzen Schlamassel unserer familiären Situation damals zu befreien. Dieses alte Schauspielhaus war für mich irgendwie ein Symbol dafür. Jetzt wird es alles futsch sein und das ist meine Schuld.“

Kapitel 2

Jake

Bucket List für Nelson Richardson:

Möchte eine Bucket List haben.

Möchte tolle Dinge tun.

Weiß nicht, wie er es anstellen soll.

Habe ich diesen Tunnel schon gecheckt? Ach, Scheiße. Keine Ahnung.

Die Taschenlampe an meinem Helm ist nicht mehr annähernd so stark wie bei meinem ersten Abstieg in die Höhle. Mir schwant, wenn ich hier nicht bald zu Potte komme und den Weg hinaus finde, werde ich wohl versuchen müssen, mir meinen Weg durch die Höhle in völliger Dunkelheit zu bahnen. Ich habe genug Zeit unter der Erde verbracht, um zu wissen, dass es an der Oberfläche keine Dunkelheit gibt, die auch nur annähernd mit der Dunkelheit in einer Höhle vergleichbar ist. Blindlings durch Höhlen zu kriechen ist nicht gerade meine Vorstellung von einem lustigen Abend.

Zum zehnten Mal im Laufe der letzten Stunde löse ich die Tasche an meinem Gürtel und hole mein Handy heraus. Bisher war ich zu tief unter der Erde, um auch nur im Entferntesten Empfang zu haben, aber eine Sache, auf die ich im Zusammenhang mit meiner Arbeit bestehe, ist die beste Technologie zur Verfügung zu haben, die man für Geld kaufen kann. Zum Glück für mich sind das keine leeren Worte. Es scheint, dass sich die Ausgabe, die ich vor ein paar Wochen für dieses Telefon getätigt habe, gelohnt hat. Denn obwohl ich immer noch weit unter der Oberfläche bin, sind die kleinen Balken auf meinem Display nun zum Leben erwacht.

Ich tippe auf die oberste Nummer in der Prioritätsliste meiner Kontakte und schwenke den Lichtkegel, der von meinem Kopf abstrahlt, noch ein paar Mal hin und her, um zu entscheiden, welchen der beiden Tunnel ich als nächstes nehmen soll.

„DreamFactory Inc.", ertönt die vertraute Stimme am anderen Ende der Leitung. Es ist eine Stimme, die ich nur zu gut kenne – kein Wunder angesichts der Tatsache, dass sie von meinem eigenen Zwillingsbruder stammt.

„Terry! Terry, Terry, Terry..." Ich halte inne. „Warum klingst du so seltsam?"

„Tue ich das?", stöhnt er erschöpft. „Nicks Backenzähne sind im Kommen. Ich habe nicht geschlafen... seit Ewigkeiten."

„Es tut mir leid, das zu hören. Drück den kleinen Kerl von mir. Ich hoffe, deine Tortur hat bald ein Ende."

„Das hoffe ich auch. Brauchst du irgendetwas?"

„Ja. Wenn du etwas in den Diamantenhöhlen verloren hättest, wo würdest du als erstes danach suchen?"

„Was hast du verloren?"

„Meinen Kunden."

„Deinen *Kunden?* Du hast deinen Kunden in einer Höhle verloren?"

„Eher aus den *Augen* verloren. Lass uns nicht den Teufel an die Wand malen, bis wir den Abendnachrichten tatsächlich diese Schlagzeile liefern müssen."

„Wie zum Teufel hast du deinen Kunden *aus den Augen* verloren?"

„Nun, es gab da eine recht verzwickte Situation im Kriechgang und einem dieser unterirdischen Pools... ach, das ist alles ziemlich kompliziert."

„Hast du versucht, ihn anzurufen?"

„Natürlich habe ich versucht, ihn anzurufen. Sein Telefon funktioniert hier unten nicht."

Das schadenfrohe Lachen meines Zwillingsbruders klingt nun bei weitem nicht mehr so müde, wie seine Stimme noch vor wenigen Sekunden schien.

„Hast du eine Ahnung, wie wütend Adam auf dich sein wird, wenn er erfährt, dass du deinen Kunden nicht nur in diese Höhlen gebracht, sondern ihn auch noch ‚aus den Augen verloren' hast?"

Genau darüber habe ich nachgedacht, als ich versucht habe, mich zurück durch die Höhle zu winden und Mr. Richardson zu finden. Keiner dieser Gedankengänge nahm ein gutes Ende.

„Ich habe beschlossen, dass seine Verärgerung hauptsächlich ihm selbst zuzuschreiben sein wird."

„Wie kommst du darauf?"

„Wenn Adam sich als allmächtiger Chef der Firma aufspielen will, nur weil er zufällig der Älteste von uns fünf ist..."

„...und derjenige, der das Unternehmen gegründet hat."

„...dann kann er auch die Verantwortung tragen, wenn solche Dinge passieren."

„War Adam denn derjenige, der die Idee hatte, deinen Kunden in diese Diamantenhöhlen zu bringen?"

„Nicht ganz. Ich war vielleicht nicht *vollkommen* ehrlich zu ihm, was meine Pläne für Mr. Richardson anging."

„Jake, du weißt, wie sehr er es hasst, wenn du das tust."

„Und du weißt, wie sehr ich es hasse, wenn er mir Bilder von Emilys Shepherd's Pie schickt, weil er weiß, dass es mein Lieblingsgericht ist und ich nicht in Sunborn View bin, um ihn gemeinsam mit ihnen genießen zu können. Und doch tut er es."

„Ich glaube nicht, dass dich mit den Kochkünsten seiner Frau zu quälen auch nur annähernd vergleichbar mit der Tatsache ist, dass du hier möglicherweise etwas in Gang gesetzt hast, was in ein paar Jahren zu einer lokalen Spuklegende werden könnte."

Er hat wahrscheinlich Recht. In Wahrheit ist es nicht das erste Mal, dass ich bei der Erfüllung der Wunschlisten für einen meiner Kunden aus der Reihe tanze. Zum Leidwesen von mindestens zwei meiner Brüder, vor allem aber des ältesten, unternehme ich oft Dinge spontan und ohne mich vorher mit Adam abzusprechen. Er hingegen liebt es, die Kontrolle zu haben und im Voraus genau zu wissen, was jeder von uns im Schilde führt, aber es gibt Zeiten, in denen das einfach nicht funktioniert. Und dies ist einer dieser Fälle. Mr. Richardson ist ohne Frage ein besonderer Fall.

„Er engagierte uns, ohne wirklich zu wissen, was er wollte. Sein Cousin hat ihm unseren Service zum Geburtstag geschenkt, aber er wusste nicht, was eine Bucket List ist oder was er auf eine solche Liste setzen sollte. Also haben wir versucht, sie nach und nach gemeinsam zusammenzustellen. Es war ein Notfall."

„Ein Notfall?"

„Er hatte das Gefühl, dass ihm nichts wirklich Interessantes einfiel, und fühlte sich schuldig bei dem Gedanken, das Geschenk nicht angemessen würdigen zu können. Das brachte mich dazu, ein wenig Hobby-Höhlenforschung mit ihm zu betreiben, was in der Folge durch unglückliche Umstände wiederum dazu führte, dass ich ihn irgendwo aus den Augen verlor."

Normalerweise führt meine Spontaneität nicht zu dieser Art von

Aktivitäten. Ich setze selten das Leben meiner Klienten aufs Spiel. Dafür haben wir schließlich unseren jüngsten Bruder Luke. Wenn sich ein Kunde an DreamFactory Inc. wendet, um seine wildesten Träume zu verwirklichen, bekomme ich in der Regel die Kunden mit den kreativen Ambitionen. Wenn sie sich nicht direkt an mich wenden, leitet Adam Kunden an mich weiter, die von meiner künstlerischen Neigung sowie meinen Verbindungen in die Welt des Theaters, der Musik und anderer Künste profitieren wollen.

Manchmal bekomme ich die Kunden zugeteilt, die etwas tun wollen, das direkt mit Miami zu tun hat, wo ich mich vor Jahren niedergelassen habe, nachdem ich mein Zuhause in Sunborn View verlassen hatte. Der Hauptsitz des Unternehmens, das meinen Brüdern und mir gehört, befindet sich immer noch in der Nähe von Sunborn View und wird von Adam und seiner Frau Emily geleitet. Wenn sie eine Anfrage für jemanden bekommen, der davon träumt, in irgendeiner Form die vielen Vorzüge der sonnenverwöhnten Metropole des amerikanischen Südens zu genießen, schicken sie die Anfrage an mich und ich bin immer gerne bereit, ihnen zu helfen. Ich habe eine private Bootsfahrt auf die Bahamas, einen Flashmob in der Metrorail und eine rauschende Silvesterparty mit Blick auf den Ocean Drive organisiert, komplett mit silbernen Pailletten-Outfits und einer riesigen Feuerwehrstange, die man um Mitternacht hinunterrutschen konnte. Im Prinzip gibt es nichts, was ich noch nicht gemacht habe.

Aber dieser Kunde hat es irgendwie geschafft, mich aus Miami heraus und zurück in die Nähe meiner Heimatstadt in dieses

Höhlensystem zu führen. Dass er keine klare Vorstellung von seiner Bucket List hatte, hat die Erfahrung herausfordernder gemacht, aber in gewisser Weise auch unterhaltsamer. Ich hatte so die Gelegenheit, meiner Kreativität freien Lauf zu lassen und mir spontan einige außergewöhnliche Erlebnisse für ihn einfallen zu lassen. Anstatt in meiner Kreativität durch übermäßig spezifische Anfragen eingeschränkt zu sein, konnte ich so Dinge tun, an die ich vorher nicht gedacht hätte - zum Beispiel meinen Kunden in einem obskuren Höhlensystem mit viel mehr unerforschten Abschnitten (aus den Augen) zu verlieren, als ich erwartet hatte.

„Hast du keine Karte der Höhlen mitgebracht?"

Der von meinem Helm ausgehende Lichtstrahl wird schwächer, aber ein kräftiger Klaps mit meinem Handballen lässt ihn wieder aufleuchten.

„Sie ist bei Mr. Richardson. Zusammen mit meiner anderen Taschenlampe."

Während ich einem Tunnel folge, der steil abfällt, lässt mich ein Geräusch innehalten.

„Muss ich also Hilfe schicken?", fragt Terry und klingt zunehmend verärgert.

„Warte, ich glaube, ich höre etwas." Ich gehe ein paar Schritte weiter und das Geräusch wird lauter. Schließlich stoße ich einen Seufzer der Erleichterung aus. „Ich habe ihn gefunden. Danke für die moralische Unterstützung."

„Wirst du es Ad-“

Ich lege auf, bevor er die Frage beenden kann. Wenn ich mir das Ende nicht anhöre, bin ich schließlich nicht verpflichtet, zu antworten. Die Stimme in der Ferne führt mich den Tunnel entlang und durch einen engen Durchgang in eine offene, luftige Kammer. Mr. Richardson sitzt auf einem glatten Felsen am Rande eines Naturbeckens. Meine Taschenlampe liegt auf den Felsen neben ihm und erzeugt ein schimmerndes Licht auf der Wasseroberfläche. Die Oberfläche ist glasglatt und reflektiert die Felsformationen um ihn herum. Ich bleibe mitten auf halbem Wege stehen, um den gefühlvollen Gesang des bebrillten Mannes nicht zu stören.

„And who will cry when the roof caves in, when my friends are dying all around... Von da an wird es ziemlich düster.“ Mr. Richardson wirft einen Blick über seine Schulter in meine Richtung. „Das ist das Lied, das mein Großvater immer gesungen hat, während er sich um sein Gemüsebeet kümmerte. Ich weiß nicht, was ihn beim Umgang mit Zuckererbsen und Wachsbohnen genau an den Kohlebergbau denken ließ, aber seit ich ein kleiner Junge war, konnte ich nicht mehr an Sommer oder Succotash denken, ohne mir Gedanken über seinen womöglich bevorstehenden Tod und das zukünftige Schicksal seines Kanarienvogels nach seinem Ableben zu machen.“

„Sicher, sicher.“

Er stößt einen Seufzer aus.

„Sie sind ein wirklich guter Zuhörer.“

Er glaubt tatsächlich, ich habe ihm zugehört? Na, dann spiele ich mal mit.

„Klar, ich bin immer für eine gute Story zu haben."

Ich bin noch dabei, die Sache mit dem Kanarienvogel und den Bohnen zu verarbeiten. Irgendwann werde ich es schon verstehen.

„Diese Höhlensache war eine unglaubliche Erfahrung. Wenn ich eine Bucket List hätte, würde ich das definitiv draufsetzen."

„Nun, das ist ja nicht mehr nötig, da Sie es bereits hinter sich haben."

„Sie haben Recht. Das habe ich allerdings."

Er klingt sehr stolz auf sich selbst und ich frage mich unwillkürlich, wie Nelson Richardsons Lebens wohl außerhalb unseres kleinen ‚Bucket List'-Abenteuers hier aussieht. Ich weiß nicht viel über ihn, außer dass er jeden zweiten Tag Haferflocken zum Frühstück isst, die Bücher des äußerst erfolgreichen Stahlunternehmens seiner Familie führt, obwohl er das Geld definitiv nicht braucht, und einen Basset-Hound-Chihuahua-Mix namens Rocky hat. Und offenbar einen Großvater, der vom Bergbau träumt.

„Sind Sie bereit, von hier zu verschwinden?", frage ich.

Er seufzt erneut und blickt wieder auf das Wasser hinaus. Ich habe das Gefühl, wenn er nicht in den nächsten Minuten aufsteht, werden wir hier draußen zu den Klängen eines weiteren Bergarbeiter-Todesliedes kampieren müssen.

„Das wäre wahrscheinlich das Beste. Ich muss mich ausschlafen und morgen früh los, um mich um Rocky zu kümmern. Sein Babysitter sagt, er hat kaum Appetit. Gestern Abend hat er nicht einmal seinen Nachtisch aufgegessen."

„Es tut mir leid, das zu hören."

„Dabei war es Blaubeerkuchen. Sein Lieblingsessen."

Unwillkürlich schießt mir das Bild einer eigenartigen Hundemischung, die Blaubeerstückchen aus einer geschliffenen Kristallschale leckt, durch den Kopf. Mr. Richardson verstaut indes eine der Taschenlampen in seiner Tasche und gibt mir meine zurück. Die Höhle mit dem Naturbecken verschafft mir genügend Orientierung, dass ich anhand der Karte einen Weg zurück zu einem vertrauten Pfad finden kann. Schließlich verlassen wir die Höhle und treten in die kühle Abendluft. Meine Lungen mit frischer Luft füllen zu können verschafft mir etwas Erleichterung von der staubigen Luft der Höhle. Mittlerweile wünsche ich mir, ich hätte Terry nicht angerufen. Das wird sich noch bitter rächen.

Wir sind zwar mittlerweile in den Dreißigern, aber unter meinen Brüdern wird immer noch eifrig getratscht. Immerhin geschieht das meistens im Namen eines guten Witzes. Außer, wenn Terry im Spiel ist. Audrey und ihr Baby Josh haben ihn zwar etwas weichgeklopft, aber der Achtjährige, der detaillierte Pläne für unsere Gartenfestung gezeichnet und unseren Vater mit einem Tortendiagramm davon überzeugt hat, uns nicht in den Wasserpark mitzunehmen, lebt immer noch irgendwo in seiner kleinkarierten Seele weiter.

Wir kommen im Hotel an und ich bringe Mr. Richardson zu seinem Zimmer. Ich habe vor, morgen nicht allzu früh aufzubrechen, also wird dies das letzte Mal sein, dass ich ihn bis zu unserem nächsten Abenteuer sehe.

„Einen schönen Abend noch. Melden Sie sich bei mir, wenn Ihnen sonst noch etwas einfällt, was Sie tun möchten. Vergessen Sie nicht, Sie haben noch drei Wünsche auf Ihrer Bucket List übrig. Nutzen Sie sie weise."

Er nickt träge und es scheint, als würden seine Augen gleich vor Müdigkeit zufallen. Ich gehe in mein Zimmer im obersten Stockwerk und rufe den Zimmerservice, bevor ich mich unter die Dusche stelle, um den Muff der Höhle abzuwaschen. Der Tag ist endlich vorbei und ich freue mich auf ein wenig Entspannung.

Kapitel 3

Jake

Ich befinde mich in der sehr seltenen und glücklichen Situation, dass es noch eine ganze Woche bis zu meiner nächsten Verpflichtung hin ist. Das ist absolut untypisch für mein Leben. Ich beginne mich daher gerade beinahe wie einer dieser aufblasbaren, wild herumfliegenden Schlauchmänner zu fühlen, die zu Werbezwecken am Straßenrand installiert werden. Es gibt nichts Bestimmtes für mich zu tun, so dass ich das Gefühl habe, ich sollte es ihnen gleichtun und einfach nur ein wenig in der Gegend herumstehen und wild gestikulieren. Ich liebe meine Arbeit, aber es gibt Zeiten, in denen ich nichts lieber tue, als mich so zu fühlen, wie ich es gerade tue. Und heute ist einer dieser Tage.

Die Rezeption hat mich bereits dreimal angerufen, um mich an den Check-out zu erinnern. Ich bin mir ziemlich sicher, dass ich bei meinem letzten Telefongespräch mit ihnen die Nummer meiner Kreditkarte heruntergerasselt habe, während mein Kopf unter dem Kissen versteckt lag, und um eine offene Rechnung gebeten habe, damit ich die Suite so lange behalten kann, wie es mir beliebt. So funktionieren Hotels zwar eigentlich nicht, aber wie praktisch alle, denen ich in meinem Leben begegne, hüten sie sich davor, sich mit mir zu streiten.

Ähnlich wie das Telefon, dessen höchste technische Standards mich die Sünde beichten ließen, meinen Kunden im Höhlensystem aus den Augen verloren zu haben, ist dies einer der Vorteile der Milliarden auf meinem Konto. Genauso wie die Tatsache, dass ich meinen Tag mit einem lächerlich extravaganten Frühstück vom Zimmerservice beginne, das ich nun direkt mit viel Enthusiasmus bestelle. Es gibt nur wenige Dinge, die mich so sehr aus meinem Luxus-Penthouse-Laken locken wie das Versprechen von Blaubeerpfannkuchen. Wenn dann noch ein paar Teller mit Eiern, Speck, Bratkartoffeln, Maisgrütze und Kaffee hinzukommen, ziehe ich mir vielleicht sogar noch etwas an, bevor das Tablett geliefert wird. Zumindest meinen Bademantel.

Ich durchstöbere gerade meine Streaming-Liste und überlege, welche Sendung ich mir ansehen soll, als der Wagen angeliefert wird. Jemand in der Küche hat ein Glas Orangensaft in die Ecke des Tabletts gestellt und die Ränder der Bratkartoffeln sind perfekt angebrutzelt. Eine wahre Wonne.

Mein Telefon klingelt, während ich dabei bin, meinen Stapel Pfannkuchen zu verputzen und mir alle Mühe gebe, die Folge einer Serie zu mögen, mit der Luke mich schon seit langem nervt.

„Hallo?“

„Du hast deinen Kunden *verloren*?“

„Guten Morgen, Adam."

„Welcher Kunde war es? Hast du ihn wiedergefunden?"

Seine Stimme wird mit jeder Frage lauter.

„Ich werde nicht darauf hinweisen, was es über dich aussagt, dass du mich zuerst gefragt hast, wer der Kunde ist, bevor du dich dafür interessiert hast, ob ich ihn wiedergefunden habe oder nicht."

„Hast du ihn wiedergefunden?"

„Nein, er irrt immer noch irgendwo in der Höhle umher. Ich war es leid, dort unten herumzutigern, also bin ich zurück ins Hotel gegangen, um eine Pause zu machen. Ich gehe gleich wieder zurück nach unten und sehe nach, ob er Fortschritte auf seiner Irrwanderung gemacht hat."

„Jake, ich musste *gerade* erst wieder Geld auf dein Kautionskonto überweisen."

„Beruhige dich. Ich habe ihn gefunden. Er wusste nicht einmal, dass er vermisst wurde. Sein Name ist Nelson Richardson."

„Richardson? Der Typ, dessen Cousine ihn dazu zwingen wollte, eine Bucket List zu erstellen?"

„Genau der. Ich habe ein wenig darüber nachgedacht und das erscheint mir wie ein ziemlich fragwürdiges Geburtstagsgeschenk. So auf die Art... hey, du wirst alt, also wirst du wohl bald deinem Schöpfer gegenübertreten. Vielleicht solltest du anfangen darüber nachzudenken, was du auf jeden Fall in deinem Sammelalbum haben willst, wenn du es Jesus präsentieren musst."

„Das wird mit Sicherheit nicht unsere neue Marketingkampagne für dieses Frühjahr."

Den letzten Bissen Pfannkuchen hätte ich wahrscheinlich in zwei Teile teilen sollen, aber ich schaffe es, ihn gekonnt zusammenzufalten und irgendwie in meinen Mund zu stopfen.

„Wahrscheinlich wäre das nicht sehr effektiv", stimme ich zu, nachdem ich den Bissen mit Mühe heruntergeschluckt habe. „Wie auch immer, es gibt keinen Grund für dich, den Miesepeter zu spielen. Wie ich schon sagte, Mr. Richardson wusste nicht einmal, dass ich ihn nicht finden konnte. Er hatte einen Riesenspaß da unten in der Höhle. Wir hatten sogar einen sehr rührenden Moment, in dem er mir eine nette Geschichte über seinen Großvater erzählt hat. Ich habe dir schon mal gesagt, dass ich mich um meine Klienten ganz gut selbst kümmern kann, ohne dass du einen auf Big Boss und großer Bruder machen musst."

„Ich wäre viel überzeugter davon, wenn du aufhören würdest, Alleingänge zu starten, von denen ich nichts weiß."

„Gib mir mal Emily."

„Warum?"

„Gib mir einfach Emily."

Das Telefon raschelt. Emily, eine meiner engsten Freundinnen in der Highschool, hat es vor ein paar Jahren geschafft, den ältesten

Conway-Jungen zu zähmen und ihm ein wunderschönes kleines Mädchen namens Violet geschenkt.

„Jake, was hast du getan?"

„Ich habe nichts getan, was nicht sofort wieder in Ordnung gebracht worden wäre. Adam soll aufhören, so ein Arsch zu sein. Ich bin in ein paar Stunden zu Hause."

„Er ist nur so ein Arsch, weil er dich liebt. Ich gehe davon aus, du wirst Lust auf Shepherd's Pie haben heute Abend?"

„Sorg dafür, dass Audrey einen Schokoladenkäsekuchen mitbringt. Aber nicht diese winzigen Törtchen. Obwohl, vielleicht auch die winzigen. Aber tausend davon."

Ich lächle, als ich den Hörer auflege. Emily hat Recht. Sie hat meistens Recht, aber ich sage ihr das nicht, weil es ihr Selbstbewusstsein überlaufen lassen würde und sie in der Folge zum Gesprächsthema Nummer Eins des Frühjahrs-Workshops der Theaterabteilung ihrer Highschool werden könnte. Adams ständiger Anspruch, als Anführer des Unternehmens angesehen zu werden und für uns Entscheidungen über unsere Kunden zu treffen, nervt mich manchmal, aber ich weiß, dass er das nur tut, weil ihm unser Erfolg so viel bedeutet.

Die ursprüngliche Idee für DreamFactory Inc. war seine. Inspiriert von einem ziemlich exzentrischen Onkel von uns, als wir noch Kinder waren, entwickelte er einen Service, der es unseren Kunden ermöglicht, uns ihre Bucket Lists zu präsentieren und uns diese für sie realisieren zu lassen. Wir anderen - Terry, Frankie, Luke und ich - folgten ihm auf diesem Weg und bisher sind wir sehr erfolgreich damit. Ich bin mir sicher, dass es irgendwo in den Büros des Geschäftsimperiums unseres Vaters Büros für jeden von uns gibt, die für uns bereitstünden, wenn wir uns entschließen sollten, zu heimkommenden verlorenen Söhnen zu werden. Aber Adams unermüdliches Engagement für das Unternehmen stellt sicher, dass das wohl nie passieren wird.

Das bedeutet jedoch nicht, dass ich jemals aufhören würde, mich gegen ihn aufzulehnen und mein eigenes Ding zu machen. Das betrachte ich als meinen Beitrag dazu, sicherzustellen, dass er nicht zu sehr abhebt.

Das Frühstück liegt mir noch schwer im Magen, aber das Versprechen von frischer Luft an der Bucht, ein paar Tage Entspannung zu Hause und ein großer Teller von Emilys Shepherd's Pie motivieren mich, mich für den Tag fertig zu machen. Da ich die Serie, die auf meinem Computerbildschirm läuft, mittlerweile aufgegeben habe, schalte ich auf eine meiner altbewährten Lieblingssendungen um, drehe die Lautstärke auf und gehe duschen.

Eine halbe Stunde später ist meine Tasche gepackt und ich lege ein Trinkgeld für das Housekeeping auf den Schreibtisch, bevor ich mich auf den Weg mache. Vorher schaue ich noch kurz bei der Rezeption vorbei, um dem Manager mitzuteilen, dass ich abreise, damit es keine peinliche Vermisstensituation gibt, wenn sie im Laufe der nächsten Tage nichts von mir hören. Anschließend trete ich in die frühe Nachmittagssonne hinaus.

Es ist immer noch Winter, selbst in Miami, und die kühle Luft auf dem Parkplatz macht daraus keinen Hehl. Ich stelle meinen Jackenkragen auf und hoffe, dass die Jahreszeit in Sunborn View nicht allzu unfreundlich zu mir sein wird. Durch das Wasser, das die Insel umgibt, fühlen sich die kalten Temperaturen oft noch rauer an, aber wenn ich Glück habe, wird ein Hauch von Frühling einsetzen und dem Wind etwas die Schärfe nehmen.

Weniger als zwei Stunden später rollt mein Auto langsam auf das Deck der Fähre ein. Sobald die Räder stillstehen und mein Sicherheitsgurt gelöst ist, fühle ich mich wie zu Hause. Natürlich, Miami ist fantastisch. Ich halte es mit dieser Stadt ganz so wie auf so vielen Touristen-T-Shirts zu lesen ist – I love Miami. Deshalb gab es nie einen Zweifel daran, für welchen Ort ich mich entscheiden würde, als es an der Zeit war, Wurzeln zu schlagen und Sunborn View zu verlassen. Aber trotz meiner Hingabe zu Miami hat diese winzige Insel hier etwas an sich, das keinen Zweifel an der Tatsache lässt, dass sie für immer mein Zuhause bleiben wird. Sie ist anders als jeder andere Ort, den ich kenne. Jedes Mal, wenn ich zurückkomme, auch wenn es nur nach kurzer Abwesenheit ist, fühle ich, wie meine innere Ausgeglichenheit zurückkehrt.

Als die Fähre die Insel erreicht, gleite ich vorwärts und halte am Wachmann an, um den Ausweis zu zeigen, der mich weiterfahren lässt. Eines der bekanntesten Gesetze der Insel, das seit der Ankunft der ersten Fahrzeuge auf Sunborn View in Kraft ist, sieht vor, dass

Autos nur von Einwohnern und Langzeitbesuchern benutzt werden dürfen. Und selbst dann sind sie nur in bestimmten Bereichen erlaubt. Dadurch wird die ruhige, friedliche Energie der Insel bewahrt und jeder, der hier wohnt, dazu ermutigt, die Insel zu Fuß zu erkunden und mit den Leuten zu interagieren.

Mein erster Halt ist das Haus meiner Eltern, das auf einer Anhöhe mit Blick über das restliche Dorf liegt. Niemand ist zu Hause außer dem Personal, das mir sofort die Kleidung in meinem Gepäck abnehmen will und versucht, mir Snacks aufzuzwingen. Das ist ein weiterer Reiz der Rückkehr nach Hause. Ich könnte mit Barbecue-Soße am Kinn ins Haus laufen und alle meine Klamotten in einem Kleidersack tragen, an dem noch das Wäscheetikett hängt, und Myrna würde mich immer noch so behandeln, als wäre alles, was ich besitze, schmutzig und als wäre ich halb am Verhungern.

Als ich meine Klamotten in die Sicherheit meines Zimmers bringe und nur mit einer Handvoll von Myrnas selbstgemachten Käsekräckern aus dem Haus flüchte, habe ich noch etwas Zeit, bevor Emily und Adam von der Arbeit nach Hause kommen. Der Wind hat sich gelegt und die Sonne scheint nun so stark, dass die Temperatur regelrecht angenehm ist. Also beschließe ich, ins Dorf zu gehen und in Audreys Gourmetladen vorbeizuschauen, um ihre Fortschritte bezüglich meiner tausend Schokoladenkäsetörtchen zu begutachten. Auf meinem Weg entlang des Yachthafens bemerke ich einen uniformierten Lieferwagenfahrer, der nahe am Ufer steht und sich gegen das Geländer lehnt.

„Alles in Ordnung?“, frage ich und trete neben ihn.

„Nicht wirklich.“

Als ich über das Wasser schaue, sehe ich das Hausboot von Ellis Wells vorbeigleiten. Das ist keine große Überraschung. Den größten Teil seines Lebens verbringt Ellis damit, ziellos in der Bucht hin und her zu gleiten. Manchmal, wenn ihm das zu anstrengend wird, bindet er sein Ruderboot an die Fähre, um sich von ihr auf eine kleine Urlaubsreise schleppen zu lassen. Die meiste Zeit lässt er sich aber einfach treiben. Ein paar Sekunden später kommt das Boot in entgegengesetzter Richtung zurück und ich bemerke, wie Ellis verzweifelt mit etwas paddelt, das aussieht wie mehrere zusammengeklebte Standardpaddel.

„Hey Ellis!“

„Schön, dich zu sehen, Jake.“

Er paddelt an uns vorbei, dann zieht er sein zusammengebasteltes Utensil zurück auf das Deck und gleitet wieder in unsere Richtung.

„Bereit?“, ruft der Lieferfahrer.

Ellis nimmt eine Position ein, die halb an einen Fußballtorwart, halb an eine geburtsbereite Hebamme erinnert, die beide eifrig auf ihren kommenden Fang warten.

„Immer rüber damit.“

Der Fahrer schwingt ein Seil, das ich in seiner Hand nicht bemerkt hatte. An dem Seil hängt eine verdächtig nasse Plastiktüte. Er macht einen Schritt zurück und schleudert sie in Richtung Ellis. Sie fällt ein paar Meter vor Ellis ins Wasser, aber er verharrt in seiner Pose, während er vorbeidriftet. Entnervt vor sich hin murmelnd holt der Lieferfahrer das Paket wieder ein.

„Wie lange machen Sie das schon?“, frage ich.

„Bestimmt schon zwanzig Minuten.“

„Also gut. Dieses Mal werde ich einfach noch näher an Sie heransteuern“, sagt Ellis, während er wieder an uns vorbeipaddelt.

„Warum legst du nicht einfach an, Ellis?“

„Du weißt, dass die Regeln von Landratten für mich nicht gelten, Jake.“

Das Paket schießt auf ihn zu, bevor Ellis in seiner Position ist, und er wirft dem Lieferfahrer einen empörten Blick zu.

„Was ist in dem Paket?“, frage ich.

„Keine Ahnung“, sagt der Lieferfahrer. Das Paket gleitet wieder durch das Wasser und zurück in seine Hände. „Hoffentlich nichts Zerbrechliches oder Lebendiges.“

„Nun, angesichts der Plastiktüte ist Letzteres eher unwahrscheinlich.“

„OK. *Dieses* Mal werde ich bereit sein!“, ruft Ellis.

Als wir aufschauen, beobachten wir Ellis dabei, wie er sich durch das Wasser zurückkämpft und dann wieder vorbeigleitet, wobei er sein selbstgebasteltes Superpaddel fest mit dem Griff eines großen Netzes verbunden hat. Die blauen Maschen des Netzes flattern in der Luft, während er in die andere Richtung zurückpaddelt, dann lässt er das Netz los und hält es über die Wasseroberfläche, um auf den nächsten Flug des Pakets vorbereitet zu sein.

Platsch.

„Im Ernst, Ellis. Du warst schon früher mal an Land. Das weiß ich mit Sicherheit. Ich habe es selbst gesehen. Du musst nicht einmal lange bleiben. Wahrscheinlich musst du nicht einmal dein Boot verlassen. Leg doch einfach nur so lange an, bis dieser nette Mann hier dir dein Paket gebracht hat, und dann kannst du wieder weiterfahren."

„Geht nicht", sagt Ellis.

Sein Boot gleitet vorbei und ich warte darauf, dass er zurückpaddelt. Das Meer in der Bucht ist glücklicherweise ruhig. Ich kann mir vorstellen, dass das Paddeln auf einem Hausboot gegen jegliche Form von Strömung alles andere als ein Kinderspiel für ihn wäre.

„Warum nicht?"

„Mein Haus ist kaputt."

„Dein Haus ist kaputt? Dein Boot meinst du?"

„Ja. Ich kann nicht andocken, bis ich das Paket habe und es reparieren kann."

Ich seufze. Perfekt.

„In Ordnung. Versuchen wir's."

Fünf Minuten und unangenehm nasse Kleidung meinerseits später wiegt Ellis das Paket wie ein Baby an seiner Brust und der Lieferfahrer geht grummelnd davon. Selbst mit dem netten Trinkgeld in der Tasche scheint er deutliche Zweifel an seiner Berufswahl zu hegen.

„Alles in Ordnung, Ellis?"

Der spindeldürre alte Mann nickt, immer noch schwankend, und schmiegt sich an sein Paket als hätte er eine gelungene Geburt hinter sich.

„Danke."

Von ihm unbemerkt winke ich ihm zu und gehe weiter in Richtung des Hauses von Adam und Emily. Kaum bin ich eingetreten, bleibt Emilys Blick auf den nassen Teilen meiner Kleidung haften. Fröstelnd ziehe ich meinen Mantel aus und hänge ihn an den Haken neben der Eingangstür.

„Was ist mit dir passiert?", fragt sie.

„Ellis."

„Ah." Anscheinend ist keine weitere Erklärung nötig. „Geh ins Schlafzimmer und zieh dir Adams Sweatshirt an. Ich werde deine Sachen für dich trocknen."

Gerade habe ich Emily meine Kleidung gegeben und bin in einem grauen Jogginganzug und dicken weißen Socken, die meine Füße vor der Kälte schützen, zurück ins Wohnzimmer getapst, als mein Telefon auf dem Couchtisch klingelt, wo ich es liegen gelassen habe. Als ich es in die Hand nehme, sehe ich, dass es Mr. Richardson ist. Ich bin mir nicht sicher, was ich davon halten soll und lasse mich auf die Couch fallen, bevor ich den Anruf entgegennehme.

„Hallo?"

„Jake? Ich bin froh, dass ich Sie erwischt habe."

„Hallo, Mr. Richardson. Wie geht es Ihnen? Wie geht es Rocky?"

„Ihm geht es gut. Er hat wieder angefangen zu essen."

„Freut mich zu hören. Was kann ich für Sie tun?"

„Ich habe darüber nachgedacht, was Sie über mein nächstes Abenteuer gesagt haben."

„Haben Sie etwas im Sinn?"

„Ja. Sie haben mich mit diesem Höhlenabenteuer wirklich inspiriert. Jetzt, wo ich in die Erde hinabgestiegen bin, möchte ich auch ganz gerne die höheren Sphären erkunden."

„Wir könnten ein Kletterabenteuer auf die Beine stellen."

„Das ist nicht ganz das, was ich mir vorgestellt habe."

„Heißluftballon?"

„Fallschirmspringen."

Ich bin fassungslos. Irgendetwas muss diesem Mann zugestoßen sein, als er unten in den Höhlen verloren ging. Für mich hört sich das eher nach auf die Erde zustürzen an als nach der Erkundung höherer Sphären. Aber wenn es das ist, was Mr. Richardson will, ist es das, was er bekommen wird. Nicht von mir. Aber er wird es bekommen.

„Das klingt großartig", sage ich. „Und ich kenne genau die richtige Person, die das für Sie möglich machen wird. Ich werde Sie an meinen Bruder Luke verweisen. Derartiges Zeug ist genau sein Ding. Ich weiß zufällig, dass er gerne mal aus einer Laune heraus Fallschirmspringen geht, wenn er das Gefühl hat, dass seine Woche nicht aufregend genug war. Wenn das für Sie in Ordnung ist, rufe ich ihn an und wir werden alles für Sie vorbereiten."

„Das klingt fantastisch. Ich kann es kaum erwarten!"

Ich lege auf und frage mich, ob Rocky vielleicht in die Schnapsvitrine gelangt ist und Mr. Richardson abgefüllt hat. Emily sieht mich fragend an, als sie mir eine Tasse Kaffee reicht.

„Alles in Ordnung?"

„Nur ein Kunde. Also, was steht heute Nachmittag an?"

„Adam wurde von einem seiner Kunden aufgehalten, es wird also noch etwas dauern, bis er nach Hause kommt. Nach meinem Feierabend hat deine Mutter anscheinend beschlossen, Violet doch noch nicht nach Hause zurückzubringen, aber sie versichert mir, dass ich mein Kind irgendwann wiedersehen werde."

„Macht sie das oft?"

„Das kommt immer wieder mal vor."

Ich lache.

„Nun, sie hat fünf von uns großgezogen. Nur zwei Enkelkinder zu haben, ist wahrscheinlich etwas ungewohnt für sie."

Sie hebt eine Augenbraue.

„Ihr seid in der Tat fünf. Das bedeutet, dass drei Brüder noch Babys schulden, darunter..."

„In der Hinsicht befinde ich mich ganz am Ende der Schlange, so viel steht fest."

„Warum das denn?"

„Sagen wir einfach, die Frau, die mich regelmäßig am Längsten besucht, ist Kira."

„Wer ist Kira?"

„Die Frau, die sich für mich um meine Pflanzen kümmert, weil ich sie ständig sterben lasse."

„Wenn du die Pflanzen nicht am Leben erhalten kannst, warum hast du sie dann überhaupt?"

„Sie haben nicht darum gebeten, das Licht der Welt zu erblicken, Emily. Und auch nicht darum, von meinem unausstehlichen

Zwillingsbruder in meinem Haus zurückgelassen zu werden, nachdem sie ihm von seiner bizarren Kundin vermacht wurden."

„Abigail Grace?"

„Ja woher weißt du das?"

„Ins Blaue geraten. Ich habe mir überlegt, ob ich noch einmal zurück in die Highschool fahre und mir die Fortschritte bei den Kulissen für das Frühlingsmusical ansehe. Willst du mit mir kommen?"

Ich bin froh, dass sie von ihrem Heirats- und Babythema ablässt. In der alten Theaterabteilung der Highschool vorbeizuschauen, wo Emily und ich uns einst angefreundet haben, klingt nach einer netten Art, den Abend zu verbringen, also gehe ich in Richtung Schlafzimmer. Ich bin noch nie in Jogginganzug und Socken durch diese Hallen geschlendert und werde auch jetzt nicht damit anfangen. Mein älterer Bruder hat einen etwas anderen Körperbau als ich, aber ich finde ein paar Klamotten, die passen, und wir machen uns auf den Weg zu Emilys wartendem Auto. Die Temperatur ist stark gesunken, seit die Sonne untergegangen ist, und wir haben beide keine Lust, zurück zum Haus laufen zu müssen, sobald unser kleiner Ausflug in die Highschool zum Ende kommt.

Die Rückkehr in das alte Theater weckt in mir einen Anflug von Nostalgie. Hier habe ich einen Großteil meiner Highschool-Zeit verbracht. Ich habe mit Emily Bühnenbilder entworfen und dann zugesehen, wie sie in der Bastelwerkstatt hinter der Bühne

Wirklichkeit wurden. Gelegentlich habe ich sogar bei einigen Stücken oder Workshops mitgewirkt.

Das war eine meiner Arten, hin und wieder ein wenig Abstand von meinen Brüdern zu suchen. Die meiste Zeit verbrachten wir im Rudel, vor allem die ältesten drei: Adam, Terry und ich. Die Conway-Jungs. Die Söhne der wohlhabendsten und einflussreichsten Familie in Sunborn View. Das gefiel uns, aber gleichzeitig war es schön, gelegentlich unser eigenes Ding zu machen. Und genau das tat ich ausgiebig. Während Adam und Terry ihre Popularität voll ausnutzten und sich an den Mädchen der Schule abarbeiteten, war ich hier und steckte meine Energie in die Produktionen. Ich ging hier und da aus, aber ich traf nie ein Mädchen, mit dem ich länger als ein paar Monate hätte zusammen sein wollen - wenn sie es überhaupt so lange schafften. Sie waren entweder unerträglich langweilig oder erwiesen sich ziemlich schnell als kleine Profiteurinnen, die glaubten, sie könnten sich für ihre Aufmerksamkeit mit meinem Status und meinem Geld belohnen lassen.

In der Highschool angekommen verfalle ich schnell wieder in dieselben Gewohnheiten. Es sind nicht einmal zehn Minuten vergangen und schon bearbeite ich mit Schleifpapier den Rand eines Bühnenelements, das einmal eine Art Hausfassade darstellen soll.

„Weiß er, dass er nicht mehr sechzehn ist?“

Ich höre Adams Stimme über das Stück Sperrholz hinweg und stecke meinen Kopf durch ein halbfertiges Fenster, um ihn missbilligend anzustarren.

„Sie brauchten Hilfe.“

„‘Sie’, das sind die Teenager, die in der Cafeteria sitzen und sich mit Chips vollstopfen, weil der Alte ihre Arbeit für sie macht?“

„Ich bin nicht alt“, widerspreche ich und erhebe mich vom Boden. „Aber ja, genau die.“

Mein Bruder und ich umarmen uns.

„Wie lange bleibst du noch?“, fragt er.

„Ein paar Tage. Vor nächster Woche habe ich nichts vor.“

„Wieso, was ist nächste Woche?“, fragt er und klingt fast so, als hätte er Angst vor der Antwort.

„Mach dir keine Sorgen. Es hat nichts mit Mr. Richardson zu tun. Das ist jetzt Lukes Angelegenheit. Mein Termin ist nur ein Abendessen, das ich ausrichte. Es ist für ein paar Leute, mit denen ich in der Vergangenheit gearbeitet habe und die meine Hilfe bei der Koordination der Bucket List eines Freundes von ihnen brauchen. Nichts Ausgefallenes. Aber ich habe einen Koch engagiert, der sich um das Essen kümmert, damit alles reibungslos verläuft.“

Wir verlassen die Schule und fahren zurück zu seinem Haus, wo ich mir schnell wieder Adams Pullover überstreife und mich auf einen Abend mit Shepherd’s Pie einstelle. Es macht mir nicht einmal etwas aus, dass Melissa, Emilys beste Freundin, kurz darauf mit ihrem Mann im Schlepptau auftaucht. Das gehört zum Zuhausesein dazu.

Kapitel 4

Lilian

Ich fühle mich nicht weniger nostalgisch und emotional als gestern, als ich ins *Prism* zurückkam. Mein geliebtes Schauspielhaus im Schummerlicht des frühen Morgens zu sehen macht es vielleicht sogar noch schlimmer. Ich stehe in der Mitte des regennassen Bürgersteigs, lehne mich zurück und starre zum Schriftdisplay des Schauspielhauses hinauf.

Das Erste, was ich tat, nachdem ich die Papiere für die Übernahme des Schauspielhauses unterschrieben hatte, war, die großen runden Glühbirnen am Display auszutauschen. Nur ein paar von ihnen hatten noch geleuchtet, als der Vorbesitzer mir vor meiner Angebotsabgabe das baufällige Gebäude gezeigt hatte. Das gesamte Schild wieder zum Leuchten gebracht zu haben, war und ist ein visuelles Zeugnis von der Rolle dieses Gebäudes in meinem Herzen und demonstriert jedem, der es sieht, dass es immer noch geliebt wird, auch wenn andere es vergessen haben.

Das Bild, das in meinem Büro hängt, zeigt das Schriftdisplay, wie ich es in Erinnerung habe, als ich noch klein war. Die Arme um die Taille meines Vaters geschlungen, die Augen voller Bewunderung zu ihm aufgerichtet, stehe ich unter dem Display in einem schlechtsitzenden Kleid, einer Spielzeugperlenkette und High Heels, die ein paar Töne von einer Farbe entfernt waren, die beinahe zum Rest des Looks hätte passen können. Ich fühlte mich schön. Er schaffte es immer, dass ich mich schön fühlte.

All das hier war eigentlich ihm gewidmet gewesen. Sein Tod war brutal gewesen und war so plötzlich eingetroffen, dass ich kaum wusste, was mit mir geschah. All die Qualen, die ich durchgemacht habe, um das Schauspielhaus zu erwerben und es wieder so herzurichten, wie ich es aus meiner Kindheit in Erinnerung hatte, wären es wert, wenn das bedeuten würde, dass er stolz und glücklich auf mich vom Himmel herabsähe.

Jetzt möchte ich das Büro jedoch nicht einmal mehr betreten. Wenn ich das Bild sehe, tut mir das Herz weh. Selbst als er litt, als sein Körper ihn im Stich ließ, tat mein Vater alles, was er konnte, um mir und meiner Mutter gegenüber Stärke zu demonstrieren. Er wollte nie, dass wir wissen, wie schwer es für ihn war oder wie viel Angst er vor dem Tod hatte, aber ich konnte es in seinen Augen sehen. Egal, womit er zu kämpfen hatte, alles, was für ihn zählte, war, uns zu beschützen. Jetzt habe ich das Gefühl, dass ich nicht nur versage, sondern dass ich ihn erneut verliere.

Gavin, der in der Lobby auf und ab geht, ist nicht das, was ich zu sehen gewohnt bin, als ich es endlich durch die Tür schaffe. Normalerweise schaffe ich es zuerst ins Theater, aber an den Tagen, an denen er zuerst da ist, finde ich ihn normalerweise im Büro vor.

Sein hektisches Treiben macht mich nervös und ein Teil von mir möchte sich einfach nur umdrehen, nach Hause gehen und sich unter der Bettdecke verstecken, um am nächsten Morgen wieder aufzustehen und diesen Tag vergessen zu haben. Leider ist mein Leben kein Streaming-Service. Diese Episode ist unwiderruflich im Gange.

„Was ist los? Was ist passiert? Warum bist du nicht im Büro?"

„Wenn ich ins Büro gehe, muss ich das in meiner beruflichen Eigenschaft tun und das will ich im Moment nicht."

„Steht heute etwa ein Auftragsmord oder so auf deiner To-Do-Liste? Ich meine, ich kann mich nicht daran erinnern, das auf die Liste gesetzt zu haben, aber womöglich handelt es sich dabei um deine Art, etwas zusätzliches Geld zu verdienen."

„Nein, aber es sind nicht meine potenziell mörderischen Absichten, über die du dir Sorgen machen solltest."

Ein ahnungsvoller Schauer läuft mir über den Rücken.

„Was meinst du damit?"

Gavin greift widerwillig in seine Tasche und holt sein Handy heraus. Eine seiner Aufgaben im *Prism* ist es, sich um die E-Mails und den Außenauftritt zu kümmern. Er ist ein fantastischer Kommunikator für das Theater und hält die Dinge organisiert. Er ist sogar für die Geisterjäger-Bar-Mizwa verantwortlich. Aber es gibt eine Sache, die nicht seine Aufgabe ist, was bedeutet, dass ich schon weiß, was mich auf dem Display erwartet, bevor er das Telefon überhaupt zu mir dreht.

Meine Hand zittert in dunkler Vorahnung, als ich den Hörer abnehme, aber ich will mich nicht damit befassen. Die E-Mail des stillen Teilhabers ist sogar noch länger als die letzte und ich kann das Gift in ihr beinahe schmecken.

„Er wird richtiggehend aggressiv", sagt Gavin stirnrunzelnd.

Er klingt nervös. Ich habe versucht, den Konflikt mit C so weit wie möglich von ihm fernzuhalten, um ihn nicht zu sehr zu beunruhigen, aber als sich die Situation begann zu verschärfen, musste ich ihn in das ganze Ausmaß der Situation einweihen. Das macht ihn nervös, mehr um meinetwillen als um der Zukunft des Theaters willen, aber es ist tröstlich, zu wissen, dass ich in diesem schwierigen Kampf nicht allein bin. Und wie mein Vater fühle ich mich verpflichtet, ihm gegenüber Stärke zu demonstrieren.

„Das ist doch alles nur Gerede", sage ich, auch wenn die eindringlichen, an Gehässigkeit grenzenden Worte weiterhin in mir nachhallen. „Er will nur, dass ich klein beigebe und ihm das gesamte Theater überlasse. Aber das wird nicht passieren."

„Was weißt du über diesen C-Typ?"

„Nicht viel, außer, dass es sein Geschäft ist, in andere Geschäfte zu investieren, und er es mir ermöglicht hat, das Theater zu kaufen. Das ist ja mehr oder weniger Sinn und Zweck eines stillen Gesellschafters. Er hält sich im Hintergrund. Das war der einzige

Grund, warum ich zugestimmt habe, einen Investor im Boot zu haben. Du weißt ja, was ich davon halte, wenn andere in meine Angelegenheiten hineinpfuschen. Ich wollte das alleine durchziehen, aber es wurde mir ziemlich schnell klar, dass ich es ohne Hilfe nicht schaffen würde."

„Es tut mir immer noch leid, dass mein Programm kein so durchschlagender Erfolg wurde, wie ich es mir erhofft hatte."

„Es ist in Ordnung. Berühmte Dramatiker als künstlerische Nackt-Akte, das war eine tolle Idee. Vielleicht werden wir sie bei der Neuauflage zum fünfjährigen Jubiläum wieder aufgreifen. Das Scheitern beweist nur, wie schwer es ist, ein solches Projekt unabhängig zu finanzieren. Ich hatte keine andere Wahl. C ist nicht das, was ich von einem stillen Teilhaber erwarten würde. Er bekommt seinen Anteil an den Erlösen und - wenn es mir möglich ist - seine Zahlungen, um ihn auszuzahlen. Im Gegenzug bleibt er... still. In einer stillen Partnerschaft sollte sich der Teilhaber nicht zu sehr einmischen, nicht zu viel interagieren, die Dinge nicht zu persönlich nehmen. Ansonsten ist es schnell weniger eine stille Partnerschaft als eine wirklich laute."

„Ich weiß nicht, ob das so gedacht ist, Lilian. Diesem Mann gehört ein Teil deines Theaters. Das Theater, das du praktisch dein ganzes Leben lang in deinem Herzen getragen hast. Meinst du nicht, du solltest mehr über ihn wissen? Zum Beispiel... wofür ‚C' steht?"

„Ich nehme an, es steht für seinen Namen."

„Aber für welchen? Conan? Colin? Celot?“

„Celot?“

„Vielleicht ist es sein zweiter Vorname. Sein erster Name könnte Oliver sein.“

„O. Celot? Wie das Tier?“

„Könnte sein.“

„Ich bezweifle ernsthaft, dass das sein Name ist, aber ich denke, er möchte einfach anonym bleiben. So bleibt die Beziehung auf einer professionellen Ebene.“

„Ehrlich gesagt glaube ich, dass in Bezug auf Professionalität der Zug abgefahren ist, als dieser Typ anfing, Sätze wie ‚Es ist Zeit, dass Sie Ihre mangelnde finanzielle Leistungsfähigkeit akzeptieren und diesen erbärmlichen Traum endlich aufgeben, Sie Schlampe’ zu äußern.“

Ich werfe einen Blick zurück auf das Telefon.

„Er hat mich nicht Schlampe genannt.“

„Es war angedeutet. Dieser Punkt am Ende des Satzes hat es in sich. Du musst zwischen den Zeilen lesen.“

Ich schließe die E-Mail, seufze und reiche das Telefon mit einer schwungvollen Bewegung zurück an Gavin, damit er es wieder in seine Tasche stecken kann und ich es nicht mehr sehen muss.

„Ich weiß nicht, was ich als nächstes tun soll. Mit jeder E-Mail wird er eindringlicher. Er will, dass ich einfach aufgebe, aber das werde ich nicht tun. Jedoch weiß ich nicht, wie es weitergehen soll. Es gibt eine Ausstiegsklausel im Vertrag, und wenn ich nicht in der Lage bin, bald zu zahlen, wird nichts mehr übrig sein, um das *Prism* davor zu bewahren, dass er irgendwann kommt und es mir wegschnappt."

„Ich wollte eigentlich damit warten, dir das zu sagen, weil es eine Überraschung sein sollte, aber es gibt vielleicht einen kleinen Lichtblick. Es wird nicht alles lösen, aber es könnte ein Anfang sein."

„Im Moment bin ich für jeden Vorschlag offen. Schieß los..."

Gavins Grinsen erhellt sein Gesicht, während er seine Arme seitlich ausbreitet und seine langen, dünnen Finger so weit wie möglich ausstreckt, als ob er versuchen würde, seine Aufregung bis in die äußersten Enden seiner Glieder strömen zu lassen.

„Ich wurde als Küchenchef für eine private Party nächste Woche engagiert!"

Sein Mund öffnet sich zu einem Ausdruck purer Freude. Ich starre ihn ausdruckslos an.

„Du wurdest was?"

„Irgendein verwöhnter reicher Kerl gibt nächste Woche eine Party und suchte jemanden, der sich um das Essen kümmert. Also habe ich ein Telefoninterview mit seinem Assistenten geführt und wurde als Küchenchef für den Abend engagiert."

„Aber du bist kein Koch. Selbst wenn du am Wochenende Alton Brown guckst und dabei nichts als eine Schürze trägst, wird dich das nicht zu einem machen."

Gavins Arme sinken zu seinen Seiten herab und sein Gesichtsausdruck wird zu einem Schmollmund.

„Ich habe viel aus diesen Sendungen gelernt, das kann ich dir sagen. Außerdem wird es schon schiefgehen. Es ist ja nicht so, als wäre es eine schicke Soiree oder so. Er will ausdrücklich etwas, was relativ moderat und leger, aber dennoch köstlich ist."

„Das hört sich für mich ganz nach dir an."

Sein Lächeln kehrt zurück.

„Danke."

„Warte... du hattest ein Telefoninterview mit seinem Assistenten? Und das war's? Dieser Typ will einen Koch für seine Party engagieren und alles, was er braucht, ist ein Telefonanruf, um jemanden zu engagieren? Keine Referenzen. Keine Verkostung. Wie hast du es denn geschafft, so einen Job zu bekommen?"

„Um ehrlich zu sein... Ich habe einen Freund von mir ein gutes Wort für mich einlegen lassen."

Ich nicke.

„Ah. Na, das wird ja ein Spaß für dich werden."

„Ein Spaß für *uns*."

„Für uns?“

Er streckt seine Hand aus und nimmt meine beiden Hände in seine.

„Warum kommst du nicht mit mir und kellnerst? Du kannst ein Tablett in der Gegend herumtragen und die Häppchen verteilen.“

„Braucht der Typ, der dich eingestellt hat, denn auch eine Kellnerin?“

„Das glaube ich nicht. Aber das wird er, sobald ich mit ihm gesprochen habe. Er weiß nur noch nicht, dass er eine braucht.“

„Perfekt.“

Ich kann sehen, wie sehr sich mein bester Freund über diese Gelegenheit freut, und ich liebe ihn für seinen Enthusiasmus. Aber so sehr ich mich auch bemühe, ich kann nur an die Angst und den Ärger denken, die aus der E-Mail von C resultieren. Dieser Typ wird mit jeder E-Mail unhöflicher und erniedrigender und mit jedem Tag, der verstreicht, rückt der Zeitpunkt näher, an dem ich nichts mehr werde tun können, um zu verhindern, dass mir mein großer Traum zwischen den Fingern zerrinnt.

Kapitel 5

Lilian

Eine Woche später...

Mit der einen Hand halte ich einen kabellosen Lockenstab an meinem Kopf in Position, mit der anderen versuche ich, einen schwarzen Pumps an meinen Fuß zu bekommen, während ich auf einem Bein herumspringe. Mein Gleichgewicht zu halten war noch nie eine meiner Stärken. Irgendwo in dem Stapel disqualifizierter Kleidungsstücke auf dem Bett klingelt mein Telefon, doch das Geräusch ist gedämpft durch die Schichten diverser schwarzer und weißer Stoffe. Irgendeine Aktivität muss dem Anruf geopfert werden und das wird nicht die Bändigung meiner roten Naturlocken in eine glänzendere und professionellere Version ihrer selbst sein. Ich lasse den Schuh fallen, der sich weigert, mir an den Fuß zu rutschen, hüpfe mit wackligen Sätzen zum Bett und wühle mich durch die Kleidung, bis ich den Anruf beim wahrscheinlich letzten Klingeln erwische.

„Hey, Gavin, ich weiß, ich bin ein paar Minuten zu spät, aber ich mache mich so schnell wie möglich fertig. Die Entscheidung, was man anziehen soll, stellt sich als etwas schwieriger heraus, wenn man noch nie zuvor ein ungewolltes Kellnerinnenanhängsel an einen Gig als Privatkoch war. Aber dafür hatten wir ja den Zeitpuffer vorgesehen. Wir werden es trotzdem rechtzeitig schaffen."

„Ich werde das wohl nicht."

„Was soll das heißen, du wirst das wohl nicht? Wir dürfen nicht zu spät kommen."

„Ich kann nicht."

Seine Stimme klingt entnervt.

„Mach dich einfach fertig und komm, sobald du kannst. Ich halte sie in der Zwischenzeit hin."

„Nein, Lilian, hör mir doch zu. Ich kann heute Abend überhaupt nicht kommen."

„Wie bitte?"

„Es tut mir leid. Es gibt einen Notfall und ich kann nicht kommen. Du musst für mich einspringen."

„Für dich einspringen?", frage ich schrill. „Wie, als Chefkoch? Das kann doch nicht dein Ernst sein. Ich weiß nicht, wie man für eine Party kocht. Ich habe nicht annähernd so viel Alton Brown gesehen wie du – erst recht nicht mit einer Schürze um meinen Hüften. Du wirst jemand anderen anrufen müssen."

„Es gibt sonst niemanden. Es ist zu kurzfristig. Du bist die Einzige. Du musst das für mich tun, Lilian."

„Gavin..."

„Sieh es doch mal so. Du hattest nur wenig Lust, das Kellnerinnenanhängsel zu sein. Nun, jetzt bist du die Hauptdarstellerin. Dieser Typ will unbedingt jemanden, der für ihn kocht, und du bist die einzige Option." Seine Stimme beruhigt sich ein wenig und klingt allmählich etwas ausgeglichener. „Bitte. Du musst das für mich tun. Ich brauche dich. Außerdem wirst du so etwas Geld verdienen. Das wird dir helfen."

Ich stoße einen Seufzer aus.

„Gut. Ich werde es tun. Aber du bist mir wirklich etwas schuldig."

„Danke dir. Ich werde dir morgen alles erklären. Und ich schicke dir die Speisekarte per E-Mail."

Der Anruf endet und ein paar Sekunden später piept mein Telefon, um mich davon zu unterrichten, dass das von Gavin geplante Menü angekommen ist. Ich blättere es durch, während ich mich an die Bettkante setze, um mir den Schuh endgültig anzuziehen, bevor ich beide Schuhe wieder ausziehe. Köche tragen in der Küche keine Absätze. Nicht einmal, wenn es billige Fälschungen sind.

In Gavins E-Mail wird mir versichert, dass alle Lebensmittel und Vorräte für den Abend bereits an das Haus geliefert wurden, in dem die Party stattfindet, so dass ich mich nur noch auf den Weg dorthin machen muss. Ich schaue mir die Adresse an, gebe sie in Google Maps ein und stelle fest, dass ich auf keinen Fall zu Fuß gehen kann. Ein Uber zu rufen, ist wahrscheinlich nicht die beste Verwendung meiner begrenzten finanziellen Mittel, aber jemand, der einen Privatkoch für seine Party engagiert hat, wäre wahrscheinlich nicht amüsiert über eine verschwitzte Frau, die hereinstolpert, nachdem sie versucht hat, durch die schwüle Nacht von Miami zu rennen, um rechtzeitig zur Vorbereitung der Party zu erscheinen.

Das Viertel, in das mich der Fahrer bringt, ist mir nicht bekannt, aber es ist definitiv nicht, was ich erwartet habe. Wenn ich an jemanden denke, der bereit ist, einen Koch für seine Dinnerparty zu engagieren, denke ich an diese lächerlich luxuriösen, über die gesamte Stadt verteilten Condos und Villen, die jeden Monat mehr kosten, als ich in den letzten Jahren insgesamt an Miete für meine winzige Wohnung gezahlt habe. Stattdessen hält das fast schon nervtötend fröhliche Mädchen, das den glitzernden lavendelfarbenen Käfer fährt, der mich abgeholt hat, vor einem relativ bescheidenen Brownstone-Haus. Immer noch teurer, als ich es mir je leisten könnte, selbst wenn ich mich klonen und vier weitere Jobs annehmen würde, aber nichts Großartiges.

„Ist es das?"

„Ja! Genau da. Ich hoffe, Sie hatten eine schöne Fahrt!"

„Es war großartig. Danke."

Eilig rutsche ich vom Rücksitz und gehe die Stufen zur Tür hinauf. Ich drohe den Termin um ein Haar zu verpassen, also habe ich nicht die Muße, um groß herumzutrödeln und über die Sache nachzudenken. Gavin will, dass ich das durchziehe. Ich weiß nicht, warum er so darauf besteht. Aber er hat im Laufe unserer Freundschaft genug für mich getan, ohne es in Frage zu stellen, also bin ich ihm wohl etwas schuldig. Ich habe ihn jedoch noch nie gebeten, der Lückenfüller für einen Job zu sein, den keiner von uns beiden gelernt hat, aber vielleicht haben all die Tage, die ich im Theater verbracht habe, ja auf mich abgefärbt und ich werde ihnen etwas vorgaukeln können.

Gavins Anweisungen enthielten auch den Code für die Tür, also lasse ich mich selbst hinein und bleibe einige Sekunden lang unbeholfen im Eingangsbereich stehen. Drei Dienstmädchen in einheitlichen strahlend rosa Uniformen eilen an mir vorbei, ohne mich überhaupt zu bemerken. Das Haus wirkt wie frisch geschrubbt, aber es riecht nicht nach einem bestimmten Mittel. Das ist eines der Dinge, die mir an den Menschen auffallen. Es gibt Leute, die wollen, dass ihr Haus sauber ist, aber einen neutralen Geruch hat, und es gibt Leute, die wollen, dass man den Geruch von Sauberkeit sofort riechen kann, wenn man es betritt. Ich gehöre zur letztgenannten Fraktion. Schließlich reinige ich meine Wohnung nicht annähernd so häufig, wie ich es wahrscheinlich tun sollte. Wenn ich dann mal meine künstlich gefärbten Reinigungsmittel und Plastikhandschuhe hervorhole und mich an die Arbeit mache, möchte ich, dass der Unterschied offensichtlich ist. Wenn ich tief einatme, möchte ich das Gefühl haben, dass ich an frischer Wäsche in einem Kiefernwald vorbeilaufe und dabei an einer Limonade nippe.

Womöglich sollte ich mich für einen Duft entscheiden und an

diesem durchgehend festhalten, anstatt für jeden Raum einen anderen zu wählen.

In kompletter Ermangelung weiterer brauchbarer Anweisungen mache ich mich auf den Weg durch das Haus und wandere umher, bis ich die Küche finde. Wie Gavin versprochen hat, stapeln sich auf dem Tresen und der Marmorinsel Tüten und Kisten von verschiedenen Lebensmittel- und Restaurantlieferanten. Aus Neugierde öffne ich die chromglänzende Kühlschranktür. Die Regale sehen alle sehr ordentlich aus, aber wahrscheinlich nur, weil die Lebensmittel darin alle brandneu sind. Dies ist der Kühlschrank eines Mannes, der nie kocht. Die Gründe, warum er mich - nun ja, Gavin - eingestellt hat, werden immer offensichtlicher.

Eine Schürze, die über die Ecke der Kücheninsel drapiert daliegt, erregt meine Aufmerksamkeit. Achselzuckend ziehe ich meinen Mantel aus und lege ihn beiseite, bevor ich die Schürze über meinen Kopf streife. Es braucht ein paar Schlingen um meine Taille, damit sie an ihrem Platz bleibt, aber sobald ich sie befestigt habe, fühle ich mich bereits wesentlich professioneller.

Die schiere Menge an Lebensmitteln, die um mich herum aufgetürmt sind, ist überwältigend. Ich weiß nicht, wo ich anfangen soll, aber die leuchtend blauen Zahlen auf der Vorderseite des unberührten, hochmodernen Backofens lassen nach und nach die Minuten bis zur Ankunft der Gäste verrinnen, also muss ich mich wohl oder übel zusammenreißen. Ich krame mein Handy aus der Tasche und rufe erneut Gavins E-Mail auf. Ein Toaster, der aussieht, als hätte er noch nie einen Krümel gesehen, eignet sich perfekt als Telefonhalter, so dass ich die Hände frei habe und beginnen kann, mich zu orientieren.

Gerade habe ich die Zutaten für die Vorspeisen aufgestapelt, als ich einen Mann in die Küche kommen sehe. Mir stockt der Atem, als seine strahlend blauen Augen meinen Blick streifen und er mit einer Hand durch sein dichtes, braunes Haar fährt.

In der Hoffnung, dass mein angespanntes Hüsteln nur ein Kitzeln in meinem Hals ist, das von der trockenen Innenluft herrührt, und nicht eine viszerale Reaktion auf seine Präsenz, ignoriere ich ihn vorläufig und lese mir noch einmal die Anweisungen in der E-Mail durch. Die beschriebenen Mengen machen mir einen eher moderaten Eindruck und ich nehme die Sektion mit den Hauptgerichten in Augenschein.

„Nur fünf?“, murmle ich vor mich hin.

In meinem Kopf beginnt sich ein Bild des Mannes zu formen, der hier wohnt. Es ist vielleicht nicht gerade eines der schicksten Häuser der Stadt, aber was ihm an strukturellem Wert fehlt, macht es durch Prunk und Pomp im Inneren durchaus wett. Mr. Blue Eyes blickt sich kurz in der Küche um, bevor er wieder aus dem Raum huscht und in Richtung der Vorderseite des Hauses verschwindet. Ich atme tief ein und aus. Der Kerl ist heiß genug, um arktische Abendluft aufzuwärmen.

Es dauert fast eine halbe Stunde, bis mein Dinner allmählich

Form annimmt. Auf dem Herd brodelt einiges vor sich hin, der Ofen heizt vor und ich bin mit einer der drei Vorspeisen fast fertig.

„Verzeihung, ist der Ihrer?"

Ich beuge mich über einen Topf mit Soße auf dem Herd und frage mich, ob sie wirklich diese bonbonrosa Farbe haben sollte, als mich die Stimme aufschreckt. Der Löffel befindet sich noch in meiner Hand, als ich herumwirble und eine Kaskade winziger Soßentröpfchen über den Boden schicke.

„Oh, verdammt", sage ich, lasse den Löffel zurück in die Soße fallen und greife nach einigen Papiertüchern.

Ich schrubbe über den Boden gekauert, als ich aufblicke und feststelle, dass die Stimme von dem blauäugigen Mann kam. Genau der blauäugige Mann, der jetzt meinen Mantel in einer Hand hält, während er mir dabei zusieht, wie ich die Soße aufwische, die ich über den makellosen Küchenboden verteilt habe. Fantastisch. Die Dinge laufen gut.

„Brauchen Sie Hilfe?", fragt er.

Ich schüttele den Kopf.

„Nein. Es ist in Ordnung. Ich bin daran gewöhnt."

Ich bin daran gewöhnt? Warum zum Teufel habe ich das gerade gesagt? Entweder habe ich gerade dem umwerfendsten Mann, den ich je gesehen habe, gesagt, dass ich es gewohnt bin, beim Kochen eine Sauerei zu veranstalten, oder dass ich generell ein schlampiger

Mensch bin. Beides lässt mich nicht gerade im besten Lichte erscheinen.

„Okay. Ist das Ihr Mantel? Darf ich ihn in den Schrank hängen?“

„Oh, natürlich. Das ist in Ordnung.“

Er lächelt und verschwindet wieder. Nachdem er gerade lange genug weg war, um mir Zeit zu geben, mich selbst zu beschimpfen, kommt er zurück in die Küche und öffnet einen der Schränke. Die Theke füllt sich mit diversen Schnapsflaschen, während er ein Regal nach dem anderen ausräumt. Dann geht er zu einem anderen Schrank und beginnt, Gläser herauszunehmen. Er muss ein Barkeeper sein. Das könnte meine Chance sein, unsere unangenehme erste Begegnung zu überspielen und mich bei meinen Kollegen einzuschmeicheln. Nachdem ich kurz mein Erscheinungsbild überprüft habe, um sicherzugehen, dass nichts von der rosa Soße auf mir gelandet ist, sehe ich zu ihm hinüber.

„Sie denken doch nicht etwa daran, das Zeug hier aufzustellen, oder? Sie sollten das wohl eher im Wohnzimmer tun.“

Er sieht mich mit dem Hauch eines Funkelns in den Augen an.

„Ach ja? Und warum ist das so?“

„Ernsthaft? Sehen Sie sich um. Dieser Mann hat Personal eingestellt, um seine Dinnerparty auszurichten. Er braucht einen Koch, der das Essen für ihn und vier weitere Personen zubereitet. Ich habe nicht weniger als drei Dienstmädchen gesehen, die das Haus sauber machen, und es sieht nicht so aus, als würde er die Küche auch nur anrühren. Glauben Sie wirklich, dass jemand, der so verwöhnt ist, seine Gäste einfach in die Küche gehen und ihre Getränke selbst machen lässt?“, schnaube ich höhnisch. „Das bezweifle ich stark.“

„Da ist wahrscheinlich etwas dran.“

Er hört sich an, als würde er ein Lachen unterdrücken, aber bevor ich noch ein weiteres Wort sagen kann, tritt eine Frau in einem smaragdgrünen Kleid an die Tür. Sie lehnt sich an den Türrahmen und grinst den Mann mit leuchtend roten Lippen an.

„Hier versteckst du dich also, Jake.“

Jake? Jake. Jake. Ich weiß, dass ich den Namen irgendwo schon mal gehört habe. Oder gesehen.

Mein Magen macht eine kleine Drehung. Meine Fingerspitzen tasten über den Tresen zu meinem Telefon und versuchen, verstohlen zu wirken.

„Ich komme gleich, Madison“, sagt er zu ihr. „Kannst du die für mich rausbringen?“

Die Frau schaut verwirrt auf die beiden Schnapsflaschen, die er ihr reicht, als wüsste sie nicht, was sie damit anfangen soll.

„Ist der Barkeeper spät dran?“

Mein Finger berührt das Display und scrollt an den Anfang der E-Mail, wo Gavin die Adresse des Brownstone-Hauses und die Details der Party eingetragen hat. Jake Conway.

Oh Scheiße.

„Nein. Ich dachte, wir würden heute Abend unsere Drinks einfach selbst machen."

Die Frau verlässt die Küche und ich wende mich Jake zu.

„Es tut mir so leid...", beginne ich, aber er schüttelt den Kopf.

„Kein Problem. Ich würde wahrscheinlich genauso über mich denken." Er macht einen Schritt auf mich zu und beugt sich verschwörerisch vor. „Ich denke sogar genauso über sie."

Ich lache.

„Nun, ich meine, das alles ist schon ein *bisschen* extravagant. Sie sind nur zu fünft. Können Sie nicht einfach eine schnelle Pasta zubereiten?"

„Ich verbringe nicht viel Zeit mit dem Kochen, wie Sie sicher bemerkt haben. Aber ich verspreche, dass ich eigentlich nicht diese Art von Person bin. Ich wollte heute Abend einfach nur etwas Ausgefalleneres. Im Prinzip ist es ein Geschäftsessen." Die Frau, die er Madison nannte, ruft seinen Namen aus dem vorderen Bereich des Hauses. Er nimmt einige der Gläser in die Hand und geht zur Tür. „Außerdem bin ich ein wenig *verwöhnt.*"

Sein darauffolgendes Zwinkern lässt meinen Körper erst erstarren und dann frenetisch kribbeln, während mein Herz schamlos in meiner Brust hüpft. Hitze steigt mir in die Wangen und ich kümmere mich wieder frenetisch um die rosa Soße auf dem Herd, während Jake nach vorne verschwindet. In der nächsten halben Stunde tue ich so, als wäre ich eine Köchin und gebe mir alle Mühe, zu entscheiden, was ich von Jake halte. Oder Mr. Conway? Ich habe ihn noch nicht mit Namen angesprochen, also bin ich mir nicht sicher, welchen ich benutzen soll. Das Haus ist wunderschön und elegant eingerichtet, aber nichts darin schreit nach Opulenz. Es vermittelt mir den Eindruck, dass er recht wohlhabend, aber nicht superreich ist. Das beruhigt mich. Jetzt muss ich nur noch herausfinden, ob diese Madison seine Frau ist, oder ob das hohe Kichern, das jedes Mal ertönt, wenn sie seinen Namen sagt, ihren Paarungsruf darstellt.

Kapitel 6

Jake

Ich habe keine Ahnung, wer das Mädchen in meiner Küche ist. Sie ist definitiv nicht die Person, von der Owen mir erzählt hat, dass er sie für den heutigen Abend als Köchin eingestellt hat. Mein Assistent ist nicht immer ganz auf dem Laufenden, aber ich habe zumindest genug Vertrauen in seine Fähigkeiten, um den Unterschied zwischen einem Mann namens Gavin und einer Frau namens... wenn ich es mir recht überlege, weiß ich nicht einmal ihren Namen. Neben der Faszination, die ihre leuchtend blauen Augen und ihre wilden roten Locken auf mich ausübten und ihren nahezu beleidigenden Worten in Bezug auf mich und meine Kreise bot sich mir keine Gelegenheit, sie danach zu fragen.

Eine Sache ist sicher. Sie bewegt sich nicht in der Küche, als wäre sie ein Profi. Wer auch immer sie ist, ‚Privatköchin' steht wahrscheinlich nirgends in ihrem Lebenslauf. Aber ich werde ihr nicht im Wege stehen. Solange sie etwas Essbares für meine Gäste zubereiten kann, bin ich froh, dass sie hier herumhantiert.

Ich reiche jedem der bereits eingetroffenen Gäste eines der

Gläser, die ich ins Wohnzimmer gebracht habe, und mache mich auf den Weg zurück in die Küche. Sie steht gebückt vor dem Ofen, schaut hinein und scheint ein gedämpftes Gespräch mit dem Gericht zu führen, das darin brutzelt. Ich muss mich mit Mühe davon abhalten, wie erstarrt stehen zu bleiben und die Art und Weise zu begutachten, wie ihre enge schwarze Hose ihren runden Hintern umspannt.

„Spricht es mit Ihnen?", frage ich.

Die Frau springt auf und wirbelt so heftig herum, dass ich Angst habe, sie könnte einen der Töpfe umstoßen, die auf dem Herd herumstehen. Ihre Wangen sind leicht gerötet, doch das macht sie nur noch schöner.

„Was?", fragt sie fast atemlos.

„Mit wem oder was Sie auch immer da drinnen sprechen", sage ich und nicke leicht in Richtung des Ofens. „Beweist die angesprochene Partei wenigstens die Höflichkeit, Ihnen zu antworten?"

„Oh." Sie wirft einen Blick auf den Ofen und dann wieder auf mich und schüttelt den Kopf. „Nein. Aber Sie wissen ja, was man über Käsekuchen sagt. Unhöflich."

„Sie haben Käsekuchen gemacht?"

„Ja. Schokoladenkäsekuchen. Ich weiß, dass er nicht auf der ursprünglichen Speisekarte stand, aber ich bin bei genauerem

Hinsehen zu dem Schluss gekommen, dass Brownies kein angemessenes Dessert darstellen. Also habe ich einfach das hier gezaubert mit den Zutaten, die ich hatte. Das war früher das Lieblingsdessert meines Vaters und meine Mutter hat es für ihn an Feiertagen, Geburtstagen und Jahrestagen gemacht. Aber Sie haben mich nichts von all dem gefragt und ich plappere einfach ununterbrochen über mein Leben drauflos, während Sie Gäste haben, die Sie unterhalten müssen. Es tut mir leid."

Sie stößt einen gequälten Seufzer aus, aber ich kann nur unwillkürlich lachen. Obwohl ich nur wenige Minuten mit ihr verbracht habe, bin ich bereits völlig von ihrem Charme verzaubert. Sie ist wunderschön, aber hat etwas an sich, wofür ich keine Worte finde. Es bringt mich beinahe dazu, lieber hier bei ihr bleiben zu wollen, als zu den Gästen zu gehen, die auf mich warten. Die Tatsache, dass sie Schokoladenkäsekuchen backen kann, ist auch nicht zu verachten.

„Nun, es ist mein Lieblingsdessert, also hoffe ich, dass es sich zusammenreißt und anfängt, mit Ihnen zu kooperieren."

„Das hoffe ich auch."

„Ich glaube, ich habe mich noch nicht vorgestellt. Ich bin Jake."

Ich strecke ihr meine Hand entgegen. Sie wischt ihre an ihrer Schürze ab, bevor sie sie ergreift.

„Lilian", sagt sie.

„Freut mich, Sie kennenzulernen, Lilian."

„Die Freude ist ganz meinerseits."

Unsere Blicke treffen sich und wir starren uns ein paar Sekunden lang an. Die Anziehungskraft zwischen uns ist offensichtlich. Allen meinen inneren Instinkten zum Trotz trete ich jedoch einen Schritt von ihr zurück. Mit einer Geste in Richtung des Wohnzimmers schenke ich ihr ein zögerliches Lächeln.

„Ich sollte wohl wieder da reingehen."

„Ja. Ich sollte mich wohl wieder um diesen unverschämten Käsekuchen kümmern", sagt sie eilig und gestikuliert in Richtung Herd.

Ich lächle immer noch, als ich zwei weitere Flaschen Schnaps ins Wohnzimmer trage. Die drei ehemaligen Kunden und ihr Freund, dem sie meine Dienste empfehlen wollen, sind eingetroffen und sitzen dicht gedrängt und aneinandergelehnt in meinem Wohnzimmer, während sie sich gegenseitig etwas zuflüstern. In einer größeren Runde würde man dies wahrscheinlich als höfliche Unterhaltung bezeichnen. In Anbetracht der Tatsache, dass sie in meinem Haus sitzen und wir die einzigen hier sind, wirkt es, als wären sie misstrauische Besucher in einem fremden Land, die nicht wissen, was sie von den seltsamen Bräuchen der Einheimischen halten sollen. Zum Beispiel, dass es in meinem Haus kein fest angestelltes Personal gibt oder dass sie sich ihre Getränke selbst einschenken müssen. Keiner der Leute, die sich auf meinen Möbeln breitmachen, verfügen auch nur ansatzweise über meine finanziellen Mittel, aber wenn man sie beobachtet, könnte man meinen, das Gegenteil sei der Fall.

Lilian hatte nicht ganz Unrecht. Es ist ja nicht gerade so, dass ich mir Illusionen über diese Leute machen würde. Sie unterscheiden sich nicht von denen, die meine Eltern damals so oft zu uns nach Hause einluden, als meine Brüder und ich noch jünger waren. Menschen, die sich darüber definieren, zu welcher Art von sozialen Zusammenkünften sie eingeladen werden. Diejenigen, die damals zu Geschäftsessen und eleganten, unternehmensgesponserten Treffen kamen, hatten die gleiche Ausstrahlung wie diese vier.

Die einzige Ausnahme könnte Madison sein. Sie ist der Grund, warum ich zugestimmt habe, dieses Dinner heute Abend hier zu veranstalten. Ich habe mich aus mehreren Gründen dafür entschieden, außerhalb der trendigen Gegenden mit ihren Skyline-Condos zu wohnen, und einer davon ist, dass ich mir nicht angewöhnen möchte, meine Abende mit Networking zu verbringen. Madison war in den letzten Jahren eine sehr treue Kundin, die nicht nur ihre eigene, ziemlich extravagante Bucket List ständig erweitert, sondern mir auch einige weitere lukrative Kunden zugeführt hat. Als sie mir erzählte, dass sie und zwei ihrer Freundinnen, die zufällig auch meine Dienste in Anspruch genommen haben, eine Frau überzeugen wollten, die noch unentschlossen ist, was das Thema Bucket List angeht, schlug ich vor, dass sie mich bei einem meiner nächsten Gigs für einen anderen Kunden begleiten sollten. Die Idee, das Treffen bei mir zu Hause abzuhalten, kam von ihr. Sie meinte, das wäre persönlicher und würde Kirsten die Möglichkeit geben, mich und meine Firma besser kennen zu lernen.

Wenn ich sehe, wie Madison mich unter ihren leicht schiefen falschen Wimpern hinweg lasziv beäugt und den Saum ihres Kleides alles andere als subtil nach oben schiebt, um die Spitzen ihrer halterlosen Strümpfe zu enthüllen, beginne ich zu glauben, dass sie Hintergedanken haben könnte. Ich hatte noch nie die Gelegenheit, sie zu mir nach Hause einzuladen, aber auf den Partys und Veranstaltungen, die in unserem Bekanntenkreis ziemlich unausweichlich sind, war sie immer sehr nett. Manchmal war sie sogar lustig und schien sich auch charakterlich zumindest ein wenig von den anderen abzuheben. Das hat mich dazu gebracht, ihrem Plan zuzustimmen, aber so wie sie mich jetzt ansieht, mit dem Finger einen Hauch zu tief in ihren Drink getaucht und um einen Sektquirl herumwirbelnd, an dem keine Oliven stecken, weil ich vergessen habe, sie aus der Küche mitzubringen, fange ich an, an meiner Einschätzung zu zweifeln.

„Jake, ich habe Kirsten gerade erzählt, wie du mich einmal auf deine Privatinsel zum Delfinschwimmen mitgenommen hast, und wie viel Spaß wir dabei hatten. Erinnerst du dich daran?“

Ich setze mich auf den Stuhl, der am weitesten von Madison entfernt ist, und greife nach einem Glas. Normalerweise würde ich einen Bourbon nehmen, aber heute Abend habe ich das Gefühl, dass ich vollständig die Kontrolle über mich behalten sollte. Ich kippe ein wenig Sprudelwasser in mein Glas und nehme einen großen Schluck.

„Eigentlich war das nicht meine Privatinsel. Sie gehört meinem Bruder Luke.“

„Nun, du hast dich auf jeden Fall so verhalten, als ob sie dir gehören würde.“

Sie streicht sich durch die Haare und Kirstens Blick gleitet zu mir hinüber. Ein Lächeln flackert auf ihren Lippen. Ich führe das Glas wieder an den Mund, um den Schluck den peinlichen Moment der Stille ausfüllen zu lassen.

„Schwimmen mit Delfinen ist ein ziemlich populärer Punkt auf den Bucket Lists der Leute“, sage ich schluckend. „Das hat mich immer überrascht. Ich dachte, da Kreuzfahrten heutzutage so üblich sind, hätten die meisten Leute, die ein Interesse daran haben, mit den Flossentieren auf Tuchfühlung zu gehen, das schon getan. Aber... anscheinend nicht.“

Madison kichert laut und wirft ihr Haar wieder zurück.

„Siehst du, Kirsten, ich habe dir doch gesagt, dass Jake ein Witzbold ist. Er ist so bescheiden. Wenn man ihm zuhört, könnte man denken, Delfinschwimmen wäre das Normalste der Welt. Oh, sieh mal. Du hast da ein paar Fusseln. Lass mich dich eben saubermachen.“

Sie erhebt sich von der Kante ihres Sitzes, lehnt sich über den Tisch zu mir und zupft mit Daumen und Zeigefinger etwas, das wahrscheinlich nicht wirklich existiert, von meiner Schulter. Ihre Hand hebt sich in Richtung meines Gesichts, aber bevor sie es erreichen kann, erscheint ein Tablett zwischen uns.

„Canapés!“, verkündet Lilian. Sie sieht Madison direkt an. „Canapé?“

Madison schaut verlegen, hebt aber mit einer gezierten Bewegung einen der Appetithappen vom Tablett, bevor sie sich wieder zurück auf ihren Stuhl setzt.

„Danke, Lilian“, sage ich. „Habt ihr Lilian schon kennengelernt? Sie ist unsere Köchin für heute Abend. Sie wurde uns wärmstens anempfohlen.“

In Wahrheit wurde sie überhaupt nicht anempfohlen. Ich habe immer noch keine Ahnung, wer sie ist. Aber ich spiele einfach mit.

„Es ist mir wirklich ein Vergnügen“, sagt Lilian. „Aber wenn ich Sie kurz entführen dürfte. Ich muss Sie in der Küche etwas fragen.“

Ich stelle mein Getränk ab und bedeute der Gruppe mit einer Geste meines Fingers, dass ich gleich wieder da bin. Lilian ist gerade dabei, einen Salat zuzubereiten, als ich in die Küche komme.

„Alles in Ordnung?“, frage ich.

„Hmmm?“ Sie sieht zu mir auf. „Oh, ja. Es ist alles in Ordnung. Ich dachte nur, Sie brauchen vielleicht eine Pause.“

Ich lache und schnappe mir ein Stück Gurke vom Schneidebrett. Ich stecke es in den Mund und lehne mich gegen den Tresen, um sie anzusehen.

„Danke. Es wurde ein bisschen zu viel da drin."

„Wer ist diese Madison? Ist sie Ihre Freundin?"

„Madison? Auf keinen Fall. Sie ist eine Kundin."

„Nun, wenn Sie mich fragen – was Sie nicht getan haben, aber da ich Ihnen bereits die Lebensgeschichte meines Desserts erzählt habe, fahre ich einfach fort – sie scheint an etwas mehr als nur dem Geschäftlichen interessiert zu sein."

„Glauben Sie das?"

Sie geht zur Küchentür und lehnt sich an den Türspalt, um ins Wohnzimmer zu lugen. Von dieser Position aus sollte sie gerade so die Möbel sehen können, aber ihr Gesichtsausdruck, als sie zurückkommt, verrät mir, dass sie wohl viel mehr gesehen hat als das. Ich kann mir nur vorstellen, wie Madison um die Tür herumtigert, in unsere Richtung starrt und sich fragt, wann ich zurückkomme.

„Wie oft ist sie hier?"

„Sie war noch nie hier."

„Das ist das erste Mal, dass die Sache im Raum stand, sie einzuladen?"

„Es ist das erste Mal, dass ich es ihr vorgeschlagen habe. Sie hingegen hat schon ein paar Mal gefragt."

Lilian lächelt wissend und träufelt etwas, das wie selbstgemachtes

Dressing aussieht, über den Blattsalat.

„Diese Frau hat also angedeutet, dass Sie sie zu sich nach Hause einladen sollen, und Sie tun es nicht, und dann hat sie plötzlich einen geschäftlichen Grund für Sie, die Einladung auszusprechen? Klingt für mich ein bisschen verdächtig.“

„Sagt es womöglich etwas über Sie aus, dass das sofort derartige Assoziationen in Ihnen weckt?“

„Vielleicht über die Tatsache, dass ich eine Frau bin. Aber sonst nicht. Das ist nicht mein Stil.“

„Was ist Ihr Stil?“

Sie grinst.

„In der Küche herumlungern, Schokoladenkäsekuchen essen und über andere Leute lästern.“

„Das klingt nach viel mehr Spaß als alles, was da draußen im Gange ist.“

„Ich hebe Ihnen ein Stück auf. Aber jetzt versammeln Sie Ihre Gäste und begeben sich zu Tisch. Es ist Zeit für das Abendessen. Setzen Sie sich nicht gegenüber von Madison. Die gefüllte Hühnerbrust kann Sie vielleicht davor bewahren, dass Sie ein zu tiefgehendes Gespräch mit ihr führen müssen, aber ich kann Ihnen nicht versprechen, dass sie Sie vor ihren Füßchenspielchen schützen wird. Das wäre wohl etwas zu viel verlangt.“

Den Rest des Abends verbringe ich damit, mich Madisons

Annäherungsversuchen so professionell wie irgend möglich zu erwehren und mich in jeder freien Minute zu Lilian zu schleichen. Wie sie es versprochen hatte, steht ein Stück Schokoladenkäsekuchen auf der Kücheninsel für mich bereit, als meine vier Gäste zum Kaffee ins Wohnzimmer zurückkehren. Ich nehme ein paar Bissen und wir tauschen Beobachtungen über die anderen aus, bevor ich mich wieder zu ihnen gesellen muss. Als ich die Gäste zur Tür hinausbegleite, ist natürlich das Erste, woran ich denke, Lilian aufzusuchen. Sie räumt gerade die Küche auf, als ich zurückkomme und einen weiteren Bissen von dem Käsekuchen nehme, der immer noch auf der Ecke der Kücheninsel steht.

„Wie ist es gelaufen?", fragt sie.

„Ziemlich gut, denke ich. Kirsten hat zugestimmt, mich für die Implementierung ihrer Bucket List anzuheuern."

„Na dann herzlichen Glückwunsch."

„Danke. Und danke, dass Sie heute Abend für uns gekocht haben. Es war alles köstlich."

Sie lacht kurz auf.

„Es war nichts Besonderes. Aber ich bin froh, dass es Ihnen geschmeckt hat."

Ich beobachte, wie sie gegen einen Soßenspritzer auf der Herdplatte ankämpft und dabei echtes Herzblut in diesen Kampf zu stecken scheint.

„Wissen Sie, Sie müssen das nicht tun. Ich habe Leute, die morgen früh zum Putzen kommen."

Sie seufzt, wirft den Schwamm ins Waschbecken und streicht sich mit dem Arm über die Stirn, um sich eine Locke aus dem Gesicht zu streichen, die sich aus ihrem leicht chaotischen Dutt gelöst hat.

„Stimmt. Ich vergaß. Sie sind verwöhnt."

Sie wirft mir ein Lächeln zu und nimmt einen weiteren Bissen von ihrem Käsekuchen.

„Haben Sie morgen schon etwas vor?"

Die Frage platzt aus mir heraus, bevor ich die Chance habe, sie zu Ende zu denken. Sie wirft mir einen fragenden Blick zu.

„Ich muss arbeiten, aber ich habe wahrscheinlich den Nachmittag frei. Warum? Haben Sie noch eine andere Party?"

„Nein, ich will Sie diesmal nicht anheuern. Ich möchte Sie nur wiedersehen."

Lilian schaut überrascht und scheint zum ersten Mal an diesem Abend sprachlos zu sein.

„Oh."

„Also, sie sind frei?"

Sie nickt und ich verspüre den Drang, ihr an den Kopf zu greifen und ihr Haar von seinem Knoten zu lösen.

„Ja."

„Gut. Geben Sie mir Ihre Nummer und ich melde mich morgen bei Ihnen."

Wir zögern einige Sekunden an der Haustür, bevor sie schließlich gute Nacht sagt und zum wartenden Auto hinausschlüpft. Kaum ist die Tür ins Schloss gefallen, klingelt mein Telefon.

„Hallo?"

„Jake!"

„Mr. Richardson?"

„Ich habe Zweifel, Jake."

„In Bezug worauf?"

Ich schalte das Licht im Wohnzimmer aus und gehe zurück in die Küche, um ein weiteres Stück Käsekuchen zu holen und mit in mein Schlafzimmer zu nehmen.

„Fallschirmspringen. Ihr Bruder hat schon alles in die Wege geleitet."

„Ich dachte, das wollten Sie so."

„Ja. Damals. Nun bin ich mir nicht mehr so sicher."

„Es ist völlig normal, dass Sie nervös sind, aber Sie brauchen keine Angst zu haben. Wie ich Ihnen schon sagte, hat Luke das schon unzählige Male gemacht. Er weiß, was er tut, und hat Kontakte zu den Besten der Branche. Es wird eine großartige Erfahrung werden."

„Und werde ich *danach* noch in der Lage sein, andere Erfahrungen zu machen?“

„Ja. Definitiv, Mr. Richardson. Es ist nur ein Eintrag auf Ihrer Bucket List und wird nicht zu einer Gravur auf Ihrem Grabstein werden.“

Kapitel 7

Jake

Ich verdiene mir meinen Lebensunterhalt damit, Erlebnisse für andere Menschen zu organisieren. Das ist mein Job. Die Leute kommen zu mir und sagen Dinge wie: ‚Jake, ich würde gerne Esther Williams in einem mit Eiscreme gefüllten Swimmingpool imitieren'. Ich finde dann einen Experten für Hypothermie und beginne zu recherchieren, wie lange es dauern würde, das tiefe Ende des Pools mit Fudge-Ripple-Eiscreme zu füllen. Am anderen Ende des Spektrums lande ich bei Mr. Richardson und verliere ihn in einer Höhle. Aber wie bizarr die Bucket List auch ist – nichts kann mich einschüchtern.

Warum zum Teufel schaffe ich es dann nicht, ein einfaches Date zu planen?

Gestern Abend hat mich der Gedanke, dass Lilian mein Haus und – wie der romantische Teenager in mir es formulieren würde – mein Leben verlassen wird, dazu gebracht, sie zu fragen, ob ich sie heute sehen kann. Aber sobald sie zugestimmt hatte und dann tatsächlich das Haus verließ, wurde mir klar, dass ich keine Ahnung hatte, was ich mit ihr unternehmen soll.

Jetzt ist es nur noch ein paar Stunden hin bis zu unserem Date und ich habe immer noch keine Ahnung, was wir unternehmen sollen. Lilian lässt mich ratlos zurück. Ich weiß immer noch nicht wirklich, wer sie ist. Sie ist definitiv keine Köchin. Der Schokoladenkäsekuchen gestern Abend war jedoch so phänomenal, dass ich mich fast schäme, zurück nach Sunborn View zu fahren und Audrey gegenüberzutreten. Es fühlt sich an, als wäre ich ihrem Käsekuchen fremdgegangen.

Aber wie dem auch sei, Lilian war die Person, die Owen eingestellt hatte, und sie huschte den ganzen Abend bemüht in der Küche herum, als würde sie die Tatsache verbergen wollen, dass sie dort nicht hingehörte. Das hat mich jedoch in keinster Weise gestört. Es gab bestimmt einen guten Grund dafür, warum sie auftauchte und nicht der Mann, den ich erwartet hatte. Die Sache ist die, dass es mir eigentlich ziemlich egal ist, dass ich fast nichts über sie weiß. Ihr in einem Kontext zu begegnen, der nichts mit meiner Arbeit zu tun hat, macht dadurch sogar nur noch mehr Spaß. Ich freue mich regelrecht darauf, sie kennen zu lernen.

Und genau da liegt das Problem. Dates haben für mich seit Jahren keine Priorität mehr. Wenn ich einmal ehrlich bin, haben sie das womöglich nie gehabt. Wenn ich ausgehe, dann mit Frauen, die ich bereits kenne. Wenn ich sie dann zum Abendessen abhole, haben wir schon ein paar Verabredungen und endlosen Smalltalk hinter uns. Das bedeutet auch, dass wir der unvermeidlichen Erkenntnis, dass das erste Date keine gute Idee war und es keine weiteren geben wird, zu dem Zeitpunkt bereits ein paar Schritte nähergekommen sind. Sehr oft beginne ich den Abend erwartungsvoll herausgeputzt und beende ihn mit schlechter Laune. Selbst wenn ich in seltenen Fällen mehr als einmal mit derselben Frau ausgehe, stähle ich mich nach einer Handvoll Dates für die nächste Phase ihres Paarungstanzes:

Die Ringfinger-Demonstration.

Früher hat es mich noch überrascht, wie schnell Frauen begannen, mich mehr oder weniger subtil auf ihren nackten Ringfinger hinzuweisen, aber mittlerweile suche ich von Anfang an nach Anzeichen dafür, wenn ich ein drittes Date riskiere. Es muss irgendwo da draußen ein Buch geben, das Frauen kollektiv davon überzeugt, den Prozess bis zur Verlobung zu beschleunigen, indem sie bewusst das Bild eines nackten Ringfingers in den Kopf eines Mannes pflanzen. Viele dieser Frauen scheinen die exakt gleichen Techniken diesbezüglich anzuwenden, angefangen damit, dass sie plötzlich anfangen, immer unübersehbar ihre Hand auf dem Tisch zwischen uns zu positionieren, bis hin zu immer häufigerem Kichern und dem darauffolgenden Klaps mit der nicht geschmückten Hand, als wollten sie mir spielerisch bedeuten, zu verschwinden – was ich im Endeffekt dann auch wirklich tue.

Es ist nicht so, dass ich diese Frauen von Natur aus nicht mag. Ich mag nur das Gefühl in meinem Bauch nicht, dass sie sich bei meinem Anblick eine Geldklammer mit einem diamantenen Solitärring als Kopf vorstellen. Es ist nicht viel anders als in der Highschool, nur dass sie höhere Absätze, höhergesteckte Haare und höhere Ansprüche haben. Sie denken nicht über eine Zukunft mit mir nach. Sie denken über eine Zukunft mit meinem Bankkonto nach. Man könnte einen meiner noch ledigen Brüder an meine Stelle setzen und die Frauen wären genauso interessiert.

Manchmal treffe ich auf Frauen, deren Ringfingernägel nicht unübersehbar mit Glitter lackiert sind. Sie genießen den Gedanken, für eine Weile die Aufmerksamkeit eines Milliardärs zu bekommen, aber schon bald lässt der Reiz des Unverbindlichen und Oberflächlichen in der Regel dann für uns beide nach.

Lilian ist anders. Sie ist nicht von mir beeindruckt. Als sie mich auf meiner eigenen Party mit einem Barkeeper verwechselte, hielt sie ihre herrlich scharfe Zunge nicht im Zaum, als sie meine Gäste beschrieb. Die Tatsache, dass sie sich dann in der Küche mit mir versteckte, um den Käsekuchen mit mir zu teilen, stellte das unter Beweis. Selbst, als sie meinen Namen hörte, schien das kaum eine Wirkung auf sie zu haben. Alles, was sie von mir kennt, ist das bescheidene Brownstone-Haus und die genauso bescheidene Gästeliste meiner Party. Irgendetwas an dem Gedanken gefällt mir.

Ich will ihr gegenüber nicht herumprotzen und habe keinerlei Interesse daran, sie mit meinem Geld zu beeindrucken. Im Gegensatz zu meinem Bruder Luke, der einmal ein Produktionsteam anheuerte und den Rodeo Drive sperren ließ, damit seine Freundin, mit der er gerade mal drei Wochen zusammen war, ihre *‚Pretty Woman'*-Fantasien ausleben konnte. Bei dem Wunsch, Zeit mit Lilian zu verbringen, geht es mir nur darum, sie wiederzusehen, aber das führt mich direkt zu meiner ursprünglichen Frage zurück:

Warum zum Teufel schaffe ich es nicht, ein ganz normales Date zu planen?

Ich schwanke hin und her zwischen meinem Interesse, die Dynamik zwischen uns nicht zu verändern, indem ich zu sehr mit Geld um mich werfe, und dem Interesse, so viel Spaß wie mit ihr wie irgend möglich zu haben. Die Neugier darauf, was sich unter ihrer Küchenuniform und hinter ihrer Aura aus Speiseöl und Meinungsstärke noch so befinden könnte, macht mir Lust, etwas Außergewöhnliches zu planen. Der Wunsch, zu vermeiden, dass ich wie einer dieser faden, verwöhnten Snobs aussehe, die versuchen, sich Aufmerksamkeit zu erkaufen, lässt mich keine Ahnung haben, was ich planen soll.

Es gibt im Grunde nur eine Möglichkeit. Ich muss die Expertin anrufen. Eilig fische ich mein Telefon aus der Tasche, wähle und halte das Gerät wackelig zwischen Schulter und Ohr geklemmt, während ich mit meiner Gabel im Kühlschrank herumstochere, um einen Bissen des übrig gebliebenen Käsekuchens zu nehmen. Wenn ich ihn mit einem Schluck schwarzem Kaffee hinunterspüle, ist das im Prinzip beinahe ein vollwertiges Frühstück. Da ist alles drin, was gut ist. Frischkäse, Schokolade, Kaffee und Kohlenhydrate. Im Grunde ist das, was ich esse, ein dekonstruierter Bagel mit Frischkäse und Mokka.

„Jake?"

„Emily! Hi. Ich brauche deine Hilfe."

„Was hast du angestellt? Adam sagt, ich kann das Baby nicht mitnehmen, wenn ich deine Kautionen bezahlen gehe, um dich rauszuholen. Und er ist gerade in einer Besprechung."

„Nein, ich bin nicht im Knast. Ich brauche deine Hilfe bei der Planung eines Dates."

„Ein Date?"

Die Vorstellung, dass ich ein Date plane, scheint sie mehr zu schockieren als der Gedanke, dass ich im Gefängnis gelandet sein könnte.

„Ja."

Ich erzähle ihr kurz von Lilian und davon, dass ich sie in ein paar Stunden abholen soll ... und damit endet mein Plan auch schon.

„Hast du irgendeine Idee? Irgendetwas?"

„Nun..."

„Was ist?"

„Es ist ein wirklich schöner Tag."

„Worauf willst du hinaus?"

„Ich dachte an ein Picknick am Ocean Drive."

Sie zögert so lange, dass ich schon glaube, sie hätte aufgelegt, aber dann höre ich Violet im Hintergrund.

„Picknick... Klingt toll."

Die desinteressierte Art, mit der sie das sagt, schreckt mich nicht ab, als ich beginne, mir das Date vorzustellen.

„Nichts Großes. Es wäre die perfekte Gelegenheit, um zu reden und sich kennenzulernen."

„Bei einem Picknick... Klar, warum nicht."

„Du warst unglaublich hilfreich. Danke, Emily."

„Ich helfe, wo ich kann."

Ich lege auf und stecke mein Handy in die Tasche zurück, bevor ihre Indifferenz mir noch weiter den Wind aus den Segeln nehmen kann, und mache mich auf den Weg ins Schlafzimmer, um mich anzuziehen. Ich habe einen Picknickkorb zu packen.

***

Drei Stunden später...

„Sie wissen, dass das ein totales Klischee ist, nicht wahr?"

Lilians Hand über den Augen kann das helle Sonnenlicht, das von dem strahlend weißen Sandstrand vor uns reflektiert wird, nicht wirklich abhalten, während wir über den Park am Ocean Drive stapfen. Ich steuere auf einen Baum in der Ferne zu, wo der Schatten das grelle Licht mildert und wir die Decken ausbreiten können, die ich unter meinem Arm trage. Ich grinse sie an.

„Ja."

Sie nickt.

„Solange wir uns da einig sind."

Als wir am Baum ankommen, nimmt sie mir den Korb aus der Hand, damit ich die Decken, die ich mitgenommen habe, auf dem Gras ausbreiten kann.

„Ich habe kein Problem mit klischeehaften Dingen", sage ich, während ich mich auf die Decke fallen lasse und nach dem Korb greife. „Ich denke, es gibt für jedes Klischee einen guten Grund, oder was meinen Sie? Sie alle haben ihren Ursprung in einem wahren Kern, der manchmal eine wirklich tolle Sache ist. Wie zum Beispiel das hier."

Ich strecke demonstrativ meine Arme aus, um die Schönheit des Parks mit seinem herrlich grünen Gras, den tropischen Palmen und dem strahlend weißen Sandstrand in der glitzernden Nachmittagssonne vor uns zu unterstreichen.

„Es macht Ihnen also nichts aus, dasselbe zu tun wie eine Million anderer Leute?"

„Nicht, wenn es sich lohnt. Ich habe das Gefühl, dass Momente wie diese es definitiv wert sind. Es mag wie ein weiteres Klischee klingen, aber wenn ich solche Dinge tue, habe ich das Gefühl, Teil der Seele von Miami zu sein. Können Sie sich bei dem Anblick nicht auch bildlich vorstellen, wie schon die coolen Kids der 80er hier abhingen zu Miamis besten Zeiten, zusammen mit Stars und Sternchen, den frühen kubanischen Immigranten und den berühmt-berüchtigten Dealergrößen der damaligen Unterwelt?“

Ein Lächeln umspielt ihre mit hautfarbenem Lippenstift bemalten Lippen und sie sieht sich um, als würde sie versuchen, die Vorstellung zu visualisieren.

„Seit wann sind Sie selbst denn schon Teil dieser unglaublichen Geschichte von Miami?“, fragt sie mit einem nun wesentlich breiteren Lächeln.

Ihre langen Finger tauchen in die Dose mit den Oliven, die ich gerade geöffnet habe, und pflücken eine von dem im Sonnenlicht glänzenden Stapel, um sie genüsslich zwischen ihre perfekten Lippen zu schieben.

„Seit kurz nach der Highschool. Übrigens ist es vielleicht an der Zeit, dass wir uns duzen“, sage ich lächelnd.

„Nur zu gerne. Daher hört sich deine Stimme also nicht wirklich nach Miami an“, bemerkt sie.

Ich lächle sie an, während ich in ein Brot beiße, das leider nicht annähernd so gut ist wie die Brote, die Emilys Mutter hin und wieder meinen Eltern schickt.

„Dafür ganz viel Georgia“, sage ich. Sie sieht mich mit zusammengekniffenen Augen an. „Meine Familie stammt ursprünglich aus Georgia“, erkläre ich.

„Lebst du immer noch dort?“

„Einige von ihnen. Meine Eltern leben immer noch in dem Haus, das schon seit Generationen dort steht, aber meine Brüder leben über das Land verstreut.“

„Wie viele Brüder hast du?“

„Vier.“

Sie sieht schockiert aus.

„Du hast vier Brüder?“

„Ja“, sage ich mit einem Nicken. „Technisch gesehen bin ich der Dritte, aber nur um ein paar Minuten.“

„Du hast einen Zwillingsbruder?“

„Ja, aber keinen identischen. Der erste ist ein paar Jahre älter als wir.“

„Du bist also das Mittelkind.“

In ihrer Stimme schwingt ein Hauch von Neid mit. In Kombination mit ihren rosigen Wangen sieht sie so verführerisch aus wie ihr Dessert gestern Abend.

„Technisch gesehen“, kichere ich.

„Technisch gesehen“, lenkt sie ein.

„Und du?“ Ich nehme ein Stück Käse, stecke es mir in den Mund und lasse eine Weintraube folgen. „Hast du Brüder oder Schwestern?“

Das Strahlen verlässt ihre Augen für einen Moment, aber sie scheint sich zu bemühen, ihre Miene nicht zu verziehen.

„Ich hatte einen Bruder“, sagt sie. „Aber der ist schon lange verstorben.“

Angesichts der Aura der Trauer, die sich bei ihrer Antwort über sie zu legen schien, wünschte ich, ich könnte die Zeit zurückdrehen und mich davon abhalten, diese Frage zu stellen.

„Es tut mir leid“, sage ich.

Lilian schüttelt den Kopf und ihr Lächeln wird wieder breiter.

„Danke. Aber das ist schon in Ordnung. Es ist schon sehr lange her. Ich war noch ein kleines Mädchen.“ Ihr Blick gleitet wieder über den Sand. Sie lehnt sich zu mir und zeigt auf einen Mann, der eine Art Übung macht, die aussieht, als würde er gleichzeitig joggen und Seil springen. „Schau, der ist auch ein Mittelkind.“

„Warum?“

Eine weitere Olive rollt über ihre Zunge, während sie sich ein wenig näher an mich heranlehnt.

„Sieh ihn dir an. Hautenge Neopren-Trainingskleidung, und

Seilsprung-Jogging – im Sand?“

In der Mittagssonne von Miami.

„Ja, das ist ein Mann mit einem ernsthaften Aufmerksamkeitsproblem.“ Ich schaue mich um und zeige auf eine gigantische leuchtend rosa Pufferjacke, in der irgendwo eine Frau stecken muss, da die Jacke sich stetig über das Gras bewegt. „Und was ist mit ihr?“

Kapitel 8

Lilian

„Glasknochensyndrom", sage ich.

Jake stößt ein belustigtes Keuchen aus.

„Ach ja?"

„Mm-hmm. Der Mantel ist komplett mit Luftpolsterfolie und Erdnüssen gefüllt, um sie abzufedern, falls sie fällt. Aber das ist alles nur Hypochondrie. Wir könnten sie wahrscheinlich wie einen Gummiball auf dem Boden aufprallen lassen und es würde nichts passieren."

Das Funkeln in Jakes saphirblauen Augen und der satte, aber jungenhafte Klang seines Lachens jagen mir einen Schauer über den Rücken. Ich will, dass er weiter lacht. Jedes Mal, wenn er es tut, vertreibt es ein wenig mehr von dem Schmerz, der sich in meinem Herzen festgesetzt hat, als ich ihm von meinem Bruder erzählt habe. Er wusste es natürlich nicht. Wie könnte er auch. Außerdem ist es, als würde man durch ein Minenfeld tanzen, wenn man mich kennenlernt. Irgendwann wäre er auf etwas Unangenehmes gestoßen. Wenigstens haben wir das aus dem Weg geräumt und er hat es relativ unbeschadet überstanden. Wir essen ein paar Minuten lang, bevor er eine leichte Geste zur Seite macht.

„In Ordnung. Wie wäre es mit dem Pärchen, das von links angelaufen kommt?“

Ich schaue hinüber und sehe ein junges Paar, das händchenhaltend durch den Sand läuft, aber beide starren wie gebannt auf ihr eigenes Handy.

„Siamesische Zwillinge“, sage ich mit einem von mir selbst überzeugten Nicken. „Verbunden an den Handflächen. Früher war es eher eine Art Brezelsituation, aber die Ärzte konnten sie an allen Punkten außer den Händen trennen.“

„Männliche und weibliche siamesische Zwillinge?“, fragt er mit einem spielerischen Funkeln in den Augen.

„Ja. Es ist selten. Sehr, *sehr* selten, aber hier sind sie. Sie sind der lebende Beweis. Ein medizinisches Wunder.“

Jake nickt und blickt sich um.

„Siehst du den Mann?“, flüstert er und dreht sich leicht, um mit einer dezenten Geste auf einen würdevoll aussehenden älteren Mann zu weisen, der mit einem ebenso würdevoll aussehenden schottischen Terrier spazieren geht.

„Ja.“

„Spion.“

„Ach, wirklich?“

„Auf jeden Fall. Er ist einer der Besten in der Branche. Er kann aus *jedem* Informationen herausholen und ist noch nie erwischt worden. Die Zeitung, die er unter dem Arm trägt, ist in einem Geheimcode verfasst, den nur einige ausgewählte Mitglieder einer hochspezialisierten Geheimdienstoperation lesen können. Er muss ein TIME-Magazin, ein Wall Street Journal und ein wöchentliches Rundschreiben des Lebensmittelladens um die Ecke finden, um die gesamte Nachricht zusammenzusetzen.“

„Und der Hund?“

„Oh, unterschätze den nicht. Er sieht vielleicht knuddelig und gepflegt aus. Aber das ist alles nur Täuschung.“

„Ach ja?“

„Ja. Er ist ein trainierter Killer.“

„Guten Tag, Jake.“

Meine Hand fliegt hoch, um meinen Mund zu bedecken und meinen erneuten Lachanfall zu dämpfen, als der Mann winkt. Jake winkt zurück.

„Er ist zufällig auch mein Buchhalter“, flüstert er mir durch seine zusammengebissenen Zähne unter einem breiten Grinsen zu.

Ich lache noch lauter und drehe mich in meine Schulter, um es zu verbergen. Sobald der Mann nicht mehr hinschaut, dreht sich Jake um und drückt seinen Kopf für eine kurze Sekunde auf meinen

Rücken. Die Berührung verursacht mir Schmetterlinge im Bauch.

Ich setze mich auf und versuche, eine Träne zurück in mein Auge zu drücken, damit sie nicht meine Wimperntusche ruiniert. „Buchhalter, Geheimagent. Wo ist da schon der Unterschied, nicht wahr?“

„Das ist wahr.“

„Aber ich verspreche, ihn nicht zu verraten. Dein Steuergeld ist sicher.“

Jake lacht.

„Nun, danke. Ich weiß, er wird das zu schätzen wissen.“

Unsere Blicke treffen sich und der Funke scheint so schnell überzuspringen, dass mir der Atem stockt. Als unser Lachen abebbt, lehnt sich Jake leicht zu mir hinüber, wobei seine Augen kurz zu meinen Lippen hinunterflackern. Mein Herz klopft in meiner Brust, aber ich weiß nicht, wie viel davon Vorfreude und wie viel Unsicherheit ist. In letzter Sekunde siegt die Ungewissheit und ich schaue zur Seite, um so zu tun, als wäre ich plötzlich unheimlich an einer der Erdbeeren auf unserer Picknickdecke interessiert, die für diese Jahreszeit viel zu üppig und saftig aussieht.

In etwa so, wie Jake viel zu üppig und saftig für diese Periode in meinem Leben ist.

Er sieht mir zu, wie ich in die Erdbeere beiße, und ich bereue sofort die Wahl des Obstes. Seine Augen sind hungrig, die

Zungenspitze berührt seine Unterlippe. Ich verspüre den Drang, etwas von dem Saft auf seine Lippe zu tropfen und daran zu saugen, was genau die Art von Drang ist, die ich in dieser Sekunde nicht haben sollte. Ein Windstoß, der die Ecke der Decke aufwirbelt, veranlasst Jake, sich umzudrehen. Als er sich wieder mir zuwendet, ist die Erdbeere ganz in meinem Mund verschwunden und ich verstaue die leeren Vorratsdosen wieder im Korb. Er hilft mir beim Aufräumen und ich klettere von den Decken herunter, damit er sie einrollen kann.

„Komm schon", winkt er mich hinter sich her, während er über den Rasen davonläuft.

„Wohin gehen wir?"

„Das wirst du schon sehen."

Die Worte bringen den Schauer von eben zurück, aber bevor ich mir einen anderen kreativen Weg einfallen lassen kann, um die Reaktionen meines Körpers auf ihn zu unterdrücken, führt mich Jake zu einem in blaues Neonlicht getauchten Art-déco-Hotel am Ocean Drive.

„Das Colony Hotel. Ein weiteres Stück von Miamis Geschichte", murmelt Jake neben mir. Wir sehen uns wieder in die Augen, aber eine Sekunde später scheint er etwas zu hören und ein Lächeln huscht über sein Gesicht. „Lass uns weitergehen."

Er stürmt los und ich folge ihm mit Mühe. Ich habe mein ganzes Leben in Florida verbracht und die meiste Zeit davon in Miami, aber dennoch stolpere ich ihm untertänig hinterher, als würde ich die Stadt nicht selbst wie meine eigene Westentasche kennen.

„Wohin jetzt?“, frage ich.

„Hörst du das?“

Er dreht sich aufgeregt um und schaut mich an. Ich lausche und höre in der Ferne ein rhythmisches Klacken.

„Du meinst die Pferde?“

Seine großen Augen und sein langsames, bedächtiges Nicken verraten mir, dass er irgendetwas im Schilde führt.

„Ich meine die Kutsche.“

Als hätte er es sich herbeigewünscht, fährt eine weiße Kutsche mit roten Ledersitzen, gezogen von einem Gespann aus weißen Pferden, vor uns den Weg entlang. Jake hebt die Hand, um dem Kutscher ein Zeichen zu geben, woraufhin dieser das Gespann zum Stehen bringt.

„Ist das dein Ernst?“, frage ich, irgendwo zwischen entnervt und aufgeregt.

„Natürlich.“

Er greift nach meiner Hand, die ich ihm bereitwillig reiche, um mich von ihm zur Kutsche ziehen und mir hinaufhelfen zu lassen. Seine Finger lösen sich von meinen, als er mir die Metalltreppe hinauf folgt, und ich vermisse sofort die Wärme, die sie ausstrahlen. Einen Moment später lässt er sich neben mir nieder.

Er lächelt und ich sehe, dass der Kuss, den er mir geben wollte, immer noch auf seinen Lippen wartet. Ich muss mich daran erinnern, warum ich nicht darauf eingegangen bin. In meiner Welt ist im Moment genug los. Der Versuch, einen Mann da hineinzuzwängen, selbst einen Mann mit so unglaublich blauen Augen und einem so sexy Körperbau, ist eine Komplikation, die ich im Moment einfach nicht gebrauchen kann.

Aber das heißt nicht, dass ich mich nicht an ihn anlehnen und die Kutschfahrt genießen kann. Nur der Bequemlichkeit halber – oder vielleicht, um mich ein wenig selbst zu foltern.

Ein kleines Mädchen bleibt staunend stehen und ihre Hand löst sich von der ihrer Mutter, als sie die Kutsche vorbeifahren sieht. Ich spüre, wie ein kleiner Teil von mir vor Stolz zu glühen beginnt.

Selbst die echte Barbie wurde nie so verwöhnt.

Der Fahrer schlängelt sich durch die Wege des Parks, bis Jake ihn zum Anhalten auffordert. Seine Hand taucht in seine Tasche und gleitet dann diskret in die Handfläche des Fahrers. Ich kann die Scheine, die er ihm gibt, nicht sehen, aber das subtile Weiten der Augen des Mannes ist ein Zeichen dafür, dass Jake weiß, wie man mit Menschen umgeht. Ich habe nicht bemerkt, wo wir uns im Park befinden, bis Jake aus der Kutsche springt und mir die Treppe hinunterhilft. Er stützt meine Hand auf seinen angewinkelten Ellbogen und führt mich zum South Pointe Park Pier, das sich in den Atlantik erstreckt.

In den Frühlings- und Sommermonaten wimmelt es hier von Menschen, aber die für Miami relativ niedrigen Temperaturen haben die Menschenmassen ferngehalten. Es ist so gut wie niemand in Sicht.

Er lässt zu, dass meine Hand seinen Arm hinuntergleitet, damit er erneut nach meinen Fingern greifen kann. Die Berührung seiner Haut bringt mich stärker aus der Fassung, als ich zugeben möchte. Ich setze meine ganzen Hoffnungen in meinen Gleichgewichtssinn, als er mich an das äußerste Ende des Piers führt und dabei meine Hand hält, um mich zu stabilisieren. Es ist genau das, was er mir versprochen hat. Ein weiteres Klischee. Aber es ist perfekt.

Plötzlich lassen mich meine Füße im Stich und ich rutsche aus. Jake lässt den Korb fallen und seine Arme strecken sich aus, um mich aufzufangen. Ich rutsche an seinem Körper hinunter, während er mich auf die Füße stellt.

Womöglich hatten meine Füße ein paar Hintergedanken bei diesem Manöver.

„Das wäre um ein Haar schiefgegangen“, sagt er.

„Gott sei Dank gibt es deine starken Arme“, gebe ich lächelnd zurück.

***

Am nächsten Morgen...

„Ich kann nicht glauben, dass du ein Date hattest und es mir nicht einmal gesagt hast", sagt Gavin mit unübersehbarem Schmollmund.

Für einen erwachsenen Mann, von dem ich mit eigenen Augen gesehen habe, wie er sich sowohl gegen Schulrowdys erfolgreich behaupten konnte als auch gegen Kunden, die versuchen, sich vor der Zahlung ihrer Rechnungen zu drücken, hat Gavin seine Schmolltechnik wirklich gut drauf.

„Es war nicht wirklich ein Date. Ich meine, ich schätze, das war es, aber du weißt, wie ich im Moment über Dates denke."

„Ja", sagt er mit einem schweren Seufzer. „Du darfst jetzt auf keinen Fall an Verabredungen mit Männern denken, denn wir alle wissen, wie schädlich sich die Aufmerksamkeit eines heißen Mannes und ein bisschen Spaß auf Phänomene wie Stress und Depressionen auswirken können."

„Gavin!"

„Es tut mir leid. Ja, ich weiß. Deine gesamte Zeit und Energie muss in die Rettung des Theaters fließen. Aber das macht es nur noch wichtiger, dass du mir Bescheid sagst, wenn du den Nachmittag mit jemandem verbringst. Ich dachte, du wärst auf irgendwelchen geschäftlichen Meetings."

„Es tut mir leid. Ich hatte nur das Gefühl, dir von ihm zu erzählen, würde es noch schwieriger machen, ihn auf Distanz zu halten, wenn das irgendeinen Sinn ergibt."

„Das tut es. Ich bin in der Tat ein ziemlich zentrales Element in deinem Leben."

Er seufzt mit gespielter Selbstgefälligkeit und ich lache vergnügt, während ich ihm einen Flusenentferner zuwerfe. Als er damit jedoch energisch über die Rückenlehne eines der Sitze streicht, schafft er es offensichtlich nur, einen kleinen Teil der Hundehaare zu entfernen, die an dem Stoff kleben.

„Ich verstehe das nicht. Schmuggeln die Leute ihre haarenden Hunde extra ins Theater, damit sie ihre Haare hier über unseren Sitzen loswerden können anstatt bei sich zu Hause?", frage ich.

„Vielleicht ist das eine Art neuer Trend. Wie auch immer, was hast du bei deinem Nicht-Date getrieben?"

„Ploughman's Lunch."

Gavin richtet sich auf und starrt mich mit zusammengekniffenen Augen an.

„Ist das die neue Nachmittags-Drag-Show in dem Laden am anderen Ende der Stadt?"

„Nein. Wir haben gepicknickt."

Er denkt kurz darüber nach und überlegt, wie er reagieren soll.

„Nun, das ist irgendwie süß. Und, küsst er gut?"

„Ist das alles, was dich interessiert?"

„Nein. Da gibt es noch so einiges."

„Wie zum Beispiel?"

„Der Krieg gegen Drogen. Die globale Abholzung der Wälder. Burgunderfarbene Wimperntusche und ihre Rolle im modernen Tages-Make-up."

„Nun, das sind alles Dinge, über die es sich lohnt, nachzudenken. Aber es tut mir leid. Ich kann dir keinen Stoff zum Nachdenken geben, wenn es um Jakes Kusskünste geht."

„Jake? Jake, der Mann, für den du gestern Abend gekocht hast? Ich möchte dir nochmals dafür danken. Du hast mir wirklich den Arsch gerettet."

„Ja, dieser Jake", sage ich beiläufig.

„Oh, meine Güte, du bist mit deinem Chef zusammen."

„Er ist nicht mein *Chef* und wir sind nicht *zusammen.*"

„Der Mann hat dich auf ein Picknick mitgenommen", sagt Gavin spitz.

„Und auf eine Kutschfahrt über den Ocean Drive. Und zum South Pointe Park Pier. Und in ein kubanisches Restaurant am Abend. Er hatte ein ganzes 'I Heart Miami'-Thema am Laufen. Übrigens habe ich jetzt mindestens sechs billige Souvenirs mit diesem Motiv."

„Das hat er alles an einem Tag für dich getan? Nachdem er dich weniger als fünf Stunden kannte?“

„Nun. Ich habe ihm Käsekuchen gemacht.“

„Ist das ein Euphemismus für irgendetwas Verfängliches?“

Ich schüttele den Kopf.

„Nein.“

„Und du weißt nicht, wie der Mann küsst? Er hat es nicht einmal versucht?“

„Doch, das hat er.“

Gavin hört mit offenem Mund zu, als ich ihm von dem Beinahe-Kuss im Park und dem Erdbeermanöver erzähle, das ohne meine Absicht fast unanständig geworden wäre.

„Also, wie hast du reagiert?“

„Ich tat, was jedes logisch denkende Mädchen in meiner Lage tun würde. Ich ließ die Erdbeere so schnell wie möglich in meinem Mund verschwinden.“

„Wie konntest du so etwas tun?“, fragt Gavin und klingt zutiefst beleidigt.

„Ich habe es dir doch gesagt. Ich bin im Moment nicht auf der Suche nach etwas Ernstem. In meinem Kopf ist einfach nicht genug Platz, um mich mit der Rettung meines Unternehmens und dem Aufbau einer neuen Beziehung zu beschäftigen. Es macht keinen Sinn, sich in etwas zu verstricken und sich nicht in dem Maße darauf einlassen zu können, wie ich es sollte. Wenn ich mich zwischen einem Mann und dem Theater entscheiden muss, dann entscheide ich mich für das *Prism.* Es ist mein Traum und meine oberste Priorität. Es tut mir leid, dich enttäuschen zu müssen."

„Also dieser süße, charmante, ich nehme an, hinreißende..."

„Ja, auf jeden Fall."

„...hinreißende Mann, der dich mit allen möglichen Arten von Aufmerksamkeiten überhäufen wollte, läuft da draußen als Single herum, und du wirst ihn nicht wiedersehen?"

Ich denke daran, wie Jake mich zu meiner Tür gebracht hat. Ich war mir sicher, dass er wieder versuchen würde, mich zu küssen, aber stattdessen fuhren seine Fingerspitzen nur seitlich an meiner Wange und an meinem Kiefer entlang, bevor sie sanft über meine Lippen strichen. Er fragte, ob er mich wiedersehen würde, dann sagte er gute Nacht.

„Ich treffe ihn morgen Abend."

Kapitel 9

Lilian

Das Einzige, was in Sachen Kleiderwahl noch schwieriger ist als ein Date, bei dem man umwerfend aussehen will, ist ein Tagesausflug mit einem Mann, bei dem man zwar umwerfend aussehen will, sich aber nicht einreden will, dass es sich um ein Date handelt, weil das bedeuten würde, dass er einem wichtig wird. Vor allem, wenn man nicht weiß, wohin es auf dem Tagesausflug eigentlich geht. Das ist die Lektion, die ich gerade lerne, während ich hektisch in meinen Schubladen wühle und versuche, ein Outfit für die nur äußerst vage beschriebene Aktivität zu finden, zu der mich Jake in weniger als einer halben Stunde abholt.

„Sag mir noch einmal, was er gesagt hat", ruft Gavins Stimme irgendwo aus den dunklen Tiefen meines Kleiderschranks.

„Er sagte, dass wir zu einer Show gehen würden, aber dass ich mich nicht herausputzen müsse."

„Die Männerwelt sollte einmal darüber nachdenken sich mit mehreren weiblichen Delegierten zusammensetzen und ein standardisiertes Lexikon für ihre Kommunikation zu entwickeln, denn das ist alles sehr vage. Heißt das: ‚Zieh dich nicht so an, dass deine mit Pailletten besetzte Kleidung übertrieben wirkt, aber zeige trotzdem ein bisschen Dekolleté und trage deinen ‚Großes Mädchen'-Schmuck', oder heißt das: ‚Zieh dich nicht so an, als könntest du sicher sein, dass deine Oma nicht auf der Veranstaltung erscheinen wird, also sind Booty Shorts in Ordnung, aber wenn dein heißer pinker BH leicht unter deinem Tanktop hervorlugt, ist das keine schlechte Idee'?"

„Jetzt verstehst du mein Dilemma. Allerdings besitze ich weder ein Paar Booty-Shorts noch einen pinkfarbenen BH."

„Hey, sieh mal", sagt Gavin und kommt zur Tür des Kleiderschranks. „Wie wäre es mit einem Zehntklässlerinnen-Outfit?"

Er hüpft über dic Schwelle ins Zimmer. Ich lache.

„Warum nicht... Was hast du ausgesucht?"

Er hält mehrere Kleidungsstücke in der Hand und hat ein paar weitere über seine Schulter gehängt.

„Wenn er dir nicht ein paar klarere Hinweise gibt, was du anziehen sollst, dann bist du bestens gerüstet und verpasst du ihm einfach eine volle Ladung ‚Girl Scout'-Power."

Fünfzehn Minuten später trage ich eine Kombination von Kleidungsstücken, auf die ich nie gekommen wäre, die aber perfekt zu dem Anlass passen könnte. Eine enge schwarze Hose und ein schwarzes langärmeliges Sleeve-Shirt bilden die Grundlage, aber sämtliche ergänzenden Elemente sorgen dafür, dass mein Outfit auf jeden Fall passen wird, egal, wo auf der Skala von ‚Nicht herausputzen' dieses Date liegt. Mit einem Handgriff wird der modisch überdimensionierte Gaze-Schal um meinen Hals zu einem Element, das ich um meine Taille schnüren kann, um einen Halbrock-Schleppen-Effekt zu erzielen und gleichzeitig den tiefen Ausschnitt meines Dekolletés zu enthüllen. Die funkelnden Akzente an meinen Taschen sind in Wirklichkeit extravagante Ohrringe und das Stück Antikgold über dem Band, das meine Locken zurückhält, ist eine gravierte Manschette, die Gavin mir vor Jahren zum Geburtstag geschenkt hat.

Ich fühle mich wie eine Superheldin.

Der Lippenstift wird in letzter Minute aufgetragen, als es an der Tür klingelt. Gavin macht sich auf den Weg zur Tür und ich renne ihm hinterher. Ich hüpfe auf einem Fuß und schiebe den anderen in einen einfachen schwarzen Pumps, der für alle möglichen Situationen geeignet ist. Sie sind der Utility Belt unter den Schuhen. Als ich ins Wohnzimmer gehen will, steht Gavin schon an der Wohnzimmertür und hat offenbar dasselbe vor. Es sieht so aus, als hätte seine Neugier letztlich die Oberhand über seinen Willen zur Diskretion gewonnen.

„Gavin!", zische ich tadelnd.

Seine Augen treffen meine und halten meinen Blick fest, während er nach dem Türknauf greift und die Tür ein Stückchen aufzieht. Jake späht durch den Türspalt und ich sehe einen Strauß rosa und weißer Calla-Lilien in seiner Hand. Gavin sieht ihn an und dreht sich dann langsam mit offenem Mund wieder zu mir um. Ein Finger hebt sich langsam vor seinem Bauch, so dass Jake ihn nicht sehen kann, und deutet auf die Blumen, dann nach oben auf seinen eigenen Gesichtsausdruck. Als der Finger beginnt, sich nach unten zu bewegen, stürme ich vor, dränge ihn aus dem Weg und stelle mich zwischen ihn und Jake.

„Hallo", sage ich.

„Hi. Du siehst wunderschön aus."

„Danke. Du machst auch so einiges her."

Diese Situation ist verdammt peinlich. Dass Gavin hinter mir plötzlich in einen demonstrativen Hustenanfall ausbricht, ist nicht gerade hilfreich. Jakes Augen versuchen, über meine Schulter in Gavins Richtung zu spähen. Ich gebe nach, trete aus dem Weg und gestikuliere in Gavins Richtung.

„Jake, das ist mein bester Freund, Gavin."

Ein Lächeln flackert über sein Gesicht. Er nickt und streckt Gavin die Hand entgegen.

„Freut mich, dich kennenzulernen. Ich bin Jake."

Gavin schüttelt seine Hand und murmelt etwas Unverständliches vor sich hin.

„Wir werden jetzt gehen", sage ich. „Schließ ab, wenn du gehst."

„Ich gehe jetzt.“ Er küsst mich auf die Wange und verschwindet durch die Tür. Seine Stimme senkt sich leicht. „Tu alles, was du nicht tun würdest.“

„Wie bitte?“

„Einen schönen Abend noch!“ Seine winkende Hand erscheint im Türrahmen. „Oh, und tu alles, was ich tun würde“, ruft er, während seine Stimme im Hausgang verebbt.

„Sorry für sein Verhalten“, sage ich.

Jake schüttelt den Kopf, als er ins Wohnzimmer tritt und die Tür schließt.

„Es muss dir nicht leid tun. Er scheint großartig zu sein. Wie lange kennst du ihn schon?“

Ich krame unter der Spüle nach einer geschliffenen Glasvase, von der ich wusste, dass sie sich dort befindet, aber nicht den Hauch einer Ahnung habe, warum.

„Fast mein ganzes Leben lang.“ Ich stelle die Vase unter den Wasserhahn und fülle sie fast bis zum Rand. „Wir haben uns eine Zeit lang immer mal wieder auseinandergelebt, aber sind nun schon seit Jahren unzertrennlich.“

Als ich die Blumen in die Vase tauche, breiten sie sich zu einem Strauß aus und sehen so im Wasser zusammengesteckt noch schöner aus. Ich trete zurück, um sie ein paar Sekunden lang zu bewundern.

„Bist du bereit?“

Ich folge Jake aus dem Haus und hinunter auf den Bürgersteig. Beinahe erwarte ich, Gavin aus dem Augenwinkel zu sehen, wie er in einem Gebüsch kauert und auf seine Uhr starrt, als würde er die Zeit messen, die wir gebraucht haben, um aus dem Haus zu kommen. Ich mache mir nicht die Mühe, nachzusehen. Wenn er es tut, wird er sich nicht zurückhalten können, es mir zu sagen und mich seine Meinung zu sämtlichen Vorgängen wissen zu lassen. Das elegante schwarze Auto, das am Bordstein steht, überrascht mich. Ich bin so sehr daran gewöhnt, die Stadt mit Taxis, Bussen und der Metrorail zu durchqueren, dass die Aussicht auf eine Autofahrt sich irgendwie befremdlich anfühlt.

„Dein Auto?"

Jake tastet es mit den Augen ab, als wolle er sich vergewissern.

„Ja. Ich benutze lieber mein eigenes Auto, wann immer ich kann. Das erleichtert die Fortbewegung ungemein."

Er öffnet mir die Beifahrertür und ich kann mich eines flatternden, atemlosen Gefühls nicht erwehren, als ich hineinschlüpfe. Ich kann mich nicht daran erinnern, wann mir das letzte Mal ein Mann eine Tür geöffnet hat. Wenn ich es mir recht überlege, kann ich mich nicht einmal daran erinnern, wann ein Mann das letzte Mal irgendetwas für mich getan hat. Mein Sicherheitsgurt schnappt zu, als Jake neben mir einsteigt.

„Sagst du mir jetzt, wohin wir gehen?", frage ich.

Jake wirft mir ein Grinsen zu, das gleichzeitig zum

Dahinschmelzen sexy und knabenhaft süß ist, während er den Motor anlässt. Mein Kuss wartet immer noch auf mich.

„Noch nicht. Aber ich habe eine Frage an dich."

„Und die wäre?"

„Stehst du auf Theater?"

Schweig still, mein Herz - und all die anderen Teile meines Körpers, die gerade auf Jake reagieren.

Ich nehme mir eine Sekunde Zeit, um meine Fassung wiederzuerlangen, damit meine Antwort nicht als aufgeregtes Kreischen ausfällt. Einen Moment lang kommt mir der Gedanke, ihm vom *Prism* zu erzählen, aber ich verdränge ihn. Das wäre zu viel. Das hieße, ihn zu stark in mein Leben einzuweihen, insbesondere, da eine Erwähnung die Tür zu diesem dunklen Ort in meinem Herzen öffnen würde. Ich beschließe daher, es beiläufig zu halten.

„Das ist eines meiner liebsten Dinge auf der Welt."

„Geht mir genauso."

Während wir uns von meinem Haus entfernen, denke ich über die diversen Transformationen meines Outfits nach und bereite mich darauf vor, vollends in meine Superhelden-Identität zu schlüpfen, wenn wir tatsächlich eine Theatervorstellung besuchen. Es ist schwierig, Jake einzuschätzen, der eine anthrazitfarbene Hose und einen grauen Pullover trägt, die leicht in viele verschiedene Umgebungen und Situationen passen könnten.

Wie sich herausstellt, brauchte ich mir jedoch keine Sorgen zu machen.

Meine Handflächen kribbeln und mein Herz pocht in der Brust, als ich mich leicht gegen das Metallgeländer vor mir lehne und auf die Bühne hinunterschaue. Galerien bieten eine Aussicht wie keine andere, eine, die ich im *Prism* schon oft genossen habe. Aber jede Galerie und jedes Theater ist einzigartig. Der Aussichtspunkt hoch über dem Geschehen auf der Bühne und im Gebäude ermöglicht einem, Details zu sehen, die von konventionellen Positionen im Theater aus nicht sichtbar sind.

„Das ist unglaublich“, flüstere ich, fast mehr zu mir selbst als zu Jake.

„Gefällt es dir? Ich weiß, es ist nicht gerade die konventionellste Sitzgelegenheit. Aber ich liebe es einfach, mir Shows von hier oben anzusehen. Es ist eine ganz besondere Erfahrung.“

„Ich liebe es“, sage ich so schnell, dass ich ihn beinahe unterbreche. „Es erinnert mich an...“

Meine Stimme verblasst und meine Wangen werden plötzlich heiß.

„Es erinnert dich woran?“

Ich schüttele den Kopf und Jake stupst mich mit der Schulter an.

„Nein.“

„Sag es mir.“

Mein Kopf schwenkt in seine Richtung.

„An einen Film. Ist das nicht ein bisschen frevelhaft im Theater?“

„Wenn du es mir zuflüsterst, ist es vielleicht okay. Die Theatergötter werden dich nicht hören.“

Meine Unterlippe fühlt sich plötzlich trocken an und ich fahre schnell mit der Zunge darüber, während ich mich leicht an Jake heranlehne.

„Das erinnert mich an meinen Lieblingsfilmkuss aller Zeiten. *Little Women*. Der Professor nimmt Jo mit auf die Galerie, um sich ein Stück anzusehen. Er übersetzt es für sie und dann küssen sie sich. Das ist der romantischste Kuss, den ich je gesehen habe.“

Die Luft um uns herum schwirrt und unsere Umgebung scheint zu verblassen. Ich höre nur noch unseren Atem und meinen eigenen Herzschlag. Wir schließen den Raum zwischen uns so langsam, dass es genauso schmerzhaft wie wohltuend scheint. Schließlich sind unsere Gesichter nahe genug, um sich zu berühren. Unsere Münder treffen sich, zuerst vorsichtig, dann versinken wir ineinander. Es ist alles, was ich will, und alles, was ich versucht habe, nicht zu fühlen. Ich atme seinen Atem ein, als sich unsere Münder trennen, und hebe meinen Blick zu ihm. Der harte Juwelenschimmer seines Blicks hat sich nun in Samt verwandelt. Mein Herz klopft in meiner Brust und meine Hände zittern leicht.

Jake sagt nichts, sondern greift nach dem Bein meines Stuhls und zieht mich näher an sich heran. Sein Mund fängt mein Keuchen auf und drückt mich in einen noch tieferen Kuss. Meine Lippen öffnen sich und ich schmecke ihn endlich ganz. Er schmeckt süß und warm, als hätte er an einem Karamellbonbon gelutscht. Seine Hand gleitet in mein Haar und legt sich um mein Gesicht. Er knabbert leicht an meiner Unterlippe, bevor er sie sanft in seinen Mund saugt.

Gut, dass ich dieses Stück schon oft gesehen habe, denn Jakes Kuss hält nicht nur durch den Rest des ersten Aktes hindurch an, sondern auch während das Theater in der Pause hell erstrahlt und ganz still wird. Es setzt sich im zweiten Akt weiter fort, bis ich vollkommen atemlos bin und mich von ihm löse.

Meine Hand liegt auf seiner und unsere Finger sind ineinander verschränkt, während er mich nach Hause fährt. Es ist einer dieser Momente, von denen ich erwarten würde, dass sie peinlich und unangenehm sind, weil wir kein Wort sagen, aber so fühlt es sich nicht an. Es ist ein berauschendes, glückseliges Gefühl, das uns wie eine warme Blase umgibt und selbst dann noch anhält, als wir aus dem Auto steigen und zurück zu meiner Tür gehen.

Jake nimmt mir die Schlüssel aus der Hand, steckt sie ins Schloss und schließt mir die Tür auf. Dann dreht er sich wieder zu mir und legt seine Hände um mein Gesicht, um es zu fixieren, während er mich zu einem weiteren Kuss heranzieht. Ich trete zurück, bevor die Hitze zwischen uns außer Kontrolle gerät.

„Danke für den heutigen Abend“, sage ich leise.

„Ich will dich morgen sehen.“

Mein Magen zittert, aber ich schüttle den Kopf.

„Ich kann nicht. Ich habe so viel Arbeit."

„Übermorgen?"

„Wie wäre es mit dem Tag danach?"

„Okay, ich melde mich vorher bei dir."

„Gute Nacht, Jake."

Ich habe gerade mal einen Schritt in mein Wohnzimmer gemacht, als ich spüre, wie sich seine Hand um mein Handgelenk legt und mich wieder in seine Arme zieht. Ich keuche und lächle, als mein Körper an seine Brust stößt und er mich zu sich heranzieht, um meinen Mund in einem weiteren Kuss zu verschlingen. Die Welt dreht sich, als ich es endlich ins Haus schaffe und die Tür hinter mir schließe. Ich lehne mich mit dem Rücken gegen das Holz und beiße mir auf die Unterlippe. Es bleibt mir gerade noch genug Zeit, den Geschmack seines Kusses und das nachklingende Gefühl seiner starken Hände auf meinem Körper auszukosten, bevor mein Telefon klingelt.

„Ich wollte dir nur gute Nacht sagen und mich vergewissern, dass du gut drinnen angekommen bist."

Ich lächle, als ich Jakes Stimme höre.

„Du hast mich reingehen sehen. Du weißt, dass ich gut angekommen bin."

„Nicht in dein Schlafzimmer."

Mein Gesicht errötet sofort und wird so heiß, dass ich sicher bin, er muss es durch das Telefon spüren können. Ich stoße mich von der Tür ab und durchschreite die Wohnung in Richtung Schlafzimmer.

„Ich bin offiziell angekommen", bestätige ich erneut.

Jake kichert leise vor sich hin.

„Gute Nacht, Lilian."

Ich beende den Anruf und werfe mein Telefon auf das Bett. Kaum kommt es auf meiner geblümten Bettdecke auf, klingelt es schon wieder. Ich hebe es auf, schlüpfe aus meinen Pumps und beginne, mich auszuziehen.

„Lass mich raten, du willst sichergehen, dass ich es in meinen Pyjama schaffe."

„Nein, ich bin ziemlich zuversichtlich, dass du dich selbst anziehen kannst. Das war bislang noch nie ein Problem, soviel ich weiß."

Ein tiefer Seufzer entweicht meiner Lunge und scheint all die warmen, sirupsüßen Gefühle mit sich zu nehmen, die Jake heraufbeschworen hatte.

„Gavin, warum bist du so spät noch auf?"

„Ich bin immer so spät noch auf. Die Frage ist, warum bist *du* so spät noch auf?"

„Ich ziehe gerade meinen Pyjama an und gehe ins Bett."

„Alleine?"

„Natürlich, alleine. Jake hat mich vor ein paar Minuten abgesetzt."

„Und das war's?"

„Er sagte mir, er wolle mich morgen sehen. Aber ich sagte, ich kann nicht. Es gibt viel zu viel zu tun und ich kann mich nicht ablenken lassen."

„Du hast es abgelehnt, diesen Adonis von einem Mann so schnell wie möglich wiederzusehen?"

„Ich habe es dir doch schon gesagt, Gavin. Ich will mich nicht zu sehr verstricken und die Dinge im Theater schleifen lassen, nur weil mir der Kopf von einem Mann schwummrig gemacht wird. Außerdem werde ich ihn in ein paar Tagen wiedersehen."

„Das solltest du allerdings oder ich werde an deiner Stelle gehen. Wir haben bereits für den Koch-Gig die Plätze getauscht. Niemand hält uns davon ab, das wieder zu tun."

„Ich bin sicher, du wärst sehr überzeugend in meiner Rolle. Gute Nacht."

Ich will schlafen gehen. Ich will mich nur noch abschminken, etwas Seidiges anziehen und unter die Laken schlüpfen, damit ich weiter auf Wolke sieben schweben kann. Aber irgendetwas zwingt mich dazu, mein Telefon in die Hand zu nehmen und meine E-Mails zu überfliegen. Ich war die letzten zwei Tage nicht im Theater und will sichergehen, dass ich auf dem Laufenden bin. Gleich die erste Nachricht sticht mir ins Auge und mir wird flau im Magen. Ich öffne sie und lese mit einem Knoten im Hals die vernichtenden, drohenden Worte von C.

Scheiße. Meine Zukunft sieht nach Jogginghosen und Altersarmut aus.

Kapitel 10

Jake

Nach mittlerweile zwei erfolgreichen Dates fühle ich mich jetzt schon viel sicherer, was die Planung meiner Aktivitäten mit Lilian angeht. Die letzten zwei Tage ohne sie haben mir viel Gelegenheit gegeben, unser nächstes Abenteuer zu planen, aber ich vermisse sie auch mehr als erwartet. Ich fühle mich zu ihr auf eine Art und Weise hingezogen wie von wahrscheinlich noch keiner anderen Frau bislang. Sie ist befreit und lustig, aber auch brillant und kreativ. All das, verpackt in weiche Kurven, lange Beine und bezaubernde Augen, reicht aus, damit ich in so gut wie jedem freien Moment an sie denken muss. Ihr Kuss scheint immer noch auf meinen Lippen zu liegen, als ich durch die Tür zu meinem Büro gehe. Owen blickt von seinem geschwungenen weißen Schreibtisch zu mir auf und lächelt.

„Ich hatte nicht erwartet, Sie heute hier zu sehen, Jake. Haben Sie etwa wieder einen Anruf von Mr. Richardson erhalten?“

Ich lache und trommle mit meinen Fäusten einen lockeren Rhythmus auf seinen Schreibtisch, weil ich meine Vorfreude darauf, Lilian in wenigen Stunden wiederzusehen, nicht unterdrücken kann und ihr irgendwie Ausdruck verleihen muss.

„Nein, er scheint momentan keine weiteren Sorgen zu haben. Ich möchte nur mit der Akquisitionsabteilung sprechen. Es gibt mehrere potenzielle Käufe, die sich in unterschiedlichen Stadien befinden, und ich habe seit einigen Monaten kein Update erhalten."

Der Aufzug bringt mich in den dritten Stock und ich betrete das große Büro des Leiters der Akquisitionsabteilung. Tyler ist wie immer am Telefon. Wahrscheinlich sehe ich den Mann öfter mit einem Hörer am Ohr als ohne. Er beendet eilig sein Gespräch und lässt das Telefon auf seinen Schreibtisch fallen.

„Jake, ich bin froh, dass Sie gekommen sind. Ich habe vielleicht ein paar interessante Neuigkeiten für Sie."

„Das ist schön zu hören, Tyler. Sie haben in den letzten Monaten nicht mehr viel von sich hören lassen. Ich habe mir schon Sorgen gemacht, dass einige der Deals, auf die ich hoffe, womöglich im Sande verlaufen sind."

„Kein Grund zur Sorge. Alles läuft perfekt nach Plan, darunter auch..."

Seine Stimme verstummt und seine Lippen verziehen sich zu einem Lächeln, das ich fast versucht wäre, als schelmisch zu bezeichnen, wenn ich Tyler nicht gut genug kennen würde, um mit absoluter Sicherheit sagen zu können, dass er nichts Schelmisches an sich hat und das auch wohl noch nie jemals in seinem bisherigen Leben hatte.

„Darunter auch was?", frage ich und schlucke seinen Köder

bereitwillig.

„Es gibt eine Immobilie, in die wir vor einigen Jahren investiert haben und deren Besitzer ihre Vertragsauflagen nicht mehr erfüllen. Das bedeutet, dass wir sie bald übernehmen und in Ihr Portfolio werden aufnehmen können."

„Welche Immobilie?"

Ich gehe im Kopf sämtliche Immobilien durch, die ich in den letzten Jahren gekauft habe, aber mir fällt keine einzige ein, die das Kriterium einer Investition erfüllen würde.

„Erinnern Sie sich an dieses winzig kleine Theater? Dieses heruntergekommene, das Sie immer als ‚charmant' bezeichnet haben?"

Das Bild des alten Schauspielhauses taucht in meinem Kopf auf.

„Oh, natürlich. Ich erinnere mich, dass es mir sehr gut gefallen hat. Aber ich erinnere mich auch daran, dass es, als Sie sich nach einer Kaufmöglichkeit erkundigten, bereits einen anderen Interessenten gab, so dass wir einen Rückzieher machten. Schließlich halte ich mich für jemanden, dessen Geschäft es ist, Träume wahr werden zu lassen, anstatt sie anderen zu verbauen."

„Ja, das stimmt", sagt er und deutet staatsmännisch auf mich, so wie es Geschäftsleute tun, wenn sie einen von etwas überzeugen wollen. „Aber dann haben wir herausgefunden, dass die Person, die das Theater kaufen wollte, nicht ausreichend Kaufkraft hatte, es zu erwerben und zu betreiben."

„Sie haben es ihnen also hinter meinem Rücken weggekauft?"

„Nicht ganz. Wir haben die Entscheidung getroffen, Ihre Vision umzusetzen, anderen Menschen ihre Träume zu ermöglichen, und das Unternehmen gleichzeitig in die Lage zu versetzen, eine Immobilie zu erwerben, die Sie interessiert und großes Potenzial im Kontext des Wachstums von DreamFactory Inc. haben könnte."

„Und wie genau haben Sie das angestellt?"

„Ich habe mich an die damalige Interessentin gewandt und ihr einen Deal angeboten. Im Gegenzug für eine sehr großzügige Investition würde sie regelmäßige Zahlungen leisten. Obwohl die Möglichkeit bestand, dass die Vereinbarung erfolgreich sein würde und die Käuferin schließlich die vollen Eigentumsrechte und die finanzielle Kontrolle über das Theater übernehmen würde, ging ich mit absoluter Zuversicht in die Vereinbarung, dass wir das Theater als zusätzlichen Vermögenswert für einen Appel und ein Ei würden aufkaufen können, wenn der Käufer irgendwann unweigerlich in Verzug geraten würde."

„Lassen Sie mich raten. Das ist genau das, was jetzt passiert."

„Ja. Wir waren äußerst nachsichtig und haben uns sehr bemüht, Verlängerungen anzubieten und Optionen zu finden, aber seit Monaten gibt es keine Fortschritte und die im Vertrag festgelegte letzte Frist rückt immer näher."

„Sie sagen, Sie haben Hilfe und Unterstützung angeboten?"

„Natürlich. Wir würden nicht einfach wie die Aasgeier hereinstürmen und den Traum von jemandem zunichtemachen. Das wäre nicht gerade eine gute Presse für die Firma."

Ich überschlage Tylers Eröffnung ein paar Sekunden lang im Kopf, bevor ich schließlich bedächtig nicke.

„Machen Sie weiter. Sehen Sie, was sich machen lässt, und halten Sie mich auf dem Laufenden."

„Auf jeden Fall."

Die nächste Stunde verbringe ich damit, mich im Gebäude umzusehen und die verschiedenen Abteilungen in dem kleinen Büro unserer Zweigstelle zu besuchen. Die meisten Abteilungen haben einige interessante Updates zu bieten – neue Informationen über verschiedene Projekte, an denen ich arbeite, sowie neue Ideen, wie sich Probleme bewältigen lassen, die sich bei der Realisierung der diversen Bucket Lists ergeben haben.

Endlich ist es Zeit, sich auf den Weg zu machen und die letzten Vorbereitungen für meinen Tag mit Lilian zu treffen. Sie weiß immer noch nicht genau, wer ich bin. Ich habe ihr nichts über meine Arbeit oder mein Geld erzählt und sie hat ihrerseits auch nicht danach gefragt. So kann ich mir einreden, dass es kein wirklich trügerisches Verhalten meinerseits ist, wenn sie sowieso kein Interesse daran zeigt, die Wahrheit zu erfahren. Wenn sie mich fragen würde, ob ich gemeinsam mit meinen Brüdern zufällig ein erfolgreiches ‚Bucket List

Concierge'-Unternehmen besitze und aus einer milliardenschweren Familie stamme, würde ich ihr natürlich ehrlich antworten. Bis jetzt hat sie diese Frage jedoch noch nicht gestellt.

Auch ohne die ganze Wahrheit offiziell verkündet zu haben, fange ich jedoch an, zunehmend mehr Geld in meine Dating-Pläne zu stecken. Vielleicht merkt Lilian irgendwann, was Sache ist, wenn sich unsere Aktivitäten von einem Picknick im Park zu einem romantischen Abendessen in Italien entwickelt haben, nur weil sie beiläufig erwähnt, sie habe Lust auf Spaghetti. Wenn ich die Temperatur nur graduell erhöhe, muss ich dieses unangenehme Gespräch womöglich nie mit ihr führen.

Ich seufze schwer. Manchmal muten meine Gedanken sogar mir selbst idiotisch an.

Ein paar Stunden später mache ich mich auf den Weg zu Lilians Wohnung. Ich klingle an der Tür, aber sie antwortet nicht. Ich warte erst einen Moment und läute dann erneut. Als daraufhin immer noch keine Reaktion erfolgt, greife ich nach der Türklinke und stelle fest, dass sie nicht verschlossen ist. Ein Schock der Sorge durchfährt meine Brust und ich stürme hinein. Lilian stürmt aus ihrem Schlafzimmer und sieht erschrocken und nicht gerade erfreut über meinen Auftritt aus.

„Jake? Was machst du hier?“

„Ich habe an der Tür geklingelt, aber du hast nicht aufgemacht. Ich habe mir Sorgen um dich gemacht.“

„Du hast dich also einfach selbst reingelassen?"

Mir wird klar, wie lächerlich ich mich verhalte, und ich mache einen Schritt auf sie zu.

„Es tut mir leid. Ich hätte einfach warten sollen. Das kann ich immer noch tun, wenn du das willst."

Lilian schüttelt den Kopf und bedauert anscheinend bereits, dass sie sich so aufgeregt hat. Es ist offensichtlich, dass sie etwas bedrückt.

„Nein. Es ist in Ordnung. Ich hätte schon längst bereit sein müssen. Mir schwirrt der Kopf."

Ich gehe auf sie zu, nehme ihre Hände in meine und beuge mich zu ihr hinunter, um erst ihre Stirn und dann ihre Nasenspitze zu küssen. Ihr Körper entspannt sich leicht, als meine Lippen die ihren treffen, als würde mein Kuss ihr eine Art Erleichterung verschaffen.

„Was ist los? Kann ich irgendetwas für dich tun?"

Sie schüttelt den Kopf.

„Ich habe einfach viel um die Ohren und es heute deswegen nicht einmal aus der Wohnung geschafft. Seit ich aufgestanden bin, habe ich nichts getan als telefoniert und E-Mails geschrieben."

Es ist offensichtlich, dass sie sich bewusst bemüht, nicht konkret zu sagen, was sie durchmacht, und ich werde sie nicht drängen. Wenn sie es mir nicht sagen will, macht es die Sache für sie nicht leichter, wenn ich versuche, es aus ihr herauszukitzeln. Alles, was ich tun kann, ist mein Bestes zu tun, dass sie sich besser fühlt.

„Bist du sicher, dass ich nichts tun kann, um dir zu helfen?"

„Ich habe das Gefühl, ich brauche einfach etwas, das mich ablenkt. Etwas, das mich aus dieser Wohnung herausholt und mich an etwas anderes denken lässt."

Noch im selben Moment, in dem sie das sagt, trete ich sämtliche Pläne, die ich für den Tag gemacht habe, in die Tonne. Keiner von ihnen ist mehr wichtig. Ihr das Lächeln zurück aufs Gesicht zu zaubern, ist das Einzige, was jetzt zählt.

„Warum machst du dich nicht fertig und wir verschwinden von hier. Ich werde ein paar Telefonate führen."

„Was soll ich anziehen?"

„Was immer du willst. Etwas Bequemes."

Sie nickt und verschwindet wieder in ihrem Schlafzimmer, während ich mein Handy zücke, um alles abzusagen, was ich arrangiert habe. Ich weiß schon, wo ich Lilian hinbringen werde, und es wird keine Reservierung nötig sein. Ein paar Minuten später kommt sie aus ihrem Zimmer, in Jeans und einem blauen Pullover, der ihre Augen so sehr betont, dass ich sie von der anderen Seite des Raumes leuchten sehen kann. Ihr Haar steckt in einem unordentlichen Dutt, der mich an das erste Mal erinnert, als ich sie sah. Sie sieht verlegen aus, aber ich finde sie bezaubernd. Ich stehe von der Couch auf, lege meine Hände auf ihre Hüften und ziehe sie für einen sanften Kuss zu mir heran.

„Bereit?“

„Ja.“

„Gut. Los geht’s.“

Sie starrt mit glasigem Blick durch die Windschutzscheibe, als würde sie nichts um sich herum wahrnehmen, während ich durch die Stadt fahre. Erst als wir aussteigen und ein paar Minuten gelaufen sind, merkt sie, wo wir uns befinden.

„Schon wieder am Ocean Drive?“, fragt sie enttäuscht. „Auf eine neue Runde Klischees?“

„Mach dir keine Sorgen. Wir machen nicht noch einmal dasselbe. Gleicher Park, anderer Ort.“ Wir gehen weiter, bis ich sie schließlich über den Rasen in Richtung eines kleinen Pavillons führe. „Ich komme jeden Frühling hierher, um mir die erste Freestyle-Shakespeare-Aufführung der Saison anzusehen. Diesen Mai werden sie hier *Viel Lärm um nichts* spielen.“

Lilian tritt dicht an mich heran, schlingt ihre Arme um meinen Hals und gibt ein leichtes, spielerisches Stöhnen von sich.

„Mmm... Wie wäre es mit einer kleinen Einlage?“

Ich überlege, ob ich ein paar Zeilen herunterrasseln soll, aber ziehe es schließlich vor, die Zeit nicht zu verschwenden und die nächsten paar Sekunden stattdessen mit einem langen Kuss zu füllen. Die Spannung in ihrem Körper beginnt sich zu lösen und ich hoffe, dass mein Plan aufgeht. Als der Kuss endet, schaue ich ihr in die

Augen und sehe, dass viel von der Angst und der Wut, die noch wahrnehmbar waren, als ich in ihrer Wohnung ankam, verflogen zu sein scheint.

„Das ist erst der Anfang unseres heutigen Abenteuers."

„Wohin wird uns der Rest des Weges führen?"

„Bevor ich dir das sage, sollten du etwas über mich wissen."

Sie runzelt die Augenbrauen.

„Und das wäre?"

„Sieh mich nicht so an", lache ich. „Die große Enthüllung besteht nicht darin, dass ich ein Serienmörder bin, der dich hierhergebracht hat, um dich lebendig zu begraben. In der Zeit, die wir zusammen verbracht haben, gab es etwas ziemlich Grundsätzliches, das du mich nicht gefragt hast."

„Ob du ein Serienmörder bist, der Menschen in den Lummus Park bringt, um sie zu begraben?"

„Nein, wie ich mir meinen Lebensunterhalt verdiene."

„Wie verdienst du dir deinen Lebensunterhalt, Jake?"

„Das ist die richtige Einstellung." Ich gebe ihr einen weiteren kurzen Kuss. „Ich bin in der Branche, Träume von Menschen zu verwirklichen. Und da ich in diesem Geschäft bin, habe ich einiges über die Stadt gelernt. Wir haben einen Filmmoment für dich nachgestellt, richtig? Jetzt werden wir noch einen draufsetzen. Ich werde dich in die Welt des Theaters entführen und dir zeigen, wo das moderne Musical geboren wurde... Das sollte nicht annähernd so extravagant klingen, wie es in der Tat klang."

Lilian grinst.

„Mit Extravaganz habe ich kein Problem."

***

„Ich glaube, das hätte die Dinge ein wenig verändert."

Lilian schaut sich in dem gentrifizierten Viertel um. Ich habe uns spontan einen Last-Minute-Flug nach Chicago besorgt, um den Geburtsort von *Chicago*, dem gleichnamigen Musical, zu besuchen. Es ist kaum zu übersehen, wie sich die Zahnräder in ihrem Kopf drehen, während sie offensichtlich versucht, das, was sie sieht, mit ihren Erinnerungen an das Musical in Einklang zu bringen.

„Wahrscheinlich. Ich glaube nicht, dass Roxie und ihre Zeitgenossen solch tragische Geschichten durchgemacht hätten, wenn sie Teil einer so wohlhabenden, etablierten Nachbarschaft gewesen wären."

„Vielleicht hätten sich um die Plätze im Cadillac Palace Theatre gestritten."

„Hast du *Chicago* schon einmal live gesehen?"

Lilian nickt, während wir langsam den Bürgersteig entlangschlendern, vorbei an modernisierten Betonspielplätzen und eng gebauten Häusern, die aufgeräumt und mit jungen Familien und Berufstätigen bevölkert sind - ein starker Kontrast zur rauen Atmosphäre der Show.

„Ja. Es war eines der Lieblingsstücke meines Vaters."

„Deines Vaters?"

„Durch ihn habe ich meine Liebe zum Theater entdeckt. Wir sind immer zusammen in Aufführungen und alte Filme gegangen." Sie blickt zu mir auf mit einem Ausdruck, der verrät, dass sie ihre Aussage präzisieren will. „Nicht hier in Chicago. Zuerst auch nicht einmal am Broadway. Wir haben kleine Underground-Theater in unscheinbaren Stadtteilen von Miami mit lokalen Schauspielern besucht."

„Manchmal sind die besser."

In ihren Augen liegt jetzt eine sanfte Distanz, als säße sie in Miami auf der anderen Seite des Landes in einem dieser kleinen Theater, immer noch neben ihrem Vater, und sähe zu, wie eine zufällige Ansammlung leidenschaftlicher Schauspieler ein klassisches Musical aufführt.

„Das erste Mal, als ich dann eine Show am Broadway sah, war ich von den Kulissen, Kostümen und Spezialeffekten völlig überwältigt. Alles war so ausgefeilt und perfektioniert", sagt sie. „Aber je länger ich zusah, desto klarer wurde mir, dass ich vermisste, was diese

Graswurzelproduktionen so erstaunlich macht. Der Glamour der großen Produktionen ist spektakulär, versteh mich da nicht falsch. Aber manchmal möchte ich einfach nur einer von ein paar hundert Menschen sein, die sich in irgendeinem alten Gebäude in dem Bewusstsein versammeln, Zeugen von etwas Einzigartigem zu sein. Nichts steht bei solchen Aufführungen zwischen uns im Publikum, der Geschichte, die sich auf der Bühne abspielt und den Schauspielern, die ihre Körper und Stimmen einsetzen, um diese Geschichte für ein paar Augenblicke lebendig zu machen."

Bevor ich überhaupt realisiere, was ich tue, schlingt sich mein Arm um Lilians Taille und zieht sie an mich heran. Ich drücke sie in eine nahe gelegene Gasse und gegen eine Mauer. Mein Mund presst sich gierig auf ihren, während mein Körper schmerzt vor Verlangen. Zuerst keucht sie, dann gibt sie dem Kuss nach. Ihre Finger vergraben sich in meinem Haar und ein Knie beugt sich leicht, damit sich meine Hüften näher an ihre schmiegen können. Der Hunger, den ihre Worte in meiner Brust und meinem Bauch ausgelöst haben, ergießt sich vollkommen in den Kuss, während meine Hand ihren Brustkorb hinunter und auf ihre Hüfte wandert. Meine Fingerspitzen drücken sich durch den viel zu dicken Jeansstoff und sehnen sich nach der sanften Wärme ihrer Haut. Schließlich zwinge ich mich, einen Schritt zurückzutreten. Wir sind beide atemlos und ihre Augen flattern. Ihre langen, dichten Wimpern hängen ihr über die Augen, als sie sich schließlich mit Mühe wieder fasst.

„Ich denke, wir sollten weitergehen", sage ich. „Es gibt noch ein paar andere Orte zu sehen.“

Das heißt übersetzt, wir sollten weitergehen, damit ich nicht versuche, dir in einer kalten Gasse in Downtown Chicago die Kleider vom Leib zu reißen.

Ihre Hand rutscht instinktiv in meine, während wir zurück zu meinem Auto gehen.

Kapitel 11

Lilian

Nichts nimmt einem unerwarteten, brennenden Kuss so sehr das Kribbeln, wie wenn man auf dem überwiegend leeren Parkplatz eines langweiligen Bankgebäudes in Downtown Chicago steht.

„Da wir nicht in New York sind, kannst du mir nicht erzählen, dass dies die Bank von *Mary Poppins* ist..."

Jake lacht.

„Nicht ganz. Das hier ist ein bisschen weit hergeholt, aber ich muss es erwähnen, weil es der Lieblingsfilm meiner Schwägerin ist, und sie könnte womöglich herausfinden, dass ich ihn nicht erwähnt habe. Dieser Ort hier ist an prominenter Stelle in *The Blues* Brothers zu sehen. Das Haus brannte in den 90er Jahren jedoch ab. Das Gelände wurde zugepflastert und..."

„...an der Stelle wurde eine Bank errichtet."

„Taa-daa."

Jake grinst und streckt die Arme aus, als wolle er mir die Bank präsentieren. Es ist schwer, sich diesen Ort als Kulisse der *Blues*

Brothers vorzustellen.

„Ich muss zugeben, das ist ziemlich cool."

„Sagt man heute noch ‚cool'?"

„Anscheinend schon."

Seine Hand schließt sich wieder um meine und er führt mich zurück zu seinem Auto. Ich habe keine Ahnung, wo er mich als Nächstes hinbringen wird. Schon vor ein paar Stationen habe ich aufgehört zu erraten, was er im Schilde führt. Das heißt aber nicht, dass ich nicht überrascht bin, als wir vor einem opulenten Neobarock-Gebäude parken, von dem ich weiß, dass ich es in noch keiner Produktion gesehen habe, ob Broadway, Off-Broadway oder Filmversionen.

„Da waren wir", sagt er, greift nach der Türklinke und gibt mir ein Zeichen, zuerst einzutreten.

Eine großzügige, beeindruckende Lobby erwartet uns.

„Wo sind wir hier?"

„Im Chicago Theatre, dem Ort der Erstaufführung von *The Sign on the Door* mit Norma Talmadge."

Das Lachen, das aus meinem Mund kommt, ist voll und echt und dringt so tief aus meinem Inneren wie schon lange kein Lachen mehr. Es ist die Art von Lachen, die einen daran erinnert, wie viel man in letzter Zeit durchgemacht hat, und dafür sorgt, dass es einem erscheint, als wären plötzlich alle Sorgen wie weggeblasen. Es ist die

Art von Lachen, die den Staub und die Spinnweben von den Teilen seines Selbst wegfegt, die man weggeschlossen und verdrängt hat, weil man sich seine Konzentration für andere Dinge aufsparen musste. Es ist ein Lachen, bei dem mir klar wird, dass hinter der Sache mit diesem Mann mehr steckt als nur eine Faszination für seine tiefblauen Augen und seine Liebe zum Theater, die es mit meiner eigenen aufnehmen kann. Ich habe jedoch immer noch meine Zweifel. Mich nur auf das Geschäft und die Rettung meines Theaters zu konzentrieren, hat meine ganze Zeit und Energie in Anspruch genommen. Und das war auch in Ordnung so. Jetzt frage ich mich jedoch, ob ich das wirklich noch lange werde durchhalten können.

Jake neigt seinen Kopf zur Seite und streicht mir mit dem Daumen über die Wange.

„Ich liebe es, dich lachen zu hören."

Oh, Shakespeare, hilf mir.

***

Ein paar Stunden später landen wir wieder in Miami. Ich habe immer noch Schwierigkeiten, das Geschehene zu verarbeiten. Ein Tag, der miserabel begann, hat sich unerwartet in das außergewöhnlichste „Date" verwandelt, das ich je hatte. Das Geräusch, als Jake meine Haustür aufschließt, ist vertraut und beruhigend, aber das Gefühl in meinem Bauch, als er sich mir danach zuwendet, ist neu. Jedes Mal, wenn er mich bisher zur Tür begleitet hat, hat mein stetig wachsendes Verlangen gerade ausgereicht, dass ich mich fragte, ob ich ihn hereinbitten soll. Heute Abend hat das aufgeregte, nervöse Flattern in meinem Magen diese Frage jedoch zweifelsohne in ein entschlossenes ‚*Ich werde es tun*' verwandelt.

Sein Kopf senkt sich für einen Kuss und ich lasse ihn länger verweilen. Er zieht sich ein wenig zurück, aber ich neige meinen Mund nach oben, um ihm zu bedeuten, dass ich mehr will. Jake ergreift meine Hüften, zieht mich an sich heran und küsst mich erneut. Er hat nicht die explosive Intensität des Kusses in der Gasse, sondern erinnert eher an eine Art Köcheln, das tief in meinem Magen beginnt und sich wie langsame, glühende Lava in meinem Körper ausbreitet. Unsere Lippen lösen sich gerade so weit, dass er sprechen kann.

„Darf ich reinkommen?"

Die leise geflüsterte Frage lässt mir die Knie weich werden. Als ich nicke, greift er hinter mich, um die Tür zu öffnen, wobei er mich mit dem anderen Arm festhält, um mich hineinzuführen. Mit einer lässigen Bewegung seines Fußes schließt er die Tür hinter sich. Das Geräusch des einrastenden Schlosses lässt mir den Atem im Hals stocken.

Schlüssel klirren auf den Boden und plötzlich umschließen beide Hände von Jake mein Gesicht. Sein Kuss lockert meine Finger um den Riemen meiner Handtasche. Ich stolpere fast darüber, als er mich langsam rückwärts in Richtung Schlafzimmer führt. Die Haut meines Halses brennt, als seine Lippen die Kurve meines Kiefers berühren und sich langsam nach unten bewegen, bis sie auf meinen Mantelkragen treffen.

Kleidungsschichten sind mir immer wie ein Hindernis vorgekommen. Aber als Jakes starke Hände meinen Mantel genüsslich über die Schultern zurückschieben und ihn feierlich an meinem Körper heruntergleiten lassen, scheinen sie eher wie eine Bereicherung unserer sexuellen Erfahrung. Ich möchte seine Haut an meiner spüren, aber seine langsame, vorsichtige Aufmerksamkeit beim Ausziehen meiner Kleidung ist zu befriedigend, als dass ich etwas überstürzen möchte. Ich ziehe meine Schuhe aus und schiebe sie mit dem Fuß zur Seite, aber den Rest überlasse ich ihm. Er küsst mich noch ein paar Sekunden lang und legt seine Hände auf meine beiden Oberschenkel. Langsam gleiten sie nach oben, bis sie den Saum meines Pullovers aus dem Weg schieben und ich schließlich seine Fingerspitzen auf meiner Haut spüre.

Mein Magen bebt, als er seine Hände nach oben gleiten lässt und die Kurven meines Körpers ertastet, während er mir den Pullover abstreift. Unsere Münder trennen sich, damit der Pullover über meinen Kopf wandern kann, bevor sich seine Augen senken, um die Teile von mir zu betrachten, die er freigelegt hat. Anstatt den Knopf meiner Jeans zu öffnen, senkt Jake seinen Kopf und streicht mit seinen Lippen über die Schwellungen meiner Brüste und über den

Spitzenrand meines BHs. Sein Atem strömt warm über meine Haut. Die Sinnlichkeit dieses Gefühls lässt meine Brustwarzen härter werden, so dass sie nun fest gegen den weichen, blassblauen Stoff drücken. Seine Hände wandern meinen Bauch hinauf und greifen unter meine Brüste, heben sie leicht an, während seine sanfte Berührung in Küsse übergeht, die in das Tal meiner Brüste hinab und auf der anderen Seite wieder hinaufwandern. Bald findet sein Mund wieder den Spitzenrand des BHs, den er kurz darauf mit den Zähnen fixiert und sanft nach unten zieht, so dass mehr unberührte Haut zum Vorschein kommt.

Mein Kopf fällt zurück und die Welt um mich herum scheint zu verblassen. Ich kann an nichts mehr denken und spüre nur noch Jakes Mund auf meiner Haut und seine Hände, die mir die Hose von den Hüften und über die Beine streifen. Er tritt zurück und genießt den Anblick meines nackten, nur in Spitzenunterwäsche gehüllten Körpers.

„Du bist so schön."

Mein Körper zittert und bebt. Er schließt den Raum zwischen uns, um mit seinen Händen über meine Arme zu fahren.

„Ist dir kalt?"

Ich schüttle den Kopf.

„Nein."

Erneut fängt sein Mund den meinen ein und plötzlich ist der

Boden unter meinen Füßen verschwunden, als Jakes kräftige Hände meine Oberschenkel packen und mich hochheben, um mich fest an sich zu ziehen. Meine Arme schlingen sich um seinen Hals und meine Hände verheddern sich in seinem Haar. Ich lasse alle Sorgen und Zweifel ziehen und gebe mich vollkommen dem Moment mit Jake hin.

Die Bettdecke fühlt sich weich und kühl unter meinem Rücken an, als er mich darauf niederlässt, aber er beugt sich nicht zu mir herunter. Stattdessen steht er am Fußende des Bettes und ich beobachte ihn dabei, wie er sein Hemd auszieht und einen durchtrainierten Körper mit Muskeln enthüllt, die noch eindrucksvoller sind, als ich sie mir vorgestellt hatte. Ohne den Blick von mir abzuwenden, öffnet er seinen Gürtel, knöpft seine Hose auf und lässt den Reißverschluss nach unten gleiten. Seine Hose fällt zu Boden und seine Bauchmuskeln kräuseln sich, während er seine Schuhe auszieht und sie lässig zur Seite kickt.

Nur noch ein Kleidungsstück steht zwischen unseren nackten Körpern. Meine Fingerspitzen kribbeln, und die Hitze kriecht in Wellen an meinem Körper hinunter, um sich zwischen meinen Schenkeln niederzulassen, dort, wo mein Slip schon ganz heiß und feucht geworden ist. Jakes Daumen haken sich in den Bund seiner Hose ein und er lässt sich viel Zeit, sie nach unten zu schieben. Ein tiefes V aus Muskeln in der Mitte seines Beckens zieht meine Aufmerksamkeit auf sich und fokussiert meinen Blick auf seine Körpermitte, wo sein bereits harter Schwanz zum Vorschein kommt.

Mir läuft das Wasser im Mund zusammen und ich setze mich auf, um ihm näher zu sein.

Jake krabbelt auf das Ende des Bettes und schlingt einen Arm um mich, während er seine Zungenspitze zwischen meine halb geöffneten Lippen schiebt. Seine Finger öffnen gekonnt den Haken meines BHs, so dass sich die Spitzenunterwäsche von meinem Körper löst. Sein Mund verlässt meinen und legt sich über eine meiner entblößten Brüste, was mich dazu bringt, mich entzückt über das Bett auszustrecken. Die Wonne, die seine Zunge verursacht, während sie mit meiner Brustwarze spielt, überwältigt mich geradezu. Mein Körper spannt sich an, als wolle er mehr Platz schaffen, um den Empfindungen zu erlauben, sich auszubreiten.

Als er damit fertig ist, meine Brüste mit Aufmerksamkeit zu überhäufen, beginnt Jake eine Spur von Küssen über meine Körpermitte zu verteilen. Als er meinen Nabel erreicht, hält er inne. Ein langes, langsames Lecken an meinem Körper und an der Vorderseite meines Halses sorgt dafür, dass sich mein Rücken wölbt und ein Keuchen meinen Lippen entweicht. Jake ist unerbittlich. Sein Kopf senkt sich zurück auf meinen Bauch und er bläst seinen Atem über meine feuchte Haut, der sie kühlt und mir Schauer um Schauer über den Rücken jagt.

Meine Hüften wippen unwillkürlich gegen das Bett und Jake bewegt sich gerade so weit, dass seine Erektion die Vorderseite meines Slips streift. Er küsst die unterste Stelle meines Bauches, fährt mit seiner Zunge zuerst über einen Hüftknochen und lässt sie dann zum anderen hinübergleiten. Sein Mund wandert am Bund entlang und hält an der kleinen blauen Schleife an der Vorderseite inne. Seine langen, tiefen Atemzüge scheinen, als würde er mich einatmen wollen, und das Einzige, woran ich denken kann, ist das Gefühl seines Atems zwischen meinen Schenkeln.

Schließlich lässt sich sein Mund auf meinem Höschen nieder. Selbst durch den Stoff hindurch bringt mich das Gefühl beinahe zum Kommen. Ich zittere vor Vorfreude und hebe meine Hüften, damit Jake auch noch den letzten Fetzen Stoff, der unsere Körper trennt, von meinem Körper lösen kann. Instinktiv klappen meine Schenkel jedoch wieder zusammen, als er vom Ende des Bettes aufsteht und nach seiner Hose greift. Seine Hand gleitet in eine Tasche und holt ein Plastikpäckchen heraus.

Mein Herz klopft bei dem Anblick kräftig gegen meine Rippen. Jake klettert auf das Bett neben mir und stupst meine Nasenspitze mit seiner an.

„Du sollst wissen, dass ich die nicht immer in der Tasche habe“, sagt er mit einem sanften Lächeln.

Ich schlucke einen plötzlichen Anflug von Nervosität herunter, fahre mit den Fingerspitzen an seinem Gesicht entlang und nicke.

„Aber heute Abend hast du gehofft...“

„Das habe ich gehofft, seit ich dich gesehen habe, Lilian.“ Er küsst die Seite meines Halses. „In dem Moment, als ich dich sah, wollte ich dich küssen.“ Seine Lippen berühren meine Schulter, während seine Finger über meine Brustwarze streichen. „Dich berühren. Die Zeit, die ich mit dir verbracht habe, hat mein Verlangen nach dir ins Unermessliche wachsen lassen."

Der Druck seiner Hand, die flach auf meinem Bauch liegt und bis zum Scheitelpunkt meiner Oberschenkel hinuntergleitet, ist selbstbewusst und bedächtig. Seine Kraft lullt mich regelrecht ein und ich fühle mich ganz von seiner Präsenz umgeben. Meine Schenkel sind immer noch aneinandergepresst, doch seine Hand gleitet zärtlich über den weichen Hügel und ruht auf meinen Schenkeln. Er saugt mein Ohrläppchen zwischen seine Lippen und flüstert mir dann zu.

„Lass mich dich berühren."

Ich öffne meine Beine und seine Hand fährt einen Innenschenkel hinunter und den anderen hinauf, was mir einen Schauer über den Rücken jagt und mein Verlangen nach ihm explodieren lässt. Schließlich berührt eine zarte Fingerspitze mein Innerstes und ich keuche auf. Ich beiße mir auf die Unterlippe und schließe die Augen, aber Jake stupst mein Gesicht sanft mit seinem an.

„Sieh mich an."

Ich öffne meine Augen und begegne seinem brennenden Blick. Er küsst mich sanft, bis sich meine fest zusammengebissenen Zähne etwas lösen. Seine Hand erforscht mich ehrfürchtig und lockt meine Klitoris mit der seidigen Flüssigkeit, die sein Finger einsammelt, unter ihrem Versteck hervor. Mein Körper öffnet sich, bereitet sich auf ihn vor, aber Jake hat es nicht eilig. Er beobachtet meine Gesichtszüge, schenkt mir seine Liebe mit seinen Blicken und senkt gelegentlich seinen Kopf, um mit seiner Zunge über meine Brustwarze zu streichen oder einen Kuss auf meine Lippen zu drücken. Mein Hunger nach ihm wird immer größer und ich kann mein Verlangen nicht mehr kontrollieren. Ich hebe meine Hand und streiche hart über die Muskeln seiner Brust und über seine straffen Bauchmuskeln. Sein Schwanz hebt gegen meinen äußeren Oberschenkel und er stößt ein leises Grunzen aus.

Ermutigt durch die Lust, die seine Hand in mir auslöst, und die träge Hitze in seinen Augen, lasse ich meine Hand tiefer sinken und streiche mit meinen Nägeln leicht durch das grobe schwarze Schamhaar am Scheitelpunkt seiner Schenkel. Er atmet tief ein, während sein Gesicht mir näherkommt und der Druck seiner Hand etwas fester wird. Unsere Stirnen berühren sich und unsere Augen sind fast verzweifelt auf einander gerichtet. Jake fährt mit seiner Hand durch meine Falten und schiebt zwei Finger tief in meine Muschi.

Ich atme erstickt ein, während sich mein Rücken wölbt und meine Hüften sich heben, um ihn dazu ermutigen, seinen Druck zu verstärken. Jake stöhnt entzückt.

„Du fühlst dich so gut an.“ Seine Finger ziehen sich leicht zurück, dann tauchen sie tiefer in mich ein. „Ich möchte in dir sein.“

Ich lecke erst mir über die Lippen, dann über seine, und knabbere mit meinen Zähnen an seiner Unterlippe.

„Bitte", murmle ich.

Jake küsst meinen Hals und meine Brust, während er sich leicht von mir zurückzieht. Mein Körper fühlt sich leer an, als ich den Druck seiner Finger plötzlich nicht mehr spüre, aber ich sage mir, dass ich geduldig sein muss. Es wartet so viel mehr auf mich. Ich höre das Aufreißen der Folie und das leise Geräusch des abrollenden Kondoms, dann liegt Jake wieder neben mir. Er küsst mich und positioniert seinen Körper indes gekonnt, so dass er kurz darauf über mir kniet. Ich ziehe meine Knie an, so dass nur noch meine Zehenspitzen das Bett berühren, und spüre, wie sein hartes Glied durch meine feuchte Mitte streicht. Meine Nippel streichen über Jakes Brust, was sie noch härter und fester werden lässt, und ich benutze meine Hände auf seinem Rücken, um ihn auf mich zu manövrieren. Sein Gewicht ist berauschend und in einem Sekundenbruchteil ist er in mir.

Er dringt zunächst langsam in mich ein und scheint meinem Körper Zeit zu geben, aufs Neue zu erwachen. Es ist Jahre her, dass ich so intim mit einem Mann war. Die Intensität des Liebesspiels mit Jake gibt mir beinahe das Gefühl, dass dies mein wahres erstes Mal ist. Lange, geduldige Küsse entspannen meine Wände, so dass er tiefer in mich eindringen kann, und schon bald umschließe ich seine volle Länge in mir und fühle mich auf eine Weise ausgefüllt, die ich mir nie hätte erträumen lassen. Seine Hüften beginnen rhythmisch gegen mich zu stoßen. Mit jedem Stoß bleibt er dicht an meinem Körper und reizt dabei Punkte in mir, die wahre Feuerwerke vor meinem inneren Auge auslösen. Unser Tempo steigert sich zu einem schnellen, gleichmäßigen Rhythmus, während der Schweiß auf seiner Haut glitzert. Ich lecke eine Perle von seiner Schulter ab und genieße ihren salzigen Geschmack.

Jake vergräbt eine Hand in meinem Haar, stützt meinen Hinterkopf und streichelt mit seinem Daumen meinen Kiefer. Er starrt auf mich herab und stößt immer schneller zu. Meine Hüften spannen sich bei jedem Stoß an und ich kann die schrillen Schreie, die meiner Brust entweichen wollen, nicht länger zurückhalten. Als Jake beginnt, mit tiefen, grunzenden Lauten einzustimmen, weiß ich, dass wir dabei sind, gemeinsam den Gipfel zu erklimmen. Die Lust durchzuckt mich wie elektrischer Strom und ein unwiderstehlicher Druck beginnt sich in meinem Körper aufzubauen, von den Beinen bis hinauf zu meinem Bauch, meinen Hüften und den Oberschenkeln, die sich fast schmerzhaft zusammenziehen. Jake küsst mich, dann bewegt er seinen Mund an mein Ohr, bis seine Lippen so nah sind, dass ich sie auf meiner Haut spüre, und flüstert mir zu:

„Ich will spüren, wie du kommst."

Sein Schwanz stößt in mich hinein, bis er eine Schockwelle von äußerst lustvollem Schmerz verursacht und mich dazu bringt, aufzuschreien. Mein Körper krampft sich um ihn herum zusammen. Jake stützt sich mit den Händen ab, um seinen Stößen mehr Hebelkraft zu verleihen. Genüsslich wirft er seinen Kopf zurück und stößt ein lustvolles Knurren aus, während sein Schwanz in mir zu pochen beginnt. Das Gefühl, wie er sich in mir ergießt, lässt eine erneute Welle meines eigenen Höhepunkts über mich hereinbrechen. Ich kralle mich in seinen Rücken und vergrabe meine Zähne in seiner Schulter. Jake zieht mich zu sich heran und setzt mich auf, so dass ich auf seinem Schoß sitze, während unsere Hüften weiter in den Wellen unserer Ekstase aneinanderkreisen.

Es fällt mir schwer, Luft zu holen, aber als sich Jakes Mund auf meinen legt, weiche ich nicht zurück. Die Sauerstoffversorgung meines Körpers ist nachrangig, wenn es darum geht, seine köstlichen Lippen zu schmecken.

Kapitel 12

Jake

Zwei Tage später...

„Musst du wirklich gehen?“

Lilian kniet in der Mitte des Bettes und hat nur mein Hemd an, das bis knapp unter ihre Brüste aufgeknöpft ist. Der Anblick ist so verlockend, dass ich Mr. Richardson anrufen und mir eine Nahtoderfahrung ausdenken möchte, die mich davor bewahrt, sie verlassen zu müssen. Ich zwinge mich, nicht wieder zu ihr ins Bett zu steigen, und packe weiter meinen Koffer.

„Ja. Aber es wird nur für ein paar Tage sein.“

„Das ist ein paar Tage zu lang.“

Ich beuge mich vor und küsse sie.

„Das sehe ich auch so. Wartest du hier auf mich, bis ich zurückkomme?“

Sie lacht.

„Ich glaube nicht, dass das eine Option ist. Ich muss ja essen. Und diese ganze Arbeitssache."

Als hätte sie das in die Realität zurückgeholt, klettert sie vom Bett und beginnt, sich anzuziehen. Ich halte inne und beobachte sie ein paar Sekunden lang. Der Blick auf ihre Brüste, als sie wieder in ihren BH schlüpft, und das verführerische Wackeln ihres Hinterns, als sie sich ihre Hose anzieht, müssen mir genügen, bis ich zurück bin. Das wird nicht leicht sein. Ich kann mittlerweile an nichts als Lilian denken. Der Gedanke, nicht bei ihr zu sein, geschweige denn, für drei Tage durchs halbe Land zu fliegen, bereitet mir absolut kein Vergnügen.

Wenn es sich um einen neuen Kunden handeln würde, könnte ich einen Weg finden, ihn an einen meiner Brüder abzugeben. Ich weiß zufällig, dass bei Frankie derzeit nicht viel los ist und in letzter Zeit keine neuen Tiere auf seiner Ranch geboren wurden, also hätte er wahrscheinlich die Zeit, einen kleinen Ausflug zu machen. Aber es ist Mr. Richardson. Das signifikante Vertrauensproblem, das er während seiner kurzen Episode als Lukes Kunde entwickelt hat, bedeutet, dass er niemandem außer mir erlaubt, sich um die Vollendung seiner Bucket List zu kümmern.

Lilian bringt mich zum Auto und ich drücke sie an mich, um sie noch ein letztes Mal vor meinem Abschied innig zu küssen.

„Bist du sicher, dass ich dich nicht nach Hause fahren soll?"

Sie schüttelt den Kopf.

„Ich komme schon zurecht. Bevor du in meinem Leben

aufgetaucht bist, bin ich ganz gut ohne Auto zurechtgekommen, weißt du.“ Sie grinst mich spielerisch an. „Außerdem will ich das schöne Wetter ausnutzen.“

„Schön ist vielleicht etwas übertrieben.“

Das Wetter ist nicht wirklich umwerfend gemessen an Miami-Standards. Aber das reicht Lilian und ich weiß genau, dass man ihr etwas, das sie sich in den Kopf gesetzt hat, nur schwer ausreden kann. Sie schlingt ihre Arme um meinen Hals und ich lehne mich mit dem Rücken gegen das Auto, damit ich sie noch ein paar Sekunden länger an mich kuscheln kann.

„Wir sehen uns, wenn du zurückkommst.“

„Ich rufe dich an, wenn ich wieder in der Stadt bin.“

Sie küsst mich auf die Nasenspitze und geht weg, damit ich zur Fahrerseite des Autos gehen und einsteigen kann. Ich werfe einen Blick in den Rückspiegel und sehe, wie sie mir zuwinkt und dann den Bürgersteig hinuntergeht. Ihre Hand rutscht eilig in die Tasche ihrer übergroßen Strickjacke, was vermutlich bedeutet, dass ihr Telefon sie mit einem Vibrieren überrascht hat. Tatsächlich holt sie ihr Telefon heraus und geht ran. Sie hält es ans Ohr, dreht sich um und geht ein paar Schritte rückwärts, damit sie mir noch einmal zuwinken kann.

Ich gehe davon aus, dass es Gavin am anderen Ende der Leitung ist, aber wenn ich ihr so beim Telefonieren zusehe, erinnere ich mich daran, dass es immer noch viel gibt, was ich nicht über sie weiß. Sie sagte, sie müsse heute arbeiten, aber ich weiß immer noch nicht, was das bedeutet. Es gab zu viele andere Dinge zu besprechen, als dass ich jemals ihre Karriere in das Gespräch hätte einbeziehen können. Es mag wie ein wichtiges Detail ihres Lebens erscheinen, das wir außer Acht gelassen haben, aber im Vergleich zu allem anderen, was ich über sie erfahren habe, kam es mir wie ein trivialer und unbedeutender Aspekt ihrer Existenz vor.

Zu wissen, womit sie ihren Lebensunterhalt verdient, scheint nicht annähernd so wichtig zu sein wie die Entdeckung, dass sie Zwiebeln und Oliven auf ihrer Pizza mag und sie immer gut durchgebacken bestellt. Es ist definitiv nicht so wichtig, wie herauszufinden, dass sie diese Pizza sehr gerne um Mitternacht nackt in der Küche stehend isst und dann auf den Tresen hüpft, damit ich ihr helfen kann, die Kohlenhydrate abzutrainieren. Genauso ist es nicht annähernd so wichtig, zu wissen, wie sie ihr Geld verdient, wie zu wissen, dass sie dieses Geld für eine Sammlung von Halloween-Dekorationen ausgegeben hat, die sie jedes Jahr länger und länger hängen lässt, bis Gavin schließlich rebelliert und sie für sie einpackt.

Trotz allem, was ich bereits über sie herausgefunden habe, ist es an der Zeit, tiefer zu schürfen.

Mr. Richardson steht nervös auf dem Bürgersteig, als ich am Flughafen ankomme. Seine Hände umklammern die kleine Tasche vor ihm wie ein Schutzschild und verkrampfen sich jedes Mal, wenn ein Flugbegleiter zu nahe kommt.

Was hat Luke ihm nur angetan?

„Guten Morgen, Mr. Richardson."

„Jake, sind Sie sicher, dass wir unseren Flug erwischen werden?"

„Ich bin sicher, dass wir das tun werden."

Er sieht fast enttäuscht aus und blickt zum Himmel hinauf, wo ein paar graue Wolken das Blau durchzogen haben.

„Es sieht nach Regen aus. Glauben Sie, dass das ein Flugverbot zur Folge haben wird?"

„Das Wetter ist gut. Ich bin schon unter viel schlechteren Bedingungen geflogen."

Ich mache eine Geste zur Tür und er folgt mir in den Flughafen.

„Es sieht nicht sehr geschäftig aus hier. Wie lange warten die Flüge normalerweise auf verspätete Passagiere?"

Ich halte inne.

„Was ist los, Mr. Richardson?"

„Was meinen Sie?"

„Sie scheinen zu hoffen, Ihren Flug nicht antreten zu können. Der Flug, um den Sie übrigens selbst gebeten haben und der mit dem Privatflugzeug meiner Firma stattfindet. Der übliche Flughafenverkehr sollte also keine Rolle spielen."

Er lehnt sich zu mir hinüber und seine Augen flackern nervös umher.

„Mein Horoskop sagte mir heute Morgen, dass das Universum mir heute nicht freundlich gesonnen ist."

„Ihr Horoskop?"

„Ja."

„Lesen Sie immer Ihr Horoskop?"

Ich habe ihn noch nie davon sprechen hören, aber habe die Erfahrung gemacht, dass Menschen, die ihr Leben auf der Grundlage von Horoskopen führen, darüber reden. Und zwar sehr viel. Geradezu unaufhörlich. Es ist nicht ungewöhnlich in meinem Geschäft, dass man Kunden begegnet, die aufgrund ihres Horoskops einen bestimmten Wunsch auf ihre Bucket List setzen. Dass jemand, mit dem ich schon oft zu tun hatte, urplötzlich mit seiner Faszination für Astrologie herausplatzt, ist jedoch ungewöhnlich.

„Nein. Das ist eine neue Angewohnheit."

Ich versuche, einen Seufzer zu unterdrücken.

„Wie sind Sie denn auf Ihr Horoskop gestoßen?"

„Mrs. Melissa hat es mir geschickt."

„Melissa? Melissa, die beste Freundin meiner Schwägerin?"

„Hört diese Melissa auf den Namen Mrs. Melissa Dufresne und übersetzt die Sprache der Sterne für diejenigen, die offen für ihre Botschaft sind?"

Ich reibe mir mit einer Hand die Augen.

„Das würde ich ihr zutrauen. Warum hat sie Ihnen Ihr Horoskop geschickt?"

„Luke hat sie mir empfohlen. Ich hatte Zweifel an der Sache mit dem Fallschirmspringen und er sagte, er vertraue ihr, und sie würde ihm Bescheid sagen, wenn es eine schlechte Idee sei. Ich schätze, er hat ihr meine Kontaktdaten weitergeleitet."

„Mr. Richardson, ich verspreche Ihnen, dem Himmel ist heute äußerst freundlich zumute. Machen Sie doch eine kurze Pause, spritzen Sie sich etwas Wasser ins Gesicht und dann legen wir los. Freuen Sie sich denn nicht auf die Erfahrung?"

„Doch, doch."

„Gut. Ich warte gleich da drüben beim Café."

Ich behalte mein beruhigendes Lächeln auf meinem Gesicht, während er davongeht, aber sobald er im Bad verschwindet, hole ich mein Handy heraus.

„Melissa ist keine Astrologin. Hör mit dem Quatsch auf."

Ich lege auf, bevor Luke zu Wort kommen kann, und wähle erneut. Diesmal ist es Emily.

„Hey, Jake."

„Melissa kann keine Horoskope erstellen."

„Was?"

„Melissa kann keine Horoskope erstellen."

„Wovon redest du?“

„Gib mir Melissa.“

Emily murmelt etwas und ein paar Sekunden später ist Melissa in der Leitung.

„Woher wusstest du, dass ich bei Emily bin?“

„Du bist nicht befugt, Horoskope zu erstellen.“

„Aber ich lag richtig.“

„Nein, lagst du nicht.“

„Doch, allerdings.“

„Nein.“

„Regnet es oder regnet es nicht?“

„Was?“

Ein Donnerschlag lässt meinen Blick zu den Türen schweifen und ich sehe, wie sich ein Regenbogen vom Himmel ergießt. Wie zum Teufel?

„Lass einfach die Horoskope sein.“

Ich stecke gerade mein Handy zurück in die Tasche, als Mr. Richardson auf mich zukommt und mit einem Finger hinter sich auf die Türen zeigt.

„Sie sagten, das Wetter sei gut.“

„Es ist nur ein kurzes Gewitter. Warum steigen wir nicht ins Flugzeug und essen etwas?"

Er nickt und wir gehen in Richtung Gate. Aus dem Augenwinkel fällt mir ein Geschenkeladen auf und ich bleibe vor einer Auslage in der Ecke der Tür stehen. Ich nehme mein Handy wieder heraus und mache ein Foto von einer Puppe mit riesigen Augen.

Hallo, Dolly!

Ich tippe es ein und schicke die Film-Referenz an Lilian.

Ein Schnappschuss einer fast leeren Flasche mit heißer Soße, die verdächtig auf der Ecke eines Tisches im Wartebereich steht, wird zu einer weiteren Nachricht.

Manche mögen's heiß.

Am nächsten Morgen wird ein Mann mit einer blonden Hochsteckfrisur, die sowohl jeder menschlichen Vernunft als auch der Schwerkraft trotzt, zu einer ‚*Hairspray*'-Nachricht.

Später am Nachmittag wird ein Schild, das im Gras liegt und auf dem sich eine Schnecke ihren Weg bahnt, zu ‚*Rent*'.

***

Am Morgen des dritten Tages besteht kein Zweifel, dass ich mich Hals über Kopf in sie verliebt habe.

Das ist ein Gefühl, an das ich nicht gewöhnt bin. Ich hatte nicht erwartet, dass es so schnell eintreten würde. Gleich bei unserer ersten Begegnung habe ich mich sofort zu ihr hingezogen gefühlt. Und je mehr Zeit ich mit ihr verbringe, desto faszinierter bin ich von ihr. Der Gefühlsrausch geht weit über das Gefühl hinaus, ihren Körper unter meinem und ihre Lippen auf meinen spüren zu wollen. Ich weiß nicht genau, was hier vorgeht, aber ich will mehr davon.

Ich bin gerade dabei, meinen Koffer für die Heimreise zu packen, froh, den nächsten Punkt auf Mr. Richardsons Bucket List ohne Zwischenfälle abgearbeitet zu haben, als mein Telefon klingelt. Ein Bild von Lilian, die am Ende eines Pizzastücks knabbert, leuchtet mir auf dem Bildschirm entgegen.

„Hey", antworte ich.

„Ich weiß, du hast gesagt, du würdest anrufen, wenn du wieder in der Stadt bist."

„Ist schon gut. Ich bin froh, deine Stimme zu hören. Das Flugzeug hebt in etwa drei Stunden ab, ich werde also heute Abend spät zurück sein. Willst du, dass ich vorbeikomme?"

„Heute Abend kann ich nicht, aber ich wollte dir sagen, dass ich an der Reihe bin, etwas für uns zu planen. Du hast einen so tollen Job gemacht, mich zu überraschen. Ich möchte sehen, ob ich das auch hinkriege."

„Das hört sich gut an."

„Mach dir nicht zu viele Hoffnungen. Es wird bestimmt nicht so überwältigend werden."

„Wirst du dabei sein?"

„Ja."

„Dann bin ich auch dabei."

„Gut. Wir sehen uns dann morgen. Bis dann."

„Bis dann."

Ich beende den Anruf, aber bevor ich das Telefon zur Seite legen kann, um weiter zu packen, klingelt es erneut.

„Schick mir eine SMS, wenn du wieder in der Stadt bist, damit ich weiß, dass du gut angekommen bist."

Kapitel 13

Lilian

Das Telefon fällt mir aus den Fingern auf das Bett, aber meine Aufmerksamkeit ist woanders. Meine Augen sind immer noch auf den Laptop vor mir gerichtet und die Worte in der E-Mail füllen den größten Teil des Bildschirms aus. Ich atme zitternd ein und aus, während ich mich zwinge, die Nachricht noch einmal durchzulesen.

Miss Burke,

Es wird immer deutlicher, dass Sie den Ernst der Lage nicht begreifen...

Meine Hände fangen an zu zittern, als die nächsten Zeilen in meinem Kopf nachhallen.

...unverantwortlich...

...Weigerung, Ihr Wort zu halten und Ihre geschäftlichen Verpflichtungen zu erfüllen...

...in gutem Glauben gehandelt habe...

...gravierende und unvermeidbare Folgen...

...in Ihrem besten Interesse, Ihre Verpflichtungen zu erfüllen, wenn Sie uns

nicht zum Handeln zwingen wollen...

Die Nachricht besteht irgendwann nur noch aus einem Durcheinander von Buchstaben, die über den Bildschirm flackern.

„Du musst aufhören, sie zu lesen."

Gavin hält mir eine Tasse mit heißem Tee hin. Ich nehme sie entgegen, halte sie an meine Wange und atme den Geruch von Minze und Honig ein.

„Ich kann nicht. Es zieht mich immer wieder zu ihr zurück."

„Warum? Was reizt dich so daran, diese Art von Gemeinheiten wieder und wieder zu lesen?"

Er klettert auf das Bett neben mir, die Beine unter sich verschränkt und mit dem Rücken gegen das Kopfteil gelehnt, bevor er einen affektierten Schluck Tee von seiner eigenen Tasse nimmt. Ich beobachte ihn aufmerksam.

„Bereit für die Antwort?"

Er sieht zu mir auf und nickt.

„Klar."

„Okay." Ich atme tief aus. „Ich weiß es nicht. Ich habe das Gefühl, dass das einfach nicht real ist. Niemand kann so grausam sein. Wenn ich es immer wieder aufs Neue lese, springt mir vielleicht irgendetwas ins Auge, das darauf schließen lässt, dass die Nachricht eigentlich doch gar nicht so schrecklich ist."

„Wie ein Popup mit einer Konfetti-Büste, auf der steht: ‚Keine große Sache! Haben wir uns einfach wieder lieb!'?"

„Das wäre schön."

„Schatz, die Menschen sind nun mal so gemein. Mach den Laptop zu."

Ich senke den Bildschirm und rutsche auf meine Knie, um ihn geradeheraus anzusehen.

„Was hältst du von Jake?"

„Ich wünschte, ich hätte diesen Gig als Partykoch angenommen. Dann hätte ich ihn mit Schokolade beträufeln und ihm anbieten können, ihn mit meiner Zunge zu säubern."

„Ähm... Okay. Das ist ein Bild, das ich wirklich nicht gebraucht habe. Ich meine, was hältst du von ihm *für mich?*"

„Der Mann hat dir Blumen mitgebracht. Echte Blumen. Kein Mann hat mir je Blumen gebracht." Er hält inne und schaut in die Ferne, als würde er einen Gedanken an seinem inneren Auge vorbeiziehen sehen. „Nein. Nein. Das stimmt nicht. Da war dieses eine Mal, als ich nach Hause kam und all die Blumen in meinem Wohnzimmer von diesem einen Typen sah. Aber die Blumen waren ein Beerdigungsgesteck und der Kontext war ein gänzlich anderer."

„Okay. Nun, ich habe beschlossen, ihm von dem Theater zu erzählen."

„Du hast *was* beschlossen?"

Der schockierte, missbilligende Ton in Gavins Stimme überrascht mich und ich lasse die Tasse von meinen Lippen gleiten, bevor ich überhaupt einen Schluck genommen habe.

„Was ist daran falsch?“

„Du hast doch gesagt, dass du ihm nicht zu nahe kommen willst.“

„Das habe ich gesagt.“

„Was hat sich also geändert?“

Er war in mir drin, also sollte ich ihn vielleicht auch in meine intimen Angelegenheiten einweihen.

Vielleicht wäre das nicht die beste Antwort, die ich Gavin darauf geben könnte.

„Er liebt das Theater genauso sehr wie ich.“

Gavin schnippt ein paar Mal mit den Fingern und zieht eine leichte Grimasse, während er angestrengt nachzudenken scheint.

„Oh, mein Gott. Ich kenne noch jemanden, der das tut. Wer war es noch gleich... wer war es... wer war es? Hmmm... oh. Richtig.“ Er lehnt sich zu mir. „Jeder zweite Trottel.“

„Ich weiß“, seufze ich. „Das kommt in Mode.“

„Kommt in Mode? Das war schon immer in Mode. Der beste Beweis thront über dem Hudson River. Die größte Ikone unseres Landes ist eine ausgeflippte Schlampe in einem extravaganten Kleid, die Frankreich den Rücken gekehrt hat, um den modernen Künsten näher zu sein."

„Na gut, dann lassen wir das mal beiseite. Hast du nicht gerade darauf hingewiesen, dass er mir Blumen mitgebracht hat? Und bist du nicht dieselbe Person, die entsetzt war, als ich nicht sofort ein Date mit diesem Mann angenommen habe? Jetzt machst du dir ins Höschen, weil ich ihm sagen will, was ich beruflich mache? Etwas, das er verstehen und schätzen wird?"

„Wenn es besagtes Höschen gäbe, würde ich es nicht einpinkeln, weil du ihm das *Prism* zeigen willst. Ich liebe diesen Ort, und das weißt du auch. Ich denke nur, wenn du ihm von dem Theater erzählst, wird das unweigerlich dazu führen, dass du ihm von deinen Problemen damit erzählst. Und das sieht für mich so aus, als würdest du ihn viel näher an dich heranlassen als eine gewöhnliche Affäre."

„Vielleicht will ich ja jetzt mehr als eine gewöhnliche Affäre."

„Bist du sicher, dass du das willst? Oder suchst du nur nach jemandem, der dir dein derzeitiges Leben ein wenig leichter macht?"

„Was soll das bedeuten?" Er braucht nicht zu sagen, was er denkt. „Willst du damit etwa andeuten, es hätte womöglich etwas damit zu tun, dass er einen Privatkoch für eine Dinnerparty engagiert und einen Schwarm von Dienstmädchen hat?"

„Nun..."

Ich schwinge meine Beine vom Bett und stehe auf.

„Ich kann es nicht glauben. Von allen Menschen auf der Welt

hätte ich nie gedacht, dass ich so etwas von dir hören würde, Gavin. Du bist mein bester Freund. Zumindest solltest du das sein."

„Das bin ich."

„Ja, mein bester Freund, der denkt, dass ich versuche, mir einen Mann zu angeln, weil er womöglich etwas Kleingeld in mein Theater stecken kann."

„Das kam nicht richtig rüber. Natürlich traue ich dir das nicht zu. Ich möchte nur nicht, dass du ihn zu nahe an dich heranlässt, wenn du noch nicht wirklich dazu bereit bist. Vergiss nicht, dass du nicht wirklich viel über diesen Mann weißt."

„Du wusstest nicht einmal, dass nicht er dich eingestellt hat, sondern sein Assistent."

„Siehst du? Genau. Ich weiß auch nichts. Ich will nur nicht, dass du verletzt wirst."

„Jake liegt mir am Herzen, Gavin. Ich glaube, ich fange an, mich in ihn zu verlieben. Kannst du dich nicht einfach für mich freuen?"

„Ich werde mich immer gerne für dich freuen."

Er schnappt sich die Fernbedienung vom Nachttisch und schaltet den Fernseher ein.

„Was machst du da?"

„Filmabend. Ich verspüre den plötzlichen Drang, *Ghostbusters II zu* sehen."

***

Am nächsten Nachmittag...

Ich treffe mich absichtlich außerhalb meiner Wohnung in einem Coffeeshop mit Jake, damit wir es heute Nachmittag tatsächlich ins Theater schaffen und nicht nur die ganze Zeit über im Schlafzimmer verbringen. Jake grinst mich an, als er durch die Tür kommt und an den Tresen tritt, um einen Drink zu bestellen. Er beugt sich zu mir hinunter, um mir einen Kuss zu geben, und ich seufze glücklich in den Kuss hinein.

„Was trinkst du?“, fragt er, als er sich mir gegenüber niederlässt und seinen Mantel ablegt.

„Heiße Schokolade.“

„Hardcore“.

„Nun“, lehne ich mich verschwörerisch zu ihm hin, „ich habe etwas Karamell hineingegeben.“

„Böses Mädchen“, murmelt er und beugt sich seinerseits über den Tisch zu mir hin.

Diese Worte haben eine überraschend starke Wirkung auf mich. Er sieht mich an, als würde es ihn nicht mehr interessieren, was ich für diesen Nachmittag geplant habe. Wenn ich das durchziehen will, muss ich konzentriert bleiben. Ich gönne mir nur noch einen weiteren Kuss und lehne mich dann auf meinem Stuhl zurück.

„Ich habe für heute nur eine Sache geplant, aber ich hoffe, sie wird dir gefallen. Bevor wir jedoch gehen, muss ich dir noch etwas sagen."

Jake senkt langsam seine Tasse.

„Klar. Was gibt es?"

„Ich bin nicht wirklich eine Köchin."

Jake muss lachen und nickt.

„Ich weiß."

„Du weißt das?"

„Natürlich weiß ich das. Schon seit dem Abend, an dem wir uns kennengelernt haben."

„Woher?"

Er sieht mich ungläubig an.

„Glaubst du, das war das erste Mal, dass ich eine Dinnerparty gegeben habe?"

„Ja. Das hast du gesagt."

„Okay. Das war die erste, die ich im Brownstone-Haus gegeben habe. Aber es ist definitiv nicht das erste Mal, dass ich eine Köchin eingestellt habe. Ich habe dich auf eine Meile Entfernung enttarnt.

Außerdem hat mir mein Assistent gesagt, dass er einen Typen eingestellt hat.“

„Ja, er hatte Gavin eingestellt. Ich hatte sowieso vor, ihm zu helfen, aber sein Freund Colin hatte einen Unfall, also musste ich das komplett übernehmen. Ich schätze, ich bin froh, dass er es an diesem Abend nicht geschafft hat.“

Jake gluckst. „Das bin ich auch.“

„Du hast mich also einfach in deiner Küche herumhantieren lassen, ohne mich darauf hinzuweisen?“

„Du hast Schokoladenkäsekuchen versprochen. Und du hast gute Arbeit geleistet. Der Rest war nicht wichtig. Außerdem habe ich den Anblick genossen.“

Er lächelt und es ist das erste Mal in meinem Leben, dass ich die volle Bedeutung des Wortes ‚verwegen‘ begreife.

„Wenn du in der Vergangenheit bereits Köche eingestellt hast, warum hast du dann nicht einfach einen angerufen, mit dem du in der Vergangenheit schon zusammengearbeitet hast?“

„Ein paar waren nicht verfügbar und ich wollte nicht schon wieder denjenigen anheuern, den ich schon so oft angeheuert habe. Ich versuche, für solche Dinge nicht zu oft dieselben Dienstleister zu beauftragen. So vermeide ich die Peinlichkeit, dass sie irgendwann beginnen, sich für mein Personal zu halten.“

Irgendetwas daran bleibt in meinem Hinterkopf hängen, aber ich bin mir nicht sicher, was genau mein Interesse weckt. Ich speichere es vorläufig einfach nur ab und nehme einen Schluck von meiner heißen Schokolade, um mich auf den Rest des Gesprächs vorzubereiten.

„Nun, das war ja eine viel enttäuschende Enthüllung, als ich erwartet hatte. Zum Glück geht es heute Nachmittag um mehr als das. Aber das macht meine Überleitung in meine Kindheit etwas schwieriger."

„Du hattest eine Überleitung vorbereitet?"

„Ich habe an etwas vage Kulinarischem gearbeitet, irgendeine Verbindung zum Käsekuchen. Bislang hatte sich noch kein konkreter Einfall ergeben. Aber wie dem auch sei, ich werde einfach ohne Überleitung direkt einsteigen. Gehen wir ein Stück, während wir reden. So ergibt alles mehr Sinn."

Wir verlassen den Coffeeshop und gehen mit unseren Getränken auf den Bürgersteig hinaus. Nach ein paar Schritten beginne ich, fortzufahren.

„Ich habe dir ja bereits gesagt, dass ich nahe Miami geboren bin, aber nicht in der Stadt. Das liegt daran, dass ich die ersten Jahre meines Lebens mit meinen Eltern und meinem Bruder in einer Kommune gelebt habe. Meine Eltern waren in eine Sekte hineingezogen worden und erzogen uns auf dem Anwesen dieser Organisation. Ich habe dort viel erlebt und im Nachhinein viel Zeit damit verbracht, das alles in den dunkelsten Ecken meiner Seele zu vergraben, deshalb möchte ich jetzt nicht darauf eingehen. Eines Tages werde ich das tun, aber du bekommst jetzt erst einmal eine Art ‚Reader's Digest'-Zusammenfassung."

„In Ordnung", sagt Jake und beobachtet mich aufmerksam, während wir nebeneinander hergehen.

Es ist das erste Mal, dass ich merke, was für ein schwer fassbarer Mann er ist. Ein Mann mit so viel Selbstvertrauen und unterschwelligem Charisma, dass er einen belebten Bürgersteig in Downtown Miami entlanggehen kann, ohne darauf achten zu müssen, wo er hintritt, vollkommen davon überzeugt, dass es niemand je wagen würde, mit ihm zusammenzustoßen. In der Tat scheinen ihm sämtliche Passanten bereitwillig Platz zu machen, um ihn an sich vorbeizulassen. Andere Männer, die versuchen würden, so aufzutreten, würden wohl an dem Bauch eines verärgerten ehemaligen Träumers abprallen, der auf unvermeidliche Risse in den angeblich mit Gold gepflasterten Straßen Miamis gestoßen ist und nun will, dass die ganze Welt von seiner Frustration erfährt.

„Meine Eltern merkten schließlich, dass die ihnen von der Organisation aufgezwungenen Lehren völliger Quatsch waren und verließen die Sekte. Wir mussten ein neues Leben beginnen. Aber in dieser Zeit hat mich mein Vater mit Filmen und dem Theater bekannt gemacht. Das war etwas, was ich nie erleben durfte, bevor wir die Kommune verließen. Wir hatten noch nicht einmal einen Fernseher gehabt, als ich klein war, also waren Filme etwas Magisches. Mit meinem Vater zusammen ins Schauspielhaus zu gehen, war immer etwas ganz Besonderes und bedeutete mir die Welt. Auf diese Weise konnten wir uns selbst verlieren und alles andere um uns herum verdrängen. Ich glaube, das galt besonders für meinen Vater, als er anfing, über den Tod meines Bruders zu brüten. Liam starb, bevor wir die Sekte verließen. Ich weiß, dass mein Vater das jeden Tag seines Lebens mit sich herumtrug. Es war nicht seine Schuld, aber ein nicht unbedeutender Teil von ihm hatte das Gefühl, dass er seinen Sohn nicht beschützt hatte. Es mag albern klingen, aber mich in Filme und Shows mitzunehmen, war seine Art, mir meine verpasste Kindheit zurückzugeben. Es war fast so, als wollte er mir die Fantasie, das Staunen und die intensiven Gefühle zurückgeben, die wir dort nicht erleben durften."

„Das klingt gar nicht albern."

Wir biegen in die Straße ein, in der das *Prism* liegt, und die Aufregung beginnt in meiner Brust zu flattern.

„Als mein Vater jedoch krank wurde, waren diese Art von gemeinsamen Unternehmungen nicht mehr möglich. Kurz bevor er starb, erfuhren wir, dass unser Lieblingstheater geschlossen worden war und sich in einem wirklich schlechten Zustand befand. Es brach mir das Herz, es in diesem Zustand zu sehen. Ich wusste, dass es meinem Vater alles bedeutet hätte, es noch einmal in seiner ganzen Pracht zu sehen. Nachdem er gestorben war, ging ich zurück zu dem Theater, das damals *Moonlight* hieß, und fand heraus, dass es zum Verkauf stand. Und..." Ich bleibe unter der Displayschrift des *Prism* stehen und strecke eine Hand in Richtung Tür aus, um Jake das alte

Schauspielhaus zu präsentieren: „Ich habe es gekauft."

Er zeigt fast keine Reaktion. Er starrt mich an und dann zur Displayschrift hinauf, scheinbar verblüfft über die Eröffnung.

„Du hast es gekauft?", fragt er. „Das gehört dir?"

„Ja...", ich werfe einen Blick über meine Schulter durch die Glastür in die verlassene Lobby zurück. „Ich weiß, es ist nicht wirklich beeindruckend, aber es bedeutet mir sehr viel."

„Ich finde es wunderbar."

Der Atem entweicht meiner Lunge in einem Anflug von Erleichterung und Glück.

„Wirklich?"

Jake nickt und greift nach meiner Hand.

„Darf ich es mir ansehen?"

Kapitel 14

Jake

Ich hoffe, Lilian spürt nicht, dass meine Hand zittert, während sie sie hält. Ihr Gesicht ist strahlend, ihre blauen Augen glitzern und sie hat ein Lächeln auf ihren vollen Lippen, aber mein Magen fühlt sich an, als hätte ich einen heißen Stein verschluckt. Mein Herz sank sofort in die Hose, als sie das *Moonlight* erwähnte. Der Name ist mir bekannt. Selbst wenn sie ihn nicht erwähnt hätte, hätte ich mich an ihn erinnert, als wir unter der Displayschrift standen. Als ich dieses Display das letzte Mal sah, war es nicht so hell beleuchtet. Nun erstrahlen die Glühbirnen um das alte Schild in einem genauso hellen Licht wie Lilians Gesicht und machen das Bild zur Realität, das ich damals vor meinem inneren Auge sah, als ich dieses alte Schauspielhaus erblickte und sofort wusste, dass ich es in mein Portfolio aufnehmen musste.

Ich hatte meinem Akquisitionsteam damals jedoch gesagt, es solle die Finger davon lassen, weil jemand anderes bereits verzweifelt versuchte, das Theater zu kaufen. Aber sie haben hinter meinem Rücken in das Theater investiert, weil die Käuferin - Lilian - es nicht selbst finanzieren konnte. Sie ist die Frau, über die Tyler in seinem

Büro gesprochen hat, das willkommene Opfer, dem er wegen eines Vertrags, den sie nicht erfüllen kann, die Anteile abkaufen will.

Die Erkenntnis macht mich regelrecht krank. Wir gehen in die Lobby und ich sehe, wie ihre Augen weicher werden, als sie sich in dem Raum umsieht, den sie so offensichtlich von ganzem Herzen liebt. In diesem Blick liegt eine gewisse Traurigkeit. Ich hätte sie wahrscheinlich gar nicht bemerkt, wenn ich nicht schon geahnt hätte, dass es sie gibt. Sie denkt wohl über die Zukunft nach und über die Ungewissheit in Bezug auf die Rolle des Theaters in dieser Zukunft. Ein angemessen formuliertes Geständnis kommt mir in den Sinn, aber bevor ich sie aussprechen kann, fällt mein Blick auf eine Tafel, die an der Seite einer der Säulen befestigt ist. Ich hatte ihrer Geschichte so aufmerksam zugehört, dass ich den Namen auf dem Display nicht bemerkt hatte, aber die Tafel sagt es mir.

„*Prism*?“, frage ich.

Sie stößt ein kurzes Lachen aus.

„Ja. Ich denke oft an das Phänomen des Prismas im Kontext von Wahrheit und Lüge. Es ist ein gängiges Thema in der Literatur, wie leicht die Wahrheit verfälscht oder verzerrt werden kann, ganz ähnlich wie Licht, das durch ein Prisma geleitet wird. In Romanen wie George Orwells *1984* geht es genau darum: Es wird eine dystopische Gesellschaft beschrieben, in der die Wahrheit von den Machthabern dieser Gesellschaft unerbittlich manipuliert wird. Das war einer der Lieblingsromane meines Vaters. Er hat es zwar nie ausdrücklich gesagt, aber ich glaube, dass es zum Teil seine Liebe zu diesem Buch war, die ihn und meine Mutter irgendwann davon überzeugt hat, der Kommune endgültig den Rücken zu kehren. Die Organisation war nicht gerade ein Förderer der kreativen Künste, vor allem nicht der Literatur, die sie nicht selbst produzierte oder ausdrücklich genehmigte. Ein solches Buch war eine Gefahr für die Realität, die sie versuchten zu kreieren. Sie wollten nicht, dass die Leute anfingen, zu hinterfragen, was um sie herum vorging, verstehst du? Er fing an, mir daraus vorzulesen, als ich noch relativ jung war. Irgendwann fand es jemand heraus und er hörte er eine Zeit lang damit auf. Als ich etwas älter wurde, holte er es jedoch wieder hervor und wir verloren uns gemeinsam darin. Ich werde nie verstehen, warum er und meine Mutter sich freiwillig einer so restriktiven und kontrollierenden Gemeinschaft hingegeben haben. Es muss irgendetwas gegeben haben, das sie angesprochen hat, zumindest am Anfang. Aber zu dem Zeitpunkt, als wir die Kommune verließen, schien es, als würden sie vor Wut platzen, wenn sie noch eine weitere Sekunde dort verbringen müssten."

Ich bemerke eine weiße Feder auf dem Boden und bücke mich, um sie aufzuheben.

„Was ist das?"

Sie zupft mir die Feder zwischen den Fingern weg und nimmt sie in Augenschein.

„Gestern kam eine Braut hierher, um Fotos zu machen. Ich

glaube, sie steht auf den ‚Big Bird'-Brautlook. Diese Hochzeit wird ihren Vater ein Vermögen kosten. Wie dem auch sei, die hier muss Gavins Reinigungsbemühungen letzte Nacht entgangen sein."

„Gavin arbeitet auch hier?"

Sie nickt.

„Er hat mich auf jedem Schritt des Weges begleitet. Selbst als es völlig aussichtslos schien, dass ich es tatsächlich würde kaufen können, war er da, um mir zur Seite zu stehen. Er und ich sind die einzigen beiden Festangestellten. Bei den seltenen Gelegenheiten, zu denen wir ein großes Event veranstalten, stelle ich temporäre Mitarbeiter dafür ein. Aber die meiste Zeit sind nur er und ich da. Er ist sogar derjenige, der die Idee hatte, hier zum Beispiel Brautporträts und solche Dinge machen zu lassen. Daran hätte ich nie gedacht. Für mich geht es bei diesem Ort um Filme und Shows. Vielleicht geht es sogar mehr um die Erinnerungen an die gemeinsame Zeit mit meinem Vater. Es bedeutet mir alles, es zu besitzen. Zumindest so lange, wie ich kann."

„Was meinst du damit?"

Sie sieht verlegen aus, als wären ihr diese Worte herausgerutscht, und sie schüttelt den Kopf.

„Nichts. Ich hätte das nicht sagen sollen. Ich wollte nur, dass du es siehst."

„Sag es mir, Lilian."

Sie leckt sich über die Lippen und ihre Schultern senken sich unter dem Gewicht dessen, was sie mir zu sagen versucht.

„Es hat sich herausgestellt, dass der Besitz und Betrieb eines alten Theaters viel teurer ist, als ich erwartet hatte, ganz zu schweigen von den Kosten für die Wiederherstellung der Funktionsfähigkeit. Ich habe meine gesamten Ersparnisse aufgebraucht, aber nicht das Geschäft generiert, das ich brauchte, um meinen Teil des Investitionsvertrags zu erfüllen, der mir den Kauf des Theaters ermöglichte. Ich wollte eigentlich gar keine Hilfe annehmen. Ich hatte gehofft, mein eigenes Geld und ein privates Darlehen verwenden zu können, aber das reichte nicht aus. Es meldete sich ein Investor, der mir anbot, gegen regelmäßige Zahlungen stiller Teilhaber zu werden. Leider war ich in letzter Zeit nicht mehr in der Lage, diese Zahlungen zu leisten, und der Angel-Investor hat sich in einen kleinen Dämon verwandelt."

„Warum sagst du das?"

Da sie meinen eigenen Verdacht in Bezug auf mein Team damit bereits bestätigt hat, möchte ich so viel von ihrer Sichtweise auf die Vorgänge hören, wie es mir möglich ist. Tyler hat mich schon einmal in die Irre geführt und ich habe kein Vertrauen darin, dass er in Bezug auf die Art und Weise, wie er die Situation gehandhabt hat, mir gegenüber ehrlich sein wird, wenn ich ihn damit konfrontiere. Die Dinge durch Lilians Brille hindurch zu betrachten, könnte mir helfen, zu entscheiden, was ich als nächstes tun werde.

„Mein stiller Partner ist verständlicherweise frustriert, weil er seine Zahlungen nicht pünktlich erhält. Aber in letzter Zeit hat sich diese Frustration in blanke Wut verwandelt. Er ist ziemlich aggressiv geworden und ich versuche verzweifelt, herauszufinden, was ich als Nächstes tun soll."

„Lilian, es tut mir so leid, dass du das durchmachen musst."

„Ich komme schon klar. Ich muss nur einen Schritt nach dem anderen machen. Mehr kann ich nicht tun. Ich lasse mir etwas einfallen." Sie deutet weiter ins Theater hinein. „Willst du den Rest sehen?"

„Natürlich."

Mir schwirrt der Kopf, als sie mich durch den Rest des Theaters führt. Lilian tut alles, was sie kann, um stark zu bleiben und zuversichtlich zu wirken, aber es ist offensichtlich, dass sie am Boden zerstört ist angesichts der Entwicklungen. Der Gedanke, das Theater zu verlieren, das so viel Einfluss auf ihr Leben hatte, schmerzt sie und ich möchte einspringen und sie davor beschützen. Gleichzeitig schätze ich mein eigenes Geschäft sowie den integren Ruf, den ich mir im Laufe der Jahre aufgebaut habe. Außerdem gibt es keinen taktvollen und unverfänglichen Weg, ihr die Wahrheit zu offenbaren. Alles, was ich sage, wird sie im besten Fall in Verlegenheit bringen und im schlimmsten Fall wütend machen. Sie wird nicht nur wissen, dass ich, wenn auch indirekt, hinter all dem Stress und den Schwierigkeiten stecke, die sie durchmacht. Ich möchte auch nicht, dass sie auf diese Weise von meinem Reichtum und den Details über mich erfährt, die ich vor ihr verborgen habe.

Das ist etwas, das ich nicht aus der Welt schaffen kann, ohne dass es unangenehme und möglicherweise schädliche Konsequenzen für einen oder beide von uns hat. Ich kann jetzt nicht einfach mit der Wahrheit herausplatzen. Den Gedanken, Lilian noch mehr zu verletzen, kann ich nicht ertragen. Jetzt, wo ich sie ansehe und mir diese Gedanken durch den Kopf gehen, ist es noch offensichtlicher als auf meiner kleinen Geschäftsreise, dass ich mich in sie verliebt habe. Wenn ich sie jetzt mit all dem konfrontiere, könnte das alles ruinieren. Es muss einen Weg geben, das für sie zu lösen, ohne all das zu riskieren, was dabei ist, zwischen uns aufzukeimen.

Ich denke daran zurück, was ich ihr über mein Unternehmen erzählt habe. Soweit ich mich erinnern kann, habe ich nur erwähnt, dass ich in der Branche tätig bin, die Träume von Menschen wahr werden zu lassen. Ich bin nicht weiter ins Detail gegangen und habe nicht einmal den Namen der Firma erwähnt. Angesichts meiner damaligen Wortwahl in meiner Einleitung, war es für sie wahrscheinlich bereits eine große Erleichterung, dass es sich nicht um einen Ableger der Mafia handelte.

Selbst wenn ich ihr den Namen meiner Firma genannt hätte, hätte sie mich wohl nicht mit ihrem Deal in Verbindung bringen können. Die Akquisitionsabteilung meines Büros arbeitet getrennt vom Rest von DreamFactory Inc. und unter einem anderen Namen. Im Nachhinein betrachtet habe ich dieses Arrangement bewusst für diese

Art von Situation getroffen, obwohl ich eine solche Entwicklung nicht erwartet hätte. Die Tatsache, dass das Akquisitionsteam unter einem anderen Namen arbeitet, hilft schlicht und einfach dabei, Geschäftsinhaber und Immobilienmakler daran zu hindern, herauszufinden, dass die finanzkräftige Familie Conway hinter den Käufen steckt, und davon abzuhalten, den Preis während der Verhandlungen in die Höhe zu treiben können. Für eine Situation wie diese jedoch war das Arrangement nie gedacht.

Lilian führt mich durch eine schmale Tür und eine Treppe hinauf, die uns hoch über die dunkle, ruhige Halle führt. Die Notbeleuchtung entlang der Gänge und über den Ausgängen ist gerade hell genug, dass wir von unserem Aussichtspunkt aus die Sitzreihen überblicken können.

„Das ist also deine Galerie."

„Ja", sagt sie. „Es ist die erste Galerie, auf der ich je in meinem Leben war."

„Ach, wirklich? Und hat jemand hier oben schon einmal das hier gemacht?"

Ich lege eine Hand um ihre Taille und ziehe sie an meinen Körper, damit ich sie küssen kann. Dieser Kuss sagt so viel mehr aus als unser erster und ich lasse ihn bewusst noch etwas länger andauern. Morgen früh werde ich als Allererstes mit Tyler sprechen. Heute Abend jedoch geht es nur um Lilian.

Kapitel 15

Lilian

Jakes Kuss ist all das, wonach ich mich im Laufe der Tage, in denen er abwesend war, permanent gesehnt habe.

Oder beinahe all das. Da gibt es noch so einiges mehr, nach dem ich mich gesehnt habe.

Unsere Lippen trennen sich und meine Hände wandern über seine Brust zu seinem Gürtel, während ich ihm einen zärtlichen Kuss auf die Haut unter seinem Ohr drücke.

„Willst du wissen, was ich hier oben sonst noch so nie gemacht habe?“, flüstere ich.

Bevor er antwortet, schält er sich eilig seinen Mantel vom Körper.

„Was noch?“, fragt er und legt den Mantel über die Metallstangen an der Seite der Galerie.

Ich löse seinen Gürtel, öffne seine Hose und fahre mit den Fingern über die weiche Baumwolle seiner Unterwäsche.

„Lass es mich dir zeigen.“

Ich lasse mich vor ihm auf die Knie sinken, küsse Jakes Bauch und fahre mit der Zungenspitze seine Muskeln nach, während ich mich nach unten vorarbeite, wo meine Finger spüren, wie er bereits hart wird. Als mein Mund den Bund seiner Hose erreicht, mache ich mit ihm dasselbe, was er mit mir gemacht hat, als ich das erste Mal quer über das Bett ausgestreckt vor ihm lag und vollkommen seinen Lippen und seiner Zunge ausgeliefert war. Jake stöhnt auf, als mein Mund an seinem Hosenbund entlangfährt und dann nach unten wandert, um durch den Stoff hindurch seinen Schwanz zu küssen. Es war als Liebkosung für ihn gedacht, aber mein eigener Körper beginnt unwillkürlich vor Lust zu zittern, weil ich angesichts des Stoffs zwischen ihm und meinen Lippen nicht genug von der Wärme seines Fleischs bekomme.

Ich greife in seinen Hosenschlitz und lege meine gierige Hand um seinen Schaft. Er liegt dick und hart in meiner Handfläche, als ich ihn vorsichtig hervorhole. Ich halte ihn mit einer Hand am Ansatz fest und fahre mit meinen Lippen über die geschwollene Spitze seiner Erektion. Sie ist glatt und weich und der Tropfen kristallener Flüssigkeit, der sich an ihrer Öffnung bildet, lässt ihn leichter über meine Lippen gleiten. Die Flüssigkeit berührt meine Zunge und der Geschmack von Jakes Säften steigert mein Verlangen nach ihm. Ich öffne meinen Mund und Jake schiebt seine Hüften vor, um genüsslich über meine Zunge zu gleiten. Ich schließe die Augen und konzentriere mich ganz auf ihn in meinem Mund, genieße seinen Geschmack, den Geruch seines Körpers und die intensive Intimität, wenn er seine Hüften bewegt, um tiefer in meine Kehle einzudringen. Da ist kein Zögern in seinen Bewegungen, keine Zurückhaltung. Er weiß, dass ich ihn will, dass ich ihn in jeder Hinsicht brauche, und sein völliges Vertrauen in diese Tatsache macht ihn nur noch berauschender.

Ich schließe meine Lippen um seinen Schaft und drehe meinen Kopf leicht, so dass das Fleisch meiner Backen an seinem Schaft entlanggleitet und ihn liebkost. Ich streiche mit meiner Hand über die Beule an meiner Wange und fast augenblicklich umklammert Jake die Metallstangen an beiden Seiten und stöhnt laut auf. Das Geräusch spornt mich an. Mein Mund bewegt sich immer schneller und saugt wild an ihm, während ich meine Zunge um seine Eichel wirble. Wir sind beide noch bekleidet. Hoch oben auf der Galerie über dem Theater unser Liebesspiel zu betreiben, selbst wenn niemand sonst im Gebäude ist, fühlt sich verboten und heimlich an, was meine Erregung ins Unermessliche steigert. Bedächtig ziehe ich seinen Schwanz aus meinem Mund und lasse ihn durch meine Lippen gleiten, damit ich jede Ader und jede Rille seines Schafts spüren kann. Die Spitze meiner Zunge taucht in den Schlitz seiner Eichel ein und Jake gibt einen fast erstickten, keuchenden Laut von sich.

„Oh, guter Gott“, murmelt er.

Ich stehe langsam auf und schmiege meinen Körper gegen seinen, während ich mich aufrichte, bis mein Gesicht auf einer Höhe mit seinem ist.

„Ist das eine Einladung?“, fragt er.

Dann ergreift er mein Gesicht und erdrückt meinen Mund mit einem Kuss. Unsere Zungen verheddern sich und ringen miteinander, während er die Kontrolle über sich wiedererlangt. Seine Zähne bohren sich wild in meine Unterlippe und schaben an ihr entlang, als er sich von mir löst.

„Du bist wirklich ein böses Mädchen, nicht wahr?“

Mit einer schnellen Bewegung dreht er mich um, so dass ich nun von ihm abgewandt dastehe, und drückt zwischen meine Schulterblätter, um mich nach unten zu beugen. Er wirft mir das Ende meines langen, fließenden Kleides über den Rücken und zieht mir die Leggings bis zu den Knien herunter. Meine Hände stützen sich an den Metallstangen auf beiden Seiten ab, während Jake den Rock meines Kleides mit einer Hand in der Mitte meines Rückens erfasst und ihn als Griff benutzt, um mich zu fixieren.

Hinter mir höre ich ein Rascheln und ich ahne, dass er ein Kondom aus seiner Tasche zieht und die Verpackung aufreißt. Sekunden später stößt er in mich. Diesmal vergisst er alle anfängliche Bedächtigkeit und schont mich nicht mehr. Er füllt mich voll und ganz in einem einzigen scharfen Stoß aus, der mir einen Schrei entlockt und mir fast die Knie weich werden lässt. Seine freie Hand gleitet um meine Hüften und zwischen meinen Schenkeln hinunter, um meinen feuchten Kitzler zu finden. Er massiert ihn in engen Kreisen und stößt unerbittlich in mich hinein. Jeder Stoß ist eine wahnsinnige Mischung aus Lust und Schmerz, ein Abgrund, der uns zu verschlingen droht. Die Intensität ist überwältigend. Jakes Knurren klingt animalisch. Seine Hände auf meinem Körper sind besitzergreifend und sein Griff eisern. Gerade als ich denke, dass ich es nur noch eine Sekunde länger aushalten kann, bevor ich mich komplett vergesse, ebben seine Stöße ab.

Ich stoße mich von den Metallstangen ab, stehe auf und sehe ihn entgeistert an.

„Du kannst jetzt nicht aufhören", sage ich mit schwerem Atem.

Jake rückt seine Hose zurecht und ich greife nach unten, um es ihm gleichzutun. Als ich wieder angezogen bin, nimmt er mich am Handgelenk, zieht mich an sich und beißt mir erneut in die Lippe.

„Hast du noch andere Orte auf Lager?"

Ich lächle und nehme ihn bei der Hand. Wir eilen die Treppe hinunter, die von der Galerie weg und durch enge Gänge in ein Hinterzimmer führt. Die Schlüssel hängen in meinem Büro, aber zum Glück vergesse ich fast immer, es abzuschließen. Dies ist einer dieser Tage. Wir stolpern durch die Tür, als Jake mich in einen weiteren Kuss verwickelt. Unsere Füße verheddern sich und ich greife ich nach dem Lichtschalter neben der Tür. Mehrere Oberlichter, die während meiner kurzzeitigen optimistischen Renovierungsphase des Gebäudes angebracht wurden, beleuchten ein Durcheinander von Möbeln, Kisten und Regalen. In einigen Teilen des Raums wird deutlich, dass sich jemand bemüht hat, Ordnung zu schaffen, aber weiter in der Mitte des Raums nimmt das Chaos überhand.

„Requisitenkammer", erkläre ich.

Jake nickt, hebt mich von den Füßen und trägt mich zu einem mit einer Plane abgedeckten Klumpen, von dem ich weiß, dass es eine Couch ist. Er reißt die Plane weg und gibt den Blick auf eine Polsterschräge und detailreiche elfenbeinfarbene Blumenkissen frei. Als er mich wieder auf die Füße gestellt hat, zieht Jake seine Hose aus und öffnet sein Hemd. Ich ziehe meine Leggings aus und bevor ich nach meinem Kleid greifen kann, ergreift er bereits meine Hüften und zieht mich in seinen Schoß, während er sich auf die Couch sinken lässt.

Ich nehme seinen Kiefer in meine Handflächen und küsse ihn wild. Mein Körper öffnet sich für ihn und eine leichte Drehung meiner Hüften heißt ihn wieder in mir willkommen. Ich spreize meine Schenkel weiter und lasse mich nach unten sinken, bis Jake so tief in mir steckt, dass ich den Druck in meinem Bauch spüren kann. Meine Brüste quellen über den Ausschnitt meines Kleides, als er es nach unten zieht, und sein Mund stürzt sich sofort auf mich, um wild an mir zu lecken und zu saugen. Eine Hand auf meinem unteren Rücken führt mich dazu, mich gegen ihn zu stemmen. Durch die Bewegung reibt meine Klitoris an seinem Schambein und die Reibung treibt mich erneut an den Rand meines Abgrunds. Diesmal lässt Jake nicht von mir ab. Seine Hüften spannen sich an und heben sich hart von der Couch. Ich erwidere jeden seiner kraftvollen Stöße mit einem gierigen Entgegenkommen meines Beckens.

Während Jakes Lustlaute immer schneller und lauter werden, spüre ich, wie er plötzlich entschlossen seine Finger in meine Hüften vergräbt, als er hart in mir kommt und das Kondom in mir ausfüllt. In dem Moment breche auch ich in einen erschütternden Orgasmus aus, der ihn tiefer in mich hineinzieht und jeden Stoß seines zitternden Pulses gierig melkt. Wir küssen uns zuerst fast hektisch, dann langsamer, während unsere Körper von ihren Gipfeln heruntergleiten und sich zu entspannen beginnen.

Es dauert einige lange Minuten, bis wir uns voneinander lösen und die Kraft finden, uns anziehen zu können. Wir haben beide keine große Lust, uns zu bewegen, also rollen wir uns auf der Couch zusammen. Sein Körper schmiegt sich an meinen Rücken, während mein Kopf auf seinem Arm ruht und mein Ohr nahe an seinem Herzschlag liegt.

„Ich mag diese Couch", flüstert Jake mir ins Ohr.

Ich lache und versuche, mich noch tiefer in die Kurve seines Körpers zu kuscheln. Es scheint, ich kann ihm nicht nahe genug kommen.

„Es war schon hier, als ich es gekauft habe. Es ist nur eine billige Nachbildung, die für ein Stück verwendet wurde, aber es ist eines meiner Lieblingsstücke, das ich bei meiner Erkundungstour gleich nach der Unterzeichnung des Kaufvertrags entdeckt habe. Ich bin mir nicht sicher, wahrscheinlich bilde ich es mir nur ein, aber ich glaube mich zu erinnern, dass ich es in einer Show gesehen habe, als ich klein war. Aber vielleicht auch nicht."

„Auch wenn du es nicht wirklich gesehen hast, ist es ein netter Gedanke. Als wäre es schon immer ein Teil deines Lebens gewesen und hätte nur darauf gewartet, dass du es wiederfindest."

Ich schaue ihn zärtlich an und küsse seine Nasenspitze.

„Das gefällt mir. Das ganze Gebäude ist voll von solchen Dingen. Die ersten Monate nach dem Kauf waren wie eine Schnitzeljagd. Wir entdeckten immer wieder kleine Schätze, die in Ecken und alten Räumen versteckt waren, die seit Jahrzehnten nicht mehr benutzt wurden."

„Räume?"

„Die ursprünglichen Umkleideräume sind wirklich winzig. Ich nehme an, dass sie bei der ‚Modernisierung' des Theaters in den siebziger Jahren beschlossen haben, dass sie für ihre Stars einfach zu klein sind, und einige Arbeitsräume teilweise entfernt haben, um größere Garderoben zu schaffen. Die Originale sind aber immer noch da. Ich habe eine gefunden, die immer noch so aussieht, als sei sie nicht mehr angerührt worden, seit die letzte Schauspielerin nach einer Vorstellung hinausgeschlüpft ist."

„Die Vorstellung ist genauso gruselig wie schön."

Ich lache und nicke.

„Lilian?"

Gavins Stimme erklingt leise, aber unüberhörbar irgendwo im

Theater. Ich stoße einen resignierten Seufzer aus und steige von der Couch. Jake folgt mir und wir stoßen mit Gavin zusammen, als er gerade den Flur hinunterläuft.

„Hey Gavin."

„Lilian! Ich war so besorgt. Überall im Theater brennt Licht, aber ich konnte dich nicht finden."

„Ich bin hier. Ich wollte Jake nur den Requisitenraum zeigen."

Schnell über seine anfängliche Sorge hinweg stemmt Gavin keck die Hände in die Hüften.

„Hast du ihm die Couch gezeigt, die du so sehr liebst?"

Ich blicke zu Jake auf. Er hat die beeindruckende Fähigkeit, ein absolutes Pokerface zu bewahren. Ich sehe nicht das geringste Aufflackern von Farbe auf seinen Wangen.

„Das ist eine hübsche Couch", sagt er.

„Willst du auch die Bühne sehen?", frage ich.

„Sicher."

„Willst du mitkommen, Gavin?"

„Ich kenne die Bühne ganz gut. Ich fange lieber an, die letzten Dinge für die Show heute Abend vorzubereiten."

„Show?", fragt Jake.

„Zu Ehren des bevorstehenden St. Patrick's Day zeigen wir Filme und Fernsehsendungen mit irischen Schauspielern und Schauspielerinnen. Diese Woche ist Angela Lansbury dran. *Bedknobs and Broomsticks* ist an der Reihe."

„Ist sie Irin?", fragt Jake, als ich ihn am Ellbogen nehme und in Richtung Bühneneingang lenke.

„Ihre Mutter war es und sie lebte als Erwachsene jahrelang in Irland."

Ich schalte die Backstage-Lichter an, als wir den Flügel betreten. Wie viele solcher Bereiche ist auch dieser Backstage-Bereich dicht mit Schreibtischen, Tischen und Schränken, gelegentlichen Requisiten und einer Gruppe von Stühlen in einer Ecke besetzt, die verdächtig danach aussieht, als hätten eine Reihe von Hausgeistern hier eine Sitzung abgehalten. Ein freier Bereich in der Nähe der Vorhänge führt hinaus auf die schwarz lackierte Bühne. Von den Stunden, die ich dort draußen auf dem Holz liegend verbracht habe, manchmal lesend, manchmal einfach nur grübelnd, weiß ich, dass das Schwarz nur eine der vielen Lackierungen der Bühnenoberfläche ist. Ich weise Jake darauf hin, während wir mit ineinander verschränkten Fingern über die Fläche schlendern.

„Was meinst du damit?", fragt er.

„Lange Zeit hat die Truppe, die hier ihre Stücke abhielt, die Bühne für jede Aufführung neu gestrichen. Es war Teil des Bühnenbildes, dass die Bühne für jedes Stück eine neue Farbe bekam. Auf der Bühne gibt es viele Stellen, an denen Leute Möbel oder andere

Requisiten fallen gelassen haben und die Farbe abgesplittert ist. Wenn man an diesen Stellen genauer hinsieht, kann man die verschiedenen Farbschichten sehen. Jede dieser Stellen erzählt eine Geschichte. Ich denke gern über sie nach, wenn ich hier draußen bin.

Jake ergreift meine beiden Hände und hält sie feierlich zwischen uns.

„Egal, wo man hingeht, man ist immer irgendwo, wo einer der Schauspieler stand. Es ist, als würde man mit der Geschichte des Gebäudes verschmelzen."

„Und mit der Geschichte von Miami?"

„So ähnlich."

Ich reibe mit der Spitze meines Schuhs über das Holz unter meinen Füßen.

„Ich frage mich, wie viele Schichten es hier wohl gab, als ich klein war und mir die Shows hier angesehen habe."

„Hey, Lilian?", ruft Gavins Stimme von der Galerie aus. „Weißt du, warum hier oben eine Tasse mit heißer Karamellschokolade und eine mit Kaffee steht?"

Mein Blick fällt verlegen auf Jake.

„Wie wäre es mit einem frühen Abendessen?", fragt er.

„Tolle Idee."

Kapitel 16

Jake

Die Angela-Lansbury-Fans waren ein überraschend lauter Haufen und ich bin gestern Abend viel später ins Bett gegangen, als ich erwartet hatte. Das bedeutet, dass ich fast zwei Stunden später ins Büro eile, als ich es normalerweise an den Tagen tue, an denen ich im Büro erwartet werde. Niemand scheint das wirklich zu bemerken. Die meisten von ihnen vertreten die Einstellung, dass ich der Chef bin, der tun und lassen kann, was er will. Das ist nicht die Art und Weise, wie ich mein Unternehmen führe, aber es hat gewisse Vorteile, wie z. B. die Möglichkeit, aus einer Laune heraus Projektstrategien neu zu definieren.

Owen schiebt mir meine übliche Mittwochmorgen-Tradition, ein Sausage Biscuit und eine Portion Kartoffelpuffer über seinen Schreibtisch hinweg zu und ich schnappe es mir bereitwillig. Ich bedanke mich, steige in den Aufzug und mache mich auf den Weg nach oben. Die Vorstellung, wie hübsch Lilian in den verspiegelten Paneelen des Aufzugs aussehen würde, lenkt mich so sehr ab, dass ich fast mein Frühstück vergesse und mich immer noch durch den Sausage Biscuit mampfe, als ich den Flur entlang zu Tylers Büro gehe. Er schaut angewidert auf die Reste in meiner Hand.

„Wissen Sie, Jake, es gibt jeden Morgen ein fantastisches Frühstück im Konferenzraum auf der Lobby-Ebene."

„Ich weiß." Ich kaue und schlucke meinen letzten Bissen hinunter. „Ich bin derjenige, der es arrangiert hat."

„Warum essen Sie dann immer so ein ungesundes Zeug?"

„Nun, heute Morgen vor allem, weil ich spät ins Büro gekommen bin, lange nachdem das Frühstück serviert wurde, also brauchte ich eine Alternative. Und ansonsten, weil ich es mag. Und wissen Sie was? Auch heute, weil ich es mag."

Ich lächle vielleicht ein bisschen zu enthusiastisch in seine Richtung und er sieht mich seltsam an.

„Warum haben Sie so darauf bestanden, sich heute mit mir treffen?", fragt Tyler.

„Ich habe viel über das Theater nachgedacht, das Sie neulich erwähnt haben. Das Theater, in das Sie investiert haben, obwohl ich Sie angewiesen habe, von dem Geschäft zurückzutreten."

„Wollten Sie die Hochrechnungen durchgehen?", fragt er und vermeidet so geschickt eine möglicherweise selbstschädigende Antwort. „Ich bin wirklich überrascht. Heute Morgen kam eine Zahlung von der Käuferin herein. Anscheinend war eine von ihnen geplante Veranstaltung recht erfolgreich. Nicht erfolgreich genug, um den gesamten geschuldeten Betrag auszugleichen, aber es ist eine nette Geste."

Mir schießt durch den Kopf, was Lilian mir über ihren Investor und die Art und Weise, wie er mit ihr umgesprungen ist, erzählt hat. Ich hasse den Gedanken, dass jemand sie aus irgendeinem Grund so behandelt, aber es zerreißt mich innerlich geradezu, mir vorzustellen, dass jemand, der für mich arbeitet, jemand, dem ich vertraue, sie zum Wohle meiner eigenen Firma so demütigt. Es fällt mir schwer, mir vorzustellen, dass Tyler so etwas tun könnte.

Tyler ist im Großen und Ganzen ein verlässliches und sympathisches Mitglied meiner Firma, auch wenn er manchmal eifriger und ehrgeiziger ist, als es gut für ihn wäre. Er hat ein unglaubliches Gespür für Zahlen und sein Wissen über Immobilienrecht, das er angeblich während eines schicksalhaften Semesters in der High School aufgesogen hat, als er an Mononukleose erkrankte, hat sich als unschätzbar erwiesen, während ich mein Portfolio an Grundstücken und Gebäuden aufgebaut habe. Diese Art von Strenge klingt nicht nach ihm. Aus diesem Grund beschließe ich, jetzt vorsichtig vorzugehen und die Dinge nach und nach zu entwirren.

„Nicht ganz. Ich habe beschlossen, meine ursprüngliche Meinung zu diesem Geschäft zu überdenken und mich vorerst zurückzuziehen."

„Sich vorerst zurückziehen?", fragt Tyler ungläubig. „Was meinen Sie damit?"

„Genau das, wonach es klingt. Ja, dieses Theater hat mich damals sehr gereizt und könnte sich fantastisch für die Dienstleistungen meiner Firma eignen, aber es ist bereits der Traum von jemand anderem. Sie haben anscheinend nicht die Kaufkraft oder die liquiden Mittel, die mein Unternehmen hat, aber womöglich haben sie das Herz."

„Das Herz. Sie wollen eine so wichtige geschäftliche Entscheidung treffen und einen Plan aufgeben, der dieses Theater im Grunde bequem in Ihren Schoß fallen lassen wird, wenn er aufgeht, nur weil die potenzielle Käuferin womöglich ihr Herzblut in dieses Theater steckt?"

„Ich bin sogar sicher, dass sie das tut. Aber das spielt keine Rolle. Ich habe meine Meinung zu dieser Transaktion damals deutlich gemacht und diese Meinung hat sich nicht geändert. Ich möchte nicht, dass mein Name oder mein Unternehmen daran beteiligt sind, die Träume von jemanden zunichtezumachen. Ich möchte also, dass Sie sich vorerst zurückhalten. Geben Sie der anderen Partei die Gelegenheit, die Sache zu überdenken und das Projekt umzustrukturieren. Wie Sie ja bereits sagten, hat sie Ihnen heute Morgen immerhin eine Zahlung geschickt."

„Eine Zahlung, ja, aber die ist nicht annähernd so bedeutend, dass sie eine Revision der Vereinbarung rechtfertigen würde."

„Ich bitte Sie nicht, die Vereinbarung wegen der Zahlung zu überdenken. Ich sage Ihnen nur, dass es an der Zeit ist, nicht mehr so viel Druck auszuüben."

Ich hüte mich gerade so davor, direkte Anschuldigungen gegen ihn zu erheben. Es gibt keinen Grund, diesen Weg zu wählen, wenn ich Tyler überzeugen kann, einfach klein beizugeben.

Er sieht geradezu beunruhigt aus, als er nach der untersten Schublade seines Schreibtischs greift.

„Ich weise nur ungern darauf hin, Jake, aber es gibt hier Verträge. Sie enthalten rechtlich bindende Auflagen."

Irgendwie habe ich das Gefühl, dass er es beinahe genießt, mich darauf hinzuweisen. Es könnte sogar der Höhepunkt seines Tages sein.

„Nur wenn wir uns an die Durchsetzung unserer rechtlichen Auflagen gebunden fühlen. Vertrag hin oder her, es ist an der Zeit, dass Sie sich zurückhalten. Geben Sie ihnen etwas Spielraum und wir werden versuchen, eine Lösung zu finden."

Ich verlasse sein Büro, immer noch unsicher, was wirklich los ist. Die Fahrt mit dem Aufzug dient hauptsächlich einer weiteren Portion Kartoffelpuffer. Die alte Tüte liegt zu einem hübschen Ball zusammengeknüllt in meiner Handfläche und Owen öffnet demonstrativ seine Hände, damit ich sie ihm durch die Lobby zuwerfen kann. Er fängt sie auf und wirft sie über seine Schulter zielsicher in den wartenden Mülleimer. Meine Arme fliegen triumphierend über meinen Kopf, während ich lässig auf ihn zuschlendere.

„Ich weiß, dass ich heute Nachmittag diese Meetings habe und heute Abend die Kanufahrt auf dem Lake Champlain. Gibt es sonst irgendetwas, von dem ich noch nichts weiß?"

„Ja, tatsächlich. Eine neue Kundin hat sich gerade gemeldet. Sie sagte, sie habe auf Empfehlung Ihrer Schwägerin Emily speziell nach Ihnen gesucht."

Ich erschaudere leicht.

„Sie hat sich doch hoffentlich nicht Mrs. Melissa Dufresne genannt, oder etwa doch?"

Owen prüft die Papiere vor ihm und schüttelt den Kopf.

„Nein. Keine Mrs. Melissa. Hier steht, ihr Name ist Aubriana Wood."

„Interessant. Ich habe noch nie von ihr gehört. Ich werde Emily anrufen und mich nach ihr erkundigen. Danke, Owen."

Auf dem Weg in mein Büro greife ich mir mein Telefon. Emily meldet sich nach dem dritten Klingeln mitten in einem an Violet gerichteten Satz. Ich warte, bis sie merkt, dass sie abgenommen hat.

„Jake?"

„Hier bin ich, meine Liebe."

„Tut mir leid, Violet war in letzter Zeit so viel mit Josh zusammen, dass sie nun ständig Mommy spielt und unseren Welpen permanent in einem Tragetuch herumträgt."

„Ihr habt einen Welpen? Seit wann das denn?"

Ich kann mir nicht vorstellen, dass es in allzu ferner Vergangenheit passiert ist. Das ist etwas, das Adam mir gegenüber erwähnt hätte.

„Seit letzter Nacht. Er reagiert nicht allzu erfreut auf die Versuche, von einem Kleinkind in einen improvisierten BabyBjörn gesteckt zu werden. Wie auch immer, was kann ich für dich tun?"

„Owen hat mir gerade von dieser neuen Kundin erzählt?"

„Richtig. Ja. Aubriana. Sie ist eine Wucht, Jake. Du wirst sie lieben."

„Erstens: Warum nimmt Adam sie nicht?"

Emily lacht.

„Es ist nichts Schlimmes. Sie ist nur zufällig genau die richtige Kundin für dich. Wenn ich die perfekte Bucket List für jeden von euch Brüdern entwerfen müsste, wäre das die Frau, die ich dir zuweisen würde."

Sie scheint in der Tat äußerst überzeugt davon, dass wir harmonieren werden. Andernfalls wäre sie die beste Politikerin, die Sunborn View je gesehen hat.

„Lass hören."

„Aubriana ist eine Schauspielerin im Ruhestand. Eine wahre Grande Dame des Broadway."

Der Name löst in meiner Erinnerung etwas aus.

„*Die* Aubriana Wood? Der Bühnenstar, der ihre eigene Zweitbesetzung und die Zweitbesetzung des Co-Stars, dem sie gegenüberstand, spielen musste, weil alle eine Grippe hatten und sie die Einzige war, die weitermachen wollte, also spielte sie alle Szenen selbst?“

„Genau die. Es scheint, als ob sie in ihrem Ruhestand das Rampenlicht vermisst und mit einem neuen Theaterstück an ihre Glanzzeit anknüpfen will.“

„Du hast Recht. Das klingt genau nach der Art von Kunde, die wie geschaffen für mich ist. Ich werde sie heute anrufen und die Dinge in Gang setzen.“

Der Anruf endet und ich hebe eine Siegesfaust in die Luft. Perfekt ist gar kein Ausdruck. Das ist genau das, was ich brauche, um Lilian zu helfen, ihr Theater zu retten. Wer hätte gedacht, dass die Theatergötter Sex als Opfergabe akzeptieren?

Wenn ich so darüber nachdenke... wahrscheinlich jeder.

Ich rufe Owen an und lasse mir die Kontaktdaten von Aubriana Wood geben. Sie anzurufen fühlt sich sowohl eigenartig als auch aufregend an. Sie ist eine absolute Ikone, ein Urgestein in der Institution des Broadway-Theaters. Es ist, als würde ich eine Seite aus einem Lehrbuch anrufen. Innerhalb weniger Minuten habe ich sie am Telefon. Kurz darauf klemme ich mir das Telefon zwischen Schulter und Ohr, um Owen eine Nachricht zu tippen, in der ich ihn bitte, mein Lieblingsrestaurant anzurufen und einen Tisch zu reservieren.

***

Aubriana Wood ist kleiner, als ich sie mir vorgestellt habe. Irgendetwas an ihrer Persönlichkeit und ihrem Talent auf der Bühne hat sie in meiner Fantasie größer wirken lassen als in Realität, so dass sie jetzt wie eine verkleinerte Version meiner Vorstellung von ihr aussieht. Das Lächeln, das sie mir schenkt, als ich den privaten Speisesaal betrete, hat jedoch nichts Kleines an sich. Es ist die Art von Lächeln, die einem eine Großtante zu Weihnachten präsentiert, nachdem sie einen ein Jahr lang nicht gesehen hat. Ihre einladende Wärme bringt mich dazu, sie in meine Arme schließen und umarmen zu wollen. Oder sie zu bitten, mir Kekse zu backen. Beides wäre wunderbar.

„Sie müssen Mrs. Wood sein."

„Mrs. Wood... Ich bitte Sie... Nennen Sie mich Aubriana."

Ich muss unwillkürlich grinsen angesichts ihrer Ermahnung.

„Hi Aubriana. Ich bin Jake."

„Kommen Sie, setzen Sie sich. Das Personal hier ist seit meiner Ankunft hier am Katzbuckeln vor mir. Nicht, dass ich mich beschweren würde." Sie lehnt sich lässig in ihrem Stuhl zurück und hält ihren Wasserkelch hoch. Ein gut ausgebildeter Kellner tritt von der Wand weg und füllt den Becher aus einem silbernen Krug, dann tritt er diskret wieder zurück. Aubriana lächelt erfreut. „Sehen Sie? Das muss an Ihnen liegen."

Ich winke die Bemerkung ab.

„Ganz und gar nicht. Sie freuen sich, Sie hier zu haben."

Sie wirft mir einen wissenden Blick aus den Augenwinkeln zu.

„Wie süß von Ihnen. Ich habe übrigens gehört, dass Sie ziemlich gut darin sind, bestimmte Dinge in die Wege zu leiten."

Manchmal beschreiben mich die Leute wirklich wie einen Mafiaboss.

„Das ist mein Job."

An welche Größe von Betonschuhen hatten Sie für Ihr Opfer gedacht? Ich könnte Ihnen die neueste Frühjahrslinie besorgen.

„Gut. Ich habe in letzter Zeit viel über mein Leben nachgedacht und wie sehr ich meine Karriere vermisse. Mein Lebensabend ist angebrochen und es ist an der Zeit, über das Vermächtnis nachzudenken, das ich hinterlasse."

„Ihr Lebensabend?"

„Das ist besser, als zu sagen, dass ich so alt wie ein Grönlandwal bin und bald ins Gras beiße."

„Das ist übrigens unser neuer Social-Media-Slogan. ‚Sind Sie so alt wie ein Grönlandwal und werden bald ins Gras beißen? Dann vergessen Sie Ihre Bucket List nicht!"

Aubriana lacht übermütig und ich ahne, dass sie die Art von Kunde sein wird, die die schrecklichen Erfahrungen mit einigen anderen locker wettmachen wird. Ich kann mir vorstellen, dass sie eine von denen sein wird, mit denen meine Brüder und ich versuchen werden, so viel Zeit wie möglich zu verbringen.

„Nun, meine Bucket List ist komplett und es handelt sich im Prinzip nur um eine einzige Sache. Ich möchte eine neue Produktion inszenieren. Oder eine alte Produktion neu auflegen. Ich möchte einfach wieder auf der Bühne stehen. Ein letztes Mal, um mich vom Theater und den Fans, die ich vielleicht noch habe, zu verabschieden."

„Ich bin sicher, Sie haben noch viele Fans, die sich freuen würden, Sie wieder auf der Bühne zu sehen. Ich zähle mich zum Beispiel selbst zu dieser Gruppe. Und wie es der Zufall so will, habe ich eine unglaubliche Gelegenheit auf Lager für dieses besondere Projekt. Es ist vielleicht nicht der konventionellste Ansatz, aber es könnte fantastisch werden, besonders wenn wir beide gemeinsam unseren Einfluss geltend machen."

„Ich bin ganz Ohr."

„Es wäre ein großartiges Geschenk an die Welt des Theaters und eine wunderbare Art und Weise, sich zu verabschieden, wenn Sie wieder auf der Bühne stehen und eine Produktion in einem Theater aufführen würden, egal welches Stück oder in welchem Theater. Aber wäre eines dieser standardmäßigen modernen Theater wirklich die beste Kulisse für ein solches Event? Ihre Karriere hat viele Generationen überdauert, aber – korrigieren Sie mich, wenn ich falsch liege – der Teil Ihrer Karriere, den Sie am meisten vermissen, ist doch das Goldene Zeitalter Ihrer Branche. Sie vermissen die Eleganz und die Romantik des Theaters von damals, als sich die Stücke alleine auf das Können der Schauspieler, der Live-Musiker und der Bühnenbildner stützten und nicht auf aufgezeichnete Musik und Spezialeffekte. Das gibt es immer noch auf der Welt, Aubriana, und ich bin sicher, dass es einige zeitgenössische Theater gibt, in denen man das noch erleben kann. Aber ist es nicht besser, es dort zu finden, wo es schon immer war? An einen Ort zurückzukehren, der speziell als Schrein für diese Art von Künsten entworfen und gestaltet wurde?"

„Haben Sie einen bestimmten Ort im Sinn?"

Sie klingt fasziniert und ich spüre, dass ich auf dem richtigen Weg bin.

„Ich besitze mehrere Theatergebäude verschiedener Größe und verschiedenen Alters und Sie können jedes davon benutzen, aber ich glaube, ich habe etwas Besseres anzubieten. Eine Freundin von mir hat ein kleines altes Schauspielhaus erworben, ein echtes Schmuckstück aus dem Goldenen Zeitalter. Es wurde vor mehr als einem Jahrhundert speziell für Theateraufführungen gebaut und bald darauf für Filmvorführungen umgerüstet."

„Das klingt interessant."

„Ja. Was diesen Ort ideal geeignet macht, ist nicht seine Ausstattung, sondern seine Geschichte und sein Geist. Dieses Theater hat in den letzten Jahren schwere Zeiten durchgemacht. Seine Popularität ließ nach und diejenigen, die das schöne Gebäude hätten pflegen sollen, vernachlässigten es und überließen es dann dem Verfall. Aber meine Freundin Lilian hat es gerettet. Ich möchte, dass sie Ihnen ihre ganz persönliche Verbindung zu dem Gebäude schildert, wenn Sie bereit sind, sich mit ihr zu treffen. Sie arbeitet unermüdlich daran, das ehemalige *Moonlight* wieder in seinem ursprünglichen Glanz erstrahlen zu lassen, damit die Stadt es wieder zu schätzen lernt. Sie möchte nicht, dass es in Vergessenheit gerät. Es war nicht leicht für sie, aber ihr unermüdliches Engagement könnte ihr altes Schauspielhaus wieder zurück ins Bewusstsein der Leute bringen."

„Das *Moonlight*", sagt Aubriana seufzend. Erinnerungen glitzern in ihren Augen. Nun weiß ich, dass ich ins Schwarze getroffen habe. Sie sieht dasselbe wie ich, nur dass wir in unserer Erinnerung die Bühne aus jeweils unterschiedlichen Richtungen betrachten. „Ich muss es nicht einmal sehen. Sie haben mich überzeugt. Wir werden das Stück im *Moonlight* aufführen."

„Es heißt jetzt *Prism.*"

Aubriana lächelt.

„Noch besser." Sie lehnt sich über den Tisch zu mir. „Und Sie lassen Ihre Lilian wissen, dass sie nicht auf sich alleine gestellt ist.

Wenn das *Prism* ein wenig aufgemöbelt werden muss, kann sie sich auf mich verlassen. Legen Sie fest, welche Summe für die Renovierungen und Verbesserungen benötigt wird und ich werde eine Spende zur Verfügung stellen."

„Das ist unglaublich großzügig von Ihnen."

„Wir alten Weiber müssen zusammenhalten."

***

Ich verlasse das Mittagessen mit dem Gefühl, dass mir eine zentnerschwere Last von den Schultern genommen wurde. Es ist sogar besser gelaufen, als ich geplant hatte. Das ist die perfekte Möglichkeit, Lilian zu helfen, ohne dass sie weiß, dass ich dafür verantwortlich bin. Sie ist viel zu ehrgeizig und unabhängig, als dass sie akzeptieren würde, dass ich das Theater für sie kaufe. Wahrscheinlich würde sie es nicht einmal akzeptieren, wenn ich die stille Partnerschaft in einer Geste des guten Willens auflösen wollen würde.

Welche Summe Aubriana auch immer zur Renovierung des Theaters beitragen wird, ich werde noch zusätzlich etwas drauflegen. Zusammen mit dem Werbe-Rabatz, den ich machen werde, um Aubrianas Rückkehr auf die Bühne an die große Glocke zu hängen, wird das sicherstellen, dass Lilian das Geld haben wird, um ihre

Schulden selbst zu tilgen. Sie wird nie das Gefühl haben müssen, dass ich versuche, Macht über sie auszuüben, oder dass ich mit meinem Reichtum um mich werfe, um sie zu beeindrucken. Das *Prism* wird sein, was sie sich immer gewünscht hat: Ihr alleiniges Eigentum.

Kapitel 17

Lilian

Am nächsten Tag...

Jake klingt aufgeregt, als ich ans Telefon gehe, aber die zwei Stunden Schlaf, die ich letzte Nacht bekam, reichen nicht aus, um mich auf sein Niveau zu bringen. Ich stöhne, drehe mich auf die Seite und greife nach dem Wecker. Er steht immer noch nicht wieder auf meinem Nachttisch, seit Gavin ihn letzten Sommer quer durch den Raum geworfen hat, als er bei mir zwecks Housesitting übernachtete. Ich hatte die Stadt für drei Tage verlassen, um mit meiner Mutter einen entfernten Verwandten zu besuchen, und fand bei meiner Rückkehr eine kaputte Kaffeemaschine, ein neues Kabel-TV-Paket und keinen Wecker vor. Die neue Kaffeemaschine, die auf meinem Küchentisch steht, ist viel eleganter und benutzerfreundlicher als die erste. Ich vergesse immer noch gerne, dass es den Wecker nicht mehr gibt. Seine Absenz macht es zu einer deutlich größeren Herausforderung, während dem Telefonat die Uhrzeit zu checken.

„Jake? Warte, was? Ich habe nichts von dem verstanden, was du gerade gesagt hast.“

„Kommst du heute ins Theater?"

„Ins *Prism*?" Ich hieve mich schwerfällig in eine sitzende Position. „Ja. Das ist meine Arbeit. Die mache ich fast jeden Tag, weißt du."

„Perfekt. Wir sehen uns gegen zehn Uhr dort."

„Zehn Uhr heute Morgen?"

„Ja."

„Du kannst das Theater nicht für die Planung deiner nächsten Verführungsmasche benutzen. Ich habe es bereits an dir benutzt. Du musst dir etwas anderes einfallen lassen."

Jake lacht.

„Das ist kein Date. Aber ich habe eine Überraschung für dich."

„Ich bin mir nicht sicher, ob mir der Gedanke gefällt."

„Das wird es, sobald du dort bist. Wir sehen uns dann in ein paar Stunden."

***

Seit ich mit Jake gesprochen habe, denke ich immer wieder über seine Überraschung nach, aber ich habe keine Ahnung, worum es sich handeln könnte. Selbst wenn ich eine Idee hätte, wäre sie nicht annähernd mit dem vergleichbar, was ich sehe, als er durch die Tür schlendert. Die Frau, die neben ihm hergeht, strahlt eine Energie aus, die einen in ihren Bann zieht, aber es ist nicht ihre Ausstrahlung, die mich interessiert. Es ist ihr Gesicht. Ein Gesicht, das ich schon auf Dutzenden von Plakaten gesehen und vom Rand meines Sitzes aus angestarrt habe, als ich zwölf Jahre alt war und mein Vater Karten für ein Theaterstück ergattert hatte, von dem ich bis heute nicht weiß, wie er es sich leisten konnte. Wahrscheinlich hängt sogar irgendwo im Theater ein Bild von ihr.

Das nenne ich mal wirklich eine Überraschung.

Ich wünschte, ich würde gerade etwas Interessanteres tragen als nur eine schwarze Hose und einen schwarzen Pullover. Mein Outfit ist schnittig und klassisch, aber im Vergleich zu ihrem pfauenblau-lila Kaftan und ihrem goldenen Turban sehe ich aus wie jemand, der bongospielend in einer Ecke sitzt und den Verfall gesellschaftlicher Werte beklagt. Immerhin trage ich Lippenstift. Der war zwar in erster Linie für Jake gedacht, aber jetzt geht es nur noch um sie.

Aubriana Wood. Heilige Scheiße.

„Hallo“, sage ich.

Jake kommt auf mich zu und küsst mich auf die Wange.

„Aubriana, das ist meine Bekannte Lilian, von der ich dir erzählt habe.“ *Bekannte?* „Und Lilian, das ist...“

„Aubriana Wood, natürlich. Ich würde Sie auf eine Entfernung von mehreren Meilen wiedererkennen.“ Die Farbe steigt mir in die

Wangen und ich blicke zu Jake auf. „Es tut mir leid. Nur zu, mach uns miteinander bekannt."

Er gluckst.

„Lilian, das ist Aubriana Wood."

„Es ist schön, Sie kennenzulernen, Lilian. Das Theater, das Sie hier haben, ist wunderbar."

Sie streckt ihre Hand aus und ich schüttele sie begeistert.

„Ich danke Ihnen vielmals. Es ist mir eine große Ehre, Sie kennenzulernen. Mein Vater nahm mich einst mit, um Sie auf der Bühne im *Mithras* zu sehen, als ich noch ein kleines Mädchen war."

Oh, mein Gott. Habe ich sie etwa gerade alt genannt?

„Aubriana ist meine neueste Kundin", erklärt Jake.

„Kundin?"

„Jake wird einen wesentlichen Teil dazu beitragen, dass meine Wünsche in Erfüllung gehen."

„Spielt er etwa wieder Flaschengeist?", stichle ich.

Aubriana lacht und greift nach meiner Hand. Es ist ein natürlicher und warmer Druck, der mir das Gefühl gibt, sie all die Jahre über gekannt zu haben anstatt nur Erinnerungen an sie zu haben. Sie schaut sich im *Prism* mit der gleichen Bewunderung um, die ich für dieses Gebäude empfinde. Vielleicht sogar mit einer größeren.

„Wie ich schon sagte, geht es in meinem Geschäft nun mal darum, Menschen Wünsche zu erfüllen. Aubriana möchte ein Stück aufführen.“

Die exzentrische Schauspielerin wirft ihre Hände in die Luft und verschwindet für einen Moment hinter dem fließenden Stoff ihres Kaftans.

„Ein letztes großes Hurra für die Ewigkeit.“

„Das klingt fantastisch“, sage ich ihr.

„Und sie will es hier aufführen.“

Ich starre Aubriana fassungslos an. Es dauert ein paar Sekunden, bis ich Jakes Worte verinnerlicht habe und merke, dass Schweigen herrscht. Mein Blick richtet sich auf ihn, während mein Mund vor Überraschung immer noch leicht offen steht.

„Wie bitte?“

Jake grinst und macht eine Geste in Richtung Aubriana.

„Aubriana. Sie will ein Theaterstück aufführen und ist daran interessiert, das *Prism* als Veranstaltungsort zu nutzen.“

„Ich liebe dieses alte Gebäude einfach“, sagt Aubriana. „Ich hatte nicht so oft die Gelegenheit, hier aufzutreten, wie ich es gerne getan hätte, aber als ich jünger war, habe ich mir viele Shows hier angesehen. Und Filme natürlich auch.“

„Sie waren dafür in den großen Theatern“, sage ich. „Sie waren ein wenig zu berühmt für einen so kleinen Spielort."

„Das mag stimmen, aber das ist nicht immer etwas Gutes. Die größeren, berühmteren Theater sind bekannter und ziehen ein größeres Publikum an, und das ist fantastisch. Aber sie haben nicht die Energie, die die kleinen Theater haben. Es gibt nichts Schöneres, als den Leuten, die einem erwartungsvoll entgegenblicken, direkt in die Augen schauen zu können. Ich liebe es, zu sehen, wie sie die Welt da draußen hinter sich lassen und ganz in der von uns geschaffenen Welt aufgehen. Zu sehen, wie selbst die stoischsten von ihnen anfangen zu lächeln, dann zu lachen. Zu sehen, wie sie im genau richtigen Moment anfangen zu weinen. In solchen Spielorten gibt es außerdem mehr Freiheit. Die großen Bühnen haben so viel Verantwortung und Druck, aber in einem kleinen Schauspielhaus wie diesem kann man wirklich Künstlerin sein", sagt sie und nickt wissend.

Mein Herz trommelt in meiner Brust und meine Handflächen schwitzen.

„Es ist eine große Ehre für mich, dass Sie mein Theater überhaupt betreten, geschweige denn, eine Inszenierung in Erwägung ziehen. Ich würde nichts lieber erleben als das, aber ich glaube nicht, dass das möglich sein wird."

Aubriana macht ein überraschtes Gesicht.

„Warum denn das?"

Ich kann das nicht an sie gerichtet sagen. Ich brauche einen

Puffer. Während ich mich an Jake wende, mache ich mich auf die Peinlichkeit und Enttäuschung gefasst, die unweigerlich kommen wird.

„Dieser Ort eignet sich gut für Filmvorführungen und kleine Produktionen, vielleicht für die gelegentliche Geisterjagd, aber er ist nicht in dem Zustand, etwas so Wichtiges wie ein Theaterstück mit Aubriana zu veranstalten, und ich kann mir in naher Zukunft keine Renovierung leisten. Die Aufführungsrechte für die Angela-Lansbury-Filme und meine Vertragszahlung in diesem Monat haben mich im Grunde genommen ruiniert."

„Das ist nichts, worüber du dir Sorgen machen müsstest", sagt Jake und macht eine Kopfbewegung in Richtung Aubriana. Ich zwinge mich, sie wieder anzusehen.

„Ich habe Jake bereits gesagt, dass ich das *Prism* gerne mit den Mitteln ausstatten würde, um mich altes Mädchen wieder zurück in meine Debütantinnentage zu versetzen. Wie hört sich das an?"

Mein Mund öffnet und schließt sich ein paar Mal, aber es kommt nur ein Quietschen heraus. Normalerweise halte ich mich für ziemlich gefasst und habe meine Emotionen unter Kontrolle, aber das hier ist definitiv keiner dieser Momente.

„Lilian?"

„Ja!", platzt es aus mir heraus. „Ich meine, das wäre..."

Ich kehre zu dem karpfenartigen Gesichtsausdruck von eben

zurück und Jake reibt mir ermutigend den Rücken.

„Ich glaube, sie will damit sagen, dass sie Ihr Angebot annimmt und sich bedankt."

„Ja. Danke. Nichts, was mir dazu einfällt, fühlt sich angemessen an. Aber ich danke Ihnen von ganzem Herzen."

„Das ist mehr als genug", sagt Aubriana. Sie dreht sich mit einer Beweglichkeit, die ihrem Alter trotzt, in einem farbenfrohen Wirbel aus Pfauenfedern um. „Und jetzt führen Sie mich ein wenig herum. Es gibt viel zu tun und wir sollten anfangen zu planen."

***

Zwei Stunden später winke ich an der Tür des *Prism* zum Abschied, als Aubriana zu einer Verabredung zum Mittagessen aufbricht. Nachdem jeder Zentimeter ihrer glamourösen Erscheinung auf dem Rücksitz des Autos verstaut ist, gehen Jake und ich wieder zurück ins Gebäude. Er nimmt mich in die Arme und wirbelt mich herum, während ich mich an ihn klammere, zu aufgeregt und glücklich, um überhaupt zu wissen, was ich sagen soll.

„Herzlichen Glückwunsch", sagt er, während er mich auf die Beine stellt.

„Danke", antworte ich. „Für alles. Ich weiß, dass du mich ihr empfohlen hast."

„Warum sagst du das? Wie sie dir gerade gesagt hat, hat sie hier schon geschauspielert, als sie jünger war. Sie hat eine Vergangenheit mit dem *Moonlight*."

Meine Augen verengen sich und ich lehne mich noch ein wenig weiter zurück, um ihm ins Gesicht zu sehen.

„Übrigens... ich bin also deine *Bekannte?*"

„Bist du das denn nicht?"

„Ist das alles, was ich bin?"

Seine Hände legen sich fest um meine Taille.

„Ist das alles, was du sein willst?"

„Werden wir dieses Gespräch komplett in Frageform durchführen?"

„Würdest du es auf eine andere Weise bevorzugen?"

„Ja." Ich lache. „Mir fällt nicht wirklich eine Frage ein, die darauf folgen könnte."

Jake lächelt.

„Lilian, ich habe noch nie jemanden wie dich kennen gelernt. Seit dem Abend, an dem wir uns zum ersten Mal begegnet sind, habe ich nicht aufgehört, an dich zu denken, und ich glaube nicht, dass sich das in absehbarer Zeit ändern wird. Ich denke, man kann mit ziemlicher Gewissheit sagen, dass du weit mehr als nur eine Bekannte für mich bist."

Seine Worte sind vage, aber der Kuss, den er mir auf die Lippen drückt, ist alles andere als das. Ich zerfließe regelrecht in ihm und habe zum ersten Mal seit langer Zeit das Gefühl, dass sich die Dinge in meinem Leben wirklich zum Guten wenden könnten.

Der Kuss hat jedoch keine Gelegenheit, noch heißer zu werden. Gavin stürmt in die Lobby und hält sich die Hände an die Augen, als wären es Scheuklappen.

„Das Theater ist kein Ort für Gefühle und Küsse, Leute. Lasst es uns professionell halten."

Jake beugt mich dramatisch zurück für einen noch tieferen Kuss und lacht, als er mich wieder aufrichtet.

„Ich muss ins Büro und habe heute Nachmittag noch einige Besprechungen. Kann ich dich heute Abend sehen?"

„Ich kann dir einen Eimer Popcorn für den ‚*Mord ist ihr Hobby*'-Marathon heute Abend aufheben."

„Klingt nach Miamis heißestem Date."

Ein letzter schneller Kuss und ein spielerischer Klaps auf meinen Hintern lassen mich einen Vermerk in Gedanken machen, dass die Instandsetzung der Logenplätze auf beiden Seiten des Gebäudes ganz oben auf der Prioritätenliste steht. Privatsphäre und exklusive Sitzplätze könnten in Zukunft zu einem sehr attraktiven Merkmal meines kleinen Schauspielhauses werden.

Jake geht davon und ich lasse mich in einem schändlich

glückseligen Kussrausch in Richtung der Bühne treiben. Gavin läuft mit einem Klemmbrett in der einen Hand den Gang entlang und macht sich Notizen.

„Was machst du da?“

„Ich gebe den Reihen originelle Namen für den heutigen Marathon. Ich habe alle Titel von Jessica Fletchers Büchern nachgeschlagen. Das hier zum Beispiel“, er zeigt auf den Platz vor ihm, „ist *Die Leiche tanzt um Mitternacht*, Platz A.“

„Niedlich. Ein wenig unbeholfen, aber süß.“

„Was haben du und Jake in der Zwischenzeit gemacht, außer anderen Leuten eure Sexualität auf die Nase zu binden?“

„Nun, wir haben über unsere Beziehung gesprochen.“

„Ach, habt ihr das, ja? Und, was ist dabei rausgekommen?“

„Dass wir mehr als nur Bekannte sind.“

Er hält inne und sieht mich an.

„Mehr als nur Bekannte? Das ist die große Schlussfolgerung?“

„Ja. Ich schätze, wir gehen jetzt miteinander.“

Gavin rollt mit den Augen und geht weiter den Gang hinunter.

„Lilian, du bist eine erwachsene Frau. Du *gehst* nicht mehr mit Jungs.“

„Nein, mit einem Mann. Oder sollte ich ihn besser meinen festen

Freund nennen? Oder meinen Lebensgefährten? Wie wäre es mit meiner besseren Hälfte?"

Gavin zuckt mit den Schultern und macht einen Gesichtsausdruck, der an eine Katze erinnert, die gerade einen Haarballen erbrochen hat.

„Schon gut, schon gut. Fester Freund ist akzeptabel." Er schüttelt den Kopf über mich und ich lache vergnügt. „Ekelhaft."

„Willst du wissen, warum mein *fester Freund* heute hier war?", frage ich und erschaudere dabei leicht. „Du hast Recht. Das klingt einfach irgendwie falsch. Dann lass ihn uns lieber wieder Jake nennen."

„Nichts lieber als das. In dem Fall würde ich wirklich gerne wissen, warum Jake heute hier war."

Ich schildere ihm kurz die Ereignisse des Vormittags. Als sein unwürdiges Gequietsche und Gehüpfe vorbei ist, löst sich Gavin aus unserer feierlichen Umarmung.

„Ich *wusste*, dass ich diesen Mann mag", ruft Gavin. „Er hat einen ausgezeichneten Blumengeschmack und er hat uns geholfen, unseren Arsch zu retten. Dafür gibt's jede Menge Pluspunkte."

Keine Frage, Jake steht derzeit hoch im Kurs bei uns.

Kapitel 18

Lilian

Zwei Tage später...

„Gavin, wir hängen da keinen Kronleuchter rein."

„Warum nicht?"

„Weil es ein Kleiderschrank ist."

Er schmollt.

„Du hast einfach kein Auge für Stil."

„So sehr ich auch glaube, dass sich die Mäntel mit einem eigenen Kronleuchter besonders fühlen würden, wäre das wohl nicht die beste Art, unser Budget einzusetzen."

„Gut. Dann sollten wir uns wohl auf Dinge wie Verkabelung und komplett modernisierte Sanitäranlagen in sämtlichen Bädern konzentrieren."

Er sagt es mit herablassender Abscheu und ich muss die Lippen zusammenkneifen, um nicht über ihn zu lachen. Ungeachtet von Gavins Protesten freue ich mich darauf, Teile des Theaters zu öffnen, die bisher nicht zugänglich waren, und Projekte zu beenden, die ich bislang zurückstellen musste. Ich drücke meine Hände auf meinen unteren Rücken und versuche, meine verspannten Muskeln zu lockern, die schon schmerzen, seit ich auf den Beinen bin. Die gepolsterten Stühle des Theaters sind eine Verlockung, der ich jetzt nicht widerstehen kann. Ich gehe in das Gebäude hinein zu einem ganz bestimmten Sitz und lasse mich hineinfallen.

Die Bühne ist leer, aber ich starre sie an, als ob es von Schauspielern wimmeln würde, inklusive Aubriana inmitten der imaginären Besetzung. Sie ist seit ihrem ersten Auftauchen hier nicht mehr hier gewesen, aber hat uns eine Nachricht mit Verbesserungsvorschlägen und Informationen darüber geschickt, an wen man sich wenden kann, um die Projekte zu finanzieren. All das übertrifft bereits jetzt meine kühnsten Träume, aber dennoch ist es noch lange nicht perfekt.

„Ich finde dich immer auf demselben Platz vor."

Jake beugt sich hinter mir vor und küsst mich auf die Stirn. Er klettert über die Sitze, nimmt den Platz zu meiner Linken ein und küsst mich erneut.

„Das ist mein Stammplatz", erkläre ich. „Das war schon immer so." Ich streichle den Sitz zu meiner Rechten. „Das war der Platz meines Vaters. Wir haben immer genau hier gesessen. Ich sitze gerne hier. Es hilft mir beim Nachdenken, als würde er immer noch hier sitzen und mit mir über Gott und die Welt reden."

„Wobei hilft er dir jetzt gerade?“

„Bei allem, was hier vor sich geht. Der heutige Morgen war ziemlich ereignisreich, was unsere Renovierungen angeht.“

„Wieso?“

„Es stellte sich heraus, dass die Bauunternehmer, die ich für die ersten Renovierungen eingesetzt hatte, totale Quacksalber waren. Jedes Mal, wenn wir an etwas Neuem arbeiten, finden wir etwas Altes, das entweder nicht gemacht wurde oder neu gemacht werden muss. Ich fühle mich schuldig, dass ich seit der Wiedereröffnung überhaupt noch Gäste habe hierherkommen lassen.“

„Ich bin sicher, dass es schon nicht so schlimm ist. Es gibt immer ein paar Kleinigkeiten zu lösen bei neuen Unternehmungen, insbesondere wenn ein so altes Gebäude nach einer langen Schließung neu eröffnet wird.“

„Eine Wand ist eingestürzt, Jake.“

„Wie bitte?“

„Eine Wand. Im Keller. Sie war kein Teil der Originalstruktur oder eine tragende Wand, Gott sei Dank. Laut Ella, der Frau, die die Renovierungsarbeiten leitet, wurde sie wahrscheinlich hinzugefügt, um den Raum in kleinere Zimmer zu unterteilen, die für verschiedene Zwecke genutzt wurden. Wie konnte ich das nur übersehen, als ich das Gebäude gekauft habe?“

„Bist du denn eine Art Expertin, was Gebäudestrukturen angeht?“

„Ich kenne mich mit Mauern aus. Ich halte mich *ständig* in ihrer Nähe auf.“

„Ich esse mindestens zweimal pro Woche Hot Dogs an Straßenständen. Das heißt aber nicht, dass ich ein Schweinezüchter bin.“

Mein Gesicht verzieht sich zu einer angewiderten Grimasse.

„Bitte werde das auch nie.“

Jake reibt mir beruhigend den Rücken, dann legt er seinen Arm um meine Schultern und schmiegt mich an seine Seite.

„Ihr habt erst vor ein paar Tagen angefangen, Lilian. Du kannst nicht erwarten, dass schon alles perfekt ist.“

„Doch, das kann ich. Das ist meine Art. Unrealistische Erwartungen. Hast du nicht die Geschichte gehört, wie ich dieses Gebäude erworben habe?“

Er lacht und drückt mir einen Kuss auf die Schläfe.

„Na gut. Was stört dich sonst noch?“

Ich stoße einen langen Seufzer aus und schaue zurück zur Bühne.

„Hast du jemals *Feld der Träume* gesehen?“

„Das ist kein Musical.“ Ich hebe ungeduldig eine Augenbraue. „Aber ja, klar, ich habe es gesehen.“

„Dann kannst du dir vorstellen, was ich mache, wenn ich hier sitze. Ich schaue auf die Bühne und tue so, als würde ich mir eine große Produktion ansehen, zu einem imaginären Zeitpunkt in der Zukunft, an dem dieser Ort wieder so beliebt und gut besucht ist wie früher.“

„Um welche Produktion handelt es sich dabei?“

„Ich weiß es nicht. Ich kann mich nicht für eine entscheiden.“

„Warum nicht?“

„Denn was ist, wenn es nicht klappt? All diese Verbesserungen und Renovierungen werden immer komplizierter. Was ist, wenn sie zu lange dauern und der stille Teilhaber das Gebäude trotzdem übernimmt? Dann wäre nicht nur alles umsonst, sondern es würde auch deinem Ruf bei Aubriana schaden.“

„Hast du je wieder von ihm gehört?“

Ich schüttele den Kopf.

„Seit ein paar Tagen ist es ruhig um ihn geworden. Ich gebe mir Mühe, das als positive Entwicklung zu betrachten, aber ich warte bereits auf die nächste Hiobsbotschaft.“

„Ich hasse es, was dieser Typ dir antut. Es macht mich so wütend, dass ich es nicht einmal in Worte fassen kann. Aber ich will nicht, dass du dir Sorgen machst. Wenn du in letzter Zeit nichts von ihm gehört hast, liegt das vielleicht daran, dass er vorhat, sich ein wenig zurückzuhalten. Vielleicht will er nichts mehr mit dir zu tun haben oder hat beschlossen, ein bisschen großzügiger und höflicher aufzutreten. Konzentriere dich einfach auf das Theater und darauf, es zu dem zu machen, wovon du immer geträumt hast. Dann fangen wir an, die Dinge für eine ordentliche Bühnenproduktion vorzubereiten."

Jakes Telefon klingelt und er blickt auf das Display hinunter. Er sieht mich entschuldigend an.

„Da muss ich wohl rangehen."

„Geh nur dran. Ich komme schon klar."

„Es wird nur ein paar Sekunden dauern."

„Nimm dir Zeit. Ich habe Gavin schon eine Weile nicht mehr gesehen und das ist irgendwie beunruhigend. Ich werde versuchen, ihn zu finden, bevor er Ella überredet, ihm eine eigene Champagner-Lounge im Keller zu bauen."

Er nimmt den Anruf mit unterdrückter Stimme entgegen und geht mit langen, bedächtigen Schritten den Gang hinauf und aus dem Theater hinaus. Ich nehme mir noch ein paar Sekunden Zeit für mich, dann mache ich mich auf den Weg, um Gavin zu suchen. Das *Prism* fühlt sich wach und lebendig an, während ich es durchquere. Stimmen, Bauarbeiten und ferne Klänge von Musik hallen nach und bilden den Soundtrack zu dieser neuen Phase im Leben meines geliebten Schauspielhauses. Ich folge den Stimmen, bis ich Gavin in der Requisitenkammer finde. Er steht in einer entfernten Ecke und wühlt in Kisten. Als er sich aufrichtet, sehe ich, dass er sich mit einem Brustpanzer, der von einer sehr seltsamen Gemeinschaftsproduktion von *Toll trieben es die alten Römer* vor Jahren übriggeblieben ist, auf eine imaginäre Schlacht vorbereitet hat.

„Hier hinten gibt es so viele tolle Sachen. Hast du sie jemals durchgesehen?"

„Einige, aber irgendwann wurde es zu überwältigend. Was hast du gefunden?"

„Was habe ich nicht gefunden, ist wohl eher die Frage. Das hier ist mein Lieblingsstück." Er kommt mit einem dicken Ordner in der Hand zu mir und öffnet ihn, um mir die Zeitungsstapel darin zu zeigen. „Ich schätze, jedes Mal, wenn sie hier ein Stück aufführten und eine Zeitung als Requisite brauchten, haben sie eine echte verwendet. In diesem Ordner sind sie alle drin."

„Erstaunlich", murmle ich und blättere langsam durch die Zeitungen in Plastikhüllen, die Jahrzehnte zurückliegen. „Das ist wie eine Zeitachse für die Geschichte des Theaters in der Stadt."

Ein Alarm auf meinem Handy unterbricht meine Fokussierung auf die Zeitungen. Die E-Mail, die auf dem Display erscheint, veranlasst mich dazu, mich hart auf die viktorianisch nachgebaute Couch fallen zu lassen.

„Was ist los?", fragt Gavin.

„Eine E-Mail von C."

„Ich dachte, er würde dich in Ruhe lassen."

„Hat er auch. Schon seit ein paar Tagen."

„Was steht da?“ Ich schüttele den Kopf und Gavin setzt sich neben mich. „Lilian, was steht da?“

„Sie haben den Bogen so weit überspannt, dass wir mit unserer Geduld am Ende sind. Wir haben unser Bestes versucht, Sie nicht zu sehr zu drängen und ein gewisses Maß an Verständnis aufzubringen, aber Sie haben es uns leider unmöglich gemacht. Lassen Sie mich die Situation sehr deutlich machen: Sie waren nie ein Hindernis für uns. Von Anfang an sah es so aus, als ob wir Sie in der Tasche hatten und wir das Theater fast umsonst bekommen würden, weil Sie Ihren Teil der Vereinbarung mit hoher Wahrscheinlichkeit nicht würden einhalten konnten. Unsere Meinung im Hinblick auf Ihre Person hat sich nicht geändert. Es ist für uns nach wie vor offensichtlich, dass Sie nicht in der Lage sind, mit einem solchen Maß an Verantwortung und Druck umzugehen. Zum jetzigen Zeitpunkt verschwenden Sie nur unsere Zeit. Die Frist läuft nächsten Monat ab. Wenn wir nicht den gesamten ausstehenden Betrag aus dem Vertrag erhalten, werden wir die Buyout-Klausel in Kraft setzen und das Theater übernehmen. In diesem Fall erwarten wir von Ihnen, dass Sie es unverzüglich räumen.

Sein Ton hat eine neue Stufe an Bösartigkeit und Aggression erreicht. C versucht nicht einmal mehr, professionell zu klingen. Ich schätze, er hat die Höflichkeiten wohl nicht mehr nötig. Die Situation wird sich bald zu seinen Gunsten wenden, egal wie er mit mir spricht. Gavin legt seinen Arm um meine Schultern und lehnt seinen Kopf an meinen. In der Ferne hören wir, wie unsere Namen gerufen werden.

„Das ist Ella. Willst du, dass ich mit ihr rede?“

Ich nicke.

„Ja."

„Kommst du zurecht?"

„Ich komme schon klar. Ich brauche nur ein paar Sekunden für mich allein."

„Lass nicht zu, dass er dir unter die Haut geht, Lilian. Wir werden alles tun, was wir können, um das abzuwenden."

„Ich weiß."

Er sieht mich auf diese traurige Art an, die zu besagen scheint, dass er weiß, wie sehr ich leide, aber keine Ahnung hat, wie er die Situation beheben könnte. Ich bin nur ein paar Augenblicke allein im Zimmer, bevor Jake hereingelaufen kommt.

„Hey", sagt er. „Da bist du ja. Du liebst diese Couch wirklich, hm?"

Es liegt ein spielerischer Ton in seiner Stimme und ich erinnere mich an seine Worte, als wir auf den Sitzen des Theaters saßen und auf die Bühne blickten. Die Wut darüber, wie C mit mir umgegangen ist, war trotz seines begrenzten Wissens über die konkrete Situation und seiner außergewöhnlichen Zurückhaltung offensichtlich. Er hatte versucht, ruhig und beherrscht zu klingen, aber ich konnte sehen, wie seine Halsmuskeln zuckten, und die Anspannung in seiner Stimme hören. Ich beschließe daher, dass es womöglich besser ist, ihm nichts von dieser neuen E-Mail zu erzählen. Er hat schon so viel für mich getan, indem er mich mit Aubriana zusammengebracht und es mir so ermöglicht hat, einen Hauch von Licht am Ende des Tunnels zu sehen. Ich will ihn nicht beunruhigen, indem ich ihn zu tief in die Sache hineinziehe.

„Das tue ich definitiv“, sage ich, stecke mein Handy weg und strecke meine Arme nach ihm aus, um mich von ihm küssen zu lassen.

Er lässt sich neben mir auf die Couch fallen und zieht mich an sich.

„Was schaust du dir da an?“

„Zeitungen, die Gavin in einer der Requisitenkisten gefunden hat. Sie sind alles Originale und stammen aus verschiedenen Epochen des Theaters. Sie sind irgendwie unglaublich faszinierend.“

„Wow. Das wären coole Ausstellungsstücke für die Lobby.“

Ich sehe ihn grinsend an.

„*Coole* Ausstellungsstücke?“

„Ja. Ich habe gehört, das Wort ist bei den Kids heutzutage wieder im Kommen.“

„Du bist ziemlich schnell weggerannt. Ich hoffe, der Anruf war nichts Ernstes.“

„Nein, überhaupt nicht. Nur Arbeitskram. Manche Projekte sind aufwändiger als andere. Zeig mir mal ein paar von diesen Zeitungen.“

Kapitel 19

Jake

Am nächsten Tag...

„Nein, ich glaube nicht, dass das klappen wird."

Ich halte der Barkeeperin zwei Finger hin und fühle mich schuldig, weil ich während meiner Kaffeebestellung durchgehend am Telefon hänge. Ich hasse es, einer von diesen Typen zu sein. Leider gehört auch mein Bruder Luke zu diesen Typen. Seit ich den Hörer abgenommen habe, redet er fast ununterbrochen.

„Denn ich kann mir nicht vorstellen, dass der Bürgermeister das genehmigt."

Die dunkeläugige Frau hinter dem Tresen schiebt mir einen Getränkehalter aus Pappe mit drei Bechern zu. Ich halte wieder zwei Finger hoch und sie schüttelt den Kopf und schenkt mir ein kokettes Lächeln. Als ich die Tassen betrachte, stelle ich fest, dass es sich tatsächlich nur um zwei Tassen Kaffee handelt. In der dritten Tasse befindet sich ein gefaltetes Stück Papier, von dem ich nur annehmen kann, dass es diverse persönliche Kontaktdaten von ihr selbst enthält.

„Danke", flüstere ich, nehme den Becherhalter entgegen und

nehme ihn mit zu der kleinen Sitzinsel, die in der Mitte des Cafés angelegt ist.

„Nein, Luke, ich bedanke mich nicht bei dir. Ich bedanke mich bei der Barkeeperin.“

Ich greife nach dem winzigen Krug mit Kaffeesahne und kippe eine großzügige Menge in eine Tasse.

„Für den Kaffee. Was glaubst du denn, wofür?“

Ich verdrehe die Augen, während ich die Sahne wieder abstelle.

„Nun, ich bin froh, dass du mit deinen Barkeeperinnen ein Trinkgeldsystem gefunden hast, mit dem ihr beide gut leben könnt. Aber zurück zu Sunborn View. Willst du mir ernsthaft erzählen, dass niemand Ellis gegenüber erwähnt hat, dass der Versuch, die gesamte Bucht für das Saint Patrick's Day Festival grün zu färben, keine gute Idee ist?“

Ich werfe der Sahne eine Kugel Zucker hinterher und drücke einen Deckel auf den Becher.

„So funktioniert Wasser nämlich nicht. Es ist ja nicht so, dass es eine unsichtbare Barriere an den Ufern von Sunborn View gäbe, die verhindert, dass der Farbstoff auch die Farbe des umgebenden Wassers verändert. Und wie will er es überhaupt genau anstellen, das Wasser zu färben?“

Ich lasse die zweite Tasse schwarz, setze auch auf diese einen Deckel darauf und nehme den Becherhalter in die Hand.

„Ich bin mir ziemlich sicher, dass die Verwendung von Kiwi-Erdbeer-Kool-Aid in großen Maßstäben negative Auswirkungen auf die Umwelt haben wird, aber zumindest ist es nett von ihm, dass er versucht, die Meeresbewohner an der Feier teilhaben zu lassen, indem er ihnen etwas zum Naschen zur Verfügung stellt. Hör zu, ich muss jetzt los. Ich habe eine wirklich wichtige Besprechung, aber hast du vor, während des gesamten Festivals in der Stadt zu bleiben? Hast du keine Kunden oder irgendetwas anderes vor bis dahin?“

Ich stoße die Tür des Cafés mit dem Rücken auf und trete hinaus in den windigen Morgen.

„Ich weiß immer noch nicht, ob ich es schaffen werde. Hier ist eine Menge los, und da du Mr. Richardson eine Riesenangst eingejagt hast, stehe ich nun wieder auf Abruf bereit, wann immer er sich entschließt, seine Liste weiter abzuarbeiten. Wenn ich es zeitlich schaffe, werde ich versuchen, zumindest am ersten Tag des Festivals nach Hause zu fahren. Hat Audrey einen Tisch auf dem Festival? Ich habe mit Terry noch nicht darüber gesprochen.“

Der Klang der Möwen im Hintergrund lässt mein Herz höherschlagen. Es ist der Klang der Heimat. Ich muss mich daran erinnern, dass es wahrscheinlich auch der Klang ist, der Lukes Konspirationen mit Ellis in Bezug auf seine festliche Mission begleitet. Ellis steigert sich immer ein wenig in seine Festtagsideen hinein. Der kulturelle Bezug der jeweiligen Festtage spielt dabei keine Rolle. Er feiert einfach nur gerne.

„Wie auch immer, ich muss auflegen. Grüß alle schön von mir und wirf nichts ohne Erlaubnis in die Bucht. Bis dann."

Ich lege auf, bevor Luke eine Gelegenheit hat, zu antworten. Durch die Eingangstür des *Prism* sehe ich Lilian in der Mitte der Lobby stehen, die Hände in ihr lockiges rotes Haar geschoben. Ihr Gesichtsausdruck verrät, dass ihr gerade jemand eine bedeutende Eröffnung gemacht hat und sie nicht weiß, ob sie es glauben oder nach einer versteckten Kamera suchen soll. Ich öffne die Tür und nähere mich ihr. Gavin steht auf der anderen Seite von ihr und lächelt glücklich, als er den Papphalter in meiner Hand sieht.

„Oooooh, Kaffee. Dankeschön."

Er greift um Lilian herum und nimmt das mit Sahne und Zucker angereicherte Gebräu, das ihm am nächsten ist. Ich ziehe meine eigene Tasse aus der Halterung und klemme mir den Karton unter den Arm, während ich einen genüsslichen Schluck von der kräftigen schwarzen Flüssigkeit nehme. Lilian wirft mir einen fragenden Blick zu.

„Guten Morgen", sage ich. Mein Blick flackert zu meiner Tasse und wieder zu ihr. „Du hast gesagt, du willst keinen."

Sie starrt mich noch eine Sekunde lang ausdruckslos an, dann schüttelt sie heftig den Kopf, als ob sie versuchen würde, in die Realität zurückzukehren.

„Nein, stimmt. Sorry. Hi."

Sie gibt mir einen Kuss und ich mustere ihren Gesichtsausdruck aufmerksam, um herauszufinden, was los ist. In den letzten zwei Tagen war sie nicht mehr ganz sie selbst, aber sie hat mir keinen Hinweis darauf gegeben, was sie außer dem Chaos der Renovierungsarbeiten sonst noch bedrückt. Ein bevorstehender Besuch von Aubriana, um sich über den Fortschritt der Arbeiten zu informieren, scheint ebenfalls schwer auf ihr zu lasten, aber ich habe das Gefühl, dass es um mehr geht.

„Alles in Ordnung?", frage ich.

Lilian wirft Ella einen Blick zu.

„Wollen Sie es ihm sagen?"

„Mir was sagen?"

„Was sie heute Morgen im Keller entdeckt hat."

„Vielleicht sollte ich es einfach Ihnen beiden zeigen. So wird es einfacher zu erklären sein."

Wir gehen auf die Treppe im hinteren Teil des Theaters zu, die in einen Keller führt, den ich noch nicht gesehen habe.

„Das hat nicht zufällig etwas mit einer Leiche zu tun, oder?", frage ich.

„Keine Leichen", verspricht Ella.

Der Anblick, als wir in den Keller hinabsteigen, schockiert mich. Nur wenige Schritte vom Fuß der Treppe entfernt bleibe ich stehen und schaue mich um. Ich habe einen dieser typischen kalten Zementkeller erwartet. Dies ist jedoch keiner dieser Keller. Er ist sichtlich alt und verwahrlost. Es liegen Trümmer herum und Kisten, die weitere Geheimnisse des Theaters enthalten. Aber darüber hinaus kann ich die Schönheit erkennen, die hier einst herrschte. Der Boden ist aus glattem Marmor und Fliesen in verschiedenen Creme-, Blau- und Goldtönen bilden ein Muster an den Wänden. Der Raum ist größer, als ich ihn mir vorgestellt habe, und irgendwo am anderen Ende – ich vermute unter der Bühne – befindet sich eine Wand mit einer schweren Tür. Daneben kann ich Reste der eingestürzten Wand, die Lilian beschrieben hat, an der Decke hängen sehen.

„Das ist fantastisch", sage ich. „Hier unten muss es Veranstaltungen gegeben haben. Partys für die Stars und ihre Gäste."

„Mit Badespaß", sagt Ella.

„Badespaß?"

„Das ist es, was ich Ihnen zeigen will." Sie führt uns in die Mitte des Raumes zu etwas, das ich für einen weiteren Haufen Gerümpel gehalten habe. Beim Näherkommen stellt sich heraus, dass es sich bei dem Haufen in der Mitte des Bodens tatsächlich um einen mit Plastikplanen bedeckten Stapel sehr alter Sessel handelt. Daneben stehen mehrere kleine Türme von Kisten, aber dahinter befindet sich ein kürzlich ausgehobenes Loch im Boden.

„Sehen Sie das? Sieht aus, als wäre das ein ziemlich protziger Ort gewesen. Das war mal ein Schwimmbad, aber jemand hat es zugeschüttet. Auf ziemlich planlose Art und Weise zugeschüttet, möchte ich hinzufügen."

„Warum sollte jemand so etwas tun?", fragt Gavin. „Könnt ihr euch diesen Ort auf Hochglanz poliert und mit einem Swimmingpool in der Mitte vorstellen? Ihr würdet mich hier nie rausbekommen. Ich müsste die Shows per Videochat leiten. Oh, und erst die Afterpartys! Stell dir die Afterpartys hier vor, Lilian."

„Ich denke an das Hier und Jetzt, Gavin, und an das große Loch im Boden", erwidert Lilian.

„Sie sagten, dass diejenigen, die den Pool zuschütteten, dies auf planlose Art taten. Was haben Sie damit gemeint?", frage ich.

„Ich bin mir nicht sicher, wann oder warum sie beschlossen haben, ihn zuzuschütten. Viele alte Theater verfügten über Veranstaltungsräume im Keller und nicht wenige von ihnen hatten Pools. Die Stars der Shows entspannten sich nach den Vorstellungen gerne und unterhielten ihre Gäste. Das ist jedoch vor langer Zeit aus der Mode gekommen und die alten Besitzer dieses Theaters müssen beschlossen haben, dass sie die Kosten für die Unterhaltung der Pools nicht mehr tragen wollten. Also haben sie sie zugeschüttet und die Veranstaltungsräume geschlossen. Wann immer das passiert ist, die Verantwortlichen haben scheinbar den schnellen und billigen Weg gewählt. Ich bin sicher, dass es ihnen damals geeignet erschien, aber ich mache mir Sorgen um die strukturelle Integrität. Die Tatsache, dass der Boden so leicht einbrach, bedeutet, dass es

Feuchtigkeitsschäden und andere Probleme geben könnte, die weitere Probleme im gesamten Gebäude verursachen könnten. So wie sich andere Keller feucht anfühlen oder undicht sein können, kann dies auch bei solchen Gebäuden der Fall sein, wenn sie nicht instand gehalten werden. Wenn es ein großes Loch gibt, das nicht ordnungsgemäß gefüllt und abgedichtet wurde, kann das die gesamte Struktur in Mitleidenschaft ziehen", erklärt Ella.

„Was bedeutet das für das Gebäude?", fragt Lilian. „Wir müssen es doch nicht abreißen oder so? Oder etwa doch?"

Ella kichert und schüttelt den Kopf, wobei ihr zotteliges blondes Haar über ihre Stirn fällt.

„So ernst ist es nicht. Aber es macht einige Dinge etwas schwieriger und es wird mehr Vorsicht erfordern, als wir ursprünglich dachten. Sie müssen sich nur entscheiden, was Sie tun möchten. Mein Team und ich können den versiegelten Teil abreißen und den Boden ordnungsgemäß reparieren, so dass Sie diesen als herkömmlichen Keller nutzen können, oder wir können den Raum so rekonstruieren, wie er ursprünglich war. Das hängt ganz von Ihnen ab."

„Setzen Sie den Pool wieder instand", sage ich.

Lilian wirft mir einen skeptischen Blick zu und ich schenke ihr ein verlegenes Lächeln.

„Es tut mir leid. Wie sie schon sagte, die Entscheidung liegt ganz bei dir."

„Pool wieder instand setzen“, flüstert Gavin aus dem Mundwinkel heraus.

Lilian wirft ihre Hände in die Luft und lässt sie auf ihre Schenkel fallen.

„Warum nicht? Dann lasst uns halt diesen verdammten Pool wieder instand setzen“, schreit sie nun beinahe. Sofort sinkt ihr Kopf und sie bedeckt ihre Augen mit beiden Händen. „Es tut mir leid.“

„Das war eine Menge Aggression gegenüber einem Swimmingpool, der sich unter deinem Theater versteckt hat“, sage ich und reibe ihr in langsamen Kreisen den Rücken.

„Ich weiß. Es tut mir leid“, sagt sie. Sie hebt ihren Kopf und sieht Ella an. „Es tut mir leid, Ella. Sie und Ihr Team leisten bereits fantastische Arbeit und ich bin mir sicher, dass der Pool wunderschön werden wird. Ich habe nur viel...“, sie presst ihre Hände auf die Brust und streckt sie aus, als wolle sie etwas dort herausziehen. „Viel“, wiederholt sie die Geste. „Viel... in meinem Leben... im Moment. Es ist nur ...“

„Eine Menge“, sagt Gavin.

Lilian nickt.

„Ja.“

„Ich verstehe“, sagt Ella. „Machen Sie sich keine Sorgen. Sie können sich darauf verlassen, dass wir alles für Sie regeln. Wir werden also den Pool zurückbringen?“

„Nur zu“, seufzt Lilian.

„Perfekt. Ich werde ein paar Anrufe tätigen und mich mit ein paar anderen Leuten in Verbindung setzen, die mir helfen können, die Organisation des Ganzen so weit wie möglich zu straffen, dass wir den Zeitplan so nah wie möglich an der vereinbarten Prognose halten können.“

„Danke“, sagt Lilian.

Als Ella schließlich wieder die Treppe hinaufgeht, dreht sich Lilian zu mir um und drückt ihr Gesicht unter einem Stöhnen an meine Brust.

„Du wirkst gestresst. Ich glaube, du brauchst eine Pause von diesem Ort. Nur für eine kleine Weile. Um dich von all dem abzulenken, was hier vor sich geht.“

„Man braucht mich hier“, sagt Lilian. „Ich muss jeden Tag etwa eine Billion Entscheidungen treffen.“

„Die kann ich für dich treffen“, sagt Gavin. Lilian legt ihren Kopf schief und sieht ihn fragend an. „Oder ich rufe dich an und bitte dich, sie abzusegnen, falls nötig. Geh nur. Er hat ja Recht. Das alles geht dir zu sehr an die Nieren. Du brauchst eine Pause, bevor du zusammenbrichst.“

„Es macht dir nichts aus, wenn ich sie mir für eine Weile ausleihe?“, frage ich.

„Ich habe eine sehr strenge Rückgabepolitik, also musst du

sicherstellen, dass du sie vor Ablauf der Frist zurückbringst, um Strafgebühren und den Verlust deiner Ausleihprivilegien zu vermeiden."

„Zur Kenntnis genommen." Ich ergreife Lilians Hand. „Komm mit."

„Wohin gehen wir?"

„Wir machen eine Spritztour nach New York."

Kapitel 20

Lilian

Zwei Tage später...

„Da kannst du sagen, was du willst, das war absolut illegal."

Jake wirft sich das Ende seines Schals über die Schulter, bevor er meine Hand ergreift und sie zu seinen Lippen führt, um sie zu küssen.

„Es war nicht illegal."

„Alles, wobei man sich ducken muss, um nicht aufzufallen, ist bestenfalls zwielichtig."

„Siehst du? Zwielichtig ist nicht das Gleiche wie illegal."

„Du würdest also Fotos davon machen, was wir hier tun, und sie einem Polizeibeamten zeigen, um ihm ausführlich zu erklären, wie du es geschafft hast, in das Innere der alten U-Bahn-Station City Hall zu gelangen, obwohl sie verlassen ist?"

„Sie ist nicht verlassen. Es finden Führungen dort statt."

„Sie bieten auch Führungen durch Alcatraz an. Das heißt aber nicht, dass man sein eigenes Ruderboot dorthin rudern und auf eigene Faust durch die Zellen spazieren kann."

„Ich habe nicht gehört, dass du dich beschwert hättest, als wir uns hinter den Sitz der U-Bahn geduckt haben, damit sie uns nicht sehen und uns in Brooklyn aussteigen lassen."

„Ich habe mich beschwert. Enthusiastisch. Du hast mich einfach weiter geküsst, damit du es nicht hören musst."

„Zumindest darüber hast du dich nicht beschwert", grinst er und hält mir die Autotür auf, damit ich einsteigen kann.

Ich lächle.

„Nein, darüber habe ich mich nicht beschwert."

Er beugt sich herunter und küsst mich erneut.

„So, nachdem du nun den Nervenkitzel einer zwielichtigen Besichtigungstour genießen durftest, habe ich zwei weitere Abenteuer für uns."

„Ist eines von ihnen illegal?"

„Nein, keines von beiden ist illegal. Nicht einmal eine rechtliche Grauzone."

Jake hat mich regelrecht durch die Stadt getrieben und mir Aktivitäten und Sehenswürdigkeiten gezeigt, von denen ich noch nicht einmal gehört, geschweige denn sie besucht habe.

Es erstaunt mich immer wieder, was für ein guter Organisator

Jake tatsächlich ist. Egal, was er zu einem bestimmten Zeitpunkt tun möchte, er weiß genau, wie er es sofort in die Realität umsetzt und dabei alle potenziellen Hindernisse gekonnt umschifft. Abgesehen von dem Abdriften ins Klischeehafte bei unserer ersten Verabredung waren die meisten Dinge, die wir zusammen unternommen haben, nicht gerade Touristenfallen, was es ihm leichter gemacht hat, zu tun, was ihm beliebt, ohne um einen Platz kämpfen zu müssen. Es gab aber auch Momente, in denen seine Vorschläge erst unmöglich schienen, aber sich dennoch als umsetzbar erwiesen, oder in denen sich bestimmte Details scheinbar einfach so ergeben haben, obwohl ich es nicht für möglich gehalten hätte. Ich habe versucht, mir eine Erklärung dafür zurechtzulegen.

Meine derzeitige Theorie besteht in der Annahme, dass Jake einfach pure Magie ist.

Eine Sache, die ich aufgegeben habe, ist, zu versuchen, den Überblick über unsere Odyssee durch New York zu behalten, um zu erraten, was er wohl für mich geplant hat. Er hat die Angewohnheit, mich in Bereiche der Stadt zu bringen, die ich zu kennen glaubte, nur um mich dann mit etwas zu überraschen, das ich noch nie gesehen habe oder nie erwartet hätte.

„Warst du in der Bibliothek?“, fragt er.

Ich sehe ihn mit zusammengekniffenen Augen an.

„Bibliothek?“

„Ja.“

„Es ist einer der legendärsten Orte der Stadt."

„Das heißt aber nicht, dass du dort gewesen sein musst."

Da hat er Recht.

„Ich bin dort gewesen."

„Dann wird das vielleicht kein echtes Abenteuer für dich sein."

Mir fällt auf, dass wir bereits an der Bibliothek vorbeigefahren sind und tiefer in die Stadt hineinfahren. Wir halten auf einem Parkdeck und er hilft mir aus dem Auto. Jake ist bewundernswert wortkarg, während er mich von den Autoreihen weg auf den Bürgersteig führt. Wir sind erst ein kurzes Stück gegangen, als wir an einem Gebäude vorbeikommen, das ich sofort wiedererkenne, und mir klar wird, dass ich seine Frage nicht richtig verstanden habe.

„Die Morgan Library?"

„Kennst du sie?"

„Nein. Ich habe von ihr gehört, mir aber nie die Zeit genommen, sie zu besuchen."

„Warum nicht?"

„Das wird sich für dich wahrscheinlich lächerlich anhören, aber die Morgan Library und das zugehörige Museum waren auf meinen Trips nach New York einer dieser einschüchternden Orte, bei denen ich mich nie zu einem Besuch durchringen konnte. Egal, was ich sonst noch in der Stadt unternommen habe, es gibt einige Orte in der

Stadt, die so heilig und bedeutend erschienen, dass ich nicht den Mut aufbringen konnte, sie zu betreten. Dieser Ort sollte eine dieser ehrfurchtgebietenden, prägenden Erfahrungen sein, besonders für Kunstliebhaber, aber was, wenn er mich enttäuscht? Was, wenn ich ihn betrete und keinerlei Ehrfurcht empfinde? Ich würde diesen vermeintlich großartigen Ort betreten, nur um herauszufinden, dass ich New-Yorken einfach nicht draufhabe."

„Ich glaube nicht, dass man New-Yorken können muss, aber ich bewundere deine Bemühungen, einen Ort in ein Verb zu verwandeln."

„Du hältst den Gedanken für albern."

„Ganz und gar nicht. Ich weiß, wovon du sprichst. Das ist wie bei mir und *It's a Small World.*"

„Du und was?"

„*It's a Small World.* Die Themenfahrt in Disneyland. Alle machen einen Riesenwirbel darum und sie hat diesen enormen Kultcharakter. Manche lieben sie, andere verabscheuen sie und wieder andere haben sogar regelrechte Angst davor. Es ist offenbar ein unglaublich polarisierendes Erlebnis. Aber ich habe es nie übers Herz gebracht, sie zu fahren."

„Ich glaube, ich kann dir nicht folgen."

„Als meine Familie ins Disneyland fuhr, hatte meine Mutter, wie jede Mutter, all diese konkreten Vorstellungen von den typischen

Fotos und Aktivitäten, die wir unbedingt machen müssten. Ich glaube, sie war aufgeregter als wir fünf Brüder zusammen. Ganz oben auf der Prioritätenliste standen alle klassischen Themenfahrten. Wir sind also auf einem Elefanten herumgeflogen, sind *Haunted Mansion* gefahren, was mich absolut überwältigt hat, und wir haben dieses Ding ausprobiert, das aussieht, als würde man in einem Eimer auf einem Fließband im Supermarkt sitzen. Sie haben es sogar geschafft, uns alle – außer Terry – in den *Space Mountain zu* bringen. Aber dann kam der Moment für *It's a Small World* und ich konnte einfach nicht hineingehen. Aus irgendeinem Grund war mir das zu real. Was wäre gewesen, wenn ich hineingegangen wäre und alle in der Familie es geliebt hätten, aber ich hätte es abgrundtief gehasst? Dann wäre ich das schwarze Urlaubsschaf der Familie gewesen. Das bleibt ein Leben lang an einem hängen. Niemand möchte derjenige sein, der auf Hawaii eine matschige Kokosnuss bekommt oder im Skiurlaub allein mit dem Skilift fahren muss. Andererseits, was wäre gewesen, wenn ich mit der Attraktion gefahren wäre, alle in der Familie es hassen würden, ich aber zu denen gehöre, die absolut begeistert gewesen wären? Was würde das über mich aussagen? Oder was wäre, wenn es mich emotional überhaupt nicht berührt hätte?"

„Du hast dich wegen eines Haufens Puppen und einem Lied, das Kinder auf Kazoos spielen, so sehr gestresst?"

„Ich trage die Last der Welt auf meinen Schultern – nenn mich Atlas."

Während ich diese neue Erkenntnis über Jake gewinne, kommen

wir an der Tür des Gebäudes an. Als wir ein paar Schritte hineingehen, mache ich mich auf den Anblick gefasst, aber es scheint... ein gewöhnliches Museum zu sein. Der Raum unterscheidet sich kaum von den unzähligen anderen Museen, die ich in New York und auf meinen gelegentlichen Reisen besucht habe. Offen und luftig. Feenhaft monochromatisches Licht und ein unscheinbares Raumdesign. Ich gebe zu, ich bin ein wenig enttäuscht.

„Ich dachte, dies sei eine Bibliothek", sage ich, als Jake unseren Eintritt bezahlt hat und sich zu mir in die Mitte des Raumes begibt.

„Warte nur."

Er führt mich durch eine Reihe von Räumen und miteinander verbundenen Gebäuden, die nicht so recht zu wissen scheinen, was sie sein oder darstellen wollen. Ich verliere bereits jedes Interesse, bis wir schließlich aus einer holzgetäfelten Lobby in einen der prächtigsten Räume treten, den ich je gesehen habe. Ich schnappe nach Luft und drehe mich langsam im Kreis, ohne mich um die anderen Menschen in diesem riesigen Raum zu kümmern.

„Heiliger Strohsack", flüstere ich.

Jakes Blick schließt sich dem meinen an, während ich versuche, so viel wie möglich von unserer Umgebung in mich aufzunehmen. In den Bücherregalen aus dunklem Holz stehen wertvolle antike Werke hinter Schutzkäfigen. Exquisite Kunstwerke hängen an den Wänden. Sogar die Menschen, die durch Glas auf seltene handgeschriebene Manuskripte hinunterblicken, scheinen hübscher zu sein als der Rest der Menschheit außerhalb dieser Bibliothek. Sie könnten durchaus auch ein Teil der Kollektion von J.P. Morgan sein.

„Diese ganze Angela-Lansbury-Sache hat mich dazu inspiriert“, gibt Jake zu. „Ich hielt es für unwahrscheinlich, dass du so kurzfristig mit nach Frankreich kommen würdest, um ein Schloss zu besichtigen, also war dies der einfachere Weg, dich in eine Bibliothek zu bringen, die an die Bibliothek des Biests erinnert,

„Belles Bibliothek“, korrigiere ich ihn.

„Wir können sogar eine Tasse Tee trinken gehen.“

„Hat die Tasse einen Sprung, wie der Charakter aus der Story, Tassilo?“

„Das bezweifle ich.“

„Na gut.“

Mein Herz flattert, als Jake meine Hand ergreift und mir über eine der Treppen zu den höheren Bücherreihen in der Bibliothek hilft. Ich kann keines der Bücher anfassen, aber das macht nichts. Das kleine Mädchen in mir, das *Die Schöne und das Biest* schon tausendmal gesehen hat und nicht versteht, warum mein Vater mich damals selbst Jahre nach der Premiere das Stück als Kind nicht hat sehen lassen, wirbelt vor lauter Freude in ihrem Kleid herum.

„Gefällt es dir?“, fragt er.

„Ich kann nicht glauben, dass dir das eingefallen ist.“

Er zieht mich für einen Kuss zu sich heran und es spielt dabei keine Rolle für mich, dass er nicht mit Fell bedeckt ist.

***

„Also, was von beiden gefällt dir besser?", fragt Jake drei Stunden später, als wir langsam aus der Bibliothek und zurück zum Auto gehen.

„Was wovon?"

„Theaterstücke oder Filme?"

„Muss ich mich zwischen den beiden entscheiden? Beide haben in meinem Leben eine besondere Rolle gespielt. Sie sind völlig unterschiedlich und haben doch so viele gemeinsame Qualitäten, die sie beide großartig machen. Mein Vater hat mich gelehrt, Geschichten zu lieben. Alle Arten von Geschichten. Deshalb ist das *Prism* so wertvoll für mich. Dort hat er mir beigebracht, was es bedeutet, von einer Geschichte völlig hingerissen zu sein. Er brachte mich dorthin, bevor wir überhaupt einen Fernseher im Haus hatten. Nachdem wir die Kommune verlassen hatte, wollten meine Eltern nicht mehr viel mit Religion zu tun haben. Es war nicht der Glaube selbst. Das war es nicht, was sie ablehnten. Nur den organisierten Aspekt davon. Sie wollten sich nicht vorschreiben lassen, was und wie sie glauben sollten. Mein Vater würde sagen, Gott hat uns das

Leben geschenkt, damit wir es genießen. Eine Aufführung zu erleben, ob live oder auf er Leinwand, war eine Erhöhung des Lebens für ihn, eine Erinnerung an alles Gute im Leben, selbst wenn die Geschichte des Stücks selbst schrecklich war. Für ihn war das Theater eine Art Ersatz für die Kirche."

Jake starrt mich an. Sein Blick wandert langsam über mein Gesicht und konzentriert sich auf meine Lippen, dann auf meine Augen.

„Hmm", sagt er, ein leiser Laut der Anerkennung, gerade laut genug, dass ich ihn hören kann.

„Was?"

„Ich habe einfach noch nie eine Frau wie dich getroffen."

„Das hast du mir schon einmal gesagt."

„Ich weiß. Ich habe es damals ernst gemeint und das tue ich auch jetzt. Aber es ist wahr. Niemand in meiner Familie versteht wirklich, warum mir das alles so viel bedeutet. Die Einzige, die es mehr oder weniger nachvollziehen kann, ist meine Schwägerin Emily. Sie ist die Frau meines ältesten Bruders Adam. Wir waren in der Highschool befreundet und haben zusammen Bühnenbilder für die Theaterstücke entworfen. Wenn ich länger als ein paar Tage nicht zu Hause anrufe, sagt sie immer, sie geht davon aus, dass ich die Firma aufgegeben habe und mich für den Rest meines Lebens in eine neue Karriere als Theaterschauspieler gestürzt habe. Eines Tages könnte sie Recht damit haben."

***

Als wir die Bibliothek verlassen, tätigt Jake einen Anruf, um einen privaten Jet für den Rückflug zu chartern. Kaum sind wir in Miami gelandet, klingelt sein Telefon.

„Es ist Gavin", sagt er, wobei sein Lächeln leicht schwankt. „Hallo?... Sie ist hier bei mir... Ich weiß es nicht. Ich schätze, sie hat ihr Telefon dabei. Es muss noch ausgeschaltet sein. Aber warum? Ist etwas... Wie meinst du das? Was ist passiert?"

„Gib ihn mir", verlange ich und greife nach dem Telefon.

Jake reicht mir das Telefon und ich drücke es an mein Ohr, während wir schneller in Richtung Auto gehen.

„Gavin? Was ist hier los?" Es fühlt sich an, als ob mein Herz in meiner Brust stehen geblieben wäre. „Jemand ist ins *Prism* eingebrochen? Warst du dort? Geht es dir gut?" Ein Teil der schmerzhaften Anspannung fällt von meiner Brust ab. „Gott sei Dank. Bleib in der Nähe der Polizei. Wir sind auf dem Weg."

Ich nehme kaum etwas wahr, als wir durch die Stadt zurück ins *Prism* flitzen. Die relative Stille auf der Straße ist beunruhigend, als wir uns dem Theater nähern. Ich hatte Blaulicht erwartet, einen Schwarm von Polizisten. Die üblichen Dinge, die darauf hinweisen, dass ein Verbrechen begangen wurde. Stattdessen stehen nur Gavin und zwei Beamte vor der Eingangstür. Er stürzt in meine Arme, als ich auf ihn zurenne.

„Was ist passiert?"

„Ella hat mich vorhin angerufen, um mir mitzuteilen, dass sie früh Feierabend gemacht hat, aber dafür morgen früher anfangen wird. Ich kam, schloss ab, kontrollierte alles und ging nach Hause. Alles sah gut aus. Die Türen waren verschlossen, die Fenster gesichert. Nichts war fehl am Platz. Dann rief die Sicherheitsfirma an und sagte, der Alarm sei ausgelöst worden. Ich rief die Polizei und kam hierher, um mich umzusehen."

Seine Stimme bricht leicht, als sie verstummt.

„Und was?", frage ich. „Was ist passiert?"

„Fräulein, wenn Sie mit reinkommen wollen, werde ich mit Ihnen den Schaden begutachten."

Die Worte des Polizeibeamten versetzen mir einen scharfen Stich.

„Schaden?"

„Kommen Sie rein."

Wir folgen den Beamten in den Theatersaal, und sofort bemerke ich Sprühfarbe an einer der Wände und auf dem Boden verstreute Glasscherben. Mein Atem schnürt sich schmerzhaft in meiner Brust zusammen. Ich merke nicht einmal, dass ich rückwärtsfalle, bis Jakes Arme mich auffangen.

„Es ist alles in Ordnung“, flüstert er und drückt seinen Mund auf das Haar über meinem Ohr. „Es wird alles gut werden. Wir werden uns um all das kümmern.“

„Wer könnte so etwas getan haben?“

„Wahrscheinlich waren es nur ein paar Kinder aus der Nachbarschaft“, erklärt der Beamte. „Wir erleben das oft bei Gebäuden, die renoviert werden, vor allem bei älteren. Sie sehen, dass etwas gemacht wird, denken, das Gebäude wird sowieso renoviert, so dass eine kleine zusätzliche Zerstörung keine große Sache ist, und machen eine Sauerei. Sie halten es einfach für einen Scherz.“

Ich weiß, dass er versucht, mich zu beruhigen und nicht so kalt wirken will, wie er klingt.

„Haben Sie herausgefunden, wie sie reingekommen sind?“, fragt Jake.

„Es gibt eine Zugangstür im Keller, die anscheinend aufgebrochen wurdc.“

„Ich habe alles ordnungsgemäß gesichert“, sagt Gavin unter Tränen.

„Ich weiß, Gavin“, beruhige ich ihn. „Das ist nicht deine Schuld.“

„Wir werden unser Möglichstes tun“, sagt der Beamte. „Aber ich denke, die Sache ist gegessen. Ich würde mir keine Sorgen machen. Wie ich schon sagte, es waren wahrscheinlich nur ein paar Kids, die sich hier abreagiert haben. Es ist sehr unwahrscheinlich, dass sie zurückkommen werden. Wenn Ihnen aber etwas Merkwürdiges auffällt oder Ihnen ein wichtiges Detail einfällt, zögern Sie nicht, uns Bescheid zu sagen."

Sie verlassen das Theater und lassen uns dort zurück. Mit einem Mal sind wir auf uns alleine gestellt und müssen diese Sache irgendwie verarbeiten.

„Wie konnte das passieren?", jammere ich. „Ich hatte gerade angefangen zu glauben, dass alles gut werden würde. Ich habe mich sogar regelrecht auf die Zukunft gefreut und dann passiert so etwas."

„Du kannst dich immer noch auf die Zukunft freuen", sagt Jake.

„Gib nicht auf, Lilian. Es wird immer noch alles gut werden. Das ist nur ein vorübergehender Rückschlag. Es tut mir leid, wenn ich dir Angst gemacht habe."

„Du brauchst dich nicht zu entschuldigen. Es ist beängstigend."

„Aber es ist nichts, was man nicht wieder hinkriegen könnte. Ella wird morgen früh zurück sein und die Crew kann mit den Aufräumarbeiten beginnen. Ich rufe einen Schlüsseldienst an, damit er sich die Tür ansieht. Und was heute Abend angeht, ich habe dir ein zweites Abenteuer versprochen. Gavin, bist du sicher, dass es dir gut gehen wird?"

„Ich gehe nach Hause", sagt er. „Ich werde meine flauschigen Hausschuhe anziehen und mir diese Serie mit den großen grillenden Männern ansehen. Du kümmerst dich um sie."

Ich umarme meinen besten Freund und habe das Gefühl, in den letzten Tagen zu viele Umarmungen verpasst zu haben. Wir gehen gemeinsam aus dem Theater und die Luft fühlt sich plötzlich kälter an. Ich beobachte, wie Gavin in ein Taxi steigt und die Straße hinunterfährt, bevor ich mich wieder zu Jake umdrehe und mich in seine Arme schmiege.

„Du musst einfach versuchen, es zu verdrängen und weiterzumachen."

„Ich will einfach nicht mehr daran denken. Bring mich dazu, nicht mehr daran zu denken."

„Das kann ich tun."

Kapitel 21

Jake

Am nächsten Abend...

Ich werde nie die Gabe einer Frau unterschätzen, sich nur drei Bilder einer anderen Frau anzusehen und nicht nur sofort zu wissen, welcher Kleidungsstil ihr stehen würde, sondern auch was ihre genaue Größe ist. Ich bin nicht der Typ Mann, der so etwas auch nur ansatzweise könnte. Zwar bin ich mir ziemlich sicher, dass ich weiß, worin ich Lilian gerne sehen würde, aber irgendwie glaube ich nicht, dass sich das in der Realität so ohne Weiteres umsetzen lässt. Zumindest nicht in einem Moment, in dem jemand anderes sie gleichzeitig zu sehen bekommt. Als ich also diesen Ausflug für Lilian plante und wusste, dass sie für das Abendessen heute Abend ein Kleid brauchen würde, tat ich das einzig Logische, was ich in so einer Situation tun konnte: Ich machte Fotos von ihr, als sie nicht hinschaute, und schickte sie an Emily und Audrey.

Das Ergebnis ist exquisit. Lilian war nicht ganz überzeugt von der Idee eines Urlaubstrips in dieselbe Stadt, in der sie lebt, aber die Präsidentensuite hat sie dann doch überzeugt. Als sie dann am nächsten Morgen aufwachte und ihr dieses Kleid geliefert wurde, war plötzlich alles andere vergessen. Das ist genau das, was ich wollte. Ich hasse den besorgten Blick in ihren Augen und die Falten, die sich bei jedem neu auftauchenden Stress um ihre Mundwinkel ziehen. Wenigstens hat Tyler beschlossen, meine Anweisungen zu befolgen und sich aus dem Geschäft zurückzuziehen. Das wird ihr Zeit und Freiraum verschaffen, um die Verbesserungen am Theater vorzunehmen und Aubrianas Abschied sowie das Comeback des Theaters zu inszenieren.

Ich muss mir immer wieder ins Gedächtnis rufen, wie wichtig es für Lilian ist, das Gefühl zu haben, dass sie das alles allein bewältigt hat. Auch wenn Aubrianas Spende und ihre Beteiligung sie aufmuntern, trifft Lilian die Entscheidungen über ihr Theater selbst und auch die Genugtuung, ihren Knebelvertrag endlich loszuwerden, wird ganz die ihre sein. Das ist das Einzige, was mich davon abhält, ihr die Wahrheit zu sagen. Das sage ich mir den ganzen Tag über immer wieder. Jedes Mal, wenn diese großen blauen Augen mich von der anderen Seite des Zimmers aus anstarren oder ihre Hand sich hoffnungsvoll in meine krallt, fühle ich, wie die Worte in meiner Brust anschwellen und kurz davor sind, zu entweichen. Sie hat es verdient, die Wahrheit zu erfahren, und doch frage ich mich, ob es wirklich etwas nützen würde. Vielleicht würde ich mich besser fühlen, wenn ich ihr alles sagen und sicherstellen würde, dass sie alle Details kennt. Aber würde es ihr helfen?

Das Risiko, sie in Verlegenheit zu bringen oder ihr etwas zu vermiesen, in das sie zu Ehren ihres Vaters so viel Zeit, Energie,

Geld und Mühe investiert hat, möchte ich nicht eingehen.

„Wo bist du?“

Der Klang von Lilians Stimme reißt mich aus meinen Gedanken.

„Was?“

Sie lacht leise.

„Du sahst aus, als wärst du eine Million Meilen weit weg, was einer gewissen Ironie nicht entbehren würde, wenn man bedenkt, dass es deine Idee war, in einem Hotel zu übernachten, das weniger als zehn Minuten von deinem Haus entfernt ist.“

„Ich habe dir doch gesagt, dass ich dachte, es würde dir helfen, aus deiner gewohnten Umgebung herauszukommen und dich von all dem Stress ein wenig abzulenken.“

„Es hat definitiv funktioniert.“

Die tiefgrüne Farbe ihres Kleides hebt perfekt Lilians Augen hervor und lässt ihre blasse Haut fast durchsichtig erscheinen. Es ist nicht eng, aber die Art und Weise, wie der hauchdünne Stoff locker an ihrem Körper herunterfließt und ihre Kurven betont, macht den Anblick um einiges heißer.

„Weißt du, wir haben noch nicht einmal die ganze Suite erkundet“, sage ich, während wir durch die Hotellobby zurück zu den Aufzügen gehen.

„Haben wir nicht?“

Ich schüttle den Kopf. Wir treten durch die glänzenden Türen und ich stecke unseren Zimmerschlüssel ein, um den Zugang zur Privatetage freizugeben. Als sich der Aufzug in Bewegung setzt, greife ich nach ihren Hüften. Ich lehne mich mit dem Rücken an die Wand, drücke sie an mich und neige meinen Kopf nach vorne, um sie direkt über dem quadratischen Ausschnitt des Kleides auf die Mitte ihres Brustkorbs, direkt über Ihrem Herzen, zu küssen.

„Es gibt da noch so einiges, was ich dir zeigen möchte."

Ich küsse mich an der Seite ihres Halses hinauf bis zu ihren Lippen, während ich meinen Kopf auf die andere Seite bewege und mich dann wieder an ihrem Hals hinunterküsse. Wir kommen zu früh im obersten Stockwerk des Gebäudes an, aber meine Enttäuschung ist nur von kurzer Dauer, als ich mich daran erinnere, was uns im Inneren der Suite erwartet. Ich führe sie durch den Raum zu der Ausstattung, das mich veranlasst hat, gerade dieses Hotel zu wählen. Sie schaut mich fragend an, als sie durch die Tür auf das Kacheldeck des Innenpools tritt.

„Ein Pool?", fragt Lilian.

„Vielleicht bringt dich das in Stimmung."

„Ich dachte, dein Ziel sei es, dass ich *nicht* an das Theater denke."

„Denk nicht an seine Gegenwart. Stell dir seine Zukunft vor." Ich lächle und nicke in Richtung Pool. „Willst du schwimmen gehen?"

„Diese Wand ist aus Glas", sagt sie unsicher und starrt durch eine riesige, raumhohe Fensterwand nach draußen.

„Es ist ein Spiegelglas“, erkläre ich. „Wir können hinaussehen, aber niemand kann uns sehen.“

Sie sieht immer noch zögerlich aus, also zucke ich mit den Schultern und lasse ihre Hand los. Ich ziehe ich meine Schuhe am Beckenrand aus, steige hinein und wate rückwärts ins Wasser, während ich die ganze Zeit über Blickkontakt mit ihr halte. Lilian steht wie erstarrt am Beckenrand, den Mund in einer Mischung aus Schock und Amüsiertheit geöffnet, als der teure Anzug, den ich trage, aufzuweichen beginnt und an meinem Körper zu kleben beginnt. Ich löse meine Krawatte, ziehe sie mir über den Kopf und werfe sie mitsamt meinem Jackett irgendwo hinter mich ins Wasser. Es ist mir egal, wo sie landen. Wichtig ist nur, dass sie sich mir anschließt.

Ihr Lächeln verändert sich allmählich, von amüsiert und schockiert in fasziniert und schelmisch. Ein Schuh rutscht ihr vom Fuß, und sie taucht ihre lackierten Zehennägel ins Wasser. Die Luft um uns herum in dem beheizten Raum ist feucht und heiß, aber das Wasser ist gerade kühl genug, um uns genau das richtige Maß an Abkühlung zu verschaffen. Langsam setzt sie sich auf den Beckenrand und taucht ihre Füße, die sie nun gänzlich von ihren Stöckelschuhen befreit hat, tiefer ins Wasser.

Ich trete weiter zurück und bedeute ihr mit einer einladenden Geste, sich zu mir zu gesellen, während ich die obersten Knöpfe meines Hemdes aufknöpfe. Sie schüttelt den Kopf und signalisiert mir mit einem Finger, stattdessen zu ihr zu kommen. Als ich mich ihr nähere, schlüpft sie ins Wasser und ein leichtes Kichern entweicht ihren Lippen, als das Wasser ihre Taille umspielt. Sie beginnt, auf mich zuzugehen, während ich mich meinerseits auf sie zubewege, und wir treffen uns genau in dem Moment, in dem das Wasser ihre Brüste umspült, das Kleid durchnässt und es an ihrem Körper kleben lässt. Der Anblick ist absolut betörend.

Ich presse meinen Mund auf ihren und unsere Zungen tanzen sofort übereinander, hungrig nach dem Geschmack des jeweils anderen. Als ihre Hände zu meiner Brust wandern, greift sie nach dem offenen Kragen und zieht ungeduldig an ihm. Die Knöpfe springen auf und mein Oberkörper liegt frei. Sie löst den Kuss und beginnt, ihren Mund an meinem Hals entlang zu bewegen. Ich greife hinter sie, um den Reißverschluss ihres Kleides zu finden, und beginne, es nach unten zu ziehen. Als ich an ihrem unteren Rücken angelangt bin, hieve ich sie hoch, lege ihre Beine um meine Taille und führe meinen Mund wieder auf den ihren.

Ich trage sie zum Rand des Schwimmbeckens. Das Kleid rutscht nun an ihrem Körper hinunter, bis es nur noch an ihren straffen Brustwarzen hängt. Ich ziehe es noch weiter herunter, als wir die Beckenwand erreichen, so dass ihre Brüste sogleich frei liegen, und nehme sofort eine Brustwarze in den Mund. Meine Zunge wirbelt um sie herum und schnippt sie leicht, bevor ich sie zärtlich in meinen Mund sauge. Meine Finger spielen an ihrer anderen Brustwarze und ich spüre, wie ihr Atem unter mir stockt. Ihre Hände verlassen meinen Nacken und beginnen, nach meinem Gürtel zu suchen und daran zu ziehen, bis er sich löst.

Als der Gürtel gelöst ist, zieht sie ihn mir von den Hüften und wirft ihn hinter sich. Wie zur Antwort darauf hieve ich sie erneut hoch und positioniere ihren Hintern auf dem Beckenrand. Ich ergreife die Seiten ihres Kleides und beginne, es ihr ganz abzustreifen. Sie hebt sich ein wenig vom Beckenrand, um mich gewähren zu lassen. Obwohl unser Zimmer hoch über der Stadt liegt, wo uns niemand sehen kann, merke ich, dass der Reiz, von wandgroßen Fenstern mit Blick auf die Stadt umgeben zu sein und die Geräusche des geschäftigen Treibens unter uns zu hören, sie zu erregen scheint. Und mir geht es ganz genauso.

Da ihr Körper nun völlig entblößt ist, spreize ich ihre Beine und gleite zwischen sie. Ich wende meine Aufmerksamkeit daraufhin ihrer anderen Brust zu, mein nackter Bauch ruht jetzt auf ihrer Körpermitte. Ich spüre die Wärme, die von ihr ausgeht, ihre Vorfreude reißt mich mit, aber ich bin entschlossen, mir Zeit zu lassen. Meine Zunge fährt über die Schwellungen ihrer Brüste und beginnt, sich langsam in ihre Mitte zu bewegen. Als ich ihren Schoß erreiche, richtet sich ihr Körper auf und ihre süße Scham streckt sich mir entgegen. Ich lecke sie sanft und lasse meine Zunge um ihre Mitte herum gleiten, bevor ich tief in sie eindringe.

Ihr süßer Geschmack erfüllt meinen Mund und ich gebe mich ganz dem Gefühl hin, in ihr zu sein. Sie schreit laut auf. Eine Hand stützt sich am Becken ab, die andere greift nach meinem Hinterkopf und packt eine Handvoll Haare. Ich gleite mit meiner Zunge aus ihr heraus und hinauf zu ihrer geschwollenen Klitoris. Sanft stupse ich sie an und öffne sie für meine Berührungen, während sich ihre Beine um meinen Hals legen. Ihr Körper vibriert vor Lust. Ich lasse meine Hände über ihre Schenkel gleiten und streichle sie dabei. Ihr Kopf fällt nach hinten und ein ungehemmter Schrei entweicht ihren Lippen, als mein Finger tief in sie eindringt und meine Zunge in ihrem Fleisch zu wirbeln beginnt. Ich tauche in einem immer schnelleren Rhythmus in sie ein. Ihr Körper vibriert unter mir und ihre Schreie werden immer stakkatoartiger und lauter. Plötzlich stößt sie mit ihrem Becken hart gegen meinen Mund. Ein letzter Schrei entweicht ihr und sie sackt zu Boden, während beide Hände nun mein Haar umklammern. Meine Zunge übt weiter zärtlichen Druck auf ihre Klitoris aus, während sie auf den Wellen ihres Höhepunkts reitet, bis nur noch ihre Beine zu zittern und der Rest ihres Körpers sich zu entspannen beginnt.

Ich ziehe mich hoch, bis ich ein Knie auf den Beckenrand setzen kann. Lilian regt sich neben mir und macht Anstalten, sich aufzusetzen. Aus der durchnässten Hosentasche ziehe ich eine Kondompackung und zerreiße sie mit den Zähnen. Das Kondom fällt aus dem silbernen Päckchen und landet auf meinem Schoß, aber bevor ich danach greifen kann, hat Lilian es schon in der Hand. Sie krabbelt auf den Knien nach vorne, eine Hand hält das Kondom, die andere zieht an meinem Reißverschluss. Als ich meine Hose aufknöpfe, zieht sie sie mir ohne Zögern aus. Ich will meine

Boxershorts abstreifen, aber sie greift bereits lüstern nach ihr, zieht sie herunter und lässt meine Erektion herausspringen.

Ohne zu zögern, nimmt sie mein hartes Glied in den Mund, eine Hand streichelt meinen Schaft, die andere bereitet sich darauf vor, das Kondom über ihm abzurollen. Ihr Mund ist berauschend warm und feucht. Ihr Kopf wippt auf mir, während sie mich mit gekonnten Drehungen ihres Handgelenks wichst. Ich kämpfe gegen den Drang an, sofort zu kommen, und Lilian scheint es zu spüren. Ihr Mund gleitet von meinem Schwanz und ihre Hand platziert das Kondom auf meiner prallen Eichel. Sie zieht es ein wenig herunter, bevor sie ihren Mund wieder an mir anlegt und es mit ihren Lippen nach unten befördert.

Sobald alles an Ort und Stelle ist, gleitet sie zurück in den Pool und bedeutet mir mit dem Finger, zu ihr zu kommen. Gehorsam gleite auch ich zurück ins Wasser. Ihre Augen tanzen über meinen Körper. Bald bin ich genauso nackt wie sie und unsere Körper pressen sich erneut aneinander. Allein das Gefühl ihrer Brüste an meinem Brustkorb, während ich sie küsse, treibt mich regelrecht in den Wahnsinn. Ich nehme sie wieder in meine Arme.

Die Spitze meiner Erektion stößt an ihre Scham und ich höre, wie sie scharf einatmet. Lilian rutscht an mir herunter und lässt ihre Hüften kreisen, um meinen pochenden Schwanz gegen ihre Öffnung zu drücken. Unter einem weiteren verzweifelten Kuss keuche ich in ihren Mund und ihre Beine klammern sich an mich, um mich in sie zu ziehen. Sie schreit in meinen Mund, während ich ihre Hüften nach unten bewege und ihr feuchtes Loch so tief wie möglich ausfülle. Das Wasser umgibt uns und bildet Wellen neben uns, während ich rhythmisch in sie stoße und dabei gegen die Wand drücke. Ihre Arme ruhen auf dem Beckenrand und die Position drückt ihre Brüste zu meinem Mund hinauf. Ich nehme die Einladung nur zu gerne an. Ihre Beine sind um mich geschlungen und ich sauge wild an ihren Brustwarzen, während ich weiter genüsslich in sie hineinstoße.

Lilians Stimme wird immer lauter und ihre Schreie verebben nicht. Schon jetzt kann ich mich kaum noch beherrschen, aber ich will, dass sie jeden Zentimeter meines Verlangens nach ihr spürt. Ich ziehe mich zurück und ihre Beine geben mich gerade weit genug frei, dass ich sie an ihrer Taille herumwirbeln kann. Ohne zu zögern ziehe ich ihren Hintern an mich heran und stoße erneut in ihr nasses Fleisch, während sich mein Arm über ihre Schulter legt und mir erlaubt, sie an mich heranzuziehen und ihre Brüste zu umfassen. Mein Mund liegt an ihrem Ohr an und ihr Stöhnen versetzt mich in einen regelrechten Rausch. Ich stoße schnell und hart in sie hinein, während mein Arm um ihr Becken gelegt ist und sie eng an mir fixiert.

Unsere Stimmen erheben sich gemeinsam und ihr Körper beginnt erneut zu zittern. Ich spüre, wie sie sich anspannt, als sich ihr Orgasmus ankündigt, und meine Stöße werden intensiver. Unsere Körper scheinen kurz vor der Verschmelzung zu stehen und ich kann mich nicht länger zurückhalten. Ich drücke mich wild in sie hinein, mein Schwanz trifft hart auf ihre Wände und ich stoße ein Brüllen aus. Kurz darauf entleere ich mich in ihr und meine Muskeln zucken entfesselt, als ich hart komme. Wir keuchen beide, als wir uns an der Wand abstützen und unsere Münder sich zu einem weiteren tiefen, befreiten Kuss treffen.

Kapitel 22

Lilian

Am nächsten Tag...

„Wie war eure ‚Staycation'?", fragt Gavin und gibt mir einen Kuss auf die Wange, als ich am nächsten Morgen an der Tür des *Prism* erscheine. „Und wo ist Jake?"

„Er hat mich heute Morgen in meiner Wohnung abgesetzt und gesagt, dass er uns hier treffen wird."

Noch während ich die Worte ausspreche, kommt Jake mit einem drei Becher enthaltenden Getränkehalter über den Gehweg auf uns zugelaufen. Höflich bietet er Gavin den ersten an.

„Danke."

„Erzählst du ihm eigentlich alles, noch bevor du es mir erzählst?", frage ich an Jake gewandt.

Er reicht mir die zweite Tasse und ich rieche heiße Schokolade mit Karamellgeschmack.

„Nicht alles", sagt Jake.

„Unsere ‚Staycation'?" Ich werfe einen missbilligenden Blick in Richtung Gavin. „Ich hasse dieses Wort übrigens."

„Du verwendest Worte wie ‚bessere Hälfte'. Du hast es nicht anders verdient", sagt Gavin und hebt demonstrativ protestierend die Hände.

„Ich habe ihm davon erzählt. Aber erst, nachdem wir an diesem Abend das Theater verlassen hatten. Ich dachte, es wäre interessant für ihn, zu wissen, wo wir sein würden", erklärt Jake.

„Und woher weißt du überhaupt, dass er Lust auf Kaffee hat?"

„Gavin hat immer Lust auf Kaffee."

„Allerdings", bestätigt Gavin.

Kopfschüttelnd lache ich, öffne die Tür zum *Prism* und trete ein. Mir fällt sofort auf, dass das Chaos aus der Nacht, als die Polizei gerufen wurde, komplett beseitigt wurde. Kein Glas glitzert mehr auf dem Boden und die Wände sind makellos. Die alte Tapete ist völlig unberührt, als wäre ihr nie etwas zugestoßen. Ich eile zu ihr hin und fahre mit der Hand über die Stelle, die früher mit schwarzen und roten Flecken übersät war. Unerwartete Tränen steigen mir in die Augen.

„Ich hätte nicht gedacht, dass sie die Tapete würden retten können", sage ich. „Sie ist Jahrzehnte alt und ich war sicher, dass die Farbe sie zerstören würde. Ella und ihr Team haben unglaubliche Arbeit geleistet. Erinnere mich daran, dass mir etwas einfällt, womit ich mich gebührend bei ihnen bedanken kann."

„Ella hat eine Menge getan", sagt Gavin. „Sie hat das zerbrochene Glas repariert und das ganze Material ersetzt, das kaputt gegangen war. Aber sie war genauso ratlos in Bezug auf die Sprühfarbe wie du."

„Ach ja?"

„Ihr zufolge ist sie Bauunternehmerin, keine Innenarchitektin, und sie ist nicht in der Lage, Tapeten-Notfälle zu beheben, außer, indem sie sie abreißt und neu tapeziert. Und genau das wollte sie gerade tun, als Jakes Leute auftauchten."

„Jakes Leute?", frage ich.

Gavin schaut über meine Schulter zu Jake.

„Du hast es ihr nicht gesagt?"

„Mir was gesagt?" Ich drehe mich um und sehe, wie Gavins ungläubig starrender Blick Jake eine verlegene Grimasse ziehen lässt.

„Ich habe einen Gefallen eingefordert", grinst er.

„Was für einen Gefallen?"

„Ich kenne einige Leute, die mit der Restaurierung von Kunst und historischen Gebäuden ihr Geld verdienen. Sie wissen im Grunde alles, was man darüber wissen kann, Flecken und Verunreinigungen zu entfernen, ohne alte, empfindliche Materialien dabei zu beschädigen. Ich wusste, wie wichtig es für dich war, dass keine der ursprünglichen Elemente des Gebäudes entfernt werden. Du wolltest nicht einmal, dass sie den zerbrochenen Kristalltürknauf an einem Schrank ersetzen, den nie jemand benutzt. Also habe ich sie angerufen, um zu fragen, ob sie kommen und ihre Magie wirken lassen können."

Mein Verstand und mein Herz ringen darum, wie ich in dieser Situation reagieren soll. Es ist offensichtlich, dass ich mich regelrecht kopfüber in diese Sache mit Jake stürze. Ich habe mich schneller in ihn verliebt als in irgendjemand anderen je zuvor und bin von allem, was er tut, geradezu hingerissen.

Aber das lässt mich auch zögern. Irgendwie ist es beinahe befremdlich wie unglaublich er ist. Ich kann es nicht genau benennen, aber ich habe das Gefühl, dass etwas fehlt, etwas, wovon ich nicht weiß, worin es besteht, und das mich davon abhält, mich meinen Gefühlen wirklich hinzugeben. Dieser unterschwellige Zweifel macht mich krank und es scheint mir fast, als würde ich aus Prinzip mein eigenes Glück sabotieren wollen, nur damit ich mir keine Sorgen um die anderen Probleme in meinem Leben machen muss. Gleichzeitig gibt es definitiv Dinge über Jake, die ich nicht weiß und die ich nicht ganz verstehe. Er hat mir so viel über sich und seine Familie erzählt, aber wichtige Details ausgelassen. Diese Tatsache hört nicht auf, mir im Hinterkopf herumzuschwirren.

Ich kann diese Sache nicht länger ignorieren. Ich kann nicht mehr einfach all die kleinen Splitter meines Zweifels unter den Tisch kehren, nur weil ich Angst habe, unsere Beziehung entweder zu ruinieren oder endgültig real zu machen. Die Tapete ist der Tropfen, der das Fass zum Überlaufen bringt. Jetzt ist es an der Zeit, herauszufinden, mit wem ich es wirklich zu tun habe.

„Jake, kann ich kurz mit dir reden?"

Ohne auf seine Antwort zu warten, schreite ich durch die Lobby zum Theater. Gavin wird gleich ins Büro gehen, um mit der Arbeit zu beginnen. Ich muss dieses Gespräch mit Jake unter vier Augen führen. Intuitiv gehe ich zu meinem üblichen Sitzplatz, zögere dann aber. Vielleicht wird es besser sein, wenn ich stehe.

„Stimmt etwas nicht?", fragt Jake, als er zu mir stößt.

„Wer bist du?", frage ich.

Er sieht mich seltsam an.

„Was meinst du damit, wer bin ich? Bist du so überrascht, dass die Dinge zur Abwechslung mal tatsächlich gut laufen, dass du in eine Amnesie verfallen bist?"

„Ich meine es ernst, Jake. Wer bist du? Denn ich weiß, dass du mir nicht die Wahrheit gesagt hast. Zumindest nicht die ganze Wahrheit."

„Was genau, glaubst du, verschweige ich dir?"

„Wenn ich das wüsste, dann müsste ich dich nicht danach fragen. Aber da ist irgendetwas... irgendetwas, das faul scheint. Oh, mein Gott, ich klinge wie eine Verrückte."

„Warum sagst du mir nicht einfach, wie du zu diesem Schluss gekommen bist?“

Ich sehe ihn an und seufze.

„Wir haben uns kennengelernt, weil du einen Privatkoch für eine Dinnerparty in deinem Haus engagiert hast. Oder zumindest hast du versucht, einen Privatkoch zu engagieren. In Wirklichkeit hast du einen den Hochstapler Gavin angeheuert, der den Job dann an mich weitergereicht hat. Der Punkt ist, dass ich von diesem Abend an wusste, dass du Geld hast. Offensichtlich.“

„Ich bin ein ‚verwöhnter reicher Kerl‘, ich erinnere mich“, sagt er.

„Ganz genau. Es sollte mich also nicht überraschen, dass du in der Lage bist, einige der Dinge zu tun, die du tust, aber das erklärt nicht alles. Du gibst Geld aus, ohne je überhaupt darüber nachzudenken. Du machst es nie auf großspurige Art und Weise. Du lenkst nie die Aufmerksamkeit darauf, aber die Dinge, die du für mich geplant hast, übersteigen selbst das Budget von gewöhnlichen verwöhnten reichen Kerlen. Wie kannst du darüber hinaus so viel Kontrolle über andere Menschen ausüben? Warum scheint es immer so, als würde sich die ganze Welt deinem Willen beugen? Wenn du willst, dass etwas geschieht, dann geschieht es einfach. Ganz gleich, was. Egal, wie lächerlich, unvorhersehbar oder unwahrscheinlich es ist, du entscheidest einfach, dass es passiert, und es passiert. Irgendetwas muss an dir dran sein, denn ich habe dieses Buch gelesen, in dem es darum geht, wie man seine Energie ins Universum schickt und es einem gute Dinge zurückschickt. Ich kann dir sagen, dass das einzige Geheimnis an diesem Schwachsinn ist, wie die Autoren es schaffen, den Idioten, die darauf hereinfallen, geradewegs in die Augen zu sehen, wenn sie ihnen ihre Vorträge halten. Wenn man etwas ins Universum schickt, bleibt es normalerweise einfach dort hängen."

„Du glaubst nicht an das Gesetz der Anziehung?"

„Nur wenn wir über Magnete, Kekse oder uns beide reden."

Er denkt ein paar Sekunden nach, dann macht er einen Schritt auf mich zu.

„Also gut, Lilian, ich war nicht ganz ehrlich zu dir, und das tut mir leid. Die Tatsache, dass du nicht wusstest, wer ich bin, als du bei mir zu Hause warst, war... erfrischend. Ich wollte die Chance haben, mehr Zeit mit dir zu verbringen, ohne dass diese Sache unsere Beziehung beeinträchtigt. Nochmals, es tut mir leid. Ich hätte offener zu dir sein sollen, vor allem nach all der Zeit."

Ich atme tief ein und langsam wieder aus, aber das hält meine Füße nicht davon ab, nervös im Saal herumtigern zu wollen.

„Also, sag mir die Wahrheit. Wer bist du?"

„Mein Name ist Jake Conway. Dieser Teil ist absolut wahr. Ich habe vier Brüder und zwei Schwägerinnen. Auch das stimmt. Adam ist der Älteste, dann mein Zwilling Terry, ein paar Minuten später ich, dann Frankie, und der Jüngste ist Luke. Wovon ich dir jedoch wohl noch nicht genug erzählt habe, ist meine Arbeit. Ich habe gesagt, dass ich die Träume von Menschen in Erfüllung gehen lasse, aber das ist eine starke Vereinfachung. Ich arbeite für niemanden. Ich arbeite für mich selbst, und dank dieses Geschäfts kann ich die Dinge öfter nach meinen Vorstellungen gestalten, als es anderen Menschen möglich ist. Meine Brüder und ich besitzen ein Unternehmen namens DreamFactory Inc. Wir sind sogenannte ‚Bucket List Concierges'."

Das ist genug, um mich innehalten zu lassen.

„Was zur Hölle ist ein ‚Bucket List Concierge'?"

Jake lacht, als hätte er diese Frage schon oft gehört.

„Die Menschen stellen Bucket Lists zusammen, weil sie Wünsche und Träume haben. Aber meistens haben sie keine Ahnung, wie sie diese Dinge in die Tat umsetzen können. Sie können sie mit jeder Faser ihres Seins wollen und bereit sein, alles zu tun, was nötig ist, um sie zu erfüllen, aber haben keine Ahnung, wie sie es realisieren sollen, also bleibt es unerledigt. Die meisten Bucket Lists werden nie ganz abgearbeitet. Und genau da kommen wir ins Spiel. Meine Brüder und ich arbeiten mit Menschen zusammen, um ihnen die Erfüllung ihrer größten Träume zu ermöglichen. Jeder von uns hat seine Spezialgebiete und persönlichen Interessen und im Laufe der Jahre haben wir ein Portfolio angelegt, mit deren Hilfe wir unseren Kunden genau das bieten können, was sie sich wünschen. Aubriana kam zu mir, weil ein letzter großer Traum auf ihrer Wunschliste stand. Sie hat sich zuerst an Adam gewandt, aber er weiß, dass dies genau die Art von Dingen ist, die mir liegen. Meine Leidenschaft für das Theater entspricht übrigens auch den Tatsachen."

„Und das Geld?"

„Ich habe... viel davon."

„Und?"

„Und was?"

„Sonst noch etwas?"

„Was meinst du?"

„Das war's? Das ist die große Enthüllung? Was du mir verheimlicht hast, ist, dass du ein Unternehmen besitzt und so wohlhabend bist, so dass die Leute alles tun, was du von ihnen verlangst?"

„Ja."

„Ich dachte, es sei etwas Schreckliches. Versteh mich nicht falsch, ich werde dich weiterhin als einen verwöhnten reichen Kerl bezeichnen. Wahrscheinlich jetzt noch öfter als vorher. Aber das ist mir egal. Ich wollte dich vom ersten Moment an, als ich dich sah, auch wenn ich erst dachte, du wärst ein schlecht vorbereiteter Barkeeper, der für einen Abend angeheuert wurde."

Jake macht einen weiteren Schritt auf mich zu und sieht auf den Boden.

„Nun, da wäre noch eine Sache."

Oh, Scheiße. Jetzt kommt es dicke.

„Was?"

„Du liegst falsch." Ich atme tief ein, aber seine Augen funkeln. „Das Gesetz der Anziehung ist definitiv real. Es muss so sein, denn das Universum hat mir dich geschickt." Er schlingt seine Arme um mich und küsst mich, dann zieht er plötzlich den Kopf zurück. „Und ich werde ab sofort Gavin wohl wirklich jedes kleinste Detail meines Lebens erzählen. Auf diese Weise können wir derartige Situationen in der Zukunft vermeiden."

Ich lache und lasse zu, wie er die Welt um mich herum mit dem zärtlichen Druck seiner Lippen und dem sanften Streicheln seiner Zunge dahinschmelzen lässt.

Kapitel 23

Jake

Ich habe mittendrin aufgehört. Ich hatte diese ganze Wahrheitssache am Laufen und Lilian hörte sich all das an, was sie nicht über mich wusste. Jetzt liegt sie in meinen Armen und ihre Zungenspitze vernebelt meinen Verstand, doch sie hat immer noch nicht alles gehört. Der Vertrag ist immer noch in Kraft. Dass ich der Akquisitionsabteilung sagte, dass sie sich zurückziehen und sie nicht mehr belästigen soll, bedeutet nicht, dass der Vertrag selbst automatisch nichtig ist. Ich muss mich an meinen ursprünglichen Plan halten und die Sache so laufen lassen, wie sie zu laufen hat. So sehr ich es auch möchte, ich kann nicht einfach den Lebensretter spielen, indem ich den Vertrag beende. Das würde ihre Sicht auf das Theater und auf sich selbst verändern. Um ehrlich zu sein habe ich Angst, dass sich dadurch auch ihre Sicht auf meine Person ändert. Nur noch ein paar Wochen und alles wird sich eingerenkt haben.

„Wie läuft es mit Aubrianas Stück?“, fragt Lilian, lehnt ihren Kopf zurück und schaut mich fragend an.

„Es läuft wirklich gut. Nachdem ich dich heute Morgen abgesetzt habe, habe ich mich mit ihr in dem Proberaum getroffen, den sie nutzt. Es sieht so aus, als würde sie bereits große Fortschritte machen. Es ist hilfreich, dass das Stück weitgehend eine One-Woman-Show ist. Außerdem war sie in der Vergangenheit bereits eine Mentorin für die paar anderen Schauspieler, die daran beteiligt sind. Sie kennen sich so gut, dass das den Einstieg bedeutend erleichtert."

Ein skeptischer Blick verengt ihre Augen.

„Dieser Proberaum, von dem du sprichst. Er gehört nicht zufällig dir, oder?"

„Womöglich."

Sie lacht und schüttelt den Kopf.

„Vorteilhaft."

„Das fand sie wohl auch."

Ich lege meine Stirn an ihre und merke, wie sie sich leicht zu regen beginnt. Schließlich seufzt sie.

„Na gut, ich war auch nicht ganz ehrlich zu dir."

„Was meinst du?"

„Ich habe wieder von dem stillen Teilhaber gehört."

Mir dreht sich der Magen um.

„Wie bitte? Wann?"

„Kurz bevor wir ins Hotel gegangen sind."

„Ah. Das ist also der wahre Grund für deine Aggressivität in Bezug auf die Poolsache."

Sie nickt.

„Ja. Ich fühle mich wirklich schlecht deswegen. Vielleicht sollte ich mich nochmals bei allen dafür entschuldigen."

„Was stand in der Nachricht?"

Ein Teil von mir, ein hoffnungslos optimistischer Teil, von dem viele sagen, dass er nach so vielen Jahren in Miami endgültig abgestorben sein sollte, hofft, sie wird mir sagen, dass die Nachricht ihr doch den Druck genommen hat und ihr mehr Zeit angeboten wurde. Ein anderer Teil von mir denkt, es könnte möglich sein, dass sie in der Nachricht von allem erfahren hat und weiß, dass ich involviert bin, es ihr aber nichts ausmacht. Der überwiegende Teil von mir weiß jedoch, dass keine der beiden Möglichkeiten realistisch ist.

„Es war ziemlich furchtbar."

„Darf ich sie lesen?"

Ich hatte vorher nicht darum gebeten, die Nachrichten zu sehen. Zu hören, wie sie mir davon erzählte, reichte aus, um mich wütend zu machen, ohne dass ich die Worte tatsächlich schwarz auf weiß sehen musste. Aber jetzt will ich genau wissen, was Tyler in diesen E-Mails sagt. Lilian zögert, aber dann greift sie nach ihrem Handy. Sie klickt ein paar Sekunden lang auf dem Display herum, dann dreht sie das Telefon zu mir, damit ich die E-Mail lesen kann, die sie aufgerufen hat. Als ich ihr das Telefon abnehme und die Nachricht überfliege, spüre ich, wie das Blut in meinen Adern zu kochen beginnt, während ich die ätzenden Worte in mich aufnehme. Als ich am Ende der Nachricht ankomme, fällt mir etwas auf.

„C?“, frage ich.

Lilian nickt.

„So unterschreibt er die Nachrichten immer.“

„Sonst nichts? Du kennst seinen vollen Namen nicht?“

„Nein. Ich kenne nur C. Wegen der Vertraulichkeit der Vereinbarung habe ich seine Unterschrift auf den Papieren nicht gesehen. Es ist immer nur C.“

Ich leite den E-Mail-Thread schnell an mich selbst weiter, bevor ich das Telefon an Lilian zurückgebe. Mühsam versuche ich, die Wut hinunterzuschlucken, und weiß, dass ich mich unter Kontrolle halten muss, bis ich genau weiß, was los ist, aber es ist ein Kampf. Diese Sache kotzt mich an. Meine Entschlossenheit, unseren Plan in die Tat umzusetzen, ist jetzt nur noch stärker. Die geringste Chance darauf, alles offenzulegen und es Lilian zu sagen, wurde mit dieser Nachricht zunichtegemacht. Jetzt geht es nicht mehr nur darum, ihr die Chance zu geben, sich diesen Traum selbst zu erfüllen. Ich will einfach nur noch Tyler das Handwerk legen. Seine Nachrichten sind nicht nur voller Respektlosigkeit und Aggression. In ihnen steckt eine

Arroganz, die darauf schließen lässt, dass es ihm vollkommen egal ist, dass er mein Angestellter ist. Er glaubt wirklich, dass er jede Entscheidung treffen kann, die ihm beliebt, nur weil es ihm Spaß macht, Kontrolle auszuüben und Lilian zu demütigen. Das werde ich nicht mehr zulassen. Ein erzwungenes Vertragsende würde ihn schnell in die Schranken weisen, aber es wird so viel befriedigender sein, ihm dabei zuzusehen, wie er sich krümmt und windet wie ein Wurm, sobald Lilian beginnt, sich gegen ihn zu wehren, und auf eigene Faust sich all das zurücknimmt, worum er sie berauben wollte.

Aber damit das gelingt, muss ich ruhig bleiben. Mir darf die Kontrolle nicht entgleiten. Ich muss mein Möglichstes dafür tun, dass dieser Plan aufgeht.

„Was steht heute auf dem Programm?“, frage ich.

„Ella sollte bald hier sein. Ich weiß, dass sie und ihre Leute an ein paar Dingen arbeiten. Die Crews haben in den letzten Tagen eine Menge geschafft. Mit Sicherheit hattest du ganz und gar nichts damit zu tun.“

„Ich habe ein paar zusätzliche Crewmitglieder angeheuert, mehr nicht. Ich verspreche, dass ich meine Magie diesmal nicht habe wirken lassen.“

„Nun, damit kann ich leben. Sie haben ein ordentliches Tempo vorgelegt. Aber im Keller wird noch viel gearbeitet, um den Pool und den ganzen Rest zu restaurieren.“ Ihre Augen werden plötzlich groß. „Oh nein.“

„Was ist?"

„Ich kann nicht glauben, dass ich das vergessen habe."

Ihre Hände bedecken ihr Gesicht und raufen dann ihre Haare.

„Was vergessen? Was ist los?"

„Erinnerst du dich, dass ich dir von der lächerlichen Geisterjagd erzählt habe, die Gavin vor einiger Zeit veranstaltet hat, als wir versucht haben, mehr Einkünfte für das Theater zu generieren?"

„Ich erinnere mich."

„Ein paar Leute haben davon gehört und fanden es lustig, also haben sie ihren eigenen Geisterjagd-Abend gebucht. Das habe ich völlig vergessen. Als die Renovierungsarbeiten begannen, kümmerte sich Gavin darum, die Vorführungen abzusagen, aber es war meine Aufgabe, die Geisterjagd zu verlegen. So ein Mist. In meinem Kopf ging so viel vor sich, dass ich es einfach..." Sie macht eine Geste, als würde ihr etwas aus der Schläfe fallen. „Es wird mich so schlecht aussehen lassen, wenn ich nur ein paar Stunden vor dem Termin absage."

„Dann tu es nicht", sage ich.

„Was?"

„Sag nicht ab. Wir können es schaffen."

„Diesmal sind es kein Haufen Kinder. Das sind Erwachsene sein, die mit echter Geisterjäger-Ausrüstung nach Geistern suchen... Uff!"

Sie stützt ihren Kopf wieder in die Hände. „Wie konnte ich das nur vergessen?“

Ich fasse sie an den Schultern, um ihr ins Gesicht zu sehen.

„Lilian, hör mir zu. Du schaffst das. Ich weiß, dass du das schaffst. Es sind nur ein paar Trottel, die nachts in ein Theater stapfen, herumschnüffeln und darauf warten, dass etwas herausspringt und sie zu Tode erschreckt, aber gleichzeitig insgeheim hoffen, dass das nicht passiert. Machen wir also das Beste daraus. Gavin will das Theater zu einer Attraktion machen, also lass es uns durchziehen. Anstatt es so aussehen zu lassen, als würden wir die Leute nur im Theater herumstöbern lassen, solltest du es zu einem echten Ereignis machen. Wenn das dabei hilft, einen Hype um das Theater entstehen zu lassen, wird Aubrianas Comeback so womöglich ein noch größerer Erfolg werden als ohnehin schon.“

„Du klingst, als wüsstest du, wovon du redest.“

Ich zucke mit den Schultern.

„Terry hat mir das beigebracht. Er macht das Marketing für die Firma.“

„Nun, ich bin überzeugt. Womit fangen wir an?“

„Überlass die schwierigeren Dinge mir. Du kümmerst dich um das Theater und um das, was hier erledigt werden muss, bevor die Gruppe eintrifft.“

Mit jeder Faser meines Wesens möchte ich ins Büro gehen und

Tyler zur Rede stellen. Doch ich muss es irgendwie schaffen, meine gesamte Energie in die Vorbereitungen für heute Abend zu stecken und mich nicht von meiner Wut ablenken zu lassen.

***

Lilian lächelt die Frau an, die sie seit fast zwanzig Minuten in ein Gespräch verwickelt hat. Ich bemerke, dass sie sich mit einem Bein halb wegdreht, als ob ihr Körper versuchen würde, sich auf eigene Faust zu befreien, weil er bereits die Hoffnung aufgegeben hat, dass ihr Hirn jemals den Mut aufbringen wird, sich von der Frau zu lösen. Ich gehe zu ihnen hinüber und drücke Lilian ein Glas Wein in die Hand.

„Entschuldige die Störung, aber es gibt jemanden, der dich sprechen möchte." Ich lächle die Frau an. „Haben Sie einen vergnüglichen Abend?"

„Es ist wunderbar", haucht die Frau.

„Fantastisch. Die Erkundung wird bald beginnen."

Ich ergreife Lilians Ellbogen und führe sie von der Frau weg den Flur entlang in Richtung Büro. Als ich mich der Tür nähere, atmet sie auf.

„Das war sehr intensiv", sagt sie. „Ich weiß jetzt viel mehr über die Unterwäschevorlieben von Poltergeistern und darüber, wie es ist, eine von Gespenstern heimgesuchte Wäschetruhe zu besitzen, als ich mir jemals zu wissen erhofft habe."

„Ich glaube nicht, dass das etwas ist, was ich jemals wissen wollte."

Sie nickt.

„Also, wer wollte mit mir sprechen?"

Ich lächle und nehme sie in meine Arme.

„Ich." Sie kichert über meine Antwort. „Sie haben dich den ganzen Abend über in Beschlag genommen."

„Das ist nicht meine Schuld. Du warst es, der beschlossen hat, einen Willkommensempfang für sie abzuhalten, sobald sie hier ankommen. Geniale Idee, übrigens."

„Ich weiß. Nichts ermutigt Menschen so sehr zum Reden, wie wenn man ihnen das Gefühl gibt, wichtig zu sein. Die Leute da draußen werden Fotos von jedem Drink und jedem Canapé machen. Sogar von sich selbst, während sie so tun, als würden sie die personalisierten Geisterbeobachtungsjournale lesen, die wir ihnen präsentiert haben. Und dann werden sie das alles in den sozialen Medien verbreiten. Das bedeutet Aufmerksamkeit für sie und eine Menge Aufmerksamkeit für das *Prism*."

„Bist du sicher, dass das eine gute Idee ist? Glaubst du nicht, dass wir dem Theater damit ein wenig den Zauber nehmen und es den Leuten bei Aubrianas Comeback weniger besonders erscheinen wird?“

„Ganz und gar nicht. Wir wollen, dass das *Prism* auch nach dem Ende der Show noch eine Bedeutung für die Leute hat. Bei der Veranstaltung mit Aubriana geht es nur um sie und die Werbung für das *Prism* ist ein positiver Nebeneffekt. Bei Veranstaltungen wie dieser jedoch geht es nur um das Theater selbst. So machst du das Theater relevant in den Augen der Leute, was eine Garantie für dauerhaften Erfolg in der Zukunft sein wird.“

Sie seufzt und schlingt ihre Arme um meinen Hals. Ihr kühles Weinglas drückt gegen meine Haut.

„Ich liebe es, wenn du wie eine Marketingbroschüre redest.“

Lachend beuge ich mich vor, um sie zu küssen, aber bevor meine Lippen ihre berühren können, wird es plötzlich stockdunkel. Die anfängliche unheimliche Stille wird kurz darauf von erschrockenen Schreien und lauten Fragen durchbrochen.

„Scheiße. Der Strom ist ausgefallen“, murmle ich.

„Was ist passiert?“

„Ich weiß es nicht, aber wir müssen zurück zu den Leuten, bevor sie in Panik geraten und sich aus dem Staub machen.“

Ich merke, wie Lilian sich umdreht, bevor ein Lichtstrahl durch die Dunkelheit bricht.

„Ich habe immer eine Taschenlampe dabei für den Notfall.“

„Menschen, die gute Vorbereitung zu ihrer Priorität machen, sind einfach nützlich.“

Wir rennen aus dem Büro und zurück in die Lobby. Durch die Glastüren des Theaters fällt genug Licht, um zu verhindern, dass der Raum stockdunkel wird, und ich bin froh, dass wir die Verdunkelungsvorhänge noch nicht heruntergelassen haben, die die richtige Atmosphäre für die eigentliche Geisterjagd am Abend schaffen sollten.

„Beruhigen Sie sich bitte alle!“, versucht Lilian die Stimmen zu übertönen.

Ein paar Leute hören zu, aber die anderen sind zu sehr in ihre Aufregung vertieft, um sie zu hören. Der ohrenbetäubende Klang meines Pfeifens ändert das jedoch schnell.

„Guten Abend zusammen“, sage ich, als endlich alle Augen auf mich gerichtet sind. Meine Hand greift neben mich und tastet nach der Taschenlampe. Ich nehme sie Lilian aus der Hand. „Es sieht so aus, als hätten Sie bereits die Aufmerksamkeit der Geister erregt.“ Nervöses Lachen schallt durch die Gruppe. „Die Geister sind bereit für die Party, wenn Sie also Ihr Beobachtungsjournal und Ihre Stifte herausgeholt und Ihre Ausrüstung bereit haben, ist es Zeit, mit der Suche zu beginnen. Wir werden versuchen, sie davon zu überzeugen, uns den Strom so schnell wie möglich zurückzubringen.“

Die Lacher sind jetzt überzeugter und mehr Lichtstrahlen tauchen in der dunklen Lobby auf, als die Mitglieder der Gruppe ihre eigenen

Taschenlampen einschalten und ihre Jagdausrüstung zusammensuchen. Lilian und ich gehen zu den Türen und lassen die Vorhänge herunter. Sie wirft mir aus den Augenwinkeln einen unsicheren Blick zu und ich lächle sie beruhigend an.

„Es ist in Ordnung", sage ich ihr. „Mach einfach mit. Ich bin sicher, es ist nur ein Problem mit der Sicherung oder jemand ist in einen Transformator gekracht oder so. Sieh es doch mal so: Vielleicht wird das *Prism* dadurch zu einer viralen Attraktion."

Lilian lächelt mich sanft an, als ob sie nicht ganz überzeugt wäre. „Alles wird gut", beharre ich. „Wir sind in keiner..."

Ich werde von einem der Gäste unterbrochen, der seinen Kopf zurück in die Lobby steckt. „Ich wusste nicht, dass Sie heute Abend ein Catering veranstalten. Aber Sie sollten vielleicht mal in ihre Küche sehen, wo auch immer sie ist."

Lilian runzelt die Stirn. „Was meinen Sie? Nein, wir veranstalten heute Abend kein Catering."

„Na ja, irgendetwas brennt. Riechen Sie es nicht?"

Lilian wirft ihren Kopf herum und sieht mir direkt in die Augen. Plötzliche Panik erfüllt den Raum zwischen uns. Und dann rieche ich es auch. Ja, da brennt definitiv etwas. Weitere Atemzüge und Schreie erfüllen den Raum, während Rauch durch die Luft wabert, und unsere Gäste beginnen zu begreifen, was vor sich geht. Zuerst scheinen einige von ihnen zu denken, dass es nur ein Teil der Show ist - aber die Situation gerät schnell außer Kontrolle.

„Alle...“, beginnt Lilian panisch die Stimme zu erheben, doch sie bringt die Worte nicht hervor.

Ich schalte sofort in den Beschützermodus. Mir ist klar, dass ich derjenige bin, der Lilian retten muss. Und unsere Gäste. Koste es, was es wolle. „Alle raus!“, schreie ich über das Getöse der panischen Stimmen hinweg. „Folgt den Notausgängen! Sofort evakuieren! Dies ist keine Übung!“

Lilian hat sich immer noch nicht bewegt. Sie starrt mich nur fassungslos an, als wäre sie paralysiert.

„Hol den Feuerlöscher“, befehle ich so ruhig und doch dringlich wie möglich. Sie nickt und verschwindet hinter dem Ticketschalter, um ihn zu holen.

Während sie das tut, kümmere ich mich um die in Panik geratenen Besucher und führe sie zu den Haupteingängen. Einige von ihnen husten oder weinen, und ein paar sind bereits mit dem Notruf verbunden. Als ich sicher bin, dass der letzte von ihnen die Lobby verlassen hat, mache ich mich auf den Weg zu Lilian, die immer noch mit dem Feuerlöscher kämpft.

„Lass uns gehen“, sage ich, packe sie an den Schultern und versuche, sie wegzuziehen.

Sie schüttelt den Kopf, trotz ihres Hustenanfalls. „Ich kann nicht. Ich kann das *Prism* nicht so zurücklassen“, antwortet sie mit Tränen in den Augen. „Ich weiß nicht, was ich tun soll.“

Es bricht mir das Herz, sie so verzweifelt zu sehen. Ich weiß, wie viel ihr das Theater bedeutet. Aber auch wenn es mir das Herz bricht, ich kann nicht zulassen, dass ihr etwas Schlimmes zustößt.

„Komm her“, murmele ich und hebe sie in meine Arme. Die Lobby ist jetzt vollständig von Rauch erfüllt und die Temperatur steigt. Obwohl ich noch keine Flammenzungen gesehen habe, weiß ich, dass es nicht mehr lange dauern wird. Auf welche Art auch immer, ich muss Lilian von hier weg und in Sicherheit bringen. Und zwar sofort.

Ich atme tief durch und mache mich auf den Weg zum Ausgang, während Lilian sich fest an mich klammert. „Es tut mir leid“, murmelt sie immer wieder und Tränen laufen ihr über das Gesicht.

„Schhhh“, antworte ich. „Ist ja gut. Ich bin ja da. Ich bin genau hier.“

Als ich in die kühle Abendluft trete, klingt das Geräusch der herannahenden Sirenen in unseren Ohren.

Kapitel 24

Jake

„Du kannst mir nicht erzählen, dass das ein Zufall ist, Jake." Lilian scheint kurz vor dem Zusammenbruch zu stehen. „In den letzten drei Tagen ist der Strom zweimal ohne Erklärung ausgefallen, zwei Rohre sind geplatzt und die Haustüren wurden mit Graffitis versehen. Nicht einmal mit guten Graffitis, sondern nur hässlichen Tags."

„Abgesehen von den Tags sind das alles Dinge, die im Zuge von Renovierungen passieren können."

„Das hatte nichts mit den Renovierungsarbeiten zu tun. Was ist jetzt mit diesem Brand? Sag mir jetzt nicht, dass das auch etwas mit den Renovierungsarbeiten zu tun hat."

Das Feuer brach in der Gasse hinter dem Theater aus, aber es war nahe genug, dass Rauch und Glut die Lüftungsanlage füllten und einen Großteil der alten Sanitär-, Klima- und Elektrosysteme schwer beschädigten. In der Luft liegt immer noch ein beißender Geruch, der vom Löschwasser herrührt, das sich mit der Asche zu einem schwarzen, auf den Boden tropfenden Schlamm vermischt hat. Die

Polizei und die Feuerwehr sind abgezogen, aber Lilian weigert sich, das Gebäude zu betreten, auch wenn mittlerweile einige Stunden vergangen sind. Es ist, als wolle sie sich nicht mit der Möglichkeit auseinandersetzen, dass noch mehr schiefgehen könnte. So sehr ich auch versuche, sie zu trösten und zu beruhigen, ein nagender Verdacht in meinem Hinterkopf macht es mir unmöglich.

Nach der Untersuchung des Feuers stellten Polizei und Feuerwehr fest, dass es so aussah, als ob das Feuer absichtlich gelegt worden war. In Anbetracht der Tatsache, dass das Feuer in einer kaum belebten Gasse ausgebrochen war, schien dies eine ziemlich eindeutige Schlussfolgerung zu sein. Je mehr ich darüber nachdenke, desto unwahrscheinlicher scheint es mir, dass der Brand zufällig durch eine Person ausgelöst wurde, die eine brennende Zigarette an die falsche Stelle geworfen oder nur zum Spaß ein wenig gezündelt hat. Es ist schwer, dieses Ereignis von den anderen Dingen getrennt zu betrachten, die in den letzten Tagen im *Prism* schiefgelaufen sind. Ich kann nicht umhin, zu erkennen, dass diese Ereignisse ganz im Sinne der aggressiven Nachrichten zu sein scheinen, die Lilian von ‚C' erhalten hat.

Von Einbruch und Vandalismus über seltsame Systemausfälle bis hin zu einem Brand häufen sich die Vorfälle im *Prism* und es wird immer schwieriger, sie nicht miteinander in Verbindung zu bringen.

„Wir waren da drinnen, Jake", wiederholt sie zum x-ten Mal in den letzten Stunden. „Wir waren in dem Gebäude, als das Feuer ausbrach. Unabhängig davon, wie es angefangen hat oder warum, ich war da drinnen und hatte keine Ahnung. Wenn du nicht da gewesen wärst - um mich zu retten..." Sie schüttelt den Kopf, ohne den Satz zu beenden. „Es hat sich schnell ausgebreitet und hätte die Wände erfassen können. Einer der Feuerwehrmänner sagte, es hätte in die Bühne gelangen und fast das gesamte Gebäude niederbrennen können. Man kann gar nicht abschätzen, wie viel Zerstörung noch hätte passieren können, bevor wir das Feuer bemerkt hätten."

„Aber es ist nicht passiert. Uns geht es gut. Ihr seid in Sicherheit."

„Tut mir leid, dass ich zur Statue erstarrt bin", sagt sie. „Und danke, dass du mich gerettet hast."

„Nicht einmal der Rede wert. Ich habe getan, was ich tun musste", antworte ich.

Einen Moment lang herrscht Schweigen zwischen uns und ich versuche, das Thema zu wechseln. „Sicher, es ist ein Rückschlag, aber wir haben immer noch genug Zeit, uns auf Aubrianas großen Abend vorzubereiten."

„Ja. Gavin hat sich mit einigen Dienstleistern getroffen, die wir für ihre Eröffnungsvorstellung in Betracht ziehen, also habe ich vor dem ganzen Drama nur E-Mails beantwortet."

Mein Kiefer zuckt.

„Hast du noch irgendetwas von C gehört?"

Sie schluckt und nickt.

„Es kam noch eine E-Mail rein."

„Zeig sie mir."

Lilian ruft die Nachricht auf und reicht mir das Telefon. Als ich den Text lese, läuft mir ein Schauer über den Rücken und ich stehe kurz davor, rot zu sehen. Ich leite die Nachricht an mich selbst weiter, wie ich es mit den anderen bereits getan habe, und gebe ihr das Telefon zurück. In dem Moment rennt Gavin um das Gebäude herum auf uns zu.

„Was ist hier los?", fragt er.

„Es gab ein Feuer", sagt Lilian. „Uns geht es gut. Aber der Schaden ist ziemlich groß."

„Geht es dir wirklich gut?"

Er umarmt sie ganz fest.

„Wir waren drinnen, aber wir sind in Ordnung. Ein Passant sah das Feuer, also rief er die Feuerwehr, bevor wir es überhaupt gerochen hatten."

„Ihr wart währenddessen da drinnen?"

Lilian nickt. Gavin umarmt sie noch einmal, dann sieht er mich an. „Hast du dich wenigstens um sie gekümmert? So wahr mir Gott helfe, wenn du hier einfach schreiend rausgerannt bist wie ein kleines Mädchen...", sagt er. Er beendet den Satz nicht und lässt uns bewusst im Dunkeln darüber, ob es sich um einen Scherz oder eine Drohung handelt.

Lilian lacht zum ersten Mal seit Stunden. Die Anspannung, die uns beherrscht, beginnt sich allmählich zu lösen. „Jake hat mir das Leben gerettet“, klärt sie ihn auf.

„Nun, dann bist du wohl doch ein ganz anständiger Kerl, schätze ich. Wer ist der Verdächtige?“

Lilian zuckt mit den Schultern.

„Ich weiß es nicht. Als die Polizei und die Feuerwehr eintrafen, war niemand hier.“

„Ich kann nicht glauben, dass jemand so etwas tun würde. Was für ein furchtbarer Mensch muss man sein, um zu versuchen, ein altes Theater niederzubrennen?“, klagt Gavin.

„Ich weiß nicht, Gavin, aber wir können es jetzt nicht mehr ändern.“

„Gavin, wir sind schon die ganze Nacht hier draußen. Ich muss zu einer wichtigen Besprechung“, sage ich. „Ich bin sicher, dass hier jetzt alles in Ordnung ist, aber Lilian ist etwas aufgewühlt. Würdest du ihr Gesellschaft leisten?“

„Natürlich.“ Er blickt Lilian an. „Es gibt eine Menge zu besprechen in Bezug auf die Vorbereitungen.“

„Vielleicht sucht ihr euch dafür besser ein Café.“

„Nein“, sagt Lilian.

Sie klingt erstaunlich energisch.

„Nein?“

„Ich werde mich nicht aus meinem eigenen Theater vertreiben lassen. Jedenfalls noch nicht.“

„Das wird sowieso nicht passieren“, sage ich ihr. „Ich rufe dich später an.“

Ich küsse sie und stapfe wutentbrannt die Gasse hinunter zu meinem Auto. Mein Geduldsfaden ist gerissen. Ich wollte nichts sagen. Ich wollte die Sache auf sich beruhen lassen, ohne mich noch mehr einzumischen, als ich es ohnehin schon getan habe. Aber dies ist keine offizielle Geschäfts-E-Mail. Das ist pure Boshaftigkeit. Wenn das irgendetwas mit Tyler zu tun hat, dann hat er eine sehr ernste Grenze überschritten, und ich werde ihn noch heute Abend an den Ohren über diese Grenze zurückziehen.

***

Tyler arbeitet oft lange, deshalb suche ich ihn im Büro auf anstatt bei sich zu Hause. Der Aufzug scheint mir in diesem Moment zu langsam. Ich kann nicht herumstehen und darauf warten, dass er mich in die nächste Etage bringt. Ich muss in Bewegung bleiben, also umgehe ich die Aufzugsreihe und gehe stattdessen durch die Tür in der hinteren Ecke der Lobby, die zur Treppe führt. Meine Füße berühren die Stufen kaum, während ich mit jedem Schritt zwei von ihnen auf einmal nehme. Tylers Stimme ist durch die wenigen Zentimeter, die seine Tür offen steht, im Flur zu hören. Ich zögere nicht, stoße die Tür vollends auf und schlage sie hinter mir zu, als ich eintrete. Tylers Stuhl wirbelt ruckartig um die eigene Achse um und ein Teil der Farbe verschwindet aus Tylers Wangen.

„Ich werde Sie zurückrufen müssen." Er legt den Hörer auf und legt fragend den Kopf schief. „Hey, Jake. Ich habe nicht damit gerechnet, Sie heute Abend hier zu sehen. Sie haben sich gar nicht angekündigt. Was ist denn los?"

„Lassen Sie den Scheiß, Tyler. Mir gehört diese verdammte Firma und ich kann auftauchen, wann immer ich will."

„Das ist wahr."

„Das bedeutet auch, dass ich erwarte, dass meine Anweisungen befolgt werden. Und zwar gleich beim ersten Mal. Es bedeutet nicht, dass das, was ich sage, ein Vorschlag oder irgendeine flexible Form der Richtungsweisung ist. Wenn ich eine Entscheidung treffe, ist diese Entscheidung endgültig und hat respektiert zu werden. Ist das klar?"

„Ich weiß nicht, ob ich Ihnen folgen kann."

„Ich habe Ihnen gesagt, Sie sollten sich zurückziehen, als es um den Kauf des ehemaligen *Moonlight* ging. Die Tatsache, dass Sie den Kauf ohne meine Zustimmung in die Wege geleitet haben, ist bereits eine ernste Angelegenheit, mit der ich mich, das versichere ich Ihnen, zu einem anderen Zeitpunkt befassen werde. Im Moment möchte ich jedoch wissen, warum Sie denken, meinen konkreten Anweisungen keine Aufmerksamkeit schenken zu müssen angesichts der Tatsache, dass ich das Unternehmen führe, in dem Sie arbeiten."

„Jake, ich habe mich bereits dafür entschuldigt, dass ich den Vertrag ohne Ihre Erlaubnis abgeschlossen habe. Ich stehe immer noch hinter meiner Meinung, dass es damals eine gute Idee war und auch heute noch ist, aber ich verstehe, dass Sie diesen Schritt nicht machen wollten und ich habe daraus gelernt. Was das Nichtbefolgen Ihrer Anweisung in Bezug auf meinen Rückzug angeht... Ich weiß nicht, wovon Sie sprechen. Ich habe der Eigentümerin vor mehr als einem Monat ein Mahnschreiben geschickt und wir haben ein paar Mal per E-Mail korrespondiert, aber das war's."

„Das war's?", frage ich. Ich ziehe das Telefon aus meiner Tasche und rufe die E-Mail-Nachrichten auf, die ich von Lilians Telefon an mich weitergeleitet habe. „Glauben Sie, dass dies eine angemessene Art ist, mit einem Geschäftspartner umzugehen?"

Ich lege das Telefon auf den Schreibtisch, damit er die Nachrichten lesen kann.

„Diese Nachrichten stammen nicht von mir", sagt er stirnrunzelnd.

„Lügen Sie mich nicht an. Sie haben ganz schön Nerven, was die Art angeht, in der Sie versuchen, das Theater zu sabotieren und die Käuferin daraus zu verdrängen. Setzen Sie besser nie wieder einen Fuß in ihre Nähe. Sie war heute in dem Theater während dem Feuer. Wussten Sie das?"

„Jake, ich habe diese Nachrichten nicht verschickt. Sehen Sie sich die Adresse an. Das ist nicht meine E-Mail-Adresse. Sie ist ähnlich, aber es ist nicht meine. Und was hat es mit dem ‚C' auf sich? In meinem Namen gibt es kein C."

„Diese Nachricht wurde heute Morgen verschickt und eine weitere vor ein paar Tagen, kurz bevor in das Theater eingebrochen wurde."

„Ein Einbruch? Davon habe ich in den Nachrichten nichts gehört. Woher wissen Sie so genau, was in diesem Theater vor sich geht?"

„Was ich mache, geht Sie nichts an. Vergessen Sie nicht, dass Sie die törichte Entscheidung getroffen haben, diesen Vertrag abzuschließen, damit Sie das Theater im Namen meiner Firma erwerben können, nicht für sich selbst. Ich kann in Bezug auf ein Grundstück, in das ich so viel investiert habe, tun und lassen, was ich will."

„Warten Sie. Sie haben gesagt, vor ein paar Tagen. Ich bin gerade erst aus dem Urlaub zurückgekommen. Erinnern Sie sich nicht? Ich habe Ihnen doch gesagt, dass meine Schwester heiratet und ich bis gestern nicht in der Stadt sein werde. Was auch immer im Theater passiert ist, ich kann überhaupt nichts damit zu tun haben." Er schiebt das Telefon wieder in meine Richtung. „Und ich habe diese Nachrichten nicht verschickt."

Sein Gesichtsausdruck sieht scheinbar aufrichtig aus, aber ich traue ihm nicht. Ich stecke das Telefon zurück in meine Tasche.

„Passen Sie sehr gut auf, was Sie tun, Tyler.“

Ich verlasse sein Büro und gehe zurück zu Owen.

„Stimmt etwas nicht?“, fragt mein Assistent, als ich immer noch sichtlich wütend vor seinen Schreibtisch trete.

„War Tyler die letzten Tage nicht in der Stadt?“

„Das ist korrekt“, antwortet Owen ohne zu zögern. „Nur für ein paar Tage, aber er war irgendwo in den Bergen auf einer Hochzeit. Er hatte nicht einmal genug Telefonempfang, um einen Anruf von einem Kunden entgegenzunehmen. Ich musste versuchen, seinen Assistenten zu erreichen, um alle Fragen des Kunden zu beantworten.“

„Hat sein Assistent Zugang zu Tylers persönlichem Computer? Seine E-Mails, Kontaktinformationen? Verträge? Irgendetwas in der Art?“

„Nein“, sagt Owen. „Sie kennen Tyler. Er ist wirklich seltsam, wenn es um solche Dinge geht. Sein Assistent ist im Wesentlichen dafür da, Kaffee zu holen, zu telefonieren und Besorgungen zu machen. Aber er konnte mir genug Einblick in den Kaufprozess geben, dass ich den Kunden beruhigen konnte, bis Tyler tatsächlich zurückkam.“

Ich nicke.

„In Ordnung. Ich danke Ihnen. Ich muss jetzt los. Wenn jemand für mich anruft, leiten Sie ihn an Terry oder Adam weiter.“

„Wird gemacht."

Ich kann das Büro immer noch im Rückspiegel sehen, als das Telefon klingelt. Es ist Luke.

„Hallo?"

„Geliert Götterspeise, wenn man kein heißes Wasser hinzufügt?"

„Luke?"

„Wenn ich eine Menge Wackelpudding in viel Wasser gieße, das Wasser aber kalt ist, würde er sich dann trotzdem verfestigen, oder gibt es etwas am Gelierprozess, das Wärme erfordert?"

„Versuch auf keinen Fall, die Bucht in Sunborn View mit Wackelpudding zu füllen!"

„Nicht die Bucht."

„Gut."

„Den Pool im Hotel."

Ein plötzlicher Gedanke schießt mir durch den Kopf.

„Ich komme morgen nach Hause. Warte mit dem Wackelpudding, bis ich da bin."

Ich lege auf und sofort klingelt das Telefon wieder. Ich gehe ran, ohne überhaupt auf das Display zu schauen.

„Kein Gelieren, bevor ich da bin!"

„Ich hatte nicht vor, irgendetwas zu gelieren, aber es ist gut zu wissen, dass du eine solche Leidenschaft für Haarpflegeprodukte hast."

„Es tut mir leid, Lilian. Ich habe gerade mit meinem Bruder telefoniert."

„Oh. Ich weiß immer noch nicht, was das zu bedeuten hat, aber das will ich wahrscheinlich auch gar nicht. Es stellt sich heraus, dass ich doch aus meinem Theater vertrieben werde."

„Was meinst du?"

„Die Reparatur des Schwimmbeckens und die Beseitigung aller Brandschäden erfordern einige Nacharbeiten an den Rohrleitungen, die umfangreicher sind, als wir dachten. Ella hat gesagt, es wäre wahrscheinlich besser, wenn ich das Theater für ein paar Tage schließe, damit sie die Hauptarbeiten erledigen können. Sobald das erledigt ist, geht es nur noch darum, kleinere Projekte zu beenden und die Restaurierungsarbeiten abzuschließen."

„Das sollte dich doch freuen."

„Ja, aber es ist auch frustrierend, nicht dabei zu sein und darüber hinaus das Gefühl haben zu müssen, dass das alles sowieso umsonst ist."

„Was meinst du damit?"

„Ich hatte in letzter Zeit nicht gerade viel Glück. Vielleicht machen wir uns jetzt diesen ganzen Haufen Arbeit, nur um in ein paar Wochen das Theater dann jemand anderem überlassen zu müssen."

„Ich bin auf dem Weg zu dir. Fang an, eine Tasche zu packen. Es gibt da etwas, das dein Schicksal zum Besseren wenden könnte."

Kapitel 25

Lilian

Ein paar Tage später...

Ein St. Patrick's Day Festival war nicht das erste, was mir in den Sinn kam, als Jake sagte, er habe etwas, das mein Schicksal zum Besseren wenden könnte. Aber da das Festival bedeutet, mehr Zeit mit Jake zu verbringen und ein wenig aus Miami herauszukommen, so dass ich nicht mehr jeden Tag zum Theater gehen und mich an die Glastüren drücken muss, um heimlich die Renovierungsarbeiten zu beobachten, bin ich bereit, mich darauf einzulassen. Die Tatsache, dass es bedeutet, seine Heimatstadt zu sehen und seine Familie kennenzulernen, könnte ebenfalls seinen Teil zu meinem Interesse an dieser Aktivität beigetragen haben.

Es ist andererseits nicht unbedingt so, dass ich viel Zeit gehabt hätte, darüber nachzudenken. Ich hatte nicht einmal wirklich Zeit zum Packen und war bislang mehr mit den Konsequenzen des Feuers beschäftigt als mit allem anderen. Als Gavin und ich einen Abstecher in sein Lieblingscafé machten, um uns dort Mittagessen zu holen, und schließlich an meiner Haustür ankamen, kam Jake bereits den Bürgersteig entlang auf uns zugelaufen und fragte, ob ich bereit zur

Abreise sei. Ich musste noch während dem Kauen eilig beginnen Kleidung zu falten, ohne dabei in meinen Koffer zu kleckern. Gekonnt aß ich einige Löffel Suppe aus Gavins Hand, während ich Make-up und Toilettenartikel in meine Tasche warf. Ich hätte wahrscheinlich eine kurze Pause einlegen können, um ordentlich zu essen, aber Jakes Enthusiasmus weckte ein Gefühl der Dringlichkeit in mir, die mir das Gefühl gab, eine Reality-Show-Kandidatin zu sein, die in irgendein wildes Abenteuer entführt wird.

Ich hoffe nur, dass dieses Abenteuer nichts mit Hindernisparcours oder Schleim zu tun hat.

Ich weiß nicht, warum mir ausgerechnet dieser Gedanke durch den Kopf schießt, als wir mit einem weiteren schnittigen schwarzen Auto, das bei der Landung unseres Flugzeugs auf Jake gewartet hat, an den Fähranleger heranfahren. Es stand einfach so in einem privaten Bereich des Parkplatzes herum, ohne dass sich jemand darum kümmerte. Ich frage mich, auf wie vielen anderen Flughafenparkplätzen im ganzen Land die Fahrzeuge der Gebrüder Conway stehen und geduldig darauf warten, gebraucht zu werden. Das klingt nach einer ‚Google Earth'-Schnitzeljagd, die nur darauf wartet, veranstaltet zu werden.

„Sunborn View ist eine Insel?", frage ich.

„Das habe ich nicht erwähnt?"

„Nein."

„Nun, es ist keine tropische Insel. Es gibt ein paar Palmen, aber die meisten stehen in Töpfen vor den Häusern von Leuten."

Es ist mir eigentlich egal, ob es tropisch ist oder nicht. Im Vergleich zu Miami sind die Temperaturen natürlich definitiv etwas niedriger. Obwohl die Frau, die bereits auf dem Deck der Fähre steht, eine eng anliegende Strickjacke trägt, ist das Wetter dennoch gut genug, dass ich Lust habe, mich nach Miami-Art bis auf die Badehose auszuziehen und den Nachmittag in einer Hängematte zu verbringen. Als mir jedoch der frische Wind draußen bewusst wird, beschließe ich, mir die Sache mit dem Badeanzug noch einmal zu überlegen.

„Erzähl mir noch einmal von diesem Festival."

„Festivals sind eine ernste Angelegenheit in Sunborn View. Die Menschen hier nutzen jeden Vorwand, um eine Feier zu veranstalten, egal, ob an bestimmten Feiertagen oder zu bestimmten Jahreszeiten. Jede Gelegenheit ist eine gute Gelegenheit, zum Jachthafen zu gehen und Zeit mit der Dorfgemeinschaft zu verbringen. Es gibt immer Musik und Essen von verschiedenen Leuten, die hier leben, und es werden viele Aktivitäten veranstaltet, wie Spiele und Ausstellungen. Die Komitees, die diese Feste planen, scheinen in einem ständigen Wettbewerb um die besten Aktivitäten zu stehen. Wenn man bedenkt, dass es keine anderen Städte in der Umgebung gibt, mit denen sie konkurrieren könnten, hält sich der Wettbewerb natürlich in Grenzen. Aber das hält sie nicht davon ab, einige spektakuläre Dinge auf die Beine zu stellen. Letztes Halloween haben Adams Frau Emily, ihre beste Freundin Melissa und ich sämtliche Gebäude in der

Nähe des Jachthafens in eine Geisterstadt verwandelt, aber es gab einen Geheimgang, der in die nächste Straße führte, wo alles voller Spiel, Spaß und Naschereien war. Auf dem Winterfest gibt es ein tolles Weihnachtsbaumlabyrinth. Dieses Labyrinth ist zum Teil der Grund, warum mein Zwillingsbruder Terry verheiratet ist. Du wirst ihm wahrscheinlich nur ein missbilligendes Grummeln entlocken können, wenn du ihn danach fragst, aber frag dann einfach seine Frau Audrey. Sie wird dir die Geschichte erzählen. Übrigens, wenn du Audrey begegnest, erwähne nicht deinen Schokoladenkäsekuchen."

„Warum nicht?"

„Audrey besitzt einen Feinkostladen im Dorf und es ist bekannt, dass ich bei meinen Besuchen im Wesentlichen von ihrem Schokoladenkäsekuchen lebe."

„Du willst mir also sagen, dass du eine heimliche Affäre mit meinem Nachtisch hattest und jetzt willst du nicht, dass jemand davon erfährt. Das fühlt sich irgendwie schmutzig an."

Jake wirft mir einen warnenden Blick zu und ich muss das Gespräch in eine andere Richtung lenken, bevor unsere Fährfahrt dazu führt, dass ich von der Insel verbannt werde, noch bevor ich sie betreten habe.

„Weiß deine Familie, dass ich komme?", frage ich.

„Allerdings", sagt er. „Meine Mutter freut sich, dich kennenzulernen. Meine Mutter freut sich eigentlich immer, wenn es darum geht, jemanden kennenzulernen. Sie ist wahrscheinlich der gastfreundlichste Mensch auf der Welt."

„Perfekt. Was hast du ihnen über mich erzählt?"

Ich hoffe, ich mache nicht den Eindruck, als würde ich hören wollen, dass er vor seiner Familie von seinen Gefühlen für mich geschwärmt hat. Das entspräche zwar meinem tatsächlichen Wunsch, aber ich will nicht so offensichtlich nach Komplimenten angeln. Die subtile Anglerin ist diejenige, die den Fisch an den Haken bekommt.

Theoretisch. Ich habe noch nie geangelt. Ich rühre nicht einmal Fischstäbchen an.

„...aber du wirst dich daran gewöhnen."

„Warte, was? Woran werde ich mich gewöhnen?"

„Hörst du mir etwa nicht zu?"

„Es tut mir leid. Ich war mit meinen Gedanken gerade ganz woanders."

„Sorgst du dich um das Theater?"

„Ich denke über Fisch nach."

Jake lacht.

„Wie du siehst, gibt es hier viel Wasser. Wenn wir schon mal hier sind, können wir sicher auch ein bisschen angeln gehen."

Oh, fantastisch.

„Was sagtest du darüber, dass ich mich an etwas gewöhnen werde?"

„Ach, nichts Wichtiges. Meine Brüder werden alle zum Fest hier sein und natürlich ihre Frauen, meine Nichte und mein Neffe. Du wirst meine Eltern kennenlernen. Und dann ist da noch der Rest von Sunborn View."

„Warum klingt das so ominös?"

Er gluckst.

„Nicht ominös. Nur eine kleine Vorwarnung. Es ist eine kleine Gemeinde und die Einheimischen sind manchmal außerordentlich fasziniert von jedem, der sie vom Festland besuchen kommt. Natürlich gibt es Touristen und Leute, die ihre Verwandten besuchen. Manchmal kommen sogar Leute, um Geschäfte zu machen. Das geht jedoch nie gut für sie aus. Wenn aber ein Einheimischer einen Fremden mit nach Hause bringt, dann ist das schon etwas ganz Besonderes. Eine hinreißende blauäugige Rothaarige wie du kommt zum St. Patrick's Day hierher?" Er grinst, während er mir über die Wange streichelt. „Du könntest zur Hauptattraktion des Festes werden."

Jake und ich steigen für die Überfahrt aus dem Auto und ich merke, wie er tief ein- und lächelnd wieder ausatmet. Er bemerkt, dass ich ihn beobachte und grinst noch breiter.

„Was?", fragt er.

„Dieser Atemzug. Es ist die gleiche Art von Atemzug, die ich nehme, wenn ich aus der Stadt rauskomme und meine Mutter besuche. Sie wohnt weit weg von der Stadt. Weit weg vom Lärm, den Menschen, den Gerüchen. Das Komische daran ist, dass ich all diese Dinge liebe. Ich liebe den Rausch, die Schärfe und das Adrenalin der Großstadt. Es fühlt sich wie Freiheit an. Aber wenn ich sie verlasse, erinnere ich mich an meine Kindheit. Statt des Geruchs von Autos und Fabriken riecht es dann nach Gras und Apfelblüten. Das ist ein schönes Gefühl."

„Siehst du sie oft?"

„Nein. Sie hat sich nie wirklich davon erholt, dass sie sowohl meinen Bruder als auch meinen Vater verloren hat. Ihr Gesundheitszustand war schon lange nicht mehr optimal. Ich glaube, ein Teil von ihr fühlt sich immer noch schuldig in Bezug auf unsere Vergangenheit. Sie war diejenige, die zuerst mit den Leuten in Kontakt kam, die sie und meinen Vater in diese Kommune brachten. Es ist natürlich nicht ihre Schuld. Das ist es, was solche Leute am besten können. Sie konzentrieren sich auf Menschen, die gutgläubig sind und eine Sehnsucht im Leben haben. Ich glaube, sie können den Hunger in ihren Augen sehen. Mein Vater erzählte mir einmal, dass sie, bevor sie sich der Organisation anschlossen, ein junges Paar waren, dessen Leben gerade erst begonnen hatte, und dass meine Mutter von etwas Größerem und Tieferem träumte als dem ruhigen, beschaulichen Leben, das ihr gegeben war. Die Organisation überzeugte sie davon, dass sie ihr das bieten könnte, und mein Vater folgte ihr, zuerst aus Liebe zu ihr, dann, weil sie auch ihn manipulierten." Ich merke, dass ich anfange, zu plappern wie ein Wasserfall, und spüre, wie die Hitze auf meinen Wangen zu brennen beginnt. „Es tut mir leid."

Jake schüttelt den Kopf.

„Sag nicht, dass es dir leid tut. Ich würde gerne mehr über dich erfahren."

Er hat mir die eigenartigen Regelungen in Bezug auf den Autoverkehr in Sunborn View bereits ausführlich erklärt, daher bin ich nicht überrascht, als die Frau, die während der Überfahrt am Geländer gestanden hatte, ihr Auto auf einen kleinen Parkplatz an der Seite fährt und es dort stehen lässt. Sie gesellt sich zu einer alten Frau in einem leuchtend grünen Jogginganzug, die gleich hinter dem Steg Dehnübungen macht. Sie umarmen sich mit einer Inbrunst, die zeigt, dass es sich um einen lange erwarteten Besuch handelt, und gehen gemeinsam weiter, wobei die jüngere Frau lässig schlendert und die ältere enthusiastisch joggt.

„Das ist Miss Eleonore", erklärt Jake, als er sieht, wie ich die ältere Frau beobachte. „Sie ist schon uralt, seit mein Vater ein Teenager war. Niemand ist sich ganz sicher, aber es gibt eine weit verbreitete Theorie, dass die Kartoffeln, die sie in der hintersten Ecke ihres Grundstücks selbst anbaut, sie am Leben erhalten."

„Warum das denn?"

„Miss Eleonores Familie kam vor Generationen aus Irland

herüber und ließ sich in Sunborn View nieder. Manche sagen, sie brachten Kartoffelsamen von ihrem Familiengrundstück mit und pflanzten sie im hinteren Teil ihres neuen Grundstücks an, weil sie sie nicht mit denen einer anderen Sorte verwechseln wollten, die sie hier gekauft hatten. Niemand weiß genau, warum. Vielleicht wollten sie sehen, welche Sorte besser gedeihen würde. Vielleicht wollten sie die aus Irland auch einfach nur für sich behalten. Meinem Vater zufolge erzählte Miss Eleonores Mutter immer, sie seien von einem irischen Kobold geküsst worden. Die anderen wiederum nahmen daraufhin an, sie wäre vom Whiskey geküsst worden. Jedenfalls taten sie genau das, was sie vorhatten, und bauten Kartoffeln an, um sie an die anderen Leute im Dorf zu verkaufen. Aber die Familie ließ nie jemanden in die Nähe der Beete mit den Traditionssamen. Wie in der Natur üblich, bildeten die Pflanzen im hinteren Teil des vorderen Anbaufeldes mit denen auf dem Traditionsfeld bei der Bestäubung eine Kreuzung. Das sind die Kartoffeln, die Miss Eleonore jeden Tag isst. Auf dem Acker werden jedoch immer noch Kartoffeln für das Dorf angebaut. Wahrscheinlich wirst du einige davon auf dem Fest essen. Die hybriden aber sind ausschließlich für sie bestimmt. Ich habe sie einmal gefragt, warum diese Kartoffeln so besonders sind."

„Was hat sie darauf geantwortet?"

„Wenn man ein bisschen von dem nimmt, woher man kommt, und ein bisschen von dem, wohin man geht, und beides zusammenführt, dann ergibt das eine magische Mischung."

Das Auto gleitet an Miss Eleonore vorbei. Sie blickt mich durch das Fenster hindurch an und zwinkert mir freundlich zu.

Kapitel 26

Jake

„Das steht dir sehr gut, Melissa“, sage ich, als Emilys beste Freundin sich Lilian und mir nähert.

Der grüne Glitzer auf den Kleeblättern an ihrem Stirnband funkelt in der Sonne, während sie an ihren kleinen Stahlfedern herumhüpfen. Ihre flatternden falschen Wimpern sind in einem anderen Farbton gehalten, diesmal etwas neonfarbener, aber sie passen gut zu dem grünen Ganzkörperoverall, den sie für ihre Festtagskleidung ausgewählt hat. Mir fällt auf, dass ihre Ohrringe eindeutig wie Marshmallows aus einer Schachtel Lucky Charms aussehen. Ich habe das Gefühl, dass es in ihrem Haus eine Klebepistole und ein DIY-Schmuckset geben muss, die womöglich der Grund für mehrere unbefriedigende Schüsseln mit marshmallowlosen Cornflakes für ihren Mann sind.

„Danke, Jake. Du siehst heute Morgen... nicht sehr feierlich aus.“

Ich klimpere mit der Plastikperlenkette, die Violet mir gestern Abend geschenkt hat, und sehe, dass das grüne Plastikkleeblatt, das daran hängt, auf unerklärliche Weise rot aufleuchtet.

„Der Versuch zählt."

„Kaum, aber ich werde es durchgehen lassen. Sieh dir das an! Sie hat das ‚St. Patrick's Day'-Thema gleich auf mehrere Arten verinnerlicht."

Sie zeigt auf Lilian, die sie mit demselben, etwas schockierten Gesichtsausdruck anstarrt, den die Leute üblicherweise an den Tag legen, wenn ihre erste Begegnung mit Melissa mit einem Fest oder einem Feiertag zusammenfällt. Adam erzählt immer noch jedem, der es hören will, gerne von der Homecoming Spirit Week, dem Jahr, in dem er und Emily wieder zusammenkamen.

„Ich wurde so geboren", sagt Lilian und deutet auf ihr Haar. „Es war schon immer so." Sie fährt mit der Hand über ihr Gesicht, um auf ihre Haut zu deuten, „Und ich war auch schon immer so blass. Seit meiner Geburt."

„Nun, das trifft sich verdammt gut, Mädchen."

„Melissa, das ist Lilian."

„Oh! *Das* ist Lilian. Emily hat mir erzählt, dass du jemanden mitbringst." Sie beugt sich verschwörerisch zu mir herüber, was die Kleeblätter erneut auf ihrem Kopf tanzen lässt. „Sie ist süß."

Ich lehne mich meinerseits näher an sie heran.

„Das denke ich auch."

Nun lehnt sich auch Lilian spielerisch an uns heran.

„Sie ist außerdem anwesend.“

Melissa grinst.

„Ich mag sie. Eine scharfe Zunge. Hast du Emily gesehen? Ich habe sie noch nicht finden können.“

„Nein, heute Morgen nicht. Ich werde sie aber wissen lassen, dass du sie suchst, falls ich sie treffe.“

„Danke. Genieß das Fest!“

Sie winkt fröhlich und entfernt sich.

Wir gehen weiter zum Jachthafen und ich bin erleichtert, als ich sehe, dass das Wasser in der Bucht seine normale Farbe hat und keine Anzeichen für irgendwelche Verdickungsmittel aufweist. Die einzige Farbe auf dem Wasser ist das Boot von Ellis, das in einem prächtigen Grün geschmückt ist, mit Seilen, die zu komplizierten keltischen Knoten verknotet sind und an den Seiten der Reling herabhängen. Es scheint, als hätte er Recyclingmaterial, Plastik, Strandspielzeug und Notfallausrüstung in allen Farben zusammengetragen und sie zu einer Art regenbogenfarbenem Bogen zusammengeklebt, der sich über das Deck bis hin zu einem Bierkühler am anderen Ende des Bootes spannt.

„Das ist eine sehr umweltfreundliche Exposition, die du da auf die Beine gestellt hast, Ellis“, rufe ich vom Geländer aus.

Er winkt und bringt dabei fast seinen riesigen grünen Zylinder aus dem Gleichgewicht.

„Es schien mir thematisch passend. Du weißt schon... Grün... Und der Regenbogen...“, er bewegt seine Hand in einem langsamen Bogen über seinen Kopf, um mir den Regenbogen zu präsentieren.

„Mir gefällt es, Ellis.“ Ich nehme Lilians Hand und wir stoßen weiter auf das Festivalgelände vor. „Weißt du, die Leute sagen immer, dass das ständige Einatmen des Salzwassers in der Bucht Ellis‘ Gehirn verätzt hat, aber ich glaube, sie unterschätzen ihn ein wenig.“

Ein vertrauter Geruch steigt mir in die Nase. Ich beschleunige mein Tempo und gehe zu dem Tisch, der auf der anderen Straßenseite aufgebaut ist. Ein großer Mann mit winzigen Zöpfen, die ihm bis zu den Schultern hängen, steht dahinter und ordnet sorgfältig eine Platte mit einer großen Küchenpinzette.

„Ich schwöre, ihr verdammtes Essen wird jeden Tag kleiner. Ein Tic-Tac ist ein Hauptgericht im Vergleich dazu“, murmelt er vor sich hin, als wir uns dem Tisch nähern.

„Guten Morgen, Jim“, sage ich. „Die neue Frisur gefällt mir.“

Er richtet sich etwas auf und seine Zöpfe schwingen hin und her.

„Danke. Ich habe etwas Neues ausprobiert. Melissas Oma hat sie gemacht. Sie hat flinke kleine Finger für jemanden, der so alt ist.“

„Der Geruch von Corned Beef und Kraut hat mich hierhergelockt“, erkläre ich.

Mit seiner Pinzette hebt er eine der winzigen Kreationen vom Teller auf.

„Zumindest ist Audrey der Ansicht, dass es sich hierbei genau darum handelt“, sagt er.

„Jim und Audrey befinden sich in einem nicht enden wollenden Willenskampf um ihre Gerichte“, erkläre ich Lilian.

„Das sind keine Gerichte“, betont Jim. „Das ist etwas, was in einer postapokalyptischen, weit entfernten Zukunft gegessen werden wird, in der Bauernhöfe überflüssig geworden sind und nur noch kleine Untergrund-Fetischclubs die Erinnerung daran am Leben halten, dass man sich einst von etwas anderem ernährt hat als von Kapseln mit pulverisiertem Nährstoffschleim.“

„Und doch bist du hier und kümmerst dich um euren Stand, aus purer Liebe zu Audrey.“

„Das ist wahr.“ Er seufzt schwer. „Wenn der Trend zu winzigen Lebensmitteln anhält, hoffe ich nur, dass eines Tages alles so winzig wird, dass es einfach komplett verschwindet. Dann werden die Leute protestieren und wir können zu gigantischen Burgern, glasierten Donuts und Pizzastücken in Gesichtsgröße zurückkehren.“

„Ich glaube nicht, dass Audrey jemals eine Pizzascheibe in der Gesichtsgröße machen wird.“

„Da wäre ich mir nicht so sicher. Es haben gewisse Dinge stattgefunden, während sie mit Josh schwanger war. Schreckliche Dinge. Über manche Dinge redet man jedoch besser nicht.“

Aus dem Augenwinkel sehe ich Terry und Audrey auf uns

zukommen. Wir hatten gestern Abend keine Gelegenheit, sie zu sehen, also ist es Zeit für eine weitere Vorstellungsrunde. Audrey huscht hinter den Tisch und bietet Jim einen Eiskaffee an, der mit mehreren Zentimetern Schlagsahne bedeckt ist. Ich bemerke, wie ihr Bauch etwas schwabbeliger aussieht als üblich, was mich zum Lächeln bringt.

„Danke“, sagt er. Er nimmt einen Schluck und gibt ein anerkennendes Stöhnen von sich. Sahnetupfer kleben auf seinen Lippen und seiner Nasenspitze. „Eiskobold.“

„Was ist ein Eiskobold?“, fragt Lilian.

„Das ist ein Getränk, das Jim und ich erfunden haben, als wir zusammen auf der Kochschule waren“, erklärt Audrey. Sie streckt ihre Hand aus. „Hi. Ich bin Audrey, Terrys Frau.“

„Hallo“, grüßt Lilian zurück und schüttelt ihre Hand. „Lilian.“

„Ich bin Jakes älterer Bruder, Terry“, sagt Terry grinsend, tritt vor und schüttelt ihr ebenfalls die Hand.

„Nur um ein paar Minuten!“, bemerke ich und bringe damit alle zum Lachen.

Lilian wendet sich wieder an Audrey. „Und was macht den Eiskaffee zu einem Eiskobold?“

„Das erste Mal habe ich ihn gemacht, als wir an einem Projekt arbeiteten und die ganze Nacht wach waren. Unser Kaffee war kalt geworden, also habe ich ihn mit etwas Sahne und einer Tüte Thin

Mints, die ich hinten im Gefrierschrank gefunden hatte, in einen Mixer gegeben."

„Der Eiskobold ist einer meiner absoluten Favoriten", sagt Jim.

„Und alles andere als winzig", bemerkt Lilian.

Audrey rollt mit den Augen und schaut Jim missbilligend an.

„Beschwerst du dich wieder über die Größe meines Essens?"

„Ich starte eine Revolution, Audrey. Größere Portionen für das Volk!"

Er streckt theatralisch seine Hand mitsamt dem Kaffee in die Luft.

Lilian und ich müssen lachen und ich ergreife ihre Hand.

„Wir gehen eben ein wenig auf Erkundungstour." Ich stecke mir das Canapé in den Mund. „Das ist übrigens köstlich."

„Danke. Ich habe einen Käsekuchen im Kühlschrank des Ladens, auf dem dein Name steht."

Lilians Griff um meine Hand wird fester und ich unterdrücke ein weiteres Lachen.

„Geht unbedingt auf der Wiese vorbei. Dort stellen eine Reihe von Kunsthandwerkern ihre Kreationen aus", sagt Terry.

„Einige Dinge, die sie anbieten, sind wirklich toll", fügt Audrey hinzu.

„Wir werden es uns definitiv ansehen."

So sehr ich mich auch freue, meine Brüder und den Rest der Familie zu sehen, so schön ist es auch, einfach mit Lilian die Straße entlangzuschlendern. Das Tempo hier hat nichts Eiliges an sich. Die Zeit, die wir gemeinsam in Miami verbracht haben, wurde von der Geschwindigkeit dort diktiert, auch wenn wir das nicht beabsichtigten. Praktisch jeder in der Stadt hat es eilig, und wenn man nicht mithält, zieht das Leben einfach an einem vorbei. In Sunborn View können wir das Tempo ein wenig drosseln. Die Momente scheinen länger und selbst die Atemzüge werden langsamer. Es ist eine völlig andere Atmosphäre, die wir ohne Frage genießen.

„Erzähl mir von deinem Aufwachsen hier", sagt Lilian, als wir an einer Hüpfburg vorbeikommen.

„Was willst du wissen?"

„Alles."

„Ziemlich spezifisch." Ich schaue mich um, auf der Suche nach Inspiration, womit ich anfangen soll. „Siehst du den grün angemalten Typen, der gerade die Hüpfburg gestürmt hat? Das ist mein Bruder Luke. Er ist der Jüngste und hat definitiv ein paar exzentrische Tricks. Ich wette, wenn er sich umdreht... jepp, da ist sie. Er und Violet verstehen sich wirklich gut. Sie ist zwar erst ein Kleinkind, aber ich habe das Gefühl, er trainiert sie bereits darauf, eines Tages die Welt zu erobern. Er ist voller Energie und Adrenalin. So ziemlich alles, was auf der Welt existiert und keine rohe Rübe ist, hat er bereits ausprobiert."

„Rohe Rübe?"

„Rohe Rüben würde er nicht einmal anfassen. Er schlich sich einmal auf eine Party von Adam, als er etwa zehn Jahre alt und Adam ein Teenager war. Adams Freunde saßen im Wohnzimmer und sahen sich einen Horrorfilm an. In dem Film steckte jemand eine Schaufel in den Boden und stieß auf das Körperteil einer Leiche. Einer der Jungs sagte, es sähe aus wie eine rohe Rübe und schmecke wahrscheinlich auch so, denn Rüben würden nach verrottender Erde riechen. Das blieb bei Luke scheinbar irgendwie hängen. Aber von den Rüben abgesehen hat er sonst keinerlei Hemmungen und probiert so ziemlich alles aus, was er kann."

„Für mich klingt das so, als ob womöglich etwas in seinem Leben fehlt und er auf einer verzweifelten Suche ist."

„Und Adam bist du gestern Abend schon begegnet. Er ist der Älteste – und unser Alphatier, wenn es nach ihm geht. Er ist derjenige, der die Firma gegründet hat, und wir alle haben uns im Nachhinein angeschlossen. Das macht ihn aber nicht zum Ernsthaften und Verantwortungsbewussten unter uns. Das wäre Terry. Audrey hat viel getan, um ihn ein wenig aufzulockern, aber er ist immer noch dieser schrullige Typ mit der Leidenschaft für Tabellenkalkulationen. Ich werde dir ein Geheimnis über ihn verraten: Wenn du jemals die Gelegenheit hast, solltest du versuchen, ihn dazu zu bringen, seine Schuhe an einem Sonntagmorgen auszuziehen."

„Warum?"

„Terry trägt nur eine Art von Socken. Er sagt, das vereinfacht die Dinge und sorgt dafür, dass er nicht darüber nachdenken muss, welches Paar er an einem bestimmten Morgen tragen soll. So hat er den Kopf frei für wichtigere Entscheidungen. Aber die Sache ist, dass er es nicht ertragen kann, wenn seine Woche beginnt, während auch nur ein einziges Paar dieser Socken in der schmutzigen Wäsche ist. Ich weiß nicht, warum. Ich weiß nicht, was es ist oder woher er das hat, aber wenn am Montag ein Paar seiner normalen Socken schmutzig ist, ist die Woche für ihn schon zum Teufel gegangen. Er kann wirklich ein äußerst penibler Kerl sein."

„Was hat es also mit dem Sonntagmorgen auf sich?"

„Er wäscht seine Wäsche immer samstags. Ich nehme an, weil er sonst einfach zu viel zu tun hat. Nach dem zu urteilen, was ich bei Gesprächen zwischen Emily, Audrey und Melissa mitbekommen habe, verbringt er seine Samstagabende immer noch in der Waschküche, aber Audrey ist diejenige, die die Wäsche in den Schonwaschgang packt. Am nächsten Morgen nimmt er ein Paar bunte Socken mit lustigen Motiven von denen, die wir anderen ihm im Laufe der Jahre aus Jux und Tollerei geschenkt haben, und trägt sie den ganzen Sonntag über. Diese Socken sind das erste, was jede Woche im Wäschekorb landet."

Lilian kichert.

„Außergewöhnliche Sockengewohnheiten waren nicht das, was ich erwartet hatte. Aber ich bin dankbar für den Hinweis auf die Sache mit der Waschküche. Das werde ich mir merken müssen, um ihm nicht in die Quere zu kommen.“

„Gern geschehen.“ Als wir bei den Grünflächen ankommen, sehe ich mich neugierig um. „Wie ich meinen Bruder Frankie kenne, müsste er irgendwo hier sein. Er ist seit jeher der Ruhige und Schüchterne unter uns. Jetzt lebt er mitten im Nirgendwo auf einer riesigen Ranch, die an ein Tierheim angeschlossen ist. Er hat ein paar Angestellte und hin und wieder sind Kunden dort, um sich Cowboy- und Farmer-Fantasien zu erfüllen, aber im Großen und Ganzen sind es nur er und seine Tiere auf der Ranch, genau so, wie er es mag.“

„Farmer-Fantasien?“

„Einige Menschen träumen von seltsamen Dingen, Lilian. Ich behaupte nicht, sie alle nachvollziehen zu können.“

Sie lacht. Von diesem Lachen werde ich nie genug bekommen. Es ist so sehr Balsam für meine Seele wie der salzige Geruch dieser Bucht.

„Das wäre also die Kurzvorstellung deiner Brüder.“

„Ja. Wir waren die ‚Conway Boys‘. Das sind wir immer noch. Niemand hier schert sich darum, fünf erwachsene Männer als Jungen zu bezeichnen. Wir alle würden es wahrscheinlich hassen, wenn sie es nicht täten. Es würde sich anfühlen, als würde unser Andenken aus Sunborn View verdrängt werden. Keinem von uns ist es leichtgefallen, hier wegzuziehen, aber wir mussten unseren eigenen Weg finden. Wir kommen weiterhin regelmäßig zu Hause zu Besuch. Adam ist sogar wieder mit Emily und Violet hierher zurückgezogen, genauso wie Terry und seine Familie. Terry hat immer noch sein Büro und sein Haus in Arizona, aber jetzt, wo Audrey mit ihrem zweiten Kind schwanger ist, reist er nicht mehr so viel. Wenn er dann doch mal dorthin zurückfährt, begleiten sie und Josh ihn normalerweise."

„Und du?", fragt Lilian. „Kannst du dir vorstellen, wieder hierher zurückzuziehen?"

Jedes Mal, wenn ich dich ansehe.

„Vielleicht, eines Tages."

Unsere Blicke bleiben einige Sekunden lang aufeinander haften, bevor Lilian ihren Blick senkt.

„Was ist da drüben los?", fragt sie.

Ich folge ihrem Blick und sehe eine Menschenmenge in einer Ecke der Grünfläche.

„Lass es uns herausfinden."

Als wir uns der Menschenmenge nähern, stellen wir fest, dass es Paare sind, die sich gegenüberstehen. Zuerst sieht es so aus, als würden sie sich die Hände schütteln, dann erkenne ich, dass sie sich an den Händen halten und die Arme vor sich ausstrecken.

„Es sieht so aus, als würden sie eine Art Spiel spielen", sagt Lilian.

„Wollt ihr euch uns anschließen?", fragt eine Frau, die zwischen zwei anderen Paaren hindurchgeht.

Ich kenne sie nicht. Ihr dichtes Haar ist schwarz, glänzt wie Öl und hängt ihr bis zu den Oberschenkeln. Es ist mit einem zarten Kopfschmuck aus Blumen und goldenem Draht verziert. Ihre Stimme hat einen leichten Akzent und ihre Bewegungen sind so geschmeidig, dass ihre Präsenz beinahe musikalisch wirkt.

„Ihr seid zusammen, ja?"

Ich schaue zu Lilian und dann wieder zu der Frau.

„Ja."

„Dann schließt euch an."

Sie dreht uns zueinander und positioniert unsere Hände so, dass die von Lilian über der meinen liegt. Dann drückt sie unsere Finger nach unten, so dass wir uns gegenseitig an den Handgelenken halten. Wenige Augenblicke später kommt ein Mann in einem Leinenhemd und einer moosgrünen Hose auf uns zu und wickelt geflochtene Bänder um unsere Hände und Handgelenke, um sie aneinander zu binden. Als er damit fertig ist, sehe ich winzige Metallanhänger in Form keltischer Knoten zwischen den geflochtenen Schichten des Bandes. Er spricht in einem tiefen, rauen Tonfall und ich verstehe nicht, was er sagt. Es dauert ein paar Sekunden, bis ich merke, dass er eine andere Sprache spricht. Als er innehält, spricht die Frau leise auf Englisch und wiederholt, was er gesagt hat.

„Das sind die Hände, die sich lieben werden."

Er beginnt erneut zu sprechen.

„Dies sind die Hände, die Wärme geben und beschützen werden."

Wieder setzt er zum Sprechen an und sie übersetzt, bis sich ihre Stimmen zu einem wunderschönen lyrischen Klang verbinden.

„Das sind Hände, die schaffen werden. Hände, die Unterstützung und Ermutigung bieten werden. Möge die Hand eines Freundes immer in eurer Nähe sein. Möget ihr von diesem Tag an nichts als Glück erfahren. Mögen die Steine auf euren Wegen verschwinden. Möge der Wind immer in eurem Rücken sein. Möget ihr immer von purem Glück umgeben sein. Mögen die Herzen, die euch lieben, wahrhaftig sein."

Eine Träne gleitet über Lilians Wange.

„Das sind irische Segenswünsche", flüstert sie. „Meine Mutter hat ein Stickmustertuch, das meine Großmutter gemacht hat und auf dem ähnliche Sätze stehen."

Der Mann tritt näher und legt seine Hände auf unsere, bevor er wieder im Einklang mit der Frau spricht.

„Nicht durch die Knoten dieser Seile, sondern durch eure Gelübde, die Versprechen, die ihr in eurem Herzen leistet, werdet ihr nun aneinander gebunden sein. Und so, wie ihr jetzt aneinander gebunden seid, so werden auch eure Leben miteinander verbunden sein.“

Mein Blick wandert von Lilian zu der Frau, die spricht.

Gelübde?

Kapitel 27

Lilian

Der beinahe hypnotische Dämmerzustand, in dem ich mich befand, während ich dem Mann und der Frau zuhörte, löst sich auf und wird durch Verwirrung ersetzt, als sie erneut zu sprechen beginnt.

„Herzlichen Glückwunsch!"

„Herzlichen Glückwunsch?", frage ich. „Wofür?"

„Wozu gratuliert ihr uns?", schiebt Jake hinterher.

Der Mann und die Frau tauschen Blicke aus.

„Zu eurer Vereinigung", sagt die Frau.

„Tut mir leid", sage ich stirnrunzelnd. „Ich muss dich missverstanden haben. Welche Vereinigung?"

„Ihr wisst nicht, was gerade passiert ist?"

„Warum bringt ihr uns nicht einfach auf den neuesten Stand?", fragt Jake.

Der Mann hat inzwischen damit begonnen, die geflochtenen

Bänder von unseren Handgelenken zu lösen, und ich bemerke, dass er den Knoten nicht aufmacht, so dass wir unsere Hände aus der Schlinge herausziehen müssen, anstatt dass er uns die Bänder vollständig abnimmt.

„Ihr habt gerade an einem traditionellen Bandritual teilgenommen."

„Ein Bandritual?", frage ich.

Ich habe das Wort schon einmal gehört. Es ist irgendwo in meinem Gedächtnis eingebrannt, aber ich bin mir nicht sicher, warum.

„Und was hat das zu bedeuten?", fragt Jake.

Plötzlich geht mir ein Licht auf.

„Wir sind verheiratet", keuche ich.

„Was?"

„Ja", sagt die Frau und lächelt. „In gewisser Weise. Ihr seid jetzt aneinander gebunden. Diese Zeremonien wurden in alten Zeiten durchgeführt, um zwei Menschen zu vereinen. Für einige keltische Kulturen war es die einzige Möglichkeit, einen solchen Bund zu schließen. Für andere war es eine vorübergehende Bindung. Paare, die auf diese Weise miteinander vereinigt wurden, waren für ein Jahr und einen Tag verheiratet. Diese Verbindung hatte den gleichen Wert und die gleiche Bedeutung wie jede andere Ehe, und die Verpflichtung war genauso ernst. Aber sie war mit einer Wahl verbunden. Am Ende des Jahres und des Tages konnte sich das Paar entweder dafür entscheiden, in einer lebenslangen Ehe vereint zu sein, oder es konnte sich trennen und sein Leben so weiterführen, als ob es den Bund nicht gegeben hätte.

„Aber das alles hier", sagt Jake und deutet auf die anderen Paare, die sich über sie gebeugt haben und scheinbar dieselbe Zeremonie vollziehen, „das ist nur eine Nachbildung. Es ist nicht echt."

„Wie jede andere Trauung ist sie echt, wenn ihr es wollt. Was zählt, ist das, was euch in euren Herzen verbindet. Nichts anderes."

Sie lächelt und geht davon, während der Mann die geflochtenen Bänder in Jakes Handfläche faltet. Er sagt kein Wort, bevor er sich kurz darauf der Frau anschließt. Ich möchte am liebsten laut lachen. Das scheint einer dieser Momente zu sein, in denen ich fröhlich lächeln sollte, um dann gemeinsam mit Jake ein Foto in mittelalterlicher Bauerntracht zu machen, das schließlich zu einem Magneten wird, der die Einkaufsliste an der Tür meines Kühlschranks fixiert. Aber ich kann nicht. Irgendetwas hält mich vom Lachen ab.

Jake und ich gehen im Gleichschritt nebeneinander her und beginnen, ein wenig schneller zu gehen.

„Das war unerwartet", sagt er schließlich.

Ich nicke.

„Definitiv unerwartet. Es war außerdem das Romantischste, das ich je gehört habe.“

„Sehe ich genauso.“

„Aber es war nur eine Aktivität auf einem St. Patrick’s Day Festival. Wir wussten nicht einmal, was wir taten, also ist es nicht so, als hätte es eine besondere Bedeutung. Dennoch, es ist eine lustige Geschichte, die wir den Leuten erzählen können.“

„Das muss nicht so sein“, sagt er.

Die Bemerkung verschlägt mir den Atem und lässt mein Herz schneller schlagen.

„Was meinst du damit?“

„Es muss nicht nur eine lustige Geschichte sein, die wir anderen erzählen können. Du hast gehört, was sie gesagt haben. Bei dieser Zeremonie geht es um nichts und niemanden außer uns. Ihre Bedeutung hängt ganz davon ab, was wir darüber denken. Sie ist so real, wie wir es wollen.“

„Jake, was meinst du damit?“

„Hör zu, Lilian, ich weiß, das kommt unerwartet, und keiner von uns hat sich das bislang vorstellen können. Aber vielleicht ist das genau der Grund, warum es passiert ist. Manchmal sind die besten Dinge im Leben diejenigen, die man nicht erwartet oder geplant hat. Manchmal findet man genau das, was man sich wünscht, wenn man überhaupt nicht danach sucht. Ich habe mein Leben damit verbracht, Menschen dabei zu helfen, die Dinge in ihrem Leben zu finden, von denen sie glauben, dass sie ihnen genau das geben, was sie sich vom Leben erhofft haben. Ich erlebe ständig, wie sie diese ausführlichen Bucket-Listen erstellen und manisch sämtliche Punkte auf diesen Listen abarbeiten, nur um sich irgendwelche vermeintlichen Träume zu erfüllen. Aber weißt du, wonach sich meiner Meinung nach insgeheim jeder von ihnen sehnt?“

„Wonach?“

„Einfach nur glücklich zu sein. Es klingt simpel und klischeehaft, aber das ist es doch, wonach wirklich jeder Mensch strebt. Das Wichtigste, das ein Mensch auf die Liste der Dinge setzen kann, die er in seinem Leben erreichen oder erleben möchte, ist wahres Glück. Es geht darum, tolle, unerwartete Erfahrungen im Leben zu machen - und diese Beschreibung passt ziemlich gut auf das, was wir miteinander haben.“

„Jake, ‚unerwartet‘ ist regelrecht dein zweiter Vorname. Das allererste Date, das du für mich plantest, bestand aus den alltäglichsten und vorhersehbarsten Aktivitäten, die man sich nur vorstellen kann, aber gerade deshalb schien es irgendwie unglaublich. Das kam definitiv unerwartet. Aber es sind nicht nur unsere gemeinsamen Aktivitäten, die mich an dir überraschen. Was ich für dich empfinde, war vollkommen ungeplant. Sogar das komplette Gegenteil. Es war eigentlich mein fester Vorsatz, mich in niemanden zu verlieben, aber dann kamst du und es ist etwas passiert, das ich mir nicht erklären kann und mir auch nicht erklären will. Was zählt, ist, dass es passiert ist und dass es echt ist.“

„Ich möchte eins mit dir sein, Lilian. Ich will, dass jedes einzelne Wort, das diese beiden eben gesprochen haben, auf uns zutrifft. Ich will dich beschützen und trösten, dich unterstützen und ermutigen. Ich möchte gemeinsam mit dir etwas erschaffen, das Bedeutung hat."

Ich wünschte, ich könnte etwas sagen, irgendetwas, aber ich finde keine Worte. Jake braucht sie nicht. Er spürt, was ich denke, und weiß, dass ich seine Sicht auf uns teile.

Ehe ich mich versehe, sind wir wieder in dem Haus, in dem wir untergebracht sind. Anstatt in dem großen Haus auf dem Hügel zu wohnen, in dem Jake aufgewachsen ist, nutzen wir das Haus, in dem Melissa und ihr Mann Zach direkt nach ihrer Hochzeit gewohnt haben. Sie sind vor kurzem wieder in das Haus neben Emily und Adam gezogen und überlassen Zachs altes Haus der Familie und den Freunden, die in Sunborn View ein- und ausgehen. Bevor wir eintreten, nimmt er mich in die Arme, drückt mich an sich und stößt die Tür auf, um mich über die Schwelle zu tragen. Noch bevor wir die Treppe erreicht haben, ist sein Mund auf meinem. Als wir im Schlafzimmer ankommen, haben meine Finger bereits alle Knöpfe seines Hemdes geöffnet, die ich von meiner Position aus erreichen kann.

Ich schreie verdutzt auf, als Jake mich auf das Bett wirft. Er greift nach meinen Schuhen, zieht sie aus und lässt sie auf den Boden fallen, bevor er mir die Socken auszieht. Ich bin ihm mit dem Rest meines Körpers behilflich und ziehe mein Hemd sowie meinen BH aus, bevor ich zu meiner Hose übergehe. Jake küsst sich indes an der

Innenseite meines Oberschenkels hinauf. Die Hitze seines Mundes ist selbst durch den Jeansstoff hindurch intensiv. Ich seufze, als seine Lippen meine Haut berühren, während ich meine Hose loswerde. Er lässt mein Höschen folgen und in Sekundenschnelle liege ich splitternackt auf dem Bett. Jake legt sich auf mich und ich stelle fest, dass er kein einziges Kleidungsstück ausgezogen hat. Ich kann seine Haut durch den Spalt in seinem Hemd spüren, den ich durch das Öffnen seiner Knöpfe geschaffen habe, aber der Rest seines Körpers bleibt vollständig bedeckt. Er drückt mir einen weiteren Kuss auf den Mund und ich fahre mit den Händen gierig über seinen Körper. Ich kann es nicht erwarten, den lästigen Stoff zwischen uns verschwinden zu lassen, damit ich endlich seine Haut spüren kann.

„Ich möchte dich spüren", murmle ich. „Lass mich dich berühren."

Jake greift in seine Tasche und holt ein Kondom heraus. Er legt es auf das Bett neben mir, bevor er sich mit der gleichen Geschwindigkeit und Entschlossenheit auszieht, mit der er sich meiner Kleidung entledigt hat. Bevor er selbst danach greifen kann, nehme ich das Kondom in die Hand und reiße die Verpackung auf. Ich schnappe mir Jake und ziehe ihn an den Hüften nach vorne, so dass er mit gespreizten Beinen über meinem Körper kniet und mir eine wunderbare Aussicht mit privilegiertem Zugang zu seiner bereits prächtig anschwellenden Erektion verschafft.

Ich lege meine Hand um seinen Schaft und wichse ihn ein paar Mal zärtlich, um das samtige Gleiten seiner Haut über sein geschwollenes Fleisch zu genießen. Jake stöhnt entzückt und greift hinter sich, um seine Finger in meine hungrigen Falten zu tauchen. Ich bin bereits feucht und sehne mich nach seiner Berührung. Das Gleiten seiner Finger durch mein nasses Fleisch reicht beinahe aus, um mich an den Rand meiner Beherrschung zu bringen.

Ich lege das Kondom auf die weiche Spitze seines Schwanzes und rolle es bis zum Ansatz ab. Kaum ist es aufgesetzt, drückt Jake mit seinen Knien meine Schenkel auseinander und versinkt mit einem eindringlichen Stoß in mir. Ihn in mir zu haben, ist alles, was ich jetzt brauche. Ich fühle mich wacher und lebendiger, je tiefer er in meinem Körper versinkt. Es dauert nur Sekunden, bis wir beide nach Luft schnappen. Unsere Küsse sind beinahe animalisch und unsere Körper glühen vor Lust. Jake dreht sich auf den Rücken, ohne den Kontakt mit meinem Körper zu unterbrechen, und lässt mich auf seinen Hüften nieder. Seine Hände führen mich und animieren mich dazu, mich an ihm zu reiben. Er nimmt seinen Daumen in den Mund und leckt über seine Kuppe, bevor er sie zwischen meine Schenkel führt und über meine harte Klitoris streicht. Das gibt meinem Körper den Rest. Ich stoße einen lauten Schrei aus und klammere mich verzweifelt an ihn. Seine Hände umklammern meine Hüften und graben sich in meine Haut, während sein Schwanz wie wild in mir pulsiert.

An diesem St. Patrick's Day gibt es kein grünes Bier. Keine Musik und kein Tanzen. Ich esse nicht einmal ein Stück Sodabrot. Es gibt nur Jake und mich.

***

Am nächsten Tag...

„Er duscht gerade, ich habe also nur eine Minute Zeit. Ich wollte nur, dass du es als Erster erfährst."

Am anderen Ende der Leitung ist es still.

„Gavin? Bist du da?" Immer noch nichts. „Bist du sauer oder so aufgeregt, dass dein Glücksschrei zu hoch ist, um vom menschlichen Ohr gehört zu werden?"

„Du – du hast geheiratet?", stottert er schließlich.

Ich kann die Emotionen in seiner Stimme nicht wirklich entziffern.

„Ja. Nun, es war ein Bandritual. So ist glaube ich die richtige Bezeichnung dafür. Aber, ja, wir werden das Gelübde einhalten. Es ist eine bindende Verpflichtung für ein Jahr und einen Tag. Und dann werden wir sehen, was passiert."

„Du hast geheiratet... ohne mich?"

Ah, dabei handelt es sich um das schwer zu entziffernde Gefühl – Verpassensangst. Oder besser: Verpassensschock.

„Bitte sei nicht böse. Ich hätte es fast selbst verpasst. Wir haben es nicht bewusst getan und wussten nicht einmal, dass es passieren würde."

„Aber du wirst es trotzdem einlösen? Du hast dich von irgendeinem Gälisch sprechenden Hünen einlullen lassen und bist Jake jetzt verpflichtet?"

„Du kennst mich, Gavin. Ich hätte so etwas nie in Betracht gezogen. Es ist spontan und irrational und ergibt keinen Sinn... aber genau deshalb brauchte ich es. Vielleicht brauchte es etwas so vollkommen Ungewöhnliches in meinem Leben, das mich dazu animieren würde, mehr aus ihm zu machen. Ich habe mich völlig dem *Prism* hingegeben und war bereit, praktisch alles andere im Leben zu opfern, um mich nur darauf konzentrieren zu können."

„Und jetzt wirst du dasselbe für Jake tun."

„Nein. Darum geht es hier nicht. Aber warum kann ich nicht beides haben? Er war immer an meiner Seite und hat mir bei allem geholfen, was passiert ist."

„Das habe ich auch."

„Ja, aber Jake hat nun mal Sex mit mir."

Gavin gibt einen entnervten Laut von sich.

„Nun, wenn das alles ist, was es braucht, damit du jemanden heiraten willst... hättest du mich jemals darum gebeten, hätte ich dir sowieso bestätigt, dass das *definitiv* nicht passieren wird und du dich besser für Jake entscheidest."

Ich lache.

„Danke, Gavin."

„Danke mir noch nicht. Ich habe dir noch ein paar unangenehme Dinge zu sagen."

„Nur raus damit. Nichts wird mir die Laune verderben. Ich habe sogar eine E-Mail an C geschickt, in der ich ihm die Stirn biete und Worte benutze, die ich noch nie in einer E-Mail verwendet habe."

„Das ist nicht gerade die Überleitung, die ich im Sinn hatte, aber da sie mir aufgedrängt wurde, werde ich sie nutzen. Hast du mit Jake noch einmal über diese ganze Situation gesprochen?"

„In welcher Hinsicht?"

„Du triffst zufällig diesen umwerfenden Kerl, der dich aus den Socken haut, nur um herauszufinden, dass er megareich ist und eine Firma besitzt, die oft zu seinen diversen persönlichen Interessen passende Objekte für sein Portfolio kauft. Und zu diesen Interessen gehören zufälligerweise auch alte Theater."

„Ich habe Jake nicht auf irgendeine fadenscheinige Weise getroffen. Der einzige Grund, warum ich ihn kennengelernt habe, bist du und dein Gig als Privatkoch. Er hatte keine Ahnung, wer ich bin oder dass mir das *Prism* gehört. Ich habe es ihm erst erzählt, als wir schon ein paar Mal miteinander ausgegangen waren."

„Nur weil du es ihm nicht gesagt hast, heißt das nicht, dass er es nicht wusste."

„Was willst du damit sagen, Gavin?"

„Genau das, was ich gesagt habe. Hast du mit ihm darüber gesprochen?"

„Nein, aber das muss ich auch nicht. Seine Firma und die Firma des stillen Teilhabers haben völlig unterschiedliche Namen. Außerdem hast du die E-Mails von C gelesen und du hast mit Jake gesprochen. Glaubst du wirklich, dass es sich dabei um ein und dieselbe Person handeln könnte?"

Gavin zögert ein paar Sekunden, bevor er antwortet.

„Nein. Sei einfach vorsichtig."

Jake kommt gerade aus der Dusche, als ich den Anruf beende. Er setzt sich auf die Bettkante und ich manövriere mich auf seinen Schoß.

„War das Gavin?", fragt er.

„Er lässt schön grüßen."

Das lässt er nicht, aber wir sind schon so lange befreundet, dass ich mich berechtigt fühle, hin und wieder für ihn zu sprechen.

„Wie läuft es mit dem Theater?"

„Er hat noch nichts von Ella gehört, also nimmt er das als gutes Zeichen. Ich kann nicht glauben, dass die Frist schon so bald abläuft. In weniger als einem Monat."

„Du machst dir doch keine Sorgen darüber, oder?"

Ich schüttele den Kopf.

„Ich glaube, mit dem Plan, den wir haben, wird alles gut laufen."

Er schlingt seine Arme um mich und lässt uns beide zur Seite kippen, so dass wir uns zärtlich aneinanderschmiegen können. Es scheint, als wäre die Dusche umsonst gewesen.

***

Nach drei weiteren Tagen in Sunborn View ist es an der Zeit, zu packen und in die Stadt zurückzukehren. So sehr ich mich auch darauf freue, wieder in Miami zu sein und mich über die Fortschritte zu informieren, die das Theater macht, muss ich doch zugeben, dass ich es hier vermissen werde. Seine Mutter umarmt mich zum Abschied und bittet mich, bald wiederzukommen. Ich verspreche ihr, dass ich das tun werde, und meine es auch so. Jetzt verstehe ich, warum die Brüder so gerne ihre Zeit zwischen ihren jeweils eigenen Welten und hier aufteilen. Es ist schwer vorstellbar, dass man einmal hier war und nicht sofort wiederkommen will.

„Lilian, ich bin froh, dass ich dich noch erwischt habe", sagt Terry, als er den Raum betritt. „Wo ist Jake?"

„Er musste zurück zu Zachs Haus gehen, um etwas zu holen, das er vergessen hatte."

Terrys Gesicht flackert kurz auf, als ob die Vorstellung, etwas versehentlich zurückzulassen, geradezu verachtenswert wäre. Es ist schwer vorstellbar, dass dieser Mann und Jake neun Monate lang denselben Mutterleib geteilt haben. Nicht, weil sie so unterschiedlich sind. Zweieiige Zwillinge sind sich technisch gesehen nicht ähnlicher als jedes andere Geschwisterpaar. Eher, weil ich mir nicht vorstellen kann, wie Terry mit jemandem auf so engem Raum zusammenleben und mit den Zehen seines Bruders in seinen Augen sowie seinen gelegentlichen Seitenhieben und -tritten zurechtkommen würde.

„Kannst du ihm die geben? Die wurde versehentlich an mein Büro weitergeleitet."

Ich nehme die Manila-Mappe entgegen, die er mir hinhält.

„Danke."

Eine weitere Verabschiedungsrunde endet mit mehreren Umarmungen, bevor ich das Haus verlasse und zu Jakes Auto gehe, das vor dem Haus geparkt ist. Er ist regelrecht gerannt auf dem Weg zurück zu Zachs Haus, also beschließe ich, im Auto auf ihn zu warten. Als ich jedoch den ersten Schritt in Richtung Auto mache, stolpere ich und lasse die Mappe fallen, die Terry mir gerade in die Hand gedrückt hat. Die Papiere darin verteilen sich über den Boden und ich sammle sie eilig wieder auf.

„Lilian, alles in Ordnung?", ruft Jakes Mutter zu mir herunter.

Meine Augen haben die Papiere in meiner Hand intuitiv bereits eingehend gescannt. Das war nicht meine Absicht. Ich wollte sie einfach so in die Mappe zurücklegen, aber die Worte sprangen mir so eindringlich ins Auge, dass ich sie nicht ignorieren konnte. Mit der einen Hand winke ich Mrs. Conway beruhigend zu, mit der anderen schiebe ich die Papiere in die Mappe, ohne zu versuchen, sie zu ordnen. Mein Körper fühlt sich schwer an, als ich ins Auto steige und den Sicherheitsgurt anlege. Ohne Gurt würde ich womöglich einfach vom Sitz rutschen vor Schock. Oder die Tür aufreißen und losrennen.

Ich habe gehört, dass die romantische Phase von Ehen nicht lange dauert, aber diese Sache spielt in einer eigenen Liga.

Kapitel 28

Lilian

„Es werden ein paar lange Stunden werden, wenn du dich weigerst, zu sprechen."

Ich habe kein Wort zu Jake gesagt, seit er in Sunborn View ins Auto gestiegen ist. Die Welt am Boden scheint immer kleiner zu werden, während wir immer höher in den Himmel steigen. Es gibt so viel, was ich ihm zu sagen habe, aber es hat mir die Sprache verschlagen. Ich finde keine Worte, um auszudrücken, was ich fühle, oder ihm überhaupt die Chance zu geben, sich zu erklären. Es gibt keine Möglichkeit, es zu erklären. Es ist mir egal, was für eine Entschuldigung er vorbringen wird oder wie er gedenkt, sich aus dieser Sache herauszuwinden. Nichts kann diese Papiere erklären, die Terry mir überreicht hat.

„Ich will nicht reden", sage ich schließlich.

„Ich glaube nicht, dass du da ganz ehrlich mit mir bist", sagt Jake.

Er schenkt mir dieses charmante Lächeln, aber es hat nichts Amüsantes, dass wir beide für die nächsten zwei Stunden in dieser Aluminiumröhre gefangen sind, bis wir endlich wieder in Miami landen und ich meine Wege gehen kann.

„Was weißt du schon von Ehrlichkeit", sage ich.

Ich hatte gehofft, dass wir diesen Flug ohne dieses Gespräch überstehen würden, aber das wird wohl nicht passieren. Mit seiner Bemerkung hat er eine Schleuse geöffnet und ich kann nichts tun, um die unvermeidlich hervorbrechende Flut zu stoppen.

„Wovon redest du, Lilian?"

Klamotten, zusammengeknüllte Taschentücher, Kaugummis und ein Wörterbuch purzeln aus meiner Tasche und verstreuen sich über den Boden des Flugzeugs, während ich darin herumwühle. *Jakes* Flugzeug. Jakes Privatflugzeug, das er sich dank seines unglaublichen Reichtums leisten kann, der ständig wächst, dank eines Unternehmens, das man genauso gut als Blutsauger bezeichnen könnte. Wut und Traurigkeit kochen in mir hoch, als ich die Mappe in die Hand nehme. Ich wollte sie da drin lassen, bis wir wieder in Miami sind und ich mir die richtigen Worte überlegt habe. Bevor Jake ins Auto zurückkam, hatte ich die Papiere schnell in der Tasche verstaut, aber keine Sekunde lang aufgehört, über sie nachzudenken. Jetzt werfe ich sie ihm zu und kümmere mich nicht um die paar Papiere, die herausfallen und auf den Boden flattern.

„Davon rede ich."

„Was ist das?"

Jake beugt sich vor, um die Papiere aufzuheben. Ich sehe, wie er plötzlich eine gequälte Grimasse zieht und weiß, dass er gesehen hat, worauf ich hinauswill.

„Terry hat sie mir gegeben, damit ich sie an dich weitergebe, bevor wir Sunborn View verlassen. Er sagt, sie seien versehentlich an sein Büro weitergeleitet worden. Meinst du, jemand hat auch versehentlich die falsche Firma oben auf den Briefkopf gesetzt?"

Er sieht mich mit verzweifeltem Blick an und ich kann seinen Kopf beinahe rauchen sehen.

„Lilian, gib mir eine Sekunde, um es zu erklären."

„Da gibt es nichts zu erklären, Jake. Was denkst du, könntest du sagen, um die katastrophale Tatsache aus der Welt zu schaffen, dass du der stille Teilhaber bist, der mich so sehr quält?"

„Ich bin nicht der stille Teilhaber", protestiert Jake.

„Bist du nicht? Es ist also nur ein Zufall, dass diese Firma und die Firma, die dir gehört, genau denselben Namen tragen? Ein Name, der übrigens ein völlig anderer ist als der, den du mir für dein Unternehmen genannt hast. Was für cin seltsamer Zufall..."

„Nein", sagt er. „Das ist kein Zufall. Das ist meine Firma. Zumindest eine Abteilung davon. Ich habe ihr einen anderen Namen gegeben als dem Rest von DreamFactory Inc., damit es nicht öffentlich einsehbar ist, dass es sich um mein Unternehmen handelt, das an bestimmten Immobilienkäufen interessiert ist."

Ich kann nicht glauben, dass ich tatsächlich fassungslos bin über seine Worte. Ich weiß zwar bereits, was hinter all dem steckt, aber es auf eine so sachliche Art und Weise aus seinem eigenen Mund zu hören, macht es nur noch schlimmer.

„Du willst mir also sagen, dass ich nur eine von vielen Personen bin, die du aus Unternehmen verdrängt hast, die sie lieben und in die sie ihr Herz und ihre Seele gesteckt haben."

„Das ist nicht der Fall, Lilian."

„Was ist dann der Fall?"

„Es tut mir so leid, dass ich dir nicht von Anfang an die Wahrheit gesagt habe. Bitte glaube mir, wenn ich dir sage, dass ich von all dem nichts wusste, als ich dich kennenlernte. Wir hatten bereits angefangen, uns zu sehen, als der Leiter meiner Akquisitionsabteilung mir von dem Vertrag mit dir erzählte. Ich hatte keine Ahnung, dass er diese Vereinbarung hinter meinem Rücken getroffen hat. Am *Moonlight* war ich definitiv interessiert, als es auf den Markt kam, aber als ich hörte, dass es bereits einen anderen Interessenten gab, habe ich mich zurückgezogen. Ich habe meinem Akquisitionsteam gesagt, dass ich nicht daran interessiert bin, die Sache voranzutreiben, weil ich niemandes Traum zunichtemachen wollte. Sie sind diejenigen, die diesen Vertrag mit dir abgeschlossen haben, ohne mein Wissen und gegen meinen ausdrücklichen Wunsch. Ich gehe keine stillen Beteiligungen ein. Ich tätige keine Investitionen. Wenn ich etwas will, dann will ich es ganz für mich haben."

Ich lache freudlos.

„Dann kann man mich wohl als eine deiner Akquisitionen betrachten, nicht wahr?“

„Hör auf, Lilian. Ich versuche, dir zu erklären, was passiert ist.“

„Du willst mir ernsthaft weismachen, dass du nichts mit dieser Sache zu tun hast? Dies ist, wie du zugegeben hast, deine eigene Firma. Du hast die volle Kontrolle darüber. Und doch soll es jemand in deinem Unternehmen geschafft haben, den Vertrag aufzusetzen und eine Vereinbarung zu treffen, ohne dass du davon wusstest?“

„Wie ich schon sagte, habe ich dem Team sehr genau gesagt, was ich wollte. Ich vertraue darauf, dass sie diesen Aspekt meines Geschäfts eigenständig verwalten, denn das ist nicht mein Fachgebiet. Ich bin kein Anwalt. Ich bin kein Immobilienexperte. Ich wähle die Gebäude oder Standorte aus, die ich haben möchte, sage es meiner Abteilung, und sie macht mein Interesse bekannt. Wenn die Eigentümer zum Verkauf bereit sind, regelt das Team die Details für mich. Ich würde niemals selbst eine solche Vereinbarung treffen. Niemals so etwas Räuberisches und Gemeines.“

„Selbst wenn ich das glauben könnte, du wusstest es. Ich habe dir meine Seele ausgeschüttet und dir alles erzählt, was ich durchmache, und du hast kein Wort gesagt. Du hast mich von Anfang an manipuliert, die Sache nur hinausgezögert, um meine Position weiter zu schwächen und mir das Theater unter den Füßen wegzureißen. Wenn ich es mir recht überlege, warst du jedes Mal, wenn im Theater etwas schief ging, nicht anwesend. Es würde mich nicht wundern, wenn du jemanden geschickt hättest, der deine Drecksarbeit macht, mich aus meinem Theater zu vertreiben."

„Das reicht jetzt. Wage es nicht, mir zu unterstellen, ich hätte etwas mit dem Vandalismus im Theater zu tun oder würde dich in Gefahr bringen. Ich würde dir nie etwas antun, Lilian. Und warum sollte ich mir die Mühe machen? Warum sollte ich nicht einfach die Frist verstreichen lassen und das Theater zurücknehmen?"

„Vielleicht, weil du deine Felle hast davonschwimmen sehen. Weil du gesehen hast, dass das *Prism* sich gut entwickelt und befürchtet hast, dass ich es womöglich retten kann."

„Das war doch etwas, das ich auf den Weg gebracht habe", schnauzt Jake empört. „Denk daran, dass ich dafür gesorgt habe, dass du das Geld erhältst, um dein Theater zu retten. Warum sollte ich so etwas tun, wenn ich dir nur genug Angst hätte einjagen wollen, bis du es aufgibst, oder darauf hätte warten wollen, dass du es verlierst?"

„Vielleicht wolltest du dich doppelt absichern. Du wusstest, wenn du Aubriana mit ins Boot holst, würdest du nicht nur ihre Bucket List abarbeiten können, sondern auch die Aufmerksamkeit für das Theater erhöhen und damit seinen Wert im Moment deiner Übernahme. Ich weiß es nicht. Genauso wenig weiß ich, wie du jeden Tag mitansehen konntest, wie sehr ich litt, und mir nie die Wahrheit gesagt hast in all der Zeit. Du hättest mir jederzeit sagen können, was los ist, und mir anbieten können, den Vertrag zu beenden."

„Hättest du das gewollt?"

„Versuch nicht..."

„Nein. Hättest du das gewollt, Lilian? Hättest du gewollt, dass ich einfach hereinplatze und dir sage, dass alles gut wird, weil ich alles für dich in Ordnung bringen werde? Ich hätte dich ins Büro führen und dich zusehen lassen können, wie ich den Vertrag zerreiße und alles für erledigt erkläre. Das habe ich aber nicht getan, und zwar deshalb nicht, weil ich weiß, wie viel es dir bedeutet, dies für deinen Vater und für dich selbst zu tun. Aus eigener Kraft. Du hast mich an dem Abend, an dem wir uns kennengelernt haben, als verwöhnt bezeichnet, weil ich vor meiner Dinnerparty Putzfrauen kommen und putzen ließ und jemanden zum Kochen eingestellt hatte. Du hattest so eine unglaubliche Verachtung für die Idee, dass mir Geld und Einfluss einfach so zufliegen. Warum zum Teufel sollte ich glauben, dass du es annehmen würdest, wenn ich es versuchen würde, dir Erleichterung zu verschaffen?"

„Du hättest mich wenigstens verteidigen können. Du hast diese E-Mails gelesen und gesehen, wie er mit mir gesprochen hat, aber du hast es einfach geschehen lassen."

„Ich habe es nicht einfach geschehen lassen. Ich bin zu meiner Akquisitionsabteilung gegangen und habe Tyler zur Rede gestellt."

„Wer ist Tyler?"

„Der Leiter der Akquisitionsabteilung und der Mann, der alle meine Transaktionen abwickelt."

„Sein Name ist also Tyler. Wer ist dann C?"

„Er hat mir dieselbe Frage gestellt. Ich habe ihm diese Nachrichten gezeigt und er hat mir versichert, sie stammen nicht von ihm."

„Was soll das heißen, du hast ihm die Nachrichten gezeigt?"

„Ich habe sie von deinem Telefon auf meins weitergeleitet. Ich bin nicht stolz darauf und es tut mir leid, dass ich in deine Privatsphäre eingedrungen bin, aber ich musste ihm in die Augen sehen und ihn dazu zwingen, die Art und Weise, wie er dich behandelt hat, zu bereuen. Er hat jedoch nur geleugnet, dass er etwas damit zu tun hat, und darauf hingewiesen, dass die Nachrichten nicht einmal von seiner E-Mail-Adresse stammen."

„Willst du mir jetzt weismachen, dass mir niemand diese Nachrichten geschickt hat?"

„Offensichtlich hat sie jemand geschickt, aber ich hatte nichts damit zu tun und versuche immer noch herauszufinden, wer es war."

„Ich bringe es einfach nicht zustande, das zu glauben, Jake. Es ergibt keinen Sinn. Aber selbst wenn ich glauben könnte, dass du mir helfen wolltest, hast du mich angelogen. Du hast mich Tag für Tag hintergangen. Ich kann dich einfach nicht mehr auf dieselbe Weise sehen wie zuvor."

„Was sagst du da?"

„Ich sage, ich kann niemanden in meinem Leben tolerieren, der so leichtfertig bereit ist, mich zu hintergehen. Ich kann mit niemandem eine Beziehung führen, der mich nicht genug respektiert, um immer ehrlich zu mir zu sein, und der fähig ist, mit etwas so Wichtiges vorzuenthalten. Allein die Tatsache, dass dich das nicht belastet zu haben scheint, zeigt mir, dass wir nicht zusammengehören."

„Es hat mich Tag für Tag geplagt", sagt Jake eindringlich. „Es hat mich innerlich aufgefressen. Ich wollte dir jedes Mal die Wahrheit sagen, wenn ich dich sah."

„Anscheinend nicht genug, um es tatsächlich zu tun."

„Du kannst nicht einfach so davonlaufen. Wir sind einander verpflichtet."

Ich schnaube höhnisch.

„Das war ein Spiel, Jake. Es hatte nichts zu bedeuten. Wir waren nie verheiratet oder aneinander gebunden. Das hat keinerlei Relevanz."

Schon während ich diese Worte sage, brechen sie mir das Herz. Es fühlt sich an, als ob etwas aus mir herausgerissen wird, von dem ich gerade erst erfahren habe, dass es da ist.

„Das kann nicht dein Ernst sein."

„Doch, das ist es. Wir beide sind nicht aneinander gebunden. Aber ich habe eine Verpflichtung gegenüber Aubriana und den Versprechen, die wir einander gegeben haben. Ich kann sie nicht enttäuschen. Wir werden also mit dem Rest weitermachen wie bisher."

Ich verehre Aubriana und werde ihr nie genug für all das danken können, was sie für mich getan hat. Aber meine Verpflichtung ihr gegenüber, ihr Stück aufzuführen, ist mehr als das. Ich werde das *Prism* nicht aufgeben und nicht zulassen, dass es mir kampflos weggenommen wird. Nicht einmal von dem Mann, den ich liebe. Vor allem nicht von dem Mann, der mir gerade das Herz gebrochen hat.

Kapitel 29

Jake

Eine Woche später...

Als Lilian unbeholfen eine Vorhangstange von der Wand zu reißen versucht, greife ich nach oben und fange sie auf, bevor sie sie am Kopf treffen kann. Sie reißt sie mir aus den Händen und starrt mich an.

„Ich kann das schon selbst", sagt sie barsch.

„Sie wäre fast heruntergefallen und hätte dich am Kopf getroffen. Ich habe nur versucht zu helfen."

„Du brauchst mir nicht mehr zu helfen. Ich weiß nicht einmal, warum du noch hier bist, Jake. Das ist immer noch mein Theater. Die Deadline ist erst in ein paar Wochen, also kannst du mir nicht sagen, was ich zu tun habe. Das Theater gehört nicht mir."

„Ich bin auch an der Sache beteiligt, Lilian."

„Ich dachte, du hältst keine Beteiligungen."

„Du weißt genau, was ich meine. Ich habe viel Zeit und Energie in dieses Gebäude gesteckt. Und wie du selbst vor Kurzem auf so enthusiastische Art festgestellt hast, geht es mich daher durchaus etwas an, dass Aubriana hier ihr Stück aufführt. Unabhängig von den Einzelheiten der Übernahme und davon, ob sie zustande kommt oder nicht, ist es meine Aufgabe, ihr ihren Traum zu erfüllen, ein Abschiedsstück aufzuführen. Ich habe die Entscheidung getroffen, das *Prism* als Spielort für ihr Stück zu empfehlen, und sie hat eingewilligt. Sie hat sich nicht nur dafür entschieden, das Stück hier aufzuführen, sondern sie hat auch einen unglaublich großzügigen Zuschuss gewährt, um sicherzustellen, dass die notwendigen Verbesserungen an diesem Gebäude tatsächlich durchgeführt werden."

„Was soll das heißen? Bin ich etwa zu gedankenlos oder unvorsichtig, vielleicht sogar zu ahnungslos, um die Renovierung selbst richtig zu überwachen?"

„Das habe ich nicht gesagt. Hör auf, mir Worte in den Mund zu legen. Die Realität ist, dass die Arbeiten, die an diesem Haus durchgeführt wurden, bevor du es gekauft hast, bestenfalls schlampig ausgeführt wurden. Die strukturelle Integrität des Gebäudes ist unzureichend, die historischen Elemente sind in keinem guten Zustand und grundlegende Systeme wie die Verkabelung und die Sanitäranlagen sind völlig veraltet und wurden nicht richtig gewartet. Als jemand, der noch nie eine Immobilie gekauft hat, geschweige denn ein altes, restaurierungsbedürftiges Gebäude, hast du keine Ahnung, was getan werden muss, um es nicht nur nutzbar zu machen, sondern es in altem Glanz erstrahlen zu lassen.

Zufälligerweise weiß ich, wie man das macht, und kenne die Leute, die es realisieren können. Zusammen mit dem Geld, das Aubriana gespendet hat, bedeutet das, dass dieser Ort besser aussehen wird, als du ihn je zuvor gesehen hast. Ich werde mich nicht von diesem Projekt fernhalten, nur weil wir nicht im selben Raum sein können, ohne aneinanderzugeraten. Hier geht es um meine Integrität und mein Geschäft, also werde ich dieses Projekt bis zum Ende beaufsichtigen."

„Warum hast du Aubriana nicht einfach angeboten, eines deiner anderen Gebäude zu nutzen? Ich habe mit Terry telefoniert. Er hat mir gesagt, dass du drei weitere Theater besitzt. Du hättest ihr einfach ein anderes ans Herz legen können."

„Das habe ich."

Lilian sieht verärgert aus.

„Natürlich hast du das."

„Sie wollte es nicht. Dieser Ort bringt eine Saite in ihr zum Klingen und sie sieht das Potenzial, das in ihm steckt. Ich weiß, dass du etwas Unglaubliches aus diesem Theater machen kannst, Lilian. Es ist nicht nur ein altes Schauspielhaus. Es ist nicht nur irgendein x-beliebiges Theater, in dem man x-beliebige Stücke aufführen kann. Du und Gavin, ihr habt es geschafft, die Art und Weise zu verändern, wie die Leute dieses Gebäude wahrnehmen. Und mit der Zeit wird es stetig besser werden."

Sie schüttelt den Kopf und hebt unwillig ihre Hand, um mich

aufzuhalten.

„Bitte, Jake, ich möchte nicht, dass du so daherredest."

Sie klingt verletzt, aber zwingt Kraft in ihre Stimme.

„Warum nicht?"

„Weil du immer noch dein Spiel spielst. Oder irgendjemand tut es. Ich habe drei weitere Nachrichten von C erhalten und sie sind bösartiger als je zuvor."

„Ich habe nichts mit diesen Nachrichten zu tun. Das habe ich dir schon tausendmal gesagt. Tyler und ich hatten gestern ein Treffen und er hat mir Abschriften aller E-Mails ausgehändigt, die von seinem Computer aus verschickt wurden. Er hat mir sogar den Zugangscode zu seinem Telefon gegeben und mich alles durchsehen lassen, was er verschickt hat. Abgesehen von einigen ziemlich verstörenden Bildern und Textnachrichten von Madison habe ich nichts Ungewöhnliches gefunden. Er hat diese Nachrichten nicht geschickt. Ich weiß nicht, wer es war, aber es ist niemand, der mit meinem Unternehmen in Verbindung steht."

„Wer dann? Wer würde alle Details meines Vertrages kennen und diese Informationen nutzen, um mich zu täuschen?"

„Tyler hat dir zu Beginn der Vereinbarung ein paar E-Mails geschickt. Vielleicht hat sie jemand gesehen."

Lilian schüttelt den Kopf.

„Ich habe nie eine E-Mail von jemandem namens Tyler erhalten.

Die einzigen Nachrichten, die ich je über das Theater erhalten habe, kamen von C."

***

Was Lilian über die E-Mails sagte, ergab keinerlei Sinn. Das tut es auch zwei Tage später nicht, als ich aus meinem Stammcafé gehe und mich auf den Weg ins *Prism* mache. Der Papphalter liegt leicht in meiner Hand. Ich weiß nicht einmal, warum ich ihn benutze. Es ist nur eine Tasse Kaffee darin. Nur eine einzige Tasse mit tiefschwarzem Gebräu für mich. Kein cremig-süßes Gebräu für Gavin, kein heißer Karamellkakao für Lilian. Die Barkeeperin hat ihn mir vielleicht nur gegeben, weil sie sich schlecht fühlt. Es ist nicht schwer, Schlussfolgerungen zu ziehen, wenn jemand plötzlich nicht mehr jeden Morgen zwei oder drei Getränke bestellt, sondern nur noch eines. Andererseits kann es auch sein, dass sie weniger freundliche Beweggründe hat. Das ist dieselbe Barkeeperin, die mich dabei beobachtet hat, wie ich ihre Telefonnummer weggeworfen habe. Es könnte sich dabei also durchaus um einen Pappbecherhalter der Verachtung und des Hohns handeln.

Ich habe nicht erwartet, Aubriana um diese Uhrzeit im *Prism* anzutreffen. Es ist daher eine Überraschung, dass sie Lilian mitten in der Lobby umarmt. Lilians Gesicht sieht gezeichnet aus und ich kann durch die Schminke auf ihren Wangen Tränenspuren erkennen.

„Es wird alles gut, das verspreche ich Ihnen“, flüstert Aubriana ihr zu.

„Guten Morgen, Aubriana. Es ist eine ziemliche Überraschung, Sie hier zu sehen. Ist etwas nicht in Ordnung?“

„Ich habe Aubriana gebeten, ihr Stück in ein anderes Theater zu verlegen“, sagt Lilian.

„Warum würdest du so etwas tun? Wir hatten die Vereinbarungen bereits getroffen und die Vorbereitungen sind bereits im Gange. Die Arbeiten am *Prism* stehen kurz vor dem Abschluss“.

Lilian schüttelt den Kopf.

„Es gab noch ein Feuer“, sagt sie mit zittriger Stimme. „Es geschah in dem Raum unter der Bühne, der über die Falltür zugänglich ist. Es hat einen großen Teil des Raumes zerstört und die Bühnenstruktur beschädigt. Es ist letzte Nacht passiert.“

„Du hast mich nicht angerufen.“

„Das brauchte ich nicht.“

„Wie ist das passiert? Was könnte ein Feuer in diesem Raum verursachen? Niemand hat ihn je betreten.“

„Ich weiß es nicht. Aber es wird sehr viel Arbeit erfordern, das zu reparieren und die Bühne wieder sicher zu machen. Dadurch wird sich der restliche Zeitplan für die weiteren Verbesserungen und Renovierungen um Wochen verzögern.“

„Ich werde mich mit einigen meiner Kontakte in Verbindung setzen. Vielleicht kann ich ein Team auftreiben, das die Reparaturen schneller durchführen kann."

Noch während ich das sage, schüttelt Lilian den Kopf.

„Nein, Jake. Ich habe Aubriana gebeten, ihr Stück in ein anderes Theater zu verlegen, weil ich das alles nicht mehr aushalte. Ich kann das alles nicht mehr ertragen. Ich möchte, dass du gehst. Aubriana hat großzügigerweise zugestimmt, das Geld, das sie in das Theater steckt, als Investition zu betrachten."

„Eher als eine Schenkung", betont Aubriana. „Ich habe Ihnen das Geld gegeben, damit Sie es für Ihr tolles Projekt nutzen können, nicht, um eine direkte Gegenleistung dafür zu erhalten."

„Sie haben diese Vereinbarung in der Annahme getroffen, dass Sie die Verbesserung des Theaters, in dem Sie auftreten werden, unterstützen würden. Da Sie Ihr Abschiedsstück hier nicht mehr aufführen werden, scheint es nur fair, dass das Geld in eine Investition umgewandelt wird und ich die Gelegenheit bekomme, die Summe zurückzuzahlen. Das scheint mir mehr als angemessen. Ich habe meine Seele scheinbar schon vor langer Zeit an den Teufel höchstpersönlich verkauft, also kann es unmöglich noch schlimmer werden. Schon gar nicht, wenn Sie beteiligt sind."

„Wie willst du ohne weitere finanzielle Unterstützung und ohne Pläne für einen Relaunch vorgehen?", frage ich.

„Das geht dich nicht mehr wirklich etwas an, Jake. Hier geht es nicht um dich. Ich kann vielleicht mein Theater nicht retten, aber ich werde mich auch nicht zerreißen, nur um deine Erwartungen zu erfüllen. Ich will einfach nur in Ruhe gelassen werden und sehen, ob ich die Dinge selbst auf die Reihe kriege."

„Lass mich mit meinen Brüdern sprechen. Ich kann innerhalb einer Stunde einen Videochat mit ihnen arrangieren. Wir können über eine Umstrukturierung deiner Vertragsbedingungen sprechen. Eine Umstrukturierung wird dir mehr Zeit für die Rückzahlung des Vertrags verschaffen und du wirst nicht befürchten müssen, dass du deine gesamten Gewinne aufgeben musst, nur um die Zahlungen zu leisten."

„Nein. Danke, ich bin fertig. Ich bin mit all dem fertig. Ich möchte mich nicht auf andere stützen oder jemand anderen für die Realisierung meiner Träume verantwortlich machen. Ich weiß, dass andere Geschäftsleute das zu tun pflegen und dass Investitionen und Partner der gängige Weg sind, um ein Unternehmen auf die Beine zu stellen und zu erhalten, aber ich habe dieses Abenteuer in der Hoffnung begonnen, dass das bei mir nicht der Fall sein würde. Und genau so möchte ich es beenden. Entweder es klappt oder es klappt nicht. Und um ehrlich zu sein, war der Kauf wahrscheinlich sowieso eine ganz schlechte Idee. Ich habe mich nur an eine Erinnerung geklammert, an etwas, das ich nie wirklich werde wiederherstellen können. Genauso wie ich meinen Vater nie wieder sehen werde, ob ich nun dieses Haus besitze oder nicht, werde ich auch nicht in der Lage sein, anderen Menschen die gleichen Momente wie damals zu schenken. Ich bin nicht fähig genug. Ich habe weder die Mittel noch die Kreativität."

„Das ist nicht wahr, Liebling", sagt Aubriana. „Ich sehe so viel Potenzial in Ihnen."

„Danke, aber ich denke, es ist an der Zeit, dass ich akzeptiere, was auch immer das Schicksal für mich auf Lager hat. Ich weiß, es klingt, als würde ich einfach aufgeben, aber das ist nicht der Fall. Ich habe einfach das Gefühl, dass es bei jedem Unterfangen einen Punkt gibt, an dem man abwägen muss, ob es sinnvoller ist, umzukehren oder weiter ins Ungewisse vorzudringen, obwohl es unangenehm und sogar gefährlich enden könnte. Man muss sich selbst kennen und wissen, an welchem Punkt man aufhören muss und bis zu welchem Punkt man zu gehen bereit ist. Leider fallen diese beiden Punkte nur sehr selten zusammen. Dies sollte ein aufregendes und bereicherndes Projekt in meinem Leben sein. Nicht eine weitere Quelle des Schmerzes. Ich möchte, dass es sich zu meinen Gunsten entwickelt, aber nicht, wenn ich dafür immer wieder Teile von mir selbst opfern muss."

Als Aubriana und ich aus dem Theater gehen, bin ich vollkommen sprachlos. Ich fühle mich, als wäre ich gerade aus einem Boot geworfen worden und würde in unbekannten Gewässern ziellos umhertreiben. So sollte sich das alles nicht abspielen. Nichts von alledem sollte auf diese Weise geschehen. Einerseits bin ich untröstlich und am Boden zerstört darüber, wie viel Abstand diese Entwicklung zwischen Lilian und mich gebracht hat und dass ich aus dem *Prism* herausgerissen wurde. Andererseits bin ich stinksauer. Die Art und Weise, wie Lilian die Sache angeht, macht mich wütend, aber ich kann nichts dagegen tun.

Ich weiß, dass ich den Vertrag einfach auflösen und direkt intervenieren könnte, aber dann wäre das *Prism* immer noch baufällig und Lilian hätte keine Möglichkeit, es weiter zu betreiben. Ein anderer Investor könnte es kurzerhand aufkaufen. Ich könnte das Theater natürlich versuchen zu retten, indem ich es einfach selbst aufkaufe, aber sie würde niemals an mich verkaufen. Das ist das Letzte, was sie wollen würde. Vielleicht würde sie das Theater so um den Preis ihrer eigenen Träume retten, aber selbst dann würde sie nichts mit mir zu tun haben wollen. Sie würde das als Demütigung empfinden und mir nie verzeihen.

So sehr ich mich auch bemühe, ich finde einfach keinen Weg, sowohl das *Prism* als auch meine Beziehung zu Lilian zu retten.

„Was machen wir jetzt?“, fragt Aubriana.

„Sie werden weiterhin Ihr Stück aufführen“, sage ich. „All das ändert nichts an meiner Verpflichtung, Sie dabei zu unterstützen. Und wenn Sie bereit sind, den Schauplatz zu wechseln, weiß ich vielleicht, wie wir die Sache noch retten können.“

Aubriana nickt zustimmend und ich ziehe mein Handy heraus, um Emily anzurufen.

Kapitel 30

Lilian

Zwei Wochen später...

„Was machst du hier drin?“, fragt Gavin.

Ich schaue über meine Schulter zurück und sehe, wie er den Gang zwischen den Sitzen entlanggeht. Er setzt sich hinter mich und schnappt sich eine Gurkenscheibe aus dem Plastikbehälter vor mir.

„Ich esse mit dem Theater zu Mittag.“

„Kein sehr gesprächiges Date.“

„Gesprächiger als man denkt.“

Ich versuche auf die Schnelle, mir eine irgendeine kreative Bemerkung dazu einfallen zu lassen, zum Beispiel, dass ich, wenn ich genau hinhöre, das Geflüster der Schauspieler hören kann, die früher hier auftraten. Doch in der Ferne kracht es plötzlich und ich zeige alarmiert in die Richtung, aus der das Geräusch kam.

„Was war das?“, fragt er.

„Die Mannschaft unten versucht, den Schaden zu beheben. Ich

glaube, sie verursachen im Moment mehr Schaden, als sie reparieren."

„Es wird schon werden."

Ich nicke traurig und starre auf das Essen, das für mich bereitsteht, aber ich würde im Moment nichts herunterbekommen.

„Warst du den ganzen Tag hier?", fragt Gavin.

„Ja. Die Crew hat sehr früh losgelegt, so dass ich kurz vor Sonnenaufgang hier war."

„Warum würdest du so etwas tun?"

„Ich möchte einfach so viel Zeit mit dem *Prism* verbringen, wie es mir möglich ist, solange ich noch kann. Ich war so sehr mit all den Reparaturen und Renovierungen beschäftigt, dass ich meine Präsenz hier nie wirklich genießen konnte."

„Macht es dich nicht traurig, es so zu sehen?"

„Ich weiß, dass es viele Schäden gibt und dass es ein ziemliches Chaos ist, aber ich will es nicht von der Warte aus betrachten. Ich betrachte es als eine Arbeit an der Wiedergeburt des *Prism.* Auch wenn es wahrscheinlich ohne mich sein neues Leben beginnen wird, ist es eine gute Sache für das Theater und die Kulturszene der Stadt. Ich möchte so viele Erinnerungen wie möglich hier schaffen, solange es noch die Möglichkeit dazu gibt."

„Du musst nicht aufgeben, Lilian."

„Mir gehen die Ideen aus, Gavin. Mit ein paar Geisterjagden und Brautporträts ist es nicht mehr getan. Wir können uns im Moment keine hochkarätigen Vorführungen mehr leisten. Und selbst wenn wir es könnten, wird das Theater für eine ganze Weile nicht in dem Zustand sein, irgendwelche Veranstaltungen darin abzuhalten. Ich werde es nicht mehr retten können. Anstatt zu versuchen, uns bis zum letzten Atemzug des Theaters zu beeilen und mit den ständigen Verwüstungen fertig zu werden, ist es besser, zu akzeptieren, dass ein neues Kapitel in meinem Leben beginnt, und bereit zu sein für alles, was es mir zu bieten hat."

„Glaubst du denn wirklich daran, was du da sagst?"

Mein Atem stockt in der Kehle und Tränen brennen in meinen Augenwinkeln.

„Ich versuche es zumindest. In Wirklichkeit fühlt es sich für mich eher an wie eine Niederlage."

„Hast du mit Jake darüber gesprochen?"

Ich schüttle energisch den Kopf.

„Das werde ich nicht tun. Mir ist es lieber, er sieht nur meine Wut, als dass er meine Traurigkeit sieht und mich für schwach hält."

„Traurigkeit hat doch mit Schwäche nichts zu tun."

„Aber ihn immer noch zu wollen, das lässt mich schwach aussehen."

„Warum hast du die Sache mit ihm überhaupt beendet, wenn du

Gefühle für ihn hast?“

„Es ist zu schmerzhaft, ihn anzusehen. Er hat mir das Herz gebrochen und wegen seiner Firma hat das ganze Drama erst angefangen. Ich wollte einfach meine Ruhe vor ihm, damit ich die letzte Schonfrist vor dem Übergabetermin zu meinen eigenen Bedingungen genießen kann.“

„Du solltest trotzdem mit ihm reden. Gib ihm eine Chance.“

„Ich verstehe dich nicht, Gavin. Erst drängst du mich, mit ihm zusammen zu sein, dann bist du sauer auf mich, weil ich deinen Rat befolge, dann warnst du mich, vorsichtig zu sein, und jetzt, wo ich es bin, bist du wieder voll im Team Jake. Du verpasst mir ein Schleudertrauma.“

„Es bringt mich um, dass er dich verletzt hat. Ich wollte nicht Recht haben. Aber ich glaube auch, dass du das nicht klar siehst. Hier geht um mehr als nur um ein paar E-Mails.“

„Genau. Es geht um mehr. Er hat mich belogen. Nicht nur einmal. Jeden Tag. Jedes Mal, wenn er mich sah, jedes Mal, wenn wir Zeit miteinander verbrachten, und vor allem jedes Mal, wenn wir über das Theater sprachen, hat er mich angelogen. Nicht ein einziges Mal hat er sich ein Herz gefasst und mir erklärt, was los war.“

„Und wenn er es getan hätte?“

„Was meinst du?“

„Wenn er in dem Moment, in dem er gemerkt hat, dass seine

Firma am anderen Ende des Vertrags steht, zu dir gekommen wäre und es dir erklärt hätte, wie hättest du reagiert?"

„Ich weiß es nicht, aber ich hätte mir gewünscht, dass man mir die Möglichkeit gibt, diese Entscheidung zu treffen, anstatt dass man sie mir abnimmt. Wie auch immer, meine Ansichten haben sich nicht geändert. Ich will immer noch nicht an jemand anderen gebunden sein, wenn es um das *Prism* geht. Ich habe schon damals die falsche Entscheidung getroffen und jetzt ist es an der Zeit, diesen Fehler zu korrigieren."

„Das verstehe ich nicht, Lilian. Warum muss es immer ein Entweder-oder sein? Entweder man macht es ganz alleine oder gar nicht? Kannst du nicht akzeptieren, dass man bei solchen Dingen Hilfe braucht?"

„Nein. Ich wollte nie Hilfe haben. Mein Vater hat mir beigebracht, immer stark und mutig zu sein und zu tun, was getan werden muss, auch wenn es schwierig ist. Mit dem Kauf dieses Hauses wollte ich die Verbindung zu ihm wiederaufleben lassen und ihn stolz machen. Er hat immer gesagt, wenn einem etwas wirklich am Herzen liegt, wenn man es wirklich will, dann verlässt man sich nicht darauf, dass jemand anderes es für einen erledigt."

„Sagt die Frau, die versehentlich geheiratet hat, weil sie jemandem über den Weg lief, der sie im wahrsten Sinne des Wortes an einen Mann band."

„Das ist jetzt aber wirklich unter der Gürtellinie, Gavin."

„Ich hab dich wirklich lieb, Lilian, das weißt du. Aber das hört sich so an, als hättest du Angst, dass du, selbst wenn du bis zum Äußersten gehst und dein Bestes gibst, trotzdem scheitern könntest. Du würdest dich wahrscheinlich lieber darauf berufen, dass du die Sache aufgeben musstest, weil sich jemand anderes eingemischt hat."

Es gibt nichts, was ich dazu sagen könnte. Gavins Worte treffen mich tief und streuen Salz in mein ohnehin schon wundes Herz. Ich stehe auf, verlasse den Theatersaal und lasse Gavin mit meinem aufgegebenen Mittagessen im Gang zurück.

Die nächsten drei Stunden vergehen wie im Flug. Als ich mich am Küchentisch meiner Mutter wiederfinde, kann ich mich kaum daran erinnern, wie ich dort angekommen bin. Eine Tasse Tee, aus der der Geruch von Pfefferminze aufsteigt, wärmt meine Handflächen.

„Alles läuft schief, Mom. Es wäre vielleicht witzig, wenn das ein Frauenfilm wäre und wir Teil einer Montage wären, in der wir uns gegenseitig mit Farbe bewerfen, aber derartige Montagen entsprechen schon lange nicht mehr dem zeitgenössischen Humor."

„Ich verstehe nicht, warum du mir nie gesagt hast, dass du in Schwierigkeiten steckst."

Die Blätter schwimmen in dem trüben Tee, während ich in die Tasse starre und nach Weisheit auf ihrem Grund suche.

„Du hast schon genug durchgemacht mit deiner Gesundheit und allem. Ich wollte dich nicht beunruhigen."

„Ich bin deine Mutter, Lilian.“ Sie schluckt schwer. „Du bist das einzige Kind, das ich noch bei mir habe. Es ist meine Aufgabe, mich um dich zu kümmern und zu versuchen, dir zu helfen, wenn du eine schwere Zeit hast.“

„Das gilt nur, wenn mir etwas zustößt, nicht wenn ich es aus Dummheit geschafft habe, dass alles auf unfassbare Art und Weise vor die Hunde geht.“

„Du bist nicht dumm. Hartnäckig und stur, aber nicht dumm. Genau wie dein Daddy.“

Ich stoße einen Seufzer aus.

„Ich möchte, dass er stolz auf mich ist. Deshalb habe ich das alles begonnen. Dieses Theater bedeutete alles für uns.“

„Er ist stolz auf dich. Das war er immer. Aber er würde dich nicht so sehen wollen.“

„Was meinst du damit?“

„Als du anfingst, über die Möglichkeit zu sprechen, das Theater zu kaufen, warst du so glücklich. So viel Begeisterung hatte ich bei dir seit dem Tod deines Vaters nicht mehr gesehen. Aber dann begann sie zu verblassen. Irgendetwas ist passiert, das sie gedämpft hat, und seitdem habe ich sie nicht mehr auf demselben Niveau gesehen. Ich vermute, es liegt an dem Vertrag mit diesem stillen Teilhaber.“

Ich nicke.

„Daddy hätte nicht gewollt, dass mir jemand beim Kauf hilft.“

„Warum sagst du das?“

„Er war so stolz auf alles, was er aus eigener Kraft erreichen konnte. Er hat dafür gekämpft, unserer Familie das bestmögliche Leben zu ermöglichen und alle seine Ziele zu erreichen. Das habt ihr beide getan. Er hätte nicht gewollt, dass ich bei jemand anderem in der Schuld stehe.“

„Ich glaube nicht, dass das wahr ist. Viele Leute haben deinem Vater und mir geholfen, als wir es dringend nötig hatten. Aber das ist nicht das, was ihm meiner Meinung nach übel aufstoßen würde. Das Theater war so wertvoll für euch beide, aber du wirst ihn nicht zurückholen, indem du versuchst, dich daran oder an die Vergangenheit im Allgemeinen zu klammern. Du solltest immer nach vorne sehen. Fortschritt. Immer vorwärts, Lilian. Ehre deine Vergangenheit, aber nicht auf Kosten deiner Zukunft. Dein Vater würde nie wollen, dass du etwas tust, was dir Stress oder Schmerz bereitet, schon gar nicht in seinem Namen. Wenn du denkst, dass es für dich an der Zeit ist, mit deinem Leben weiterzumachen, dann ist es das, was du tun musst. Erinnere dich daran, was wir dir in unseren schwersten Zeiten gesagt haben, als du noch ein kleines Mädchen warst. Selbst in den dunkelsten Momenten haben wir dir gesagt, du sollst auf dein Herz hören und tun, was es dir sagt. Das mag nicht der originellste oder überzeugendste Ratschlag der Welt sein, aber er ist wahr. Dein Herz weiß, was richtig ist. Immer. Selbst wenn du versuchst, es von etwas anderem zu überzeugen, wird es dich weiter in seine Richtung leiten wollen. Wenn du auf es hörst, wird es dir sagen, was du tun musst, auch wenn es scheinbar keinen Sinn ergibt oder im Moment schmerzhaft erscheint."

Eine Träne rinnt an meiner Wange herunter und tropft auf die rosafarbene Laminatoberfläche des Küchentisches. Der Tisch war der ganze Stolz meiner Mutter, als mein Vater ihn ein paar Monate nach unserem Umzug von einem Flohmarkt mit nach Hause brachte. Meine Hand streicht gedankenverloren über ihn.

„Ich denke, es ist an der Zeit, loszulassen."

***

„Du hast nie etwas an ihm verändert."

Gavin und ich stehen an der Tür zu einem der Umkleideräume. Der Strahl der Taschenlampe streicht über die staubigen Oberflächen. Es ist eine seltsame Kombination aus friedlich schön und unheimlich.

„Ich weiß. Es fühlte sich nie richtig an. Dieser Raum wurde so belassen, seit die letzte Schauspielerin ihn verlassen hat. Es ist wie eine Art Museum."

„Ich frage mich, was daraus werden wird."

„Sie werden ihn komplett umkrempeln. Sie werden hereinstürmen, ihn ausräumen und ihn entweder in ein modernes

Ankleidezimmer oder in einen Abstellraum verwandeln."

„Kommst du mit dem Gedanken zurecht?"

„Das spielt keine Rolle. Es ist nicht mehr meine Entscheidung. Aber... ja. Das tue ich. Dieser Raum hatte seine Momente. Jetzt ist es an der Zeit, dass er die große Bühne verlässt."

Gavin schließt die Tür und wir gehen langsam zur Requisitenkammer. Das ist eine der letzten Stationen auf unserer letzten Tour durch das *Prism*. Ich kann nicht anders, als mich zu fragen, wie viele der Dinge, die hier den Raum füllen, sie bewahren und wie viele sie entsorgen werden. Der einzige Trost, der mir das Wissen verschafft, dass Jake die Leitung übernehmen wird, ist sein Respekt für die Geschichte des Theaters. Ich weiß, dass er so viel davon bewahren wird, wie es realistisch möglich ist. Trotz der kühlen Temperatur im Raum steht mir eine Schweißperle auf der Stirn und ich stöhne leicht, als ich sie wegwische.

„Was ist los?", fragt Gavin.

Ich schüttle den Kopf.

„Ich fühle mich einfach nicht gut. Der Stress hat mir zugesetzt."

Wir gehen weiter in den Raum hinein.

„Wo ist die Couch?", fragt Gavin.

Ich lache - ein unerwartetes Geräusch, das meine Lippen verlässt, dem salzigen Film der getrockneten Tränen auf meinen Lippen zum Trotz.

„Ella hat sie in meine Wohnung gebracht. Sie steht in der Mitte des Wohnzimmers."

„Ich glaube, dann ist eine Pyjamaparty angesagt." Er verschränkt seinen Arm mit meinem und wir gehen zurück in den Flur. Wir haben noch nicht über unseren etwas temperamentvollen Austausch vor ein paar Tagen gesprochen. Das brauchen wir auch nicht. „Willst du auf die Galerie gehen?"

Ich spüre einen schmerzhaften Stich in meinem Herz.

„Nein. Passt schon."

„Bist du also bereit?"

„Ja." Ich versuche, ein Lächeln zustande zu bringen. „Ich bin bereit."

Wir gehen noch ein weiteres Mal durch den dunklen Saal des Theaters. Ich gehe zu der Reihe, in der ich schon tausendmal gesessen habe, und beuge mich hinunter, um den Stuhl meines Vaters zu küssen. Nachdenklich blicke ich über die stillen Reihen und die leere, halb eingesackte Bühne, bevor ich durch die Tür in die Lobby gehe. Der Geruch von Popcorn liegt immer noch in der Luft. Gavin und ich haben gestern Abend bei einer privaten Vorführung unseres Lieblingsfilms, den wir von meinem Laptop aus auf die Leinwand projiziert haben, eine letzte Ladung Popcorn geknallt und so viel davon in uns hineingestopft, wie wir konnten. Ich halte inne und streiche mit den Fingerspitzen über die Plakette an der Säule, bevor ich zur Eingangstür gehe, um einen definitiv letzten Blick auf den

Saal zu werfen. Gavin drückt meine Hand und wir schwelgen gemeinsam in der Melancholie des Moments.

„Auf Wiedersehen, *Prism*", sage ich leise.

Es scheint geradezu surreal, mit dem Theater im Rücken auf den Bürgersteig zu treten, der Welt da draußen zu begegnen und den Rest meines Lebens sich vor meinem inneren Auge entfalten zu sehen.

„Wir fahren in den Urlaub", sagt Gavin, ohne sich näher zu erklären. Es fühlt sich an, als würde ich mitten in ein Gespräch hineingeraten, das bereits im Gange war.

„Wir tun was?"

„In den Urlaub." Während wir nebeneinander hergehen, konzentriere ich mich mehr auf seine Worte als auf meine Schritte. „Ich nehme dich mit auf eine Spritztour aus der Stadt, damit wir am Tag der Deadline nicht hier sein müssen. Du verdienst etwas Spaß in deinem Leben und ich werde nicht zulassen, dass du wegen dieser Sache noch krank wirst."

Ich umarme ihn nicht. Wenn ich das tun würde, müsste ich wohl anfangen, zu heulen. Zu diesem Zeitpunkt muss ich nämlich befürchten, dass mich schon ein paar Tränen mehr innerlich austrocknen und schrumpfen lassen werden wie eine Rosine.

Kapitel 31

Lilian

„Es ist noch nicht zu spät, weißt du“, sagt Gavin am nächsten Tag. „Ich habe Colins Kreditkarte.“

Wir liegen in Hängematten, die zwischen Palmen aufgespannt sind, die Köpfe nah beieinander, während wir im Rhythmus der warmen, trägen Brise hin und her schaukeln.

„Gavin, wir sind im Urlaub“, sage ich.

„Ich weiß, aber Colin hat Geld. Nicht auf die... Conway-Art... Aber ziemlich stattlich. Ich müsste nur einen kurzen Anruf tätigen.“

„Nein, Gavin, danke. Ich weiß es zu schätzen, wirklich, aber dein Liebhaber hat bereits diesen Urlaub für uns bezahlt. Ich kann nicht zulassen, dass er auch noch die überfällige Zahlung für das Theater übernimmt. Außerdem bin ich mir ziemlich sicher, dass er das auf seiner Kreditkartenabrechnung bemerken würde.“

„Mein fester Freund.“

„Du darfst also das Wort ‚fester Freund‘ benutzen, aber ich nicht?“

„Ich bin jünger als du."

„Drei Wochen, Gavin. Außerdem würde das alles nur wieder dafür sorgen, dass ich in der Schuld eines anderen Menschen stehe, und das will ich nicht. Ich habe meine Entscheidung getroffen. Es war die schwerste, die ich je getroffen habe. Es ist an der Zeit, es hinter mir zu lassen und einfach weiterzumachen."

Gavin greift über seine Schulter nach hinten, nimmt meine Hand und küsst sie tröstend. Ein Kellner kommt auf uns zu und reicht jedem von uns eine ziemlich floridatypische Kokosnuss, die mit rosa und blauen Schirmen bestückt ist. Ein Hoch auf die Götter der Strandresorts. Gavin steckt dem Kellner ein Trinkgeld zu, aber ich bemerke, dass er nicht lasziv zwinkert. Das Trinkgeld besteht auch nur aus gefaltetem Bargeld und nicht aus seinem Zimmerschlüssel. Colin muss etwas wirklich Besonderes sein. Ich hebe meinen Kopf und nehme einen langen Schluck aus dem Strohhalm in meiner Kokosnuss. Kurz darauf werfe ich Gavin einen irritierten Blick zu.

„Das ist Ananassaft", sage ich.

„In diesem Urlaub gibt es keine Happy Hour."

„Warum?"

„Nicht, dass ich dir nicht trauen würde ... aber ich traue dir nicht. Verheerende Lebensveränderungen und extravagante tropische Drinks sind keine gute Kombination."

Ich zucke mit den Schultern und nehme einen weiteren Schluck von meinem Ananassaft.

„Wahrscheinlich eine gute Entscheidung." Der Blick auf das Meer, das im Sonnenuntergang rosa leuchtet, fühlt sich nicht ganz real an. „Ich bin übrigens ziemlich überrascht von dir", sage ich nach einer langen Pause.

„Das sind die Menschen meistens, aber warum genau in diesem Fall?"

„Als du sagtest, du würdest uns in den Urlaub mitnehmen, damit wir am Tag der Deadline nicht in der Stadt sind, dachte ich, es ginge um Ablenkung. Ich habe etwas erwartet, das laute Musik und Nacktheit beinhaltet, kein abgelegenes Strandresort mit Ananassaft."

„Ich bin reifer geworden, Lilian. Und langweiliger. So werden Menschen, wenn sie sich glücklich verlieben." Kaum sind die Worte ausgesprochen, wird ihm klar, was er gesagt hat. „Es tut mir leid. Ich wollte nicht, dass du dich..."

„Nein", beharre ich und schüttle den Kopf. „Es ist in Ordnung. Wirklich nicht. Ich höre dich gerne so reden. Es freut mich, dass du endlich jemanden gefunden hast, für den du so viel empfindest und mit dem du eine Zukunft siehst. Ich kann mir einfach nicht vorstellen, dass es mit Jake jemals langweilig werden könnte."

„Du denkst immer noch an ihn, nicht wahr?"

„Natürlich tue ich das. Ich habe nie damit aufgehört. Alles war so perfekt. Das hätte mir sagen müssen, dass etwas nicht stimmt. Nichts könnte je wirklich so perfekt sein."

„Doch, das kann es."

„In meinem Leben offenbar nicht."

Gavin insistiert nicht weiter, aber ich habe das Gefühl, dass er noch mehr dazu zu sagen hat. Er wartet nur auf den richtigen Zeitpunkt.

Diese Hängematte wird für die nächsten paar Tage zum Mittelpunkt meiner Welt. Wenn ich nicht gerade in meinem Hotelzimmer schlummere, liege ich hier draußen, lasse mich von der Brise hin- und herschaukeln und betrachte das Farbenspiel des Ozeans. Ich traue mich jedoch nicht, zu stark herumzuschaukeln. In meinem Magen herrscht immer noch ein ständiges Unwohlsein, das durch zu intensive Bewegungen der Hängematte nicht unbedingt besser wird. Gavin hat versucht, mich in einige der Aktivitäten des Resorts zu locken, aber nach jedem Conga-Tanz und jedem Limbo-Wettbewerb finde ich wieder hierher zurück. Allein die Tatsache, dass ich ihn mit einer riesigen Sonnenbrille und einem Schlapphut am Strand entlang auf mich zukommen sehe, während er auf sein Handy starrt, sagt mir, dass er wahrscheinlich nicht an der Kajaktour heute Morgen teilgenommen hat.

„Hast du dich dagegen entschieden, ins Wasser zu hüpfen?", frage ich.

„Das ist mir jetzt zu viel Aufhebens. Hast du später Lust auf einen Merengue-Kurs?"

„Das glaube ich nicht. Ich bin erschöpft."

„So etwas machen all die Entspannung und das Nichtstun mit einem nun mal."

Er setzt sich auf den Rand meiner Hängematte und ich rutsche ein wenig herum, um ihm genug Platz zu verschaffen, dass er nicht nach hinten kippt.

„Was guckst du so?"

„Wer ist diese Person?", fragt er und zeigt mir das Bild eines unscheinbaren Mannes im Anzug auf dem Display seines Telefons.

„Ich weiß es nicht."

Er dreht das Telefon zu sich und tippt kurz auf dem Display herum, bis er es mir erneut präsentiert.

„Und jetzt?"

Der Mann hält jetzt ein Getränk in der Hand und lächelt ein wenig zu breit. Hinter ihm sind Dekoelemente zu sehen. Ich nehme an, dass er auf einer Party ist, wahrscheinlich eine Veranstaltung, die mit seiner Arbeit zu tun hat.

„Ich weiß es immer noch nicht."

Eine Sekunde später schiebt Gavin mir ein drittes Bild vor die Nase. Jetzt hat der Mann den Arm um eine Frau in einem lilafarbenen Kleid gelegt, das kaum mehr zu sein scheint als ein dünner Fetzen Stoff und an der Hüfte mit einer juwelenbesetzten

Brosche befestigt ist. Ihr Anblick bringt etwas in mir zum Klingen, aber ich bin mir nicht sicher, warum.

„Jetzt?“

„Keine Ahnung. Wer ist das?“

„Tyler Johnson, Leiter der Akquisitionsabteilung.“

„Der aus Jakes Firma“, antworte ich.

Gavin nickt.

„Das ist unser C.“

„Nein. Jake hat sich danach erkundigt. Er ist nicht derjenige, der die Nachrichten verschickt hat.“ Ich drehe das Telefon wieder zu mir. „Wer ist diese Frau? Sie kommt mir sehr bekannt vor.“

Gavin zuckt mit den Schultern.

„Ich vermute, es ist sein Date. Das sind Bilder von einer Büroparty, die ein paar Monate zurückliegt. Apropos, wusstest du, dass der Hauptsitz von DreamFactory Inc. nicht weit von hier entfernt ist?“

Ich seufze.

„Gavin, was hast du vor?“

„Gar nichts.“

„Du führst etwas im Schilde. Und ich habe keine Ahnung, was.“

„Ich führe nichts im Schilde. Es scheint nur ein interessanter

Zufall zu sein."

„Und ganz zufällig hast du ausgerechnet diesen Ort für unseren Urlaub ausgewählt?"

„Vielleicht."

„Gavin!"

„Es tut mir leid! Ich hasse es einfach, dich so zu sehen. Du warst noch nie so trübselig. Noch nie. Und ich habe dich immerhin durch diese wirklich schäbigen Teenagerjahre hindurch begleitet."

„Ich bin nicht trübselig. Ich fühle mich einfach nicht ganz auf der Höhe."

„Du bist so traurig, dass du dabei bist, körperlich krank zu werden Du vermisst ihn. Du hast es selbst zugegeben. Warum sagst du nicht ehrlich, was du für ihn empfindest?"

„Ich bin ehrlich", argumentiere ich. „Ich weiß, dass es mir das Herz bricht. Ich weiß, dass ich ihn tausendmal am Tag anrufen möchte. Nichts davon ist neu für mich. Ich steckte voll in dieser Sache drin, Gavin. Einen Moment lang hatte ich alles. Ich war sogar verheiratet." Ich lasse den Kopf hängen. „Ich habe immer noch das Gefühl, dass ich es bin."

„Das Bandritual war für dich mehr als nur Jux und Tollerei."

„Ich habe nur den zugehörigen Mann nicht mehr." Eine Erinnerung schießt mir durch den Kopf. „Lass mich das letzte Bild noch einmal sehen." Gavin dreht das Display zu mir und ich starre die Frau an. Tylers Arm ist um ihre Taille gelegt. Obwohl sie lächelt, erreicht der Ausdruck nicht ihre Augen. „Ich erinnere mich an diese Frau."

„Wer ist sie?"

„An dem Abend, als ich zu Jakes Haus ging, um für ihn zu kochen, war diese Frau dort. Ihr Name ist Madison. Sie war total in ihn vernarrt. Ich dachte zuerst, sie sei seine Frau. Er erzählte mir von ihr und sagte, er kenne sie schon lange, aber sie sei nur eine Kollegin."

„Nennen reiche Leute ihre Sexgespielinnen so?"

„Den Verdacht hatte ich erst auch, aber Jake war ziemlich eindeutig, was das anging. Er sagte, sie sei noch nie bei ihm zu Hause gewesen und die ganze Dinnerparty sei ihre Idee gewesen, damit sie und ein paar andere Leute, mit denen Jake bereits in der Vergangenheit gearbeitet hatte, ihn einem potenziellen Kunden vorstellen konnten."

„Das klingt alles sehr fadenscheinig."

„Ich weiß nicht, was das bedeutet, aber ja, dubios. Sie hat offensichtlich versucht, ihm näherzukommen, aber er hat alles vermieden außer unverfängliche Kontakte mit ihr."

„Anscheinend hat sie sich jetzt ein anderes Ziel in der Firma gesucht."

„Nein. Das ist nicht ihr Stil. Warum sollte sie sich mit Tyler begnügen? Ich bin sicher, dass es ihm nicht an Geld fehlt, aber er ist nur ein Abteilungsleiter. Warum sollte sich eine Frau, die es auf den milliardenschweren Eigentümer eines Unternehmens abgesehen hat, mit jemandem begnügen, der in der Hierarchie so weit unten angesiedelt ist?"

„Um die erste Sprosse auf der Karriereleiter zu erklimmen?"

„Ich glaube, ich muss Jake anrufen."

Ich gebe Gavin das Telefon zurück, greife in meine Tasche und stelle fest, dass es im Hotelzimmer ist. Ich brauche es nicht wirklich. Jeder, der mit mir sprechen wollen könnte, hat auch Gavins Nummer. Ich greife nach Gavins Telefon, blättere durch seine Kontakte und wähle die Sektion *Kaffee* aus. Gavin kategorisiert die Leute in seinem Telefon nach dem ersten, was ihm in den Sinn kommt, wenn er an sie denkt. Normalerweise finde ich mich unter *Hetero-Lebenspartner*. Einmal, während eines besonders lange anhaltenden Streits zwischen uns, wurde ich in *Frühere Freunde* verschoben.

Mein Herzschlag beschleunigt sich um das Dreifache, als die Leitung zu tuten beginnt. Es tutet und tutet, bis sich schließlich seine Mailbox meldet. Ich hinterlasse ihm eine Bitte, mich zurückzurufen, da ich in der Nachricht nichts weiter verraten will, und gebe Gavin das Telefon.

„Er hat nicht geantwortet?"

„Doch, das hat er, ich habe nur aus reinem Spaß an der Freude beschlossen, ein wenig Geheimnistuerei zu betreiben, indem ich ihn bitte, mich später zurückzurufen."

„Du bist ganz schön zickig, wenn du zu viel- Sonne und Ananassaft getrunken hast."

„Sorry. Ich bin nur..."

Das Klingeln des Telefons unterbricht mich.

„Das ging aber schnell."

Ich schnappe mir das Telefon, aber die Nummer auf dem Display ist nicht die von Jake.

„Hallo?"

„Ist da Lilian Burke?"

Die vermeintliche Hochzeit hat nicht einmal etwas an meinem Nachnamen verändert.

„Genau die."

„Hallo, Miss Burke, hier ist Officer Redding, wir haben im *Prism* miteinander gesprochen."

„Hallo, Officer. Schön, wieder von Ihnen zu hören."

Das ist eine Lüge. Es ist nie schön, von einem Polizeibeamten zu hören.

„Wir haben die Vorfälle im Theater untersucht und möglicherweise Beweise gefunden, die einen Zusammenhang zwischen dem Einbruch und den Bränden herstellen. Ich werde

Ihnen Bilder von den Sicherheitskameras einiger Unternehmen in der Umgebung des Theaters übermitteln, die wir auftreiben konnten. Wenn Sie sich die ansehen könnten, um zu sehen, ob Sie die Person wiedererkennen oder Ihnen etwas anderes auffällt, und sich dann bei mir melden würden?“

„Das werde ich. Ich danke Ihnen.“

Vielleicht ist es manchmal ja doch schön, von Polizeibeamten zu hören.

Ich lege auf und melde mich eilig in meinem E-Mail-Konto an.

„Was ist los?“, fragt Gavin.

„Das war die Polizei. Sie haben vielleicht eine Spur, wer sich im *Prism* zu schaffen gemacht hat. Sie schicken mir ein paar Bilder.“ Die Nachricht poppt auf. „Hier sind sie.“

Ich öffne sie und scrolle durch die verpixelten Bilder.

„Man sollte meinen, dass die Sicherheitskameras angesichts des heutigen Standes der Technologie nicht mehr wie ein Stop-Motion-Film aussehen sollten, auf den jemand ein Getränk verschüttet hat.“

Ein Bild sticht hervor und ich halte inne.

„Schau.“

Gavin beugt sich vor und erschrickt, als er das Bild sieht.

„Oh, mein... der geldgeile Vamp.“

„Du sagtest, der Hauptsitz ist nicht weit von hier?“

Gavin nickt, und ich schwinge meine Beine aus der Hängematte, um aufzustehen.

„Ein paar Stunden Fahrt."

„Lust auf ein Abenteuer?"

„Auf jeden Fall."

Kapitel 32

Jake

Ich beende den Anruf und beginne sofort, erneut zu wählen. Es klingelt mehrmals, doch dann geht die Mailbox ran. Ich wiederhole den Vorgang noch drei weitere Male, bevor ich eine Nachricht hinterlasse.

„Lilian, ich bin's, Jake. Tut mir leid, dass ich deinen Anruf verpasst habe. Ruf mich zurück, wenn du Zeit hast."

Ich lege auf und denke über meine Worte von eben nach, bevor ich erneut anrufe.

„Ich bin's wieder. Es war schön, deine Stimme zu hören."

Ich stecke mein Handy wieder zurück in die Manteltasche und setze meinen Weg durch Downtown Miami fort. Das Wetter ist wie so meist herrlich und der Himmel wolkenlos.

Ich lege den gleichen Weg wie jeden Tag zurück, seit ich Lilian das letzte Mal gesehen habe. Meine Schritte verselbstständigen sich mittlerweile beinahe. Ich muss sie nicht einmal mehr bewusst lenken, sie führen mich automatisch in die richtige Richtung. Um mich herum höre ich Lachen und die Geräusche von Kindern, die sich über das schöne Wetter freuen.

Als ich ankomme, schlendern ein paar Leute gemächlich um den Pavillon herum. Fotografen in der ganzen Stadt werden hier üblicherweise mit Aufträgen überhäuft, um Bilder von Heiratsanträgen zu machen. Die Männer laufen mit verschwitzten Händen und versteckten Ringen herum und gehen ihre Reden immer wieder im Kopf durch, bis sie nicht einmal mehr wie Worte klingen, die sie wirklich sagen würden. Die meisten von ihnen werden nicht genau das sagen, was sie vorbereitet haben. Die Frauen werden keuchen und weinen, scheinbar schockiert, wenn die Männer vor ihnen auf die Knie fallen, auch wenn sie es insgeheim erwartet haben. Ein paar Monate später wird die nahe gelegene Brücke zur Kulisse für glamouröse Hochzeiten werden. Hochzeitspaare werden sich dort verliebt anblicken, aber wenn sie aufmerksam sind, bemerken, dass jenseits der Brücke junge Paare stehen, die atemlos zusehen. Dieselben Paare werden den Sommer und den Herbst damit verbringen, Hand in Hand um den diese Brücke zu spazieren, und dann wird im nächsten Jahr wieder alles von vorne beginnen.

Der gleiche Prozess wiederholt sich immer wieder wie eine Endlosschleife. Ich habe das Gefühl, dass sich die Welt um mich herum dreht, während ich stillstehe. Ohne Lilian fühle ich mich leer. Es vergeht kein Tag, keine Stunde, an der ich nicht an sie denke. Ich sehe etwas und möchte ihr davon erzählen. Ein Lied wird gespielt oder ich höre irgendeinen flüchtigen Kommentar und ich greife zum Telefon, um ihr eine Nachricht zu schicken. Aber ich halte immer wieder in den ersten Zügen inne. Sie hat deutlich gemacht, dass sie eine Auszeit von mir braucht, und so sehr es auch schmerzt, ich kann nichts tun, um sie zu zwingen, ihre Meinung zu ändern. Eine Sprachnachricht von ihr war ein Funken Hoffnung, aber es hatte womöglich keine Bedeutung. Die Nachricht enthielt keine Wärme und keinen Hinweis darauf, was sie beschäftigt oder was sie mir sagen wollte. Ich muss nun auf ihren Rückruf warten und es fühlt sich an, als würde sich das Warten ewig hinziehen.

Ich trete an den Rand des Pavillons, starre hinein und laufe ein Stückchen um ihn herum, bis ich zu der Stelle komme, von der ich glaube, dass Lilian und ich bei unserer ersten Verabredung genau dort saßen. Ich sehe sie immer noch lächeln. Es gibt viele Bilder, die mir in den Sinn kommen, wenn ich an Lilian denke, aber das wird immer eines meiner Lieblingserinnerungen sein. Ihre Augen waren so strahlend und es lag ein vergnügtes Lachen in ihnen. Ihre Wangen sahen so zartrosa aus und der Wind hatte ihr Haar gerade so weit verweht, dass sie nicht mehr aufgetakelt aussah. Sie war einfach sie selbst.

Mein Telefon klingelt in meiner Tasche, aber ich bin nicht aufgeregt. Es ist kein Anruf von dem Juwelier, der den maßgefertigten Ring für Lilian entwerfen soll, den ich vor ein paar Wochen bestellt habe. Es ist mein Bruder Terry und ich erwarte seinen Anruf bereits.

„Hallo?“

„Jake, ich versuche schon seit Tagen, dich zu erreichen. Wo hast du gesteckt?“

„Nirgendwo.“

„Was ist los?“

Zweieiige Zwillinge haben vielleicht nicht unbedingt mehr Kontakt als andere Geschwister, aber es ist trotzdem etwas anderes, wenn er Kontakt mit mir aufnimmt, als wenn es einer unserer anderen Brüder tut. Wir stehen uns alle nahe, aber meine Beziehung zu Terry wird immer etwas Besonderes sein.

„Ich habe immer noch nicht mit ihr gesprochen.“

„Überhaupt nicht?“

„Sie hat mich angerufen, aber ich habe es verpasst. Ich habe etwa zwanzig Mal versucht, sie zurückzurufen, aber sie hat nicht geantwortet. Sie ist nicht einmal in der Stadt. Ich war in ihrer Wohnung und bei ihren besten Freunden, aber keiner von ihnen hat geantwortet.“

„Du warst bei ihnen zu Hause? Findest du nicht, dass du langsam an einen Stalker erinnerst?“

„Das ist mir wirklich egal. Ich will sie einfach nur sehen und sie dazu bringen, mich anzuhören.“

„Jake, hör mir zu. Von allen Menschen auf der Welt verstehe ich wohl am besten, was du durchmachst. Aber die Sache ist die. Du hättest von mir lernen sollen, dass es niemals richtig ist, Dinge zu verheimlichen, nur weil du glaubst, es wäre einfacher, einer Frau zu geben, was sie will. Du hast gesehen, was ich mit Audrey durchgemacht habe. Ich dachte, ich tue das Richtige, indem ich ihr nicht erzählt habe, was ich damals getan habe, und sie in dem Glauben lasse, es sei allein ihre Schuld. Du hast gesehen, wie das für mich verlaufen ist."

„Ja. Du bist verheiratet und hast einen Sohn."

„Was fast nicht passiert wäre. Ob du es glaubst oder nicht, Lilian hat Grund, sauer auf dich zu sein. Du hast sie nicht nur angelogen, sondern sie wahrscheinlich auch dazu gebracht, an all die Zweifel zu glauben, die sie die ganze Zeit über in Bezug auf sich selbst hatte. Wahrscheinlich hat sie von dem Moment an, als sie über den Kauf des Theaters nachgedacht hat, in ständiger Angst gelebt und Tag für Tag an sich und ihren Fähigkeiten gezweifelt. Du musst ihr die Chance geben, das zu verarbeiten und zu entscheiden, ob sie dir vertrauen kann. Wenn sie irgendwann denkt, dass sie es kann, dann musst du permanent daran arbeiten, ihr zu beweisen, dass ihr Vertrauen nicht umsonst ist, und eine vollständig neue Beziehung zu ihr aufbauen, anstatt zu erwarten, dass ihr einfach die alte wiederaufnehmt."

„Und wenn sie das niemals denken wird?"

Terry zögert.

„Dann musst du eben lernen, ohne sie zu leben."

„Das kann ich nicht tun. Wir haben uns einander verpflichtet und das kann ich nicht einfach vergessen.“ Die Leitung macht ein klickendes Geräusch. „Terry, da ist ein Anruf auf der anderen Leitung. Ich muss dich zurückrufen.“

„Ich hoffe, es ist Lilian.“

„Grüß alle schön von mir. Wenn du Emily siehst, sag ihr, dass ich mit Aubriana gesprochen habe und sie Mitte nächster Woche nach Sunborn View kommen will, um mit den Proben zu beginnen.“

„Das werde ich. Wirst du bis dahin zurück sein?“

„Ja. Wahrscheinlich morgen. Ich musste nur einen Abstecher ...“

„...nach Miami machen. Schon klar.“

Ich schalte auf den anderen Anruf um, kurz bevor er abbricht. Es ist nicht Lilian. Mir schwirrt der Kopf, als ich dem Polizeibeamten zuhöre, der mir von den Beweisen erzählt, die er gefunden hat. Er sagt, dass er bereits mit Lilian gesprochen hat, aber aufgrund der Umstände dachte, dass er auch mir Bescheid geben sollte.

Ein paar Minuten später scrolle ich durch die Standbilder der Sicherheitsaufnahmen, die er mir geschickt hat. Das muss der Grund sein, warum Lilian mich angerufen hat. Die Wut krampft sich in meinem Magen zusammen, je länger ich mir die Bilder ansehe. Als ich ein Bild erreiche, das einen fast perfekten Blick auf das Gesicht einer Person zeigt, die sich von dem Bereich auf der Rückseite des Gebäudes abwendet, der kurz darauf bald in Flammen stand, blitzen Flecken vor meinen Augen auf. Vor lauter Wut weiß ich nicht einmal mehr, wo im Park ich mich befinde, während ich die Spazierpfade herunterrenne. Allein mein Muskelgedächtnis scheint mich zurück zu meinem Auto zu bringen. Der Verkehr geht generell nie schnell genug voran, aber er hat mich noch nie so sehr genervt wie jetzt, als ich mich mit meinem Auto durch die Staus zum Büro quäle.

Es ist Donnerstagnachmittag und das bedeutet wahrscheinlich, dass nur noch wenige Leute im Büro sind. Seit ich meinen eigenen Ableger des Unternehmens gegründet habe, ist es meine Politik, dass jeder, der in meinem Büro arbeitet, die Möglichkeit hat, seine Projekte für die Woche bis zum Ende des Tages am Donnerstag zu erledigen und dann am Freitag frei zu nehmen.

Einige nehmen diese Möglichkeit nicht wahr, da sie es vorziehen, ihre Arbeit langsamer zu erledigen, anstatt einen zusätzlichen Tag frei zu haben. Die meisten sind jedoch ein oder zwei Stunden nach dem Mittagessen am Donnerstag verschwunden und ich sehe sie erst am Montagmorgen wieder. Das scheint auch jetzt der Fall zu sein. Die Sonne und der leichte Temperaturanstieg haben die Leute nach draußen gelockt und der Parkplatz ist praktisch leer. Aber das ist mir egal. Es gibt nur eine einzige Person, mit der ich reden will, und die geht nie frühzeitig. Tyler sieht mich an, als wäre ein tollwütiger Stier in sein Büro gestürmt, als ich hereinkomme. Das ist um ehrlich zu sein auch gar nicht so weit von der Wahrheit entfernt.

„Jake, bitte sagen Sie mir nicht, dass Sie hier sind, um mit mir über das Theater zu reden. Ich habe Ihnen jetzt schon hundertmal versichert, dass ich nichts mit den Nachrichten zu tun habe. Ich weiß nicht, warum die Besitzerin die E-Mails, die ich ihr geschickt habe, nie erhalten hat, und ich weiß nicht, warum sie andere erhalten hat, aber ich war es nicht.“

„Ich weiß.“

Er blinzelt ein paar Mal, als könne er nicht ganz verarbeiten, was ich gerade zu ihm gesagt habe.

„Sie wissen es?“

„Ja. Aber ich werde Ihre Hilfe benötigen.“

„Sagen Sie mir, was ich tun kann.“

„In welcher Beziehung stehen Sie zu Madison?“

Kapitel 33

Lilian

Manchmal ist es erfrischend festzustellen, dass man selbst nach jahrzehntelanger Freundschaft noch Neues über die wichtigsten Menschen in seinem Leben erfahren kann. Es ist jedoch weniger erfrischend, wenn diese Feststellung darin besteht, dass der beste Freund deutliche Schwierigkeiten hat, Entfernungen auf einer Landkarte abzuschätzen. Heute Morgen bin ich mit Feuer in den Lungen aufgewacht und konnte es kaum erwarten, endlich am Hauptsitz des Unternehmens einzutreffen. Seit den desaströsen Ereignissen im Theater habe ich die Firma hinter dem stillen Teilhaber in Verdacht und jetzt habe ich den endgültigen Beweis. Ich hätte zwar die Möglichkeit, es Jake in seinem Büro in Miami zu sagen, aber ein Besuch in der Zentrale wird mehr Wirkung zeigen.

Theoretisch. Wenn wir jemals dort ankommen.

„Wir sind seit sechs Stunden unterwegs, Gavin. Sind wir wenigstens in der Nähe?"

„Das ist eine ziemlich subjektive Frage. Was genau betrachtest du als nah?"

„Hast du die Website der Zentrale zur Hand? Ich werde anrufen und einen Termin vereinbaren."

„Mit wem?"

„Mit Adam, Jakes ältestem Bruder. Er ist der Chef der Firma und wird wissen, was getan werden muss. Wir haben uns gut verstanden, als wir uns am St. Patrick's Day getroffen haben. Ich habe das Gefühl, dass er bereit wäre, mir zuzuhören, ohne dass die Dramen zwischen Jake und mir dazwischenfunken."

Zehn Minuten später ist das Telefongespräch beendet und Gavin tut alles, um keinen Blickkontakt mit mir herzustellen, während er zum nächsten Hotel fährt.

„Es ist gut, dass ich noch Colins Kreditkarte habe", sagt er und versucht, so guter Dinge wie möglich zu klingen.

„Es wäre noch besser gewesen, wenn wir gewusst hätten, dass Adam freitags um 12 Uhr mittags das Büro verlässt, oder wie lange die tatsächliche Fahrtzeit ist, so dass wir rechtzeitig hätten eintreffen können."

„Sieh es doch mal so. Wenn du ein paar Tage Zeit zum Nachdenken hast, kannst du einen klaren Kopf bekommen und in aller Ruhe darüber reden, wenn du dich am Montag mit ihm triffst."

„Ich brauche keine Zeit, um darüber nachzudenken. Ich will sie jetzt sofort in die Finger bekommen."

„Siehst du? Das sind nicht die Worte einer Person, die abgeklärt ist und sich selbst unter Kontrolle hat, geschweige denn der man in Gegenwart anderer vertrauen könnte. Diese Frau wird am Montagmorgen immer noch ein verlogenes, vandalisierendes Monster sein.“

Gavin spricht mit seiner besänftigendsten Erwachsenenstimme, aber das trägt nicht dazu bei, meine Wut für den Rest des Wochenendes zu lindern. Die Erkenntnis, dass ich mein Handy im Resort vergessen habe und wir nur genug Kleidung für eine Übernachtung mitgenommen haben, macht die Sache natürlich alles andere als besser. Die fehlenden Klamotten sind schnell durch eine Shoppingtour behoben, aber ich kann mich nicht dazu durchringen, Spaß daran zu haben. Am liebsten würde ich mir die Decke über den Kopf ziehen und die nächsten zwei Tage durchschlafen. Und genau das tue ich auch.

***

Am Montagmorgen geht es mir noch schlechter, aber das wird mich nicht davon abhalten, bei Adam vorzusprechen. Er muss wissen, was ich herausgefunden habe. Selbst wenn es keinen Unterschied macht, kann ich mich nicht einfach zurücklehnen und Madison damit davonkommen lassen. Mit hohen Absätzen und ein paar Tupfern zusätzlicher Wimperntusche fühle ich mich gleich ein wenig besser und habe etwas an Selbstvertrauen gewonnen, als ich über den Parkplatz in Richtung der Türen des riesigen Hauptgebäudes stakse. Ein so großes und imposantes Gebäude habe ich nicht erwartet. Aber ich lasse mich davon nicht einschüchtern. Ich recke mein Kinn ein wenig höher, als wir uns der Reihe der verspiegelten Glastüren nähern.

„Ich komme mir vor wie in einem Spionagefilm", flüstert Gavin. „Jeden Moment wird jemand an uns vorbeirauschen und uns einen Koffer mit Staatsgeheimnissen und in Zyanid getauchtem Kaugummi überreichen."

„Ich bezweifle, dass das passieren wird", sage ich. „Aber wir sind definitiv im Begriff, diese Schlampe zur Strecke zu bringen."

Die Frau, die in der Lobby am Schalter sitzt, lächelt mich freundlich an, als ich auf sie zuschreite. Sie hat nicht denselben gelangweilten, aufgesetzten Blick, den die meisten Empfangsdamen während der Ausbildung für ihre neue Position zu erlernen scheinen, und scheint auch nicht von meinem Gang beeindruckt zu sein, was mich etwas enttäuscht. Nicht, dass ich sie einschüchtern will, denn ich bezweifle stark, dass sie mit ihrem blauen Blumenkleid, dem Spitzenkragen und dem Duft von Teerosen etwas mit der Situation zu tun hat, aber es wäre schön zu wissen, ob es funktioniert. Das schwammige Gefühl in meinem Kopf und meinem Magen scheint meine Präsenz zu schmälern.

„Kann ich Ihnen helfen?", fragt die Frau freundlich.

„Ich habe heute Morgen einen Termin bei Adam Conway", sage

ich.

Sie wirft einen Blick auf den altmodischen Tischkalender vor ihr und gibt einen besorgten Laut von sich, bevor sie sich wieder dem Computer zuwendet.

„Mr. Conway scheint für heute Morgen keine Termine zu haben. Sind Sie sicher, dass Sie den Termin für heute angesetzt haben?“

„Ja. Ich habe am Freitag angerufen.“ Kaum habe ich das gesagt, wird mir klar, dass ich den Termin gar nicht vereinbart habe, als ich anrief. Als ich erfuhr, dass er nicht da war, hatte ich meinen Plan über den Haufen geworfen und aufgelegt, bevor ich daran dachte, ihr mitzuteilen, dass ich heute erscheinen würde. Ich greife nach der Kante des Schalters und lasse verzweifelt meine Stirn darauf sinken. „Verdammt noch mal.“

„Ist alles in Ordnung, Ma’am?“

„Ich muss unbedingt mit ihm reden. Es ist wichtig.“

„Er ist noch nicht da. Möchten Sie Ihren Namen hinterlassen, damit ich ihm sagen kann, dass Sie hier waren?“

„Mein Name ist Lilian Burke, aber ich kann nicht länger warten.“ Irgendetwas überkommt mich und ich scheine mein Urteilsvermögen zu verlieren. Eilig ziehe ich die Ausdrucke der Bilder, die ich im Business Center des Hotels habe machen lassen, aus der Tasche über meiner Schulter und knalle sie auf den Schalter.

„Sehen Sie das? Das sind Bilder der Überwachungskamera von

einer Frau namens Madison, die mein Gebäude verwüstet hat. Das war mein Theater, aber ich hatte eine stille Teilhaberschaft mit Jake Conways Übernahmegesellschaft vereinbart. Die Schäden am Gebäude und der emotionale Aufruhr, den sie verursacht hat, haben mich zu der Entscheidung gebracht, mein Theater aufzugeben, und das ist eine verdammte Katastrophe."

Gavin packt mich am Arm und zieht mich sanft weg, wobei er sich der Frau mit einem breiten, überzeugenden Lächeln zuwendet.

„Danke fürs Zuhören. Ich wünsche Ihnen einen schönen Tag", sagt er mit einem verlegenen Lächeln und versucht, die Situation irgendwie zu managen.

„Wir wissen das bereits."

Gavin und ich drehen uns ruckartig um.

„Sie wissen es?", frage ich.

Sie nickt.

„Ja. Jake hat Adam Ende letzter Woche auf diese und andere Informationen aufmerksam gemacht. Die Sache ist geklärt."

Ich bin fassungslos. Trotz meiner Vorfreude ist dies ein etwas enttäuschendes Ende.

„Was meinen Sie mit ‚Es ist geklärt'?", fragt Gavin.

„Laufende Ermittlungen können nicht besprochen werden, aber ich nehme an, ich kann Ihnen das hier geben." Sie wühlt sich durch einen Stapel Papiere und Umschläge, die in einem silbernen Aktenschrank auf ihrem Schreibtisch liegen, und zieht einen dicken weißen Umschlag hervor. „Ich hatte vor, ihn mit der Post zu verschicken, aber ich kann mir nicht vorstellen, dass es einen großen Unterschied macht, ob Sie ihn mit der Post bekommen oder ob ich ihn Ihnen gebe."

Sie hält mir den Umschlag hin und ich nehme ihn entgegen.

„Was ist das?"

„Ein paar offizielle Papiere. Jake hat die Situation ausführlich mit seinen Brüdern besprochen, und sie sind gemeinsam zu dem Schluss gekommen, dass dies der richtige Weg ist."

„Offizielle Papiere? Verklagt er mich etwa?"

Sie lacht.

„Nicht ganz."

Ich öffne den Umschlag und ziehe die Papiere heraus. Gavin beugt sich über meine Schulter, um sie mit mir gemeinsam zu lesen.

„Heilige Scheiße", murmelt er.

„Ich glaube, ich verstehe nicht ganz."

Sie nickt dezent an mir vorbei, als wolle sie meine Aufmerksamkeit auf etwas lenken.

„Das sind Eigentumspapiere."

Adams Stimme lässt mich aufschrecken und ich drehe mich zu

ihm um.

„Adam, ich weiß nicht ... was soll das? Die Frist ist doch vorbei.“

„Es gibt keine Frist.“

„Doch, die gab es. Sie war der Grund dafür, dass Gavin mich an den Strand entführt hat und nur Ananassaft aus Kokosnüssen trinken ließ.“

Adam lacht.

„Ich meine damit, es gibt keine Frist mehr, weil die Vereinbarung aufgelöst wurde. Jake hat uns erzählt, was passiert ist. Eine der Statuten des Unternehmens besagt, dass, obwohl jeder Bruder sein eigenes Akquisitionsteam hat, alle drastischen Änderungen an Immobiliengeschäften, die das gesamte Unternehmen betreffen könnten, von allen fünf Brüdern genehmigt werden müssen. Wir waren uns alle einig, dass das, was dir widerfahren ist, nicht fair war. Und da die Vereinbarung gegen seinen Willen getroffen wurde, sollte sie sowieso nicht aufrechterhalten werden. In dem Moment, in dem du diese Papiere unterschreibst, gehört dir das *Prism* wieder uneingeschränkt.“

„Jake hat nicht mit mir...“

„Er sagte, er habe versucht, dich anzurufen, damit ihr die Situation besprechen könnt, aber du bist nicht rangegangen. Dir die Papiere zuzuschicken, schien die beste Option zu sein.“

Er zieht einen Stift aus seiner Tasche und hält ihn mir hin. Meine

Hände zittern, als ich mich auf den Rand des gepolsterten Sitzes einer Couch setze, die mich an die viktorianische Couch in meinem Wohnzimmer erinnert, und die Papiere vor mir ausbreite. Ich bringe eine zittrige, unordentliche Unterschrift zustande.

„Herzlichen Glückwunsch“, sagt Adam.

Ich will aufstehen, aber alles scheint auf einmal auf mich einzustürzen. All das ist zu viel für mich. Ich fühle mich vollkommen überwältigt und mein Körper sackt zurück auf die Couch. Gavins Stimme verschwindet in der Dunkelheit, die über mich hereinbricht, als er meinen Namen ruft. Für ein paar Sekunden komme ich wieder zu Bewusstsein, als ich in den Krankenwagen geladen werde. Zu einer Seite sehe ich Adam an seinem Telefon, zur anderen Seite Gavins Gesicht, das von Sorge gezeichnet und von Tränen überströmt ist. Ich versuche, etwas zu sagen, werde jedoch erneut ohnmächtig.

***

Als ich wieder zu mir komme, liege ich in einem Krankenhausbett. Die Maschinen um mich herum piepen in einem eigenartigen Rhythmus und ich stöhne auf.

„Ich hasse dieses taktlose Herumgepiepe. Die Leute, die diese Geräte machen, sollten die Töne besser koordinieren, damit sie zumindest ein wenig miteinander harmonieren."

Gavin steht überrascht keuchend am Bettrand und ergreift meine Hand.

„Lilian! Ich werde den Arzt holen."

Er rennt aus dem Zimmer und ein paar Sekunden später kommt eine blonde Frau mit einer dicken schwarzen Brille und einem grünen Stethoskop hereingeeilt.

„Ihr Freund ist in die Cafeteria gegangen. Er hat sich nicht von der Stelle gerührt, seit Sie hier sind, und ich habe ihm geraten, er könnte eine Pause gebrauchen."

„Wie lange bin ich schon hier?"

„Ein paar Stunden. Sie leiden unter Erschöpfung und Dehydrierung, deshalb haben wir Ihnen Flüssigkeit und ein Beruhigungsmittel verabreicht, um Ihnen zu ermöglichen, sich zu regenerieren. Aber keine Sorge, es wird dem Baby nicht schaden."

Ich blinzle ein paar Mal. Das kann ich unmöglich gerade gehört haben.

„Es wird wem nicht schaden?"

Ihr Blick hebt sich von meiner Akte in ihrer Hand.

„Dem Baby. Wir haben ein Beruhigungsmittel verwendet, das für Schwangere als sicher gilt."

„Wie bitte? Ich bin...?"

„Ja. Wussten Sie das etwa nicht? Hatten Sie denn regelmäßig Ihre Periode?“

Ich denke zurück und versuche zu verarbeiten, was sie mir gerade gesagt hat.

„Ehrlich gesagt, ich weiß es nicht. Das klingt lächerlich, aber in meinem Leben ist so viel passiert und ich stand unter so viel Stress, dass ich gar nicht daran gedacht habe.“

„Das kommt häufiger vor, als Sie denken. Im Moment sieht alles gut aus, also werde ich Sie noch eine Weile ruhen lassen. Wenn Sie etwas brauchen, sagen Sie mir einfach Bescheid.“

Ich nicke fassungslos und sie verlässt den Raum. Einige Sekunden später fliegt die Tür auf. Mein Herz hüpft in meiner Brust, als ich Jake in der Tür stehen sehe.

„Lilian“, sagt er atemlos. Er eilt zur Seite des Bettes und setzt sich. „Ich habe mir solche Sorgen um dich gemacht. Adam hat mich angerufen. Ich habe im Wartezimmer gesessen. Sie wollten mich erst wieder reinlassen, wenn du aufwachst.“

„Jake...“

„Warte. Lass mich dir nur kurz etwas sagen. Ich muss das erklären. Ich habe am Donnerstag herausgefunden, dass Madison diejenige ist, die hinter all dem steckt. Du hattest Recht. Sie war anscheinend in mich vernarrt. Als ich sie nicht beachtete, beschloss sie, einen anderen Weg zu finden, einen Eindruck bei mir zu hinterlassen, und ging mit Tyler aus. Sie dachte, er könnte ihr womöglich Insiderinformationen über die Firma geben, die sie nutzen könnte, um mir näherzukommen. Sie fand heraus, dass er diese Abmachung hinter meinem Rücken getroffen hatte, und dachte, wenn sie dich dazu zwingen könnte, das Theater unter die Kontrolle meiner Firma zu bringen, wäre das eine Möglichkeit, in meine Gunst zu gelangen."

„Sie steckte da die ganze Zeit über dahinter? Wie konntest du nicht wissen, dass sie etwas mit Tyler hat?"

„Sie ist nicht gerade offen damit umgegangen und er hatte damit kein Problem. Also hat sie ihn einfach weiter benutzt, ohne dass er es realisiert hätte. Je mehr du dich wehrtest, desto gemeiner wurde sie, weil sie ihre Felle davonschwimmen sah. Diese Dinnerparty war Teil ihres Plans. Der Kunde, dem sie mich vorstellte, sollte scheinbar zufällig das Thema des Theaters aufgreifen, was der Auftakt für ihre große Enthüllung mir gegenüber sein sollte."

„Was hat sie denn gedacht, was passieren würde?"

„Ich weiß es nicht. Aber als sie herausfand, dass wir zusammen sind, war sie wütend. Daraufhin hat sie angefangen, das Theater zu verwüsten."

„Sie hat wohl ihren Verstand verloren."

„So könnte man es sagen. Tyler und ich haben zusammen Nachforschungen angestellt, um herauszufinden, wie sie es angestellt hat. Es stellte sich heraus, dass Tyler seinen Assistenten gebeten hatte, die E-Mails zu versenden. Sein Assistent hat die Angewohnheit, E-Mails nicht sofort zu verschicken, sondern sie in eine Warteschlange zu stellen, damit er sie in Stapeln verschicken kann. Er sagt, dass es ihm hilft, den Überblick darüber zu behalten, wann er die Nachrichten verschickt hat. Tyler verfasst sie und schickt sie zur Bearbeitung an seinen Assistenten, der sie dann alle versendet. Der Grund dafür, dass du die von ihm verfassten E-Mails nie erhieltest, war, dass Madison seinen Administrator-Zugang nutzte, um sich im E-Mail-Konto des Assistenten anzumelden und die E-Mails zu löschen, bevor er sie sah. Sie hat dann ein selbst aufgesetztes E-Mail-Konto benutzt, um dir ihre eigenen E-Mails zu schicken."

Während ich versuche, ihm zu folgen, wird mir geradezu schwindelig. Es fühlt sich alles so kompliziert und verwirrend an.

„Hat dich die Polizei wegen der Fotos angerufen? Ich habe versucht, dich anzurufen, aber du bist nicht rangegangen."

„Ich weiß. Ich habe versucht, dich zurückzurufen."

„Ich hatte mein Handy im Hotel vergessen."

„Tyler und ich haben übrigens auch alle weiteren Indizien, die wir gefunden haben, der Polizei übergeben. Sie ermitteln. Warum warst du in einem Hotel?"

„Gavin hat mich auf eine Spritztour mitgenommen, um mich von dem Theater abzulenken... und von dir."

Jake ergreift meine Hand.

„Ich habe dich so sehr vermisst."

„Ich habe dich auch vermisst." Meine Lippen kribbeln angesichts der Neuigkeit, die ich gerade vom Arzt erfahren habe, aber ich halte mich zurück. Ich brauche erst mehr Zeit, um all das selbst zu verarbeiten, bevor ich es ihm sage. Plötzlich fällt mir ein, dass er sagte, er habe im Wartezimmer gesessen. „Wie konntest du so schnell hierherkommen?"

„Ich war in Sunborn View."

„Warum?"

„Aubriana und ich haben das Stück dorthin verlegt. Emily hat uns geholfen, es zu retten." Er schaut auf seine Hände hinunter, die meine halten. „Aber es ist nicht dasselbe ohne dich. Es sind nur noch zwei Wochen. Kommst du mit mir zurück, damit wir beenden können, was wir angefangen haben?"

Ich mache Anstalten, zu antworten, aber Gavins schrille Stimme von außerhalb des Zimmers unterbricht mich.

„Alejandro? Ich kenne keinen Alejandro!"

„Und bring Gavin mit."

Ich nicke lächelnd.

„Das werde ich."

Kapitel 34

Jake

Die Abendbrise lässt Lilians Haare flattern und sie seufzt entzückt über die Wärme auf ihrer Haut. Der Frühling ist definitiv in Sunborn View angekommen und die Insel ist erfüllt von den Farben, Gerüchen und dem hübschen Anblick des erwachenden Jahres. Teenager und Familien versammeln sich in der Eisdiele, entweder für ihre ersten Dates oder für eine Nascherei nach dem Abendessen. Lilian und ich reihen uns hinter einem jungen Paar ein, das zu nervös zu sein scheint, um sich anzuschauen, aber gleichzeitig so viele Wege wie möglich finden muss, um sich ‚versehentlich' an den Schultern zu berühren oder an den Hüften zusammenzustoßen. Ich kann ihr Dilemma nachempfinden. Lilian und ich hatten das Stadium des Schulterkontakts zwar schon lange hinter uns gebracht und waren erfolgreich in andere Gefilde vorgedrungen, aber mittlerweile stellen sich die Dinge ein wenig anders dar. In den fast zwei Wochen, seit sie das Krankenhaus verlassen hat und mit mir hierher nach Sunborn View gekommen ist, haben wir uns nur mit großer Vorsicht wieder angenähert. Terrys Worte haben sich permanent in meinem Hinterkopf eingebrannt und mich daran erinnert, dass wir unsere

Beziehung nicht einfach wiederaufnehmen können, sondern vollkommen neu anfangen müssen.

„Ein kleiner Teil der Geschichte der Brüder Conway", sage ich. „Dieses Eiscreme-Fenster ist der Grund, warum Adam und Emily zusammen sind."

„Der ganze Grund?", fragt Lilian neckisch.

„Vielleicht nicht der ganze Grund, aber ein ziemlich wichtiger. Sie hat hier gearbeitet, als er sie um ihr erstes Date gebeten hat."

„Ich dachte, Emily ist Lehrerin."

„Das ist sie jetzt. Ich rede von der Zeit, als sie achtzehn war."

„Sie sind schon so lange zusammen?"

Ich lache.

„Nein. Sie soll dir die Geschichte irgendwann einmal selbst erzählen. Oder vielleicht sollte Melissa dir die Geschichte lieber erzählen. Ihre Version ist die beste."

Wir bestellen ein Eis und entfernen uns von der wachsenden Menschenmenge.

„Es sieht anders aus hier, wenn kein Festival stattfindet", sagt sie und sieht sich im Hafen um. Ich führe sie zur Reling. Wir lehnen uns dagegen und schauen aufs Wasser hinaus. In der Ferne gleitet Ellis vorbei. „Mir gefällt es so."

Sie leckt an ihrem Vanilleeis herum und ich zwinge mich mit

Mühe, meinen Blick abzuwenden und mich auf meine eigene perfekt geformte Schokoladenkugel zu konzentrieren.

„Mir auch. Aber ich gebe zu, dass ich die Festivalatmosphäre aus bestimmten Gründen dennoch bevorzuge."

Ihr schelmisches Lächeln, als sie zu mir herüberschaut, lässt mein Herz schneller schlagen. Nach ein paar Augenblicken stoßen wir uns vom Geländer ab und gehen weiter die Promenade hinunter.

„Das erinnert mich an ein kleines Coney Island", sagt sie.

„So habe ich das noch nie gesehen, aber ich denke, es ist vergleichbar. Auf Sunborn View gibt es definitiv keinen Vergnügungspark. Im Spätsommer gibt es einen Jahrmarkt, aber das, was dem Luna Park auf Coney Island am nächsten kommt, ist der Wasserpark auf dem Festland. Für die Teenager hier ist es eine Art Übergangsritus, wenn ihre Eltern sie alleine dorthin gehen lassen."

„Meine Eltern nahmen mich einmal mit in den Luna Park, als ich noch jünger war. Ich erinnere mich, dass ich von den Fahrgeschäften begeistert war, aber zu viel Angst hatte, in die Achterbahn zu steigen. Überall um mich herum zwangen die Eltern ihre Kinder, einzusteigen, weil das eben eine Art Ritual ist. Wie du gerade sagtest - ein Übergangsritus. Die Eltern sind in diesem Alter zum ersten Mal damit gefahren, also beschließen sie, dass ihre Kinder es ihnen im selben Alter gleichtun müssen. Die Kleinen weinen und haben große Angst, doch die Eltern treiben sie zur Achterbahn, als ginge es um Leben und Tod. Ich hatte solche Angst, dass meine Eltern das

Gleiche mit mir machen würden. Das war das erste Mal, dass ich mir wirklich wünschte, mein Bruder wäre da. Was seltsam ist, denn ich hatte keine wirklichen Erinnerungen an ihn." Sie sieht mich mit dem Hauch eines verlegenen Grinsens auf den Lippen an. „Wie du dir vorstellen kannst, gab es in der Kommune keine Vergnügungsparks."

„Haben sie dich schließlich auch gezwungen, zu fahren?"

Sie schüttelt den Kopf und hat plötzlich einen sanften Ausdruck im Gesicht.

„Nein. Mein Vater sagte zu mir: ‚Die Leute sagen immer, du sollst jeden Tag eine Sache tun, die dir Angst macht'. Dann sagte er mir, ich solle mir die Achterbahn ansehen und fragte, ob ich Angst hätte. Ich gab zurück, dass ich in der Tat Angst hätte, woraufhin er antwortete: ‚Dann hast du diese eine Sache für heute bereits hinter dir. Gut gemacht. Wenn du jetzt keine Angst mehr hast, sie erneut anzusehen, kannst du über mehr nachdenken.' Dann kaufte er mir ein Straubengebäck."

Sie wirkt ein wenig albern, während sie so die Stimme ihres Vaters nachahmt und dabei die Augenbrauen zusammenzieht, aber gleichzeitig ist es rührend. So habe ich sie noch nie gesehen. Ich habe fast das Gefühl, dass ich einen privilegierten Einblick in eine neue Seite von ihr erhalte. Wahrscheinlich sollte ich mich zurückhalten, aber in mir brennt eine Frage, die ich mir schon verkneife, seit ich sie kenne. Ich muss sie einfach stellen.

„Hör zu... Wenn du nicht darüber reden willst, kannst du mir das einfach sagen, und wir gehen weiter und essen unser Eis, und das war's. Aber ich will es wirklich wissen. Was hat es mit dieser ganzen Kommunensache auf sich, von der du sprichst? Ich weiß, du hast gesagt, deine Eltern gehörten zu einer sehr strengen religiösen Organisation und du wurdest dort geboren, aber was war das genau? Eine Art Grundstück mit einer riesigen Mauer und Stacheldraht drum herum? Oder eine Wüste mit Blockhütten?"

Lilian lacht, was eine viel positivere Reaktion ist, als ich mir angesichts der Frage erhofft hatte.

„Nein, so etwas war es nicht. Es war im Grunde ein Bauernhof. Sie behaupteten, es sei eine genossenschaftlich organisierte Kommune zum Nutzen aller."

„Nun, so etwas klappt meistens nicht."

„Nein. Wenn jemand sagt, dass etwas zum Nutzen aller ist, dann ist es höchstwahrscheinlich zum Nutzen von vier oder fünf Leuten, und alle anderen können zur Hölle fahren, nachdem sie sich zu Tode geschuftet haben, während sie darauf warten, dass diese ganze Nutzen-Sache in Gang kommt."

„Es tut mir leid, dass du das durchmachen musstest."

Sie seufzt und richtet ihren Blick ein paar Sekunden lang nach vorne, während sie nachdenkt.

„Weißt du, das tat es mir früher auch. Ich habe mich entweder dafür geschämt oder hatte das Gefühl, dass so unendlich viele

Probleme in meinem Leben auf diese Sache zurückzuführen sind. Ich habe sogar in einem College-Essay darüber geschrieben."

Ich lache.

„Ich bin sicher, es war ein interessantes Essay."

„Es hat mich ins College gebracht. Aber jetzt sehe ich das nicht mehr so. Ich würde mir diese Vergangenheit nicht freiwillig aussuchen, versteh mich nicht falsch, aber es ist nun mal passiert. Nun jedoch gehört es zu meiner Vergangenheit. Es hat meine Familie gestärkt und mir eine andere Perspektive auf das Leben gegeben. Ein wenig davon werde ich für den Rest meines Lebens mit mir herumtragen. Aber jetzt möchte ich nach vorne schauen und mich darauf konzentrieren, wo ich hinwill."

„Die magische Mischung", sage ich.

Sie nickt und erinnert sich dabei scheinbar auch an die Anekdote mit Miss Eleonore.

„Die magische Mischung."

In den letzten zwei Wochen haben Lilian und ich in getrennten Zimmern in demselben Haus geschlafen, in dem wir schon am St. Patrick's Day gelebt haben. Jeden Tag gehen wir ins Theater, sehen uns die Proben an und arbeiten an den Kulissen. An den Nachmittagen arbeiten wir am Marketing, um die allgemeine Vorfreude auf die Show zu steigern. Die Abende habe ich damit verbracht, den Abstand zwischen uns nach und nach zu schließen.

Ich sehne mich danach, Lilian in meinen Armen zu halten. Ich möchte sie eng an mich drücken und spüren, wie sie sich an mich schmiegt. Aber ich möchte auch geduldig sein und ihr den Raum geben, den sie braucht. Am Anfang ging alles so schnell zwischen uns, dass es jetzt scheint, als müssten wir all die üblichen Kennenlernabläufe, die wir zu Beginn übersprungen hatten, einzeln nachholen.

Als wir uns an diesem Abend auf den Nachhauseweg machen, habe ich das Gefühl, dass der Abstand zwischen uns definitiv kleiner wird. Sie geht dicht neben mir und ihr Körper berührt gelegentlich den meinen. Als ich ihr die Haare aus dem Gesicht streiche, weicht sie nicht zurück, sondern neigt ihren Kopf, um meine Handfläche leicht zu küssen. Wir machen nur langsame Fortschritte, aber endlich scheinen wir uns gemeinsam in dieselbe Richtung zu bewegen.

„Ich kann nicht glauben, dass das Stück morgen stattfindet", sagt sie leise, als wir uns dem Haus nähern.

„Wir haben wirklich hart gearbeitet. Wir alle. Ich bin mir sicher, dass es fantastisch werden wird. Selbst wenn niemand auftaucht und Aubriana die ganze Aufführung nur für uns beide, Emily, Adam und Gavin macht, wird sie glücklich sein."

„Und für Jim."

Ich sehe sie überrascht an.

„Wirklich?"

Sie nickt und gibt einen bejahenden Laut von sich.

„Sieht so aus. Ich habe gesehen, wie die beiden im Dorf Kaffee getrunken haben, und Gavin hat kein einziges Wort über ihn verloren."

„Ist es ein gutes Zeichen, wenn er das nicht tut?"

„Für Gavins Verhältnisse? Ein *sehr* gutes Zeichen."

„Nun, eines weiß ich sicher: Aubriana ist hin und weg. Sie hat von der gesamten Erfahrung einfach nur geschwärmt und kann den morgigen Tag kaum erwarten. Sie ist so aufgeregt."

„Und was dann?"

„Was meinst du?"

„Was passiert nach ihrem Auftritt? Es ist nur ein großer Abend. Danach weiß ich nicht, wie es weitergeht."

„Das sehen wir dann. Es wird sich schon alles gut entwickeln."

Wir gehen ins Haus und hinauf in die Schlafzimmer. Wie jeden Abend bringe ich sie zu ihrer Tür und sage ihr gute Nacht, dann gehe ich in mein eigenes Zimmer. Die Tür schließt sich hinter mir. Ich lehne mich mit dem Rücken an sie und mein Kopf fällt seufzend dagegen.

Was soll ich tun?

Das ist meine Chance und vielleicht die letzte, die ich habe. Nach morgen gibt es für Lilian keinen Grund mehr, in Sunborn View oder in meinem Leben zu bleiben, und das kann ich nicht zulassen. Ich reiße die Tür auf und überquere den Treppenabsatz in zwei langen Schritten. Sie öffnet sofort, als ich klopfe. Ich schließe den Abstand zwischen uns, drücke meinen Körper an ihren und umschließe ihr Gesicht mit meinen Händen. Der Kuss explodiert in meiner Brust und glüht regelrecht in mir. Ihre Lippen sind noch kalt und süß von der Eiscreme, aber ihre Zunge ist warm und begierig, als sie meine trifft. Ich küsse sie, bis ich spüre, dass ich mich kaum noch beherrschen kann, dann trete ich zurück und lege unsere Stirnen aneinander.

„Gute Nacht“, flüstere ich.

Atemlos erwidert sie meine Worte. Ich gebe ihr einen letzten sanften Kuss, bevor ich zurück in mein Zimmer gehe.

***

Am nächsten Tag...

Es stellte sich heraus, es gab keinen Grund zur Sorge, dass das einzige Publikum der zusammengewürfelte Haufen sein würde, der die Show überhaupt erst auf die Beine gestellt hatte. Das Theater war regelrecht überfüllt von begeisterten Zuschauern. Als Aubriana sich zum Schluss verbeugte, war der Applaus geradezu ohrenbetäubend.

Es hat fast zwei Stunden gedauert, aber der größte Teil des

Publikums hat sich irgendwann verflüchtigt und ist entweder nach Hause oder ins Dorf zurückgegangen, um zu essen und über die transzendente Erfahrung zu sprechen, Aubriana Woods letzten Bühnenauftritt erlebt zu haben. Das ist auch das Gesprächsthema auf dem Empfang, den meine Eltern in ihrem Haus geben werden. Die letzte Ovation dort dauert fast eine ganze Minute, als Aubriana, die mit so vielen Federn und Pailletten bekleidet ist, dass sie den ganzen Vegas Strip in den Schatten stellen könnte, auf der untersten Stufe der großen Treppe steht.

„Vielen Dank an alle“, sagt sie, als das Klatschen verstummt. „Ich bin überwältigt von der Unterstützung, die Sie mir alle entgegengebracht haben, indem Sie mich in Ihrer bezaubernden Stadt willkommen geheißen haben und mich meinen Traum haben erfüllen lassen. Sie haben meinen letzten Auftritt zu etwas gemacht, das ich für immer in meinem Herzen tragen und niemals vergessen werde.“

„Muss es denn Ihr letzter Auftritt sein?“, fragt meine Mutter.

„Aubriana...“, beginne ich. „Wir haben alle ein paar Worte miteinander gewechselt und sind zur Überzeugung gelangt, dass dieser Punkt auf Ihrer Bucket List nicht Ihr letzter Auftritt sein sollte. Dies sollte vielmehr der erste Schritt zu Ihrem offiziellen Comeback auf der Bühne sein. Sie waren absolut umwerfend und es war für alle ein unglaubliches Erlebnis, Ihnen zuzusehen.“

Aubriana strahlt, aber ich sehe an ihrem Gesichtsausdruck, dass sie nicht die Absicht hat, unseren Bitten nachzukommen.

„Danke. Es bedeutet mir sehr viel, dass Sie alle mich auf diesem Abenteuer begleitet und es so sehr genossen haben. Ich hatte eine fabelhafte Zeit, aber dies ist definitiv das Ende meiner Schauspielkarriere. Keine Schauspielerin sollte riskieren, ihrem Publikum zur Last zu fallen. Wenn man so lange im Showbusiness ist wie ich, weiß man, dass das Geheimnis einer erfolgreichen Karriere darin besteht, sich von seinem Publikum unter Küssen und Beifall zu verabschieden, anstatt geteert und gefedert. Wenn man abtritt, soll es mehr von einem wollen, anstatt die Nase voll zu haben."

Die ganze Menge lacht und applaudiert. Aubriana streckt ihre Hände aus, als wolle sie sie beruhigen, mit einem schelmischen Funkeln in den Augen.

„Außerdem wartet ein neues Abenteuer auf mich."

„Worin besteht dieses Abenteuer?", fragt Lilian.

„Ich bin vielen hier sehr nahegekommen und betrachte Sie alle nun beinahe als Teil meiner Familie, deshalb freue ich mich, Ihnen allen mitteilen zu können, dass ich mich verliebt habe. Damit habe ich nie gerechnet, aber ich bin überglücklich. Er ist der aufregendste und charmanteste Mann, den ich je getroffen habe, und wir freuen uns darauf, zu entdecken, was die Welt für uns bereithält."

„Wer ist es?", ruft jemand aus der Menge. Ein Chor von Beifall und Zustimmung ertönt.

„Das Publikum will es wissen", sage ich grinsend zu Aubriana.

„Nelson, Darling, komm her und lass mich dich allen vorstellen."

Ich kann nicht glauben, was ich da sehe, als ein bekanntes Gesicht neben Aubriana tritt und ihr einen begeisterten Kuss gibt. Alle jubeln und frohlocken, aber ich stehe nur mit offenem Mund und großen Augen wie angewurzelt auf der Stelle.

„Mr. Richardson?"

Er schaut in meine Richtung und grinst.

„Hi Jake!"

Das war der aufregende, charmante Mann, der Aubriana so umgehauen hat?

„Wie haben Sie sich kennengelernt?", fragt Lilian diplomatisch.

„Wir haben uns in Miami kennengelernt", sagt Aubriana. „Er kam eines Abends, um nach Jake zu suchen, und wir kamen ins Gespräch. Er kam danach noch ein paar Mal zu mir und ich konnte einfach nicht genug von ihm bekommen. Stellen Sie sich meine Überraschung vor, als er nach Sunborn View kam, um meinen Auftritt zu sehen. Er wohnt seit einer Woche bei mir und in dieser Zeit haben wir beschlossen, dass wir einfach nicht ohne einander leben können. Wir werden die Welt bereisen und etwas von dem vielen Geld verpulvern, das ich so lange nutzlos habe herumliegen lassen."

„Das ist so wunderbar", sagt Lilian, tritt vor und wirft ihre Arme um Aubriana. „Genießen Sie Ihr Glück."

„Herzlichen Glückwunsch“, sage ich, immer noch schockiert, aber glücklich.

Um uns herum ertönen Jubelrufe und Glückwunschrufe aus der Menge. Aubriana und Mr. Richardson beglücken uns mit einem weiteren enthusiastischen, aber mindestens genauso verwirrenden Kuss, und wir verabschieden sie in ihr neues gemeinsames Leben. Als ihr Auto davonfährt und der Rest der Gäste zurück ins Haus geht, um die Party fortzusetzen, schaut Lilian frech zu mir auf.

„Bist du bereit, nach Hause zu gehen?“, fragt sie.

Kapitel 35

Lilian

In dem Moment, als mir die Ärztin sagte, dass ich schwanger bin, wurde mein Leben vollkommen auf den Kopf gestellt. Es ging so schnell und traf mich auf einer so tiefen Ebene. Ich wusste nicht, ob ich bereit war, mit einer solchen Eröffnung auch das Leben von Jake so unversehens zu verändern. Er würde es natürlich irgendwann erfahren müssen. Ich konnte es nicht ewig vor ihm verheimlichen. Die Frage, wann ich es ihm sagen sollte, beschäftigte mich jeden Abend vom Aufwachen bis zum Schlafengehen. Ich konnte mich jedoch nicht dazu durchringen, ihm von unserem Baby zu erzählen, bevor ich nicht wusste, was genau zwischen uns im Gange war. Ihn wiederzusehen, spülte all die Gefühle wieder an die Oberfläche, die ich so sehr zu verdrängen und zu ignorieren versucht hatte, aber ich zögerte weiterhin. Zu wissen, dass er mich belogen hatte, hatte mich zutiefst verletzt. Als ich aber schließlich die Wahrheit herausfand, war ich bereit, ihm mein Herz wieder zu öffnen.

Ich brauchte eine Auszeit von Miami, von dem Chaos und der Kulisse, vor der sich unser gesamtes Drama abgespielt hatte. Es musste etwas Neues und Frisches zwischen uns her. Sämtliche

Entscheidungen, die wir in Bezug auf unsere neue Beziehung treffen würden, durften nur unter der mit uns selbst im Blick getroffen werden. Ich wollte nicht, dass er sich von den Gedanken an unser Baby beeinflussen lässt und seine Gefühle unter dem Einfluss seines Pflichtbewusstseins abwägt. Das würde ich mir weder für mich selbst noch für mein Kind wünschen. Ich musste herausfinden, was er tatsächlich für mich empfand und ob es wirklich noch etwas zwischen uns gab, das die Chance hatte, zu wachsen.

Der Kuss gestern Abend hat mir diesbezüglich jedoch alles gesagt, was ich wissen musste.

Mit diesem Kuss hat Jake alle Fragen beantwortet und alle Bedenken zerstreut, bis auf eine einzige. Ich weiß immer noch nicht, wie er auf die Nachricht reagieren wird. Ich habe ihn noch nie über andere Kinder als seine Nichte und seinen Neffen sprechen hören. Obwohl es offensichtlich ist, dass er sie vergöttert, bedeutet diese Liebe jedoch nicht unbedingt, dass er jemals die Möglichkeit in Betracht gezogen hat, Vater zu werden. Aber ich kann nicht länger warten. Die heimliche Reise, die ich heute Morgen unternommen habe, nachdem ich ihm gesagt habe, dass ich einen kurzen Abstecher aufs Festland machen muss, hat mir den ganzen Tag über schwer im Magen gelegen. Es hat Momente gegeben, in denen ich fast geplatzt wäre. Die Freude und Aufregung in Aubrianas Gesicht jedoch zu sehen, als sie ihre Beziehung bekannt gab, hat die Sache für mich besiegelt.

Ich sagte mir, egal wie Jake reagiert, es wird alles gut werden. Es ihm zu sagen ist genauso wichtig für mich wie für ihn. Er verdient es, von seinem Kind zu erfahren, aber seine Reaktion wird nichts an der Liebe ändern, die ich für das Kind empfinde, das in mir heranwächst, oder an meinem Plan, es aufzuziehen. Ich muss es ihm sagen, damit ich nach vorne blicken kann, was auch immer das für uns beide bedeuten wird.

„Kannst du das glauben, Aubriana und Mr. Richardson?“, fragt er unter einem lauten Lachen, als wir das Haus betreten. „Ich meine, *Mr. Richardson.* Das ist der Mann, der nicht wusste, wie er seine eigene Bucket List erstellen sollte. Und jetzt ist er der einzige verbliebene Punkt auf Aubrianas Bucket List? Das ist eine beeindruckende Entwicklung.“

„Sie muss etwas in ihm sehen. Du hast gesagt, es hat ihm nichts ausgemacht, als du ihn in der Höhle verloren hast. Vielleicht reizt sie dieser Sinn für Abenteuer.“

„Ich sagte, er *wusste* nicht, dass ich ihn in der Höhle verloren habe. Es könnte ihn sehr wohl stören, wenn er es jemals herausfindet.“

Ich werde mich kurzerhand auf diese Überleitung stürzen.

„Apropos herausfinden, ich möchte mit dir über etwas sprechen.“

Jake sieht mich neugierig an.

„In Ordnung. Was gibt es?“

„Wir haben viel zusammen durchgemacht. Wahrscheinlich mehr, als wir hätten sollen.“

„Nichts ist zu viel, um es nicht mit dir durchzustehen."

Er streckt seine Arme aus und ergreift meine beiden Hände. Ich bin überrascht, als ich merke, wie ich zittere.

„Ich möchte, dass du diesen Satz immer im Hinterkopf behältst", sage ich lächelnd. „Wir haben besprochen, was passiert ist, und du weißt, wie sehr du mich verletzt hast, indem du mir die Wahrheit vorenthalten hast."

„Ja, und es tut mir leid. Ich kann dir gar nicht genug sagen, wie leid es mir tut."

„Ich weiß, dass du so empfindest, und sage das nicht, damit du dich schlecht fühlst oder es nicht vergisst. Ich verzeihe dir nicht nur, weil ich es will, sondern weil es für dich auch etwas zu verzeihen gibt."

Sein Kopf neigt sich fragend zur Seite.

„Inwiefern?"

Ich löse meine Hände aus seinen und gehe quer durch den Raum zum Beistelltisch. Dort angekommen öffne ich die Schublade, auf die ich vorhin gestoßen bin, als ich nach einem Versteck suchte, ziehe den Umschlag heraus und gehe zurück zu Jake. Er nimmt ihn mir mit unsicherem Blick ab.

„Du bist nicht der Einzige, der sich schuldig gemacht hat, indem er Dinge verheimlicht hat."

Jake öffnet den Umschlag und nimmt das Hochglanzpapier

heraus. Er starrt es ein paar Sekunden lang an, als wüsste er, was er da sieht, will es aber nicht beim Namen, nur für den Fall, dass er sich irrt. Schließlich sieht er mich an.

„Wirklich?"

Ich nicke.

„Als ich dir sagte, dass ich heute aufs Festland muss, war das für einen Termin beim Arzt."

„Wann hast du es erfahren?"

„Vor zwei Wochen, im Krankenhaus. Ich hatte vorher keine Ahnung. Als ich es schließlich erfuhr, wusste ich nicht, wie ich es dir sagen sollte. Es schien mir nicht der richtige Zeitpunkt zu sein angesichts all dessen, was im Gange war. Ich hatte das Gefühl, dass das einfach zu viel war, um noch einen draufzusetzen, vor allem etwas so Großes. Wir brauchten eine Chance, unsere Gedanken zu ordnen, bevor wir darüber sprechen konnten."

„Diese Bilder sind echt?", fragt er, immer noch fassungslos.

Es fällt mir schwer, die Emotionen in seiner Stimme zu entschlüsseln. Seine Stimme ist langsam und gleichmäßig, aber da ist ein Anflug von Schwere, als ob er sich vergewissern will, dass ich den Ernst dessen, was ich ihm da eröffne, verstehe.

„Natürlich sind sie echt."

„Das ist mein Baby?"

„Ja."

Mit einer urplötzlichen Bewegung hebt Jake mich von den Füßen und zieht mich in eine feste Umarmung. Genauso schnell lässt er mich wieder auf meine Füße sinken und legt seine Hände auf meinen Bauch.

„Oh, das tut mir leid. Das hätte ich nicht tun sollen."

Ich lache.

„Ist schon gut. Du wirst dem Baby nicht wehtun. Es ist da drinnen im Moment sehr gut beschützt."

Jake lässt sich auf die Knie sinken und küsst meinen Bauch, dann steht er wieder auf und sieht sich die Ultraschallbilder an. Seine Finger fahren bewundernd über die Bilder.

„Ich muss ehrlich sein, ich bin mir wirklich nicht sicher, was genau ich da gerade vor mir habe, aber es muss das so ziemlich Schönste sein, das ich je gesehen habe."

Wir setzen uns auf die Couch und ich erkläre ihm die Bilder. Er hört aufmerksam zu, während ich ihn so auf das Baby hinweise, wie die Ärztin es mir gegenüber getan hat, und jedes der winzigen Körperteile identifiziere, die bereits sichtbar sind.

„Es wird natürlich noch eine Weile dauern, bis wir wissen, ob es ein Junge oder ein Mädchen ist."

„Das ist in Ordnung. Und es ist mir egal." Er berührt wieder meinen Bauch. „Ich kann nicht glauben, dass du das Kleine schon so lange mit dir herumträgst und wir nichts davon wussten."

„Und du bist glücklich darüber, ja?", frage ich.

Seine Reaktion ist offensichtlich, aber ich brauche die offizielle Bestätigung.

„Ich bin glücklicher als je zuvor. Ich liebe dich, Lilian. Ich habe gefühlt mein ganzes Leben darauf gewartet, dir das sagen zu können. Ich liebe dich. Und ich kann es kaum erwarten, diese Familie mit dir zu gründen."

„Ich liebe dich auch, Jake."

Er legt die Ultraschallbilder auf den Couchtisch und dreht sich zu mir, damit er meine beiden Hände in seine nehmen kann. Sie gleiten über meine Handgelenke nach oben und dann zurück zu meinen Handflächen.

„Unsere Ehe war für mich real. Das war sie immer. Du bist das Unerwartetste und Erstaunlichste, was mir je in meinem Leben passiert ist. Ich führe ein Leben, von der die Leute denken, dass es mir erlaubt, alles zu haben, was mir beliebt. Das sollte bedeuten, dass ich glücklich bin. Bis du in mein Leben getreten bist, glaubte ich auch, das zu sein. Es gibt nichts auf dieser Welt, keine Erfahrung, keine Kunstkollektion, nichts, was sich mit dem Gefühl vergleichen ließe, dich an meiner Seite zu haben. Dich zu lieben ist mit nichts vergleichbar, was ich je erlebt habe. Du hast mir gezeigt, was wahres Glück ist. Dann hast du mir gezeigt, was wahrer Verlust ist. Als ich dachte, du wärst aus meinem Leben verschwunden, war es, als ob mein Inneres aus mir herausgeschnitten worden wäre und nur noch eine leere Hülle übrig war. Mein Körper war noch da und ich konnte mein Leben fortsetzen, aber es war, als würde ich nie wieder etwas auf dieselbe Weise erleben. Dass du zu mir zurückkamst, hat mir wieder neues Leben eingehaucht. Auf dem Festival damals sagten wir uns, wir wollten, dass unsere symbolische Verpflichtung füreinander echt ist, denn das Wichtigste, was wir im Leben finden können, ist wahres Glück. Jetzt, in diesem Moment, habe ich das Gefühl, dass ich alles habe, worauf ich jemals hätte hoffen können. Ich habe dich und unser Baby ist unterwegs. Alles, was ich für den Rest meines Lebens will, ist, tausend verschiedene Wege zu finden, um euch beide glücklich zu machen."

„Du hast mir schon mehr Glück geschenkt, als ich für möglich gehalten hätte", antworte ich. „Du hast mir geholfen, mir eine Last von den Schultern zu nehmen, die ich schon so lange mit mir herumtrage. Bis du in meinem Leben erschienen bist, war mir nicht einmal bewusst, wie schwer sie tatsächlich war. Du hast mir geholfen zu erkennen, dass es möglich ist, meine Vergangenheit hinter mir zu lassen, ohne sie zu verlieren und ohne sie zu entehren, und dass ich nicht versuchen muss, die Dinge genau so zu bewahren, wie sie einmal waren, um sie nicht zu vergessen und ihr Andenken mit Liebe und Respekt zu behandeln. Du hast mir gezeigt, dass ich die Vergangenheit und meine Erinnerungen an sie weiterhin wie meinen Augapfel hüten kann, selbst wenn ich eine völlig neue Zukunft anstrebe."

„Und hast du deine Meinung über das *Prism* geändert? Ich weiß, dass du beschlossen hattest, es loszulassen.“

„Das hatte ich. Meine Mutter sagte mir, ich solle auf mein Herz hören und tun, was es mir sagt. Und in diesem Moment sagte es, ich solle loslassen. Jetzt ist mir klar, dass es nicht bedeutete, mein Eigentum am *Prism* aufzugeben, sondern den Kampf, mich beweisen zu müssen. Ich will nicht, dass das Theater so bleibt, wie es immer war, sondern dass es besser wird. Ich möchte etwas Unglaubliches daraus machen und es mit dir an meiner Seite tun.“

„Das werde ich immer sein.“ Er beugt sich vor, um mich zu küssen, und meine Hand ruht auf seinem Herzen, so dass ich spüren kann, wie es schlägt. Der Kuss endet und er rutscht von der Couch auf ein Knie. „Mein Herz ist für immer mit deinem verbunden, aber ich kann den Gedanken nicht ertragen, dass unsere Verbindung womöglich nur ein Jahr und einen Tag dauern könnte. Ich möchte, dass unsere Verbindung weit über die Frist des Bandrituals hinaus andauert, aber ich möchte keinen einzigen Tag meines Lebens verbringen, an dem ich nicht an dich gebunden bin. Lilian, willst du mich heiraten?“

Berührt setze ich mich auf seinen Schoß und schlinge meine Arme um seinen Hals. Ich blicke in die Augen meines derzeitigen und zukünftigen Ehemanns und ahne, dass mir in diesem Moment alles Glück zuteilwird, das ich mir je erhofft habe.

„Ja, das will ich.“

Epilog

Lilian

Zwei Monate später...

„Bist du bereit dafür?“, frage ich und drücke die Hand von Jake, der neben mir am Steuer sitzt.

Er sieht zu mir herüber und grinst breit, bevor er sich wieder der Straße vor ihm zuwendet.

„Ich bin so aufgeregt“, sagt er. „Ich habe das Gefühl, dass ich schon ewig darauf warte, herauszufinden, ob das Baby ein Junge oder ein Mädchen ist.“

Ich lache.

„Es ist erst ein paar Monate her, dass wir erfahren haben, dass das Baby überhaupt existiert. Wenn du denkst, dass das eine lange Wartezeit war, wie willst du dann den Rest der Schwangerschaft überstehen?“

„Ich habe keine Ahnung. Aber denk mal drüber nach. An Thanksgiving werden wir Eltern sein.“

„Ich hoffe es. Mein voraussichtlicher Geburtstermin ist in der

Thanksgiving-Woche. Wenn ich beim Dinner noch schwanger bin, darf ich dann am Erwachsenentisch sitzen, oder muss ich mich an den Kindertisch setzen, damit das Baby keine Sonderrechte bekommt?“

Jake schüttelt vergnügt den Kopf und streckt seine Hand aus, um meinen Bauch zu streicheln. In den letzten Wochen hat er endlich angefangen, sich zu zeigen. Im Vergleich zu Audrey sehe ich aus, als hätte ich nur viel zu viel Käsekuchen gegessen, aber er nimmt langsam Form an und ich bin sicher, dass er bald rund genug sein wird, um der Welt mein Baby anzukündigen. Das ist seltsam aufregend für mich. Ich liebe die Vorstellung, dass die Leute mich ansehen werden und wissen, dass ich Jakes Baby in mir trage.

„Mach dir keine Sorgen. Wenn das Baby auch nur ein bisschen von seinem Vater hat, wird es auf keinen Fall ein Thanksgiving-Essen verpassen. Du wirst Moms Truthahn und Melissas Süßkartoffelauflauf mit einem Kleinen im Arm essen.“

„Ich kann es kaum erwarten, die Feiertage in Sunborn View zu verbringen.“

„Nun, ich schlage vor, dass du dich schon jetzt mental darauf vorbereitest. Es ist keine ruhige Angelegenheit. Da wären wir zwei, beziehungsweise drei. Dann deine Mutter, Gavin und Jim. Dann sind da natürlich noch meine Eltern. Adam, Emily und Violet. Dann Emilys Mutter und ihre Großeltern Neil und Eleanor. Melissa und Zach. Terry, Audrey, Josh, und das neue Baby. Dann Frankie und

Luke. Und dieses Jahr würde es mich nicht wundern, wenn auch Aubriana und Mr. Richardson auftauchen würden. Irgendwie scheint sie mir nicht der Typ Frau zu sein, der sich den ganzen Tag abrackert, um ein Thanksgiving-Essen zu kochen."

„Das macht es nur noch schöner."

Wir kommen in der Arztpraxis an und werden in den Untersuchungsraum geführt. Als die technische Assistentin dann endlich hereinkommt, sehen wir, wie sich der Bildschirm mit Bildern von unserem Baby füllt. Es ist so viel größer und sichtbarer als vor zwei Monaten, als wir die ersten Ultraschallbilder sahen. Irgendwie scheint es geradezu unwirklich, hier aufgebahrt zu liegen, während der Stab über das kalte blaue Gel auf meinem Bauch fährt, und dann sofort die Bilder auf dem Monitor erscheinen. Ich weiß, dass mein Baby da drin ist. Jeden Tag spreche ich mit ihm und habe das Gefühl, dass ich seine Anwesenheit spüren kann. Aber wenn ich dann eine grau-weiße Version davon sehe, wie es sich vor mir bewegt und tanzt, fühle ich mich ihm noch stärker verbunden. Es gibt Momente, in denen ich glaube, dass ich winzige Bewegungen spüren kann, aber ich bin mir nicht vollkommen sicher. Ich kann den Tag kaum erwarten, an dem ich einen deutlichen Tritt oder den Druck seiner kleinen Hand spüre.

„Also gut, jetzt kommt der Moment, auf den wir alle gewartet haben. Sie wollen schließlich das Geschlecht wissen, nicht wahr?"

„Auf jeden Fall", antworten Jake und ich unisono.

Die Assistentin kichert.

„Es ist schön, ein Paar hier zu haben, das sich einig ist." Sie bewegt den Stab ein wenig und das Bild bewegt sich mit. Dann klickt sie auf eine Taste der Tastatur, um es zu fixieren. „Hier kann man es sehen. Sind Sie bereit?"

***

Drei Monate später...

„Wie konntest du das nur so lange geheim halten?", fragt Emily, die in der Bibliothek herumwuselt, um meiner Babyparty den letzten Schliff zu geben.

„Ich weiß es schon", stichelt Gavin von der anderen Seite des Raumes aus.

Gut, dass er das riesige Blumenarrangement trägt, denn so kann er seinen Kopf dahinter verbergen, um der Serviette auszuweichen, die Emily ihm zuwirft.

„Er weiß es nur, weil er die Torte besorgt hat. Wenn ich sie anschneide, wird offenbart werden, ob das Baby ein Junge oder ein Mädchen ist", erkläre ich.

„Warte, Audrey weiß es also auch?"

„Nein. Sie hat den Kuchen gebacken und die Mitte

herausgeschnitten, und Gavin hat die Kaugummikugeln platziert. Er füllte den Kuchen wieder ein und versiegelte ihn mit etwas Buttercreme, bevor er ihn ihr wieder aushändigte. Neben ihrem brandneuen Baby und Josh, um den sie sich kümmern musste, hatte sie wohl kaum genug Zeit, um auch nur einen Blick darauf zu werfen."

„Warum liegt da eine Serviette auf dem Boden?"

Melissa sieht aus, als stünde sie kurz vor einer Panikattacke, als sie ins Zimmer stürmt und dabei die zusammengeknüllte Serviette demonstrativ hoch über ihren Kopf hält. Ich zeige auf Emily.

„Ihre Schuld. Sie hat sie geworfen."

„Emily, du weißt, dass dieser Ort perfekt sein muss. Als offiziell inoffizielle Veranstaltungskoordinatorin der Sunborn View Library bin ich dafür verantwortlich, dass hier alles tadellos bleibt."

„Und, Melissa, du weißt, dass dies nicht deine erste Party ist und jede andere vollkommen problemlos verlaufen ist. Du bist eine fantastische offiziell inoffizielle Veranstaltungskoordinatorin. Auch wenn du jedes Mal, wenn du hier eine Veranstaltung ausrichtest, völlig aus dem Häuschen bist."

Laut Jake ist es bei den Brüdern Conway zur Tradition geworden, wichtige Veranstaltungen in der Sunborn View Library abzuhalten. Das geht zurück auf den Hochzeitsempfang von Adam und Emily, der viel größer ausfiel, als die meisten Leute erwarteten. Damals war noch nie eine private Feier in der Bibliothek abgehalten worden, aber

Melissa überzeugte die Ladies Guild, ihr die Erlaubnis zu erteilen, solange sie die volle Verantwortung für das Gebäude übernahm und schwor, dass dessen geschätzte, historische Einrichtung die Veranstaltung unbeschadet überstehen würde. Und das hat sie getan. Seitdem ist sie sehr stolz darauf, dass sie bei jeder Veranstaltung peinlich genau darauf achtet, dass kein einziges Buch beschädigt wird und kein Getränk ohne Cocktailserviette serviert wird.

Die Bibliothek füllt sich und bald wird es an der Zeit sein, all unseren Freunden und Verwandten zu verraten, was Jake und ich vor ein paar Monaten bei unserem Arztbesuch herausgefunden haben. Es hat Spaß gemacht, dieses Geheimnis für sich zu behalten und es bis gestern nicht einmal Gavin zu erzählen, aber ich freue mich darauf, dass es nun alle erfahren werden. Es lässt die Ankunft unseres Babys noch näher rücken, noch präsenter werden. Jake und ich haben viele Nächte damit verbracht, uns darüber auszutauschen, wie wir uns das Leben vorstellen, sobald wir eine kleine dreiköpfige Familie sind. Zu wissen, welches Geschlecht das Baby hat, macht es einem leichter, sich vorzustellen, wie es sein wird, gemeinsam am Küchentisch zu sitzen und zu frühstücken oder im Pool im Garten zu spielen. Ich freue mich darauf, dem Baby Miami zu zeigen und gleich zum ersten Winterfest nach Sunborn View zurückzukommen.

Fast eine Stunde später sitze ich, gesättigt von den vielen kleinen Speisen, die Audrey und Jim bereitgestellt haben, in dem Raum der Bibliothek, der früher ein Wohnzimmer war, und öffne einen Berg von Geschenken. Praktisch jede freie Fläche ist bald mit bezaubernder Kleidung in Creme-, Grün- und Gelbtönen und einer Vielzahl von Geräten und Zubehör bedeckt, von denen ich nicht einmal wusste, dass ich sie brauchen würde, bis die Mütter des Raumes mir ihren Nutzen ausführlich beschrieben. Das Geschenk, das ich als letztes öffne, bringt alle im Raum zum Lachen. Jake hält die Miniatur-Rettungsweste hoch.

„Ich nehme an, das ist von Ellis", sagt er.

„Er hat für jedes unserer Kinder und für Violet eine machen lassen", sagt Audrey. „Da stehen sogar ihre Namen drauf. Aber er konnte keinen Namen auf deine setzen, weil du ihn uns noch nicht verraten hast."

Ich lache.

„Nun, ich denke, Audreys Wink mit dem Zaunpfahl ist ein guter Übergang. Jake, bist du bereit, den Kuchen anzuschneiden?"

Er reicht mir die Hand und hilft mir auf die Beine, dann führt er mich zu dem Tisch in der Mitte des nächsten Raumes, auf dem Audrey die Überraschungstorte ausgestellt hat. Die Buttercreme ist in einfachem Sahneweiß gehalten mit gelben und grünen Verzierungen und verrät nichts über die Überraschung im Inneren. Jake und ich nehmen gemeinsam einen Tortenausstecher in die Hand und drücken seine Spitze in die Torte.

Wir machen einen Schnitt und drehen den Kuchen dann zu den Gästen, bevor wir sogleich den nächsten Schnitt machen. Kurz darauf tritt Jake ein wenig zur Seite und zieht das Tortenstück heraus, damit die Kaugummibälle im Inneren herauspurzeln können. Unsere Gäste staunen und jubeln angesichts der hellblauen Kaskade von Kaugummibällen aus der Torte. Jake küsst mich und steckt sich einen der Bälle in den Mund.

„Es ist ein Junge!"

***

Fünf Monate später...

Seit dem Abend, an dem Jake und ich uns verlobt haben, gab es keinen Zweifel mehr an unserem Hochzeitsdatum. Keiner von uns beiden wollte die Verlobung überstürzen und heiraten, während ich schwanger war. Wir wollten jedoch nicht nur die Möglichkeit haben, unseren Sohn bei der Feier dabeizuhaben, sondern wir wollten auch unser ursprüngliches Versprechen einhalten. Die offiziellen Verpflichtungen des Bandrituals würden ein Jahr und einen Tag dauern, aber unsere Ehe würde zwei Tage vorher beginnen.

Bei den Vorbereitungen für das morgige Saint Patrick's Day Festival habe ich das Gefühl, dass sich ganz Sunborn View auf unsere Hochzeit vorbereitet. Wir hatten es genau so im Sinne. So können wir die Hochzeit feiern, von der wir beide geträumt haben, und dann unseren ersten Tag als offiziell verheiratetes Ehepaar auf derselben Party verbringen, die uns letztes Jahr zusammengebracht hat.

Es könnte nicht perfekter sein. Als ich heute Morgen aufwachte, regnete es in einem feinen Nebel aus den Wolken, die sich über den Himmel spannten. Es war eine ruhige Art von Regen, eher eine leichte Erfrischung als ein echter Guss. Ich beobachte die letzten Reste davon vom Fenster aus, während die Frauen meiner Hochzeitsgesellschaft hinter mir herumwuseln und sich herrichten.

„Man sagt, Regen am Hochzeitstag bringt Unglück", sage ich zu meiner Mutter, die neben mich tritt.

„Das ist kaum Regen", sagt sie. „Aber selbst wenn, das hier wird ein ausreichendes Gegengewicht sein."

Sie zeigt mir eine Münze aus dem Jahr, in dem ich geboren wurde. Mein Vater hatte sie aus einer Handvoll Kleingeld gefischt, als ich zehn war, und sie beiseitegelegt. Eines Abends fand ich ihn, wie er sie reinigte, bis das Metall glänzte und schimmerte. Als ich ihn fragte, was er da tat, erzählte er mir von dem irischen Hochzeitsbrauch, dass ein Penny im Schuh der Braut Glück bringt. Er versprach, ihn für mich aufzubewahren, damit er an meinem Hochzeitstag für mich bereit ist. Ich nehme ihn jetzt von meiner Mutter entgegen und küsse ihn, wobei mir eine Träne über die Wange läuft.

„Keine Tränen", sagt Mama. „Er ist bei dir."

Ich stecke den Penny vorne in meinen Schuh und schiebe meinen Fuß hinein. Es ist Zeit für einen weiteren Moment mit diesen wichtigen Frauen in meinem Leben, bevor wir zur Zeremonie übergehen. Ich trete an einen kleinen Tisch neben der Tür heran und bitte eine nach der anderen nach vorne, um ihnen jeweils ein kleines Geschenk zu überreichen, ein Zeichen meiner Liebe und Wertschätzung.

Die zarten, goldenen Hufeisen-Halsketten sind der letzte Schliff für ihre Hochzeitsoutfits, aber sie sollen ihnen auch noch lange nach dem Ende meines Hochzeitstages Glück bringen. Als jede von ihnen ihre Halsketten trägt und ich gerade die letzte Umarmung austeile, kündigt ein leises Klopfen an der Tür Gavins Ankunft an.

„Lilian? Es ist so weit."

Er sieht gut aus in seinem Smoking, dessen Manschetten von den hufeisenförmigen Manschettenknöpfen gehalten werden, die ich ihm gestern Abend auf der zahmsten Junggesellinnenparty geschenkt habe, die je gefeiert wurde. Nur wir beide saßen auf der Couch im Wohnzimmer, schauten Filme und aßen Popcorn. Ich hätte es niemals anders gewollt.

Sein Arm ist stark und fest, aber seine Augen sind tränenüberströmt, als er mich zum Ende des Ganges begleitet. Am Altar, nur wenige Meter entfernt, steht Jake und wartet auf mich. In seinen Armen hält er unseren kleinen Noah in einem maßgeschneiderten Bodysuit, der wie ein kleiner Smoking aussieht.

Der Kleine schläft und ich hoffe, dass das auch während der gesamten Zeremonie so bleiben wird. Nichts anderes auf der Welt scheint für mich in diesem Moment zu zählen, während ich die beiden kostbaren Conway-Jungs in meinem Leben betrachte.

Der Weg den Gang hinunter scheint unendlich lang, aber ich genieße jeden Schritt. Dies ist das einzige Mal in meinem Leben, dass ich diesen Moment erleben werde, und ich möchte jede Sekunde genießen. Als ich den Altar erreiche, beuge ich mich hinunter und küsse Noahs Kopf. Meine Mutter steht auf, nimmt den Kleinen von Jake entgegen und wiegt ihn im Arm, damit er friedlich weiter schlummern kann.

Der Regen hat schon lange aufgehört, aber der Himmel ist während der gesamten Zeremonie leicht grau. Erst als wir uns küssen, reißt die Wolkendecke auf und das Sonnenlicht bricht durch, schimmert auf uns herab und lässt einen leuchtenden Regenbogen am Himmel erstrahlen. Mein Herz schwillt regelrecht an bei dem Anblick.

„Danke, Daddy", flüstere ich.

***

Zwei Monate später...

„Glaubst du, dass sie hier sein wird?", frage ich.

„Sie wird hier sein. Ich habe erst gestern mit ihr gesprochen. Sie und Mr. Richardson sind vor ein paar Tagen in die Staaten zurückgekommen und sie kann es kaum erwarten, dich zu sehen." Jake tritt auf mich zu und reibt mir die Arme. „Beruhige dich. Alles wird perfekt werden."

Ich nicke und er küsst mich zärtlich.

Die Pläne für die große Wiedereröffnung des *Prism* haben sich erfüllt und finden heute Abend endlich ihren Höhepunkt. Nach monatelangen umfangreichen Renovierungs- und Restaurierungsarbeiten, um dem Theater seine ursprüngliche Schönheit zurückzugeben, sind wir bereit, es der Welt erneut vorzustellen, und haben dazu eine aufwändige Feier geplant.

Die ersten Verkäufer sind bereits eingetroffen, um ihre Stände zu übernehmen. Gavin und Jim eilen durch die Lobby und weisen ihnen den Weg. Ich durchquere den Raum bis zu der neuen Exposition am anderen Ende und lasse meinen Blick über die Zeitungen schweifen, die in Passepartouts zwischen anderen Erinnerungsstücken mit Bezug zur Geschichte des *Moonlight* ausgestellt sind. Dies wird ein Schwerpunkt der Feier heute Abend sein, um die Gemeinde an die Rolle zu erinnern, die dieses Theater über Generationen hinweg in der Stadt gespielt hat, und um alle auf die neuen Dinge einzustimmen, die da kommen werden.

Aus dem Augenwinkel sehe ich Emily auf mich zustürmen. Noah zappelt und wimmert in ihren Armen.

„Mommy, der Kleine macht ein bisschen was durch hier."

„Schon in Ordnung. Gib ihn mir."

Ich nehme meinen Sohn auf den Arm und trage ihn mit mir in

den Theatersaal. Das Gebäude ist renoviert worden, hat aber seinen alten Charme behalten. Ich steuere direkt auf eine Sitzreihe auf der linken Seite zu. Alle anderen Sitze sind erneuert worden, aber einer ist bei den Renovierungsarbeiten unangetastet geblieben. Dünne Ketten zu beiden Seiten verhindern, dass sich jemand daraufsetzt, also lasse ich uns auf dem Sitz daneben nieder. Ich betrachte die Plakette, die an der Armlehne des älteren, abgenutzten Sitzes befestigt ist. Der Name meines Vaters ist in Gold eingraviert. Die Plakette sieht schlicht königlich aus.

„Ich habe dir versprochen, dass ich dir immer einen Platz freihalten werde, Daddy.“

Ich bleibe sitzen, bis Noah wieder an meiner Schulter eingeschlafen ist, dann gehe ich zurück in die Lobby. In den letzten anderthalb Jahren hat sich so viel in meinem Leben verändert, aber alles ist am Ende genau nach Plan verlaufen. Jake nimmt mich in die Arme, drückt mich an sich und lässt mich seinen Duft einatmen. Er küsst mich auf den Kopf, während ich das Lächeln auf Gavins Gesicht wahrnehme und die Freude, die in die Augen meiner Mutter zurückgekehrt ist, während sie sich vergnügt mit Emily und Audrey unterhält.

In meinem Büro steht ein GI Joe in einem Sarong auf meinem Schreibtisch, eine Erinnerung daran, dass ich meiner Vergangenheit immer treu geblieben bin, während ich gleichzeitig tapfer in meine Zukunft blickte.

Die magische Mischung.

ENDE

Liebe/r Leser/in!

Vielen Dank dafür, dass du mir deine kostbare Zeit geschenkt hast, um diesen Roman zu lesen. Es ist für mich nicht selbstverständlich, dass du das getan hast – es gibt schließlich so viele tolle Autoren und Bücher da draußen!

Ich hoffe, ich konnte dein Vertrauen rechtfertigen und dir hat dieses Buch gefallen. Falls dem so ist, *so freue ich mich riesig über eine kurze Bewertung auf Amazon!* Auf diese Weise kannst du mich am einfachsten unterstützen, da ich nicht die großen Werbeetats eines Verlages habe.

Über Riley

Riley Flowers ist eine passionierte Liebesroman-Autorin, deren Mission es ist, dich mit ihren Büchern aus dem Alltag heraus in andere Welten zu entführen. In ihren Geschichten finden sich eine Mischung aus eigenen Erlebnissen, Tagträumen und exotischen Fantasien wieder.

Riley schreibt bereits seit ihrer Jugend und hat sich nach einigen Jahren in der Geschäftswelt nun endlich dem Ruf ihrer Muse hingegeben, um sich ganz auf ihre Autorentätigkeit zu konzentrieren.

Für Feedback, Anregungen oder einfach nur um mal Hallo zu sagen, erreichst du Riley unter: rileyflowersautorin@gmail.com

Riley beantwortet jede Nachricht persönlich.

Riley auf Facebook: Riley Flowers

Riley auf Instagram: rileyflowers_autorin

Printed in Poland
by Amazon Fulfillment
Poland Sp. z o.o., Wrocław

27999388R00251